suhrkamp taschenbuch 2268

W0085238

»Der Versicherungsagent Allan Ludlam hat ein Verhältnis mit Elizabeth. Als er das Abenteuer beenden und reumütig zu seiner Frau
Maud zurückkehren will, erlebt er eine Überraschung. ›Ich habe sie
eingeladen hierzubleiben‹, erklärt die frisch in Elizabeth verliebte
Maud, ›eines Tages lade ich dich vielleicht auch ein ...‹
Als Allans Konkurrent Owen zufällig herausfindet, daß Allan jahr-
zehntelang durch ein ausgeklügeltes Betrugssystem in die eigene Tasche gewirtschaftet hat, endet das Duell der beiden Männer mit einem
sonderbaren Lustgewinn für den Ertappten. Innerlich versöhnt mit
dem erpresserischen Widersacher, erkennt er glücklich, daß dieser
ihm die ersehnte Anerkennung des ›Publikums‹ verschaffte, das seinen ›spektakulären Betrügereien immer gefehlt hatte‹.
Ähnlich verblüffend enden viele der fünfzehn doppelbödigen Geschichten von genau beobachteten Zweier- und Dreierbeziehungen,
von Betrug, Intrigen, Selbsttäuschung und Selbstfindung. In jedem
Kapitel wird ein anderes Paar in den Mittelpunkt gerückt, und nach
anfänglicher Verwirrung wird bald klar, daß zwischen den sechs Männern und sieben Frauen aus der amerikanischen Ostküstenmittel-
schicht ein kompliziertes Geflecht verwandtschaftlicher, freund-
schaftlicher und feindschaftlicher Beziehungen existiert.«
Matthias Bischoff, Frankfurter Allgemeine Zeitung

Harry Mathews, geboren 1930 in New York, lebt in Amerika und in
Paris. Nicht ohne Grund ist *Zigaretten*, dieses ausgeklügelte Verwirr-
spiel in Gestalt eines literarischen Reißers, dem Freund Georges Perec
gewidmet (Das Leben – Gebrauchsanweisung), der auch einige Bücher von Mathews ins Französische übersetzt hat.

Harry Mathews
Zigaretten

Roman

Aus dem Amerikanischen
von Werner Schmitz

Suhrkamp

Titel der Originalausgabe: *Cigarettes*
Umschlagfoto: Stephan Erfurt

suhrkamp taschenbuch 2268
Erste Auflage 1994
Copyright © 1987, 1988 by Harry Mathews
© der deutschsprachigen Ausgabe Suhrkamp Verlag Frankfurt am Main 1991
Suhrkamp Taschenbuch Verlag
Alle Rechte vorbehalten, insbesondere das
des öffentlichen Vortrags, der Übertragung
durch Rundfunk und Fernsehen
sowie der Übersetzung, auch einzelner Teile.
Druck: Nomos Verlagsgesellschaft, Baden-Baden
Printed in Germany
Umschlag nach Entwürfen von
Willy Fleckhaus und Rolf Staudt

1 2 3 4 5 6 – 99 98 97 96 95 94

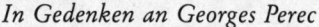
In Gedenken an Georges Perec

»Ich möchte Ihnen eine Geschichte darüber erzählen«, sagte der Hänfling.
»Handelt die Geschichte von mir?« fragte die Wasserratte. »Wenn ja, werde ich zuhören, denn Romane liebe ich sehr.«

Oscar Wilde, Der ergebene Freund

ALLAN UND ELIZABETH

Juli 1963

»Was will er damit sagen: ›Ich nehme an, du verlangst eine Erklärung‹? Er erklärt überhaupt nichts.«

Das Giebelhaus drohte über uns wie ein mitten im Flug ausgestopfter Bussard. Noch immer trafen Leute ein. Durch die Fliederhecke drangen das Knirschen von leicht zusammengedrücktem Kies und schwenkende Lichtbalken, die an uns vorbei über ein bleiches Beet japanischen Hartriegels blitzten, bei dem ein Mann in weißer Smokingjacke stand und Allans Brief mit einem Leuchtstab inspizierte.

Er ließ den Brief herumgehen. Als ich mit Lesen an der Reihe war, kreisten wieder die Scheinwerfer, »...mein Zustand da – konnte dich kaum sehen, als sie mich rausbrachten... Dunkel, blendendes Licht... habe keinen Ton herausgebracht.« Auch ich war verwirrt. Geradezu schockiert von Elizabeth: konnte das von Allan stammen?

Ich wollte dahinterkommen. Ich nahm mir vor, eines Tages ein Buch über diese Leute zu schreiben. Ich wollte die ganze Geschichte wissen.

Nach langjähriger Abwesenheit war Elizabeth an diesem Tag in die Stadt zurückgekommen. Kurz nach Mitternacht betrat sie das »Casino«, wie der letzte private Spielclub genannt wurde. Allan ging gerade. Nachdem er zuviel getrunken und einen lautstarken Streit angefangen hatte, wurde er sachte an die Luft gesetzt. Im grellen Licht des Eingangs kam er an Elizabeth vorbei. An der Tür bekam er zu hören: »Nächstes Mal halten Sie sich bitte zurück, Mr. Ludlam. Und geben Sie auf der Straße auf sich acht.«

»Danke sehr. Wer *ist* das?«

»Keine Ahnung.«

Die Nacht war warm und voller Sterne. Allan fuhr nach Hause, kehrte unterwegs im Spa City Diner ein. Maud wäre schon längst im Bett.

Er trank zwei Tassen Kaffee und plauderte mit nächtlichen Kunden. Er wünschte, er könnte sich Elizabeth ganz genau vorstellen. (Er erinnerte sich an das spärliche Weiß ihrer Kleidung, den Schwall ihres rotgoldenen Haars.) Er wußte, daß sie ihn gesehen hatte; ihre bereitwillige Anerkennung seiner Person in diesem Zustand ließ ihn zusammenzucken.

Allan war klug, vielleicht sogar weise, und darauf legte er großen Wert. Er verachtete die Welt und sich selbst. Kurz zuvor hatte er sich, als nur wenige andere es taten, mir gegenüber freundlich gezeigt. Mein bester Freund war gestorben, und grausame Gerüchte hatten mich für seinen Tod verantwortlich gemacht.

»Du hast Glück«, erklärte mir Allan, »so jung schon zu erfahren, was die Leute für Schweine sind. ›Leute‹«, fügte er hinzu, »schließt auch mich ein.« Womit er meinte, daß er, wenn er meine Partei ergriff, nicht besser, sondern nur klüger als die anderen wäre. Er mißtraute sogar seiner Anständigkeit.

Als er auf dem Heimweg am Adelphi vorbeifuhr, sah er eine rothaarige Gestalt in Weiß über die matt erleuchtete Vorderveranda schreiten. Er bremste. Wohl eine Minute verging, während er sich daran erinnerte, daß er zu den Ortsgrößen zählte, daß er sich bereits danebenbenommen hatte und noch immer betrunken war. Er parkte seinen Wagen und ging in das Hotel. Nachtdienst hatte Wally, der ihn seit dreißig Jahren kannte. Allan fragte, ob es für einen Schlummertrunk schon zu spät sei. Wally sagte, halt die Stellung, er käme gleich zurück.

Das Foyer sah leer aus. Allan trat in den Empfangsschalter, um in dem offenen Gästebuch die Namen der an diesem ersten Tag des Juli Angekommenen zu überprüfen. Bei einem vertrauten Namen hielt er inne: Elizabeth H., die Frau auf dem Porträt, das Maud kürzlich gekauft hatte. Vor langer Zeit war er ihr ein- oder zweimal begegnet. Die im Casino hätte sie durchaus sein können. Vielleicht hatte er sie unbewußt erkannt – das würde die Wirkung erklären, die sie auf

ihn ausgeübt hatte. Er hörte Wally zurückkommen und
merkte sich ihre Zimmernummer.

Nachdem er eine Minute an seinem Highball genippt hatte,
sagte Allan, er müsse mal aufs Klo. Außer Sicht, trat er in das
honigfarbene Dämmer der teppichbelegten Treppe. In der
dritten Etage wandte er sich nach rechts. Er hatte nichts
geplant.

Hinter einer Wand jaulte spasmodisch eine Leitung. Falls
nicht, dachte Allan, ein Backenhörnchen in dem alten Ge-
bälk festsaß; das Geräusch kam ihm animalisch vor. Er zählte die Türen, bis er vor der von Elizabeth stand.

Das Jaulen kam durch diese Tür. Er legte sein Ohr an das
Holz. Die Stimme gehörte keinem Backenhörnchen. Allan
ließ sich auf ein Knie sinken und drückte sein Auge ans
Schlüsselloch: ein Sicherheitsschloß. Die Tür schloß rundum
dicht ab.

Die hohe Stimme sang schwankend weiter, quälte Allan wie
eine verklemmte Autohupe. Er versuchte die Türen der an-
grenzenden Zimmer. Die rechte ging auf, und er betrat ein
dunkles Schlafzimmer; von der Straße einfallendes Licht
enthüllte ein leeres Bett. Allan ging ans Fenster und lehnte
sich hinaus. Ein fußbreiter Sims lief auf Bodenhöhe um das
Gebäude. Aus dem Fenster links glomm mattes Licht. Allan
packte den Fensterrahmen, ließ beide Füße auf den Sims
hinab und rutschte darauf entlang. Als er an das Licht kam,
sah er sich von hinten beleuchteten blauen Schäferinnen gegenüber, die zwischen eintönigen Weiden einherschritten.
Die Vorhänge boten seinem Blick keinen Spalt. Wieder hörte
er den quäkenden Singsang dieser Stimme. Als die Frau ihn
im Eingang angesehen und dann weggeblickt hatte, war ihr
eine halterlose Brust aus dem aufgeknöpften Oberteil ihres
Kleides gerutscht und kühl an ihren Platz zurückgeschoben
worden. Er hatte sich unter dem weißen Baumwollstoff und
dem breiten Gürtel mit goldener Schlangenschnalle ihre
Nacktheit vorgestellt.

Er sah auf die Straße hinunter – jeder dort konnte ihn sehen
– und trat den Rückweg an. Unten winkte ihn Wally in die

brünstige Nacht hinaus. Allan war so verblüfft, daß er, wenn
Maud bei seinem Kommen aufgewacht wäre, ihr alles erzählt
hätte, was er getan hatte.

In seinem Brief schrieb Allan an Elizabeth: »Ich habe mich
immer wieder gefragt, ob dies wirklich Dein Zimmer war?
Deine Stimme? Wer bei Dir war? Was genau er oder sie mit
Dir gemacht hat? Ich wollte keine Antworten – ich wollte
Dich. Ich fühlte mich *zurückgesetzt*.«

Er brauchte eine Woche, um Elizabeth zu finden. Er hatte
viele Freunde in dieser kleinen Stadt: einige von ihnen sagten, sie würden sie kennen; einer von ihnen war auf eine
Party eingeladen, auf der sie erwartet wurde. Allan ging
ebenfalls hin.

Die Party wurde in einem großen Haus an der Clinton Street
gegeben, nahe am Rand der Stadt. Allan zeigte über den
Rasen auf die Frau aus dem Casino, und sein Freund bestätigte seine Ahnung: es war Elizabeth. Allan lehnte es kate-
gorisch ab, ihr vorgestellt zu werden. Zwanzig Minuten
später bedauerte er seine Weigerung. Er hatte gehofft,
Elizabeths Aufmerksamkeit auf sich zu ziehen; sie hatte ihn
nicht einmal angesehen. Er verhöhnte sich als Trottel und
Versager. Zwei wasserlose Drinks vertieften seine Hilflosigkeit.

Als er sich, mit einer dritten Portion im Bauch, von der
belagerten Bar abwandte, sah er, daß Elizabeth hinter ihm
wartete. Er blickte ihr so scharf er konnte in die Augen. Sie
erkannte ihn nicht. Er fand es tröstend, daß sie sich nicht an
seine Schmach erinnerte, entmutigend, daß er keinen Eindruck auf sie gemacht hatte. Er hoffte absurderweise, sie
werde sofort bemerken, daß er bereits von ihr besessen war.
Sie lächelte: »Sie sehen einsam aus.«

»Das war ich. Ihretwegen bin ich hier.« Er hatte seine ganze
Selbstsicherheit verloren, so daß, was als Dreistigkeit hätte
ausgelegt werden können, sich wie die Wahrheit anhörte.

Elizabeth hakte sich bei ihm ein. »Sagen Sie mir, was los
ist.«

Sie bewegten sich aus dem Gedränge heraus. Da er kaum

wußte, was er sagen sollte, gestand er seinen Rauswurf aus dem Casino und daß er sie, ein wenig derangiert, dort gesehen habe. Elizabeth lachte: »Zumindest *Sie* haben das bemerkt.« Allans Verlegenheit zog sie mehr an als die üblichen Höflichkeiten. »Und jetzt?«

Allan dachte an die Stimme im Hotel und errötete aufs neue. »Wie wär's mit einem Essen? Im Casino? Sie können meinen guten Ruf wiederherstellen.«

»Ok. Aber wenn wir spielen, müssen Sie mir unter die Arme greifen. Ich habe kaum noch genug für Übernachtung und Frühstück.«

Nachdem er im Casino einen Tisch reserviert hatte, kaufte Allan für fünfhundert Dollar Chips und gab die Hälfte davon Elizabeth, wofür sie ihm einen Kuß auf die Wange drückte. Sie einigten sich auf Roulette.

Elizabeth beugte sich über die sitzenden Spieler und setzte ihre ganzen Chips auf einen Schlag. Hundertfünfzig Dollar auf Schwarz, den Rest auf die 17. »Reiner Aberglaube«, erklärte sie Allan. »Die kommt *nie*.«

Quinze, impair, noir, et manque wurde angesagt. (»Immerhin nahe dran«, bemerkte Elizabeth.) Ein Mann trat ihr seinen Platz ab. Der Croupier schob ihr, ordentlich gestapelt, hundertfünfzig Dollar hin.

Allan setzte sich ihr gegenüber. Er war ein wenig gereizt. Er beschloß, Elizabeths Spiel zu ignorieren und sich auf das seine zu konzentrieren. Bevor er setzte, kiebitzte er bei einem Nachbarn in eine Liste der letzten Ergebnisse und wartete noch sechs weitere Runden ab. Allan spielte gern Roulette. Es stellte seine Selbstbeherrschung auf die Probe: er zwang sich, in vorher festgelegten Abständen und auf Zahlen zu setzen, die er statistisch ermittelt hatte. Früher an diesem Abend hatte er mit einer *6 en plein* einen Treffer erzielt und so insgesamt zweihundert Dollar Plus gemacht. (Er warf einen Blick auf Elizabeths Chips: mindestens schon tausend Dollar.)

In der nächsten halben Stunde gewann er weitere zweihundert Dollar. Er hatte seinen Einsatz mehr als verdoppelt, und

ihr Tisch wartete: Zeit aufzuhören. Auf Elizabeths Stuhl saß
ein alter Mann.

»Läuft nicht schlecht.«

Als er sich umdrehte, streifte seine Nase ihre Brüste. »Und
bei Ihnen?«

»Es war sehr aufregend – einmal allerdings fast auf zwei
runter. Scheiße!« Sie zeigte auf das Rad, wo die weiße Kugel
gerade in die 17 rollte.

Allans Gereiztheit kehrte wieder. Er ärgerte sich über sich
selbst. Er wußte, daß Elizabeth mit ihrem eigenen Geld
nicht anders gespielt haben würde; und gekostet hatte es ihn
nichts, da er ihren Verlust mit seinen Gewinnen ausgeglichen
hatte. Sie sah ihn ohne Reue, fast zufrieden an. Es kümmerte
sie nicht, ob sie verlor oder gewann, und das machte ihn
eifersüchtig. Er haßte es, zu verlieren. Er mußte an Maud
denken. Elizabeth begann ihm Angst zu machen.

Später, nachdem sie ihm kräftig ins Gesicht geschlagen hatte,
sagte sie zu ihm: »Du Schwein, jetzt komm doch endlich!«
Eins ihrer Beine war um seine Knie geschlungen, das andere
um seine Hüfte.

Auch bei der Liebe übte sich Allan in Selbstbeherrschung.
Die Befriedigung der Partnerin hatte Vorrang. Elizabeth war
mehr für Hingabe – dachte nicht an »mein« und »dein« und
ganz bestimmt nicht erst an den anderen und dann an sich.
Allan hatte Vergnügen, wenn die Frau welches hatte. Das
war wie Geld auf der Bank.

Elizabeth hielt ihn fest: »Mir gefällt, was du mit mir machst,
aber wir wollen uns doch nicht die ganze Nacht lang Kom-
plimente machen. *Dich* will ich haben.« Er begann zu erklären. Sie lachte: »Hör mal, ich bin auch gern unwiderstehlich.
Laß deinen Ehrgeiz sausen.«

Er sagte, er wolle es versuchen. Das Versuchen entmutigte
ihn nur noch mehr und ließ seine Entschlossenheit vollends schrumpfen. Elizabeth verstand, wie er sich fühlte. Sie
begann mit ihm zu spielen wie mit einem Kind. Nach einer
Weile vergaß er sein Dilemma ein wenig; und als dann auch
er zu spielen anfing, schlug sie ihn wieder, gerade fest genug,

um sein Verlangen mit verspielter Rachsucht anzuheizen. Er kam zur und blieb bei der Sache, und dabei erfüllte ein hohes, unheimliches, vertrautes Jaulen seinen Kopf. Er vergaß sich selbst, er vergaß alles, und nur die eine heimtückische Frage geisterte durch die Kulissen: Wer lauscht heute nacht?

Tags darauf schrieb er ihr einen Brief: »Ich nehme an, du verlangst eine Erklärung...« Inzwischen muß er gewußt haben, daß Elizabeth an Erklärungen kein Interesse hatte; er muß gewußt haben, daß er nichts zu erklären hatte. Er hatte ihr unbedingt schreiben wollen, und er hatte diesem Drang nachgegeben, ohne zu erkennen, daß er von etwas herrührte, was er ihr verschwiegen hatte und gern erzählt hätte – daß er mit Maud verheiratet war. Er sagte sich, daß einer Frau wie Elizabeth das nichts ausmachen würde.

Elizabeth hatte auch ohne Hilfe Allans von Maud erfahren. Als er sie das nächste Mal sah, war sie verändert. Jetzt interessierte sie sich mehr für ihn, weniger für »sie beide«. Sie hatte ihre Rolle als Geliebte eines verheirateten Mannes akzeptiert.

Sie trafen sich am späten Nachmittag, zwei Tage nach ihrer ersten Begegnung. Als Allan Mauds Existenz einräumte, bestand Elizabeth darauf, daß er von ihr erzählen solle. Wieder einmal stand er vor einem Rätsel. Er machte sich Vorwürfe, ihr seine Ehe nicht gleich eingestanden zu haben. Bei ihrem ersten Treffen hatte er das Bedürfnis sofort unterdrückt – hätte er vielleicht sagen sollen: »Deinetwegen bin ich hier, übrigens bin ich glücklich verheiratet«? Beim Essen hatte er Angst gehabt, sein Verlangen zu verraten. Er hatte das Gefühl, wenn er Elizabeth auf Maud aufmerksam machte, wäre dies genauso eindeutig, als wenn er sich die Hose ausziehen würde; und danach war es zu spät.

In sechsundzwanzig Jahren Ehe hatte Allan sich bisweilen zu anderen Frauen hingezogen gefühlt. Geliebt hatte er zwei Frauen zur gleichen Zeit noch nie. Jetzt sah er sich gezwungen, sie auseinanderzuhalten. Er fürchtete, wenn er Elizabeth von Maud oder Maud von Elizabeth erzählen würde, könnte er eine von ihnen oder beide verlieren. Selbst in Gedanken fühlte er sich sicherer, wenn er so tat, als führte er zwei getrennte Leben. (Überraschenderweise beunruhigte ihn das Porträt, das Maud gekauft hatte: eine gemalte »Elizabeth«, ausgesucht und bezahlt von seiner Frau, sollte in seinem Haus aufgehängt werden. Obwohl Allan, wie man sagt, »gutes Geld« verdiente, hatte er Mauds ehrfurchtgebietend sich selbst wiederauffüllendes Vermögen immer als Garanten ihrer gesellschaftlichen Stellung geachtet. Er liebte Maud nicht ihres Geldes wegen; aber ohne es hätte er sie auch nie kennengelernt.)

Er kämpfte mit seiner neuen Leidenschaft. Er konnte Elizabeths viele Freundlichkeiten bei ihrer zweiten Begegnung nicht begreifen. Sie kam ihm allzu entgegenkommend vor – begierig auf Einzelheiten über Maud, ihr großes Getue wegen eines Geschenks (»Mein Lieblingshalbquasiedelstein!«), ihr Einverständnis, sich jederzeit, wann er sich freimachen könne, mit ihm zu treffen. Unlogisch und doch unausweichlich legte ihre Fügsamkeit nahe, daß er ihr nichts mehr bedeutete. Andernfalls hätte sie größere Umstände gemacht. War sein Schweigen über Maud daran schuld? Er mußte sie auch in anderer Hinsicht enttäuscht haben. Aber wenn er sie danach fragte, schwor sie, das habe er nicht.

Im restlichen Verlauf der Woche trafen sie sich noch mehrmals. Zu Allans Verblüffung machte Maud es ihnen leicht. Auf einmal fing seine stubenhockerische Frau an, jeden Tag auf eine Party zu gehen. Sobald er genau wußte, was Maud vorhatte, benachrichtigte er Elizabeth und fuhr dann später zu ihrem Hotel.

Ein spielerisch begonnener sexueller Urlaub kann zu einer harten Schule in Selbsterkenntnis oder Ausflüchten werden. Allan hatte sich verliebt und merkte es kaum, und er mühte sich heftig, unter Kontrolle zu bringen, was er sich nicht eingestehen wollte. Elizabeth tat ihr bestes. Gerührt von seiner Verwirrung, wünschte sie, er könne sich selbst ein wenig besser gefallen, und äußerte ihr eigenes Gefallen an ihm offen und aufmerksam. Ihr Mitgefühl entfernte sie nur noch weiter von ihm. Allan hatte das Gefühl, sie mache einen Narren aus ihm. Er hatte den Faden verloren.

Er hatte gehofft, Elizabeth würde sich rasend in ihn verlieben. Das hätte seine Würde wiederherstellen und dem Schmerz, sie wieder freigeben zu müssen, vorbeugen können.

Allan tröstete sich mit ihrem Vergnügen – ihrem, seinem – und nahm mit wachsender Wut dazu Zuflucht. Er wurde blaß unter seiner sonnengebräunten Haut. Elizabeth begann ihn mit mütterlicher Sorge zu betrachten.

Eine Woche verging. Nach ihrer fünften Begegnung war er verzagter als je zuvor. Er war ungewöhnlich gut gelaunt zu Elizabeth gegangen. Er hatte sich den Spaß gemacht, einem Mann, der ihm geholfen hatte, einen überschwenglichen Dankesbrief zu schreiben. Er hatte sich mit versöhnlichen Handlungen beruhigt – ein gestreiftes malvenfarbenes Hemd angezogen, das ihr gefiel; den Friseur besucht; zum Essen nur Wasser getrunken.

Er hatte gehofft, sie würde ihm, wenn er in ihr Zimmer käme, in die Arme stürzen. Statt dessen bedachte sie ihn mit dem kürzesten aller Küsse und einem nicht unfreundlichen Blick, der zu verstehen gab, daß Männer nie lächerlicher aussehen, als wenn sie frisch vom Friseur kommen. Sie setzte ihn auf die Couch vor den Fernseher: das sechste in Belmont. Sie verfolgte das Rennen wie ein Kind im Zirkus und mit genau dem Blick, den er in ihren Augen zu entfachen verlangte. Beim Finish kreischte sie.

»Siehst du«, erklärte sie, »er ist ein Freund.«

»Der Besitzer?«

»Das Pferd.« Sein Name war Kapitaler Dingsda. »Ich habe Durst auf einen Gin Tonic.«

Sie tranken eine Weile, bis Elizabeth ihn endlich umarmte. Stück für Stück zogen sie sich zärtlich aus; und dann stürzte Allan in sie wie eine Faust. Wieder kreischte sie, begann zu lachen, rang mit ihm wie ein glückliches zehnjähriges Kind, das sich mit einem Kameraden balgt. Sie zog ihn an den Haaren und nannte ihn einen Kapitalen Dingsda. Sie tat nichts, ihr Glück zu verbergen. Er beobachtete sich dabei, wie er nachgab, und gab nach. Wieder einmal erwies sie sich als zu gut für ihn. Mehr als gut: das einzig Wahre. List und Erfahrung würden sie niemals aufs Kreuz legen. Sie hatte nichts zu verlieren. Er lag unter ihr und fühlte sich wie ausgeplündert.

Sie hätschelte ihn und küßte ihn auf den Mund. Er drehte seinen Kopf zur Seite: »Du weißt nicht, was ich durchgemacht habe.«

»Vermutlich. Es hat mir selbst zu großen Spaß gemacht.«

»Es interessiert dich gar nicht, wer ich eigentlich bin . . .«

»Laß mich nachdenken. Heute ist Sonntag; dann bist du –«

»Du redest mich nicht mal mit meinem richtigen Namen an.« Er schämte sich über diesen Satz. Eine nervöse Mattigkeit sickerte durch seinen Körper. Elizabeth sah verwirrt auf ihn hinunter. Sie hatte wieder Muttergefühle – ein Schritt von der Leidenschaft weg, wie er bemerkt haben könnte, wäre er wach geblieben.

Sie beschlossen, den nächsten Tag auszulassen. Allan wandte Geschäfte vor; Elizabeth akzeptierte seinen Vorschlag mit innerlichem Lächeln. Sie sagte ihm, um zehn Uhr werde sie reiten gehen. Danach könne er sie erreichen, wenn er wolle. Zum Abschied umarmte sie ihn: »Auf Wiedersehen, Allan – süßer Allan.«

Allan hatte nicht gelogen. Er hatte am nächsten Nachmittag eine Verabredung mit einem Mann, der mit Pferden handelte. Sie mußten ein heikles Geschäft zum Abschluß bringen, und Allan nahm an, daß es ihn lange aufhalten würde; aber vor Mittag fuhr er nach Hause. Kurz vor der Einfahrt hielt er an: auf dem Rasen stand ein Pferd, es war an eine Birke angebunden und fraß vom Gras. Er parkte auf der Straße und ging um das Grundstück herum zur Hintertür seines Hauses.

Lautlos trat er in die Küche. Aus den vorderen Zimmern drangen vertraute Stimmen: Maud und Elizabeth. Allan zog die Schuhe aus und ging auf Zehenspitzen über die Hinter-

treppe zu seinem Schlafzimmer, bis wohin die Stimmen
nicht drangen. Er dachte: Ich bring das jetzt besser zu Ende.
Er nahm den Hörer ab, um in der Stadt anzurufen. Er hörte
das Amtszeichen, und dahinter, weit entfernt, Mauds Stimme; plötzlich brach sie ab. Jemand anders benutzte unten
den Nebenanschluß. Kein Klicken wies darauf hin, daß der
Hörer aufgelegt worden wäre. Allan wählte seine Nummer,
und sagte »Ich liebe dich« in die Muschel. Am anderen Ende
wurde prompt abgenommen.
Er wußte, daß Elizabeth zuhörte, und spürte ein unerträgli-
ches Verlangen nach ihr, als er sein Anliegen darzulegen begann. Er wollte sich in ihren Schoß übergeben und Vergebung dafür erlangen. Nachdem er sich zugeredet hatte: Leg
auf, geh runter und sprich mit ihr, Maud hin Maud her, fuhr
er mit seinen Anweisungen fort.
Sorgfältig wiederholte er seine Worte, damit Elizabeth sie
nicht vergäße. Er traf eine Vereinbarung, die ihn als skrupel-
los, ja als kriminell darstellen mußte. Elizabeth sollte begreifen, daß sie ihn kein bißchen kannte, daß er mehr war als der
Mann, den sie zu kennen glaubte. Sie würde ihn, wenn auch
mit gewissem Erstaunen, mit gewissem Respekt, für immer
fallenlassen.
Er schlich nach unten. Die Frauenstimmen klangen lauter.
Er lauschte auf dem Flur:
»... Sie wollen diesen Schlaffi noch behalten?«
»Das ist meine Sache!«
»Er oder das Porträt. Sie können nicht beides haben!«
Jeder dieser heftigen Erklärungen folgte ein Schweigen, als
höben Sagengestalten die Felsen empor, mit denen sie aufein-
ander einschlagen wollten.
»Sie sind abscheulich!«
»Es ist doch wohl mein Porträt, oder?«
»Ein Porträt *von* Ihnen – kaum Ihres!«
»Lassen Sie den Quatsch, Mrs. Miniver. Meine Woche muß
sich doch gelohnt haben.«
Allan spähte durch die Wohndiele in den vorderen Salon. Er
ging vor und bog ab, als er merkte, wie albern er ohne Schu-

he aussehen würde. Elizabeths Worte ließen Mordgelüste in
ihm aufsteigen, gleichzeitig aber hätte er weinen können.
Durch die Bibliothekstür sah er das noch ungerahmte Porträt an der Wand lehnen. Er erinnerte sich, wie leicht das
Gemälde ihm trotz seiner Größe vorgekommen war. Er holte es aus der Bibliothek und trug es durch die Hintertür.

Am Nachmittag brachte Allan das Porträt in die Stadt und
versteckte es, in ein Laken gehüllt, in seiner Zweitwohnung.
Als er das Haus verließ, hatte er noch vor, das Bild zu ver-
brennen; jetzt war er sich nicht sicher, was er damit anfangen
sollte. Genausowenig wußte er, was er mit sich selbst anfangen sollte. Er konnte sich nicht vorstellen, mit Maud zu
reden. Am nächsten Morgen jedoch spürte er ein neues Interesse an seiner Frau, oder zumindest an ihrer Meinung von
ihm.

Das am Vortag abgeschlossene Geschäft verlangte von Allan,
eine Zusatzversicherung für ein Rennpferd zu besorgen. Das
Pferd, ein leistungsfähiger, altgedienter Wallach, war nach
dem letzten Rennen lahm geworden. Da bisher nur ein Stall-
bursche davon wußte, hatte der Besitzer vor, das Pferd einem so harten Training zu unterwerfen, daß es mit einiger Sicherheit zusammenbrechen würde. Dies würde den
Vorwand für seine Einschläferung liefern. Der Besitzer war
darauf aus, so viel Versicherungsgelder wie möglich dafür
zu kassieren. Er hatte gehört, daß Allan ihm dabei helfen
könnte.

Allan war Teilhaber in einer etablierten Firma von Versiche-
rungsmaklern, die praktisch nur große Geschäfte abwickel-
ten; da konnte man nicht von ihm erwarten, daß er ein ein-
zelnes Pferd versicherte. Noch unwahrscheinlicher schien
es, daß er mit einem betrügerischen Kleinstadt-Klienten ge-
meinsame Sache machen könnte. Allan hatte sich freilich
bereits an viel größeren Betrügereien als dieser beteiligt. Jahrelang hatte er in Abständen die Versicherungsgesellschaften
betrogen, die er gewöhnlich so gut repräsentierte.

Es wäre ihm schwergefallen, eine vernünftige Erklärung für
diese heimlichen Aktivitäten abzugeben. Begonnen hatte das

Ganze im Spätsommer 1938, als der Hurrikan, der den Nordosten der Vereinigten Staaten verwüstete, über die Baustelle eines mit zu wenig Kapital ausgestatteten Wohnbauprojekts in Rhode Island hinwegfegte. Die Bauherren und ihre Vertragspartner traten mit der diskreten Bitte an Allan heran, sie vor dem drohenden Bankrott zu retten. Sie schlugen vor, er solle die Sache so arrangieren, daß ihnen derjenige Schaden ersetzt würde, den sie erlitten hätten, wenn das Projekt bereits abgeschlossen gewesen wäre, wie es sich übrigens verhielte, wenn man den Bauzeitplan eingehalten hätte. Allan erkannte, daß angesichts der von dem Hurrikan angerichteten Schäden in diesem Teil des Bundesstaates auch der beste Inspektor größte Probleme haben dürfte, die Unbegründetheit ihrer Forderung zu beweisen. Die zehnprozentige Provision brachte ihn dabei kaum in Versuchung, um so mehr aber die haarsträubende Untat, zu der man ihn da aufforderte: niemand, den er kannte oder mit dem er zusammenarbeitete, würde es wagen, über solch ein Risiko auch nur nachzudenken. Er akzeptierte es, kam damit durch und wurde – wie jemand, der wagemutig einen Cocktail vor dem Frühstück versucht und sich bald als chronischer Frühtrinker wiederfindet – süchtig nach professionellem Betrug.

Jetzt wurde Allan gebeten, eine kleine Versicherungsgesellschaft zu überreden, dem Besitzer des todgeweihten Rennpferdes Vorzugsbedingungen einzuräumen. Aus diesem Grund hatte er in der Stadt angerufen. Am Telefon hatte er klargestellt, daß für seine Provision gesorgt sei.

Der Wallach sollte in dieser Woche eingeschläfert werden. Allan wußte, daß Elizabeth in einer so kleinen Stadt und mit ihrer Liebe zu Pferden und Pferderennen auf jeden Fall von diesem Ereignis hören würde. Dann würde sie begreifen, was sein Telefonat zu bedeuten hatte. Maud hatte er freilich vergessen. Als die beiden aufeinander einbrüllten, war ihm nicht in den Sinn gekommen, daß Elizabeth Maud erzählen könnte, was sie gehört hatte. Allan war zuversichtlich, daß Maud ihn nach siebenundzwanzig Jahren nicht wegen einer

Woche Untreue verlassen würde; aber von seiner anderen, fragwürdigen Geschäftskarriere hatte sie keinen Schimmer, und diese schmutzige Sache könnte sie anwidern. Und er könnte ihr deswegen nicht einmal Vorwürfe machen.

Allan sehnte sich außerdem nach Vergebung. An diesem Tag rief er Maud kurz vor Mittag an.

»Ein Pferd? Moment mal.« Mauds Stimme wurde leiser: »Wissen Sie etwas davon, daß Allan ein Pferd versichert?« Sie sprach wieder in die Muschel: »Wir wissen davon überhaupt nichts.«

»Wir?«

»Elizabeth und ich.«

»Elizabeth...?«

»Deine Elizabeth.«

»Sie ist da?«

»Ich habe sie eingeladen hierzubleiben.« Allan hielt still. Maud fügte hinzu: »Ruf mal wieder an. Eines Tages lade ich dich vielleicht auch ein hierzubleiben.«

OLIVER UND ELIZABETH

Sommer 1936

Die Stadt liegt auf einem niedrigen Plateau von kaum belebter Flachheit; ihr feuchtes Klima wechselt von grausamer Kälte im Winter zu grausamer Hitze im Sommer; doch seit Generationen kommen Besucher hierher, um das Wasser ihrer salzigen Quellen »einzunehmen«, um den fashionablen Augustrennen beizuwohnen und einander zu beobachten. Obgleich abgelegen, hat die Stadt auch ihre ganzjährige Bevölkerung wachsen sehen, denn ihre sichere und angenehme Lage macht sie für wohlhabende Großstadtfamilien immer anziehender. Eine blühende schwarze Gemeinde, vor Jahren von Saisonkellnern und Stallburschen gegründet, die beschlossen, sich hier niederzulassen, hat dazu beigetragen, diesem kleinen und geschützten Ort ein weltstädtisches Flair zu verschaffen.

Siebenundzwanzig Jahre vor Elizabeths Rückkehr war die Stadt zum Ort eines politischen Kongresses im Juli gewählt worden. Eines Abends zu Anfang des Monats wurde auf dem Grundstück eines der 20-Zimmer-»Cottages« am North Broadway eine Gartenparty gegeben. Es kamen über zweihundert Gäste, gewandet in blasse Sommerfarben und einander viel zu ähnlich, als daß irgend jemand außer ihnen selbst daran hätte Gefallen finden können. Unwiderstehlich drängten sie sich in Gruppen wie Stare. Unter ihnen stand ein einsamer junger Mann auffällig abseits. Er war seit zwölf Jahren, seit seinem zehnten Lebensjahr, nicht mehr in der Stadt gewesen.

Er hatte die lärmende Schar mit Vergnügen beobachtet (wen würde er treffen? mögen? lieben?); dennoch beschloß er nach einem zweiten Glas Champagner, daß er sich entweder dazugesellen oder verschwinden sollte. Er sah ein bekanntes Gesicht – eine junge Frau, der er früher einmal vorgestellt worden war. Er ging auf sie zu. Sie wirkte verdutzt.

»Erinnern Sie sich nicht an mich? Entschuldigen Sie – ich kenne hier keine Menschenseele...«

»Nicht einmal mich!« rief sie aus. Er nannte ihren gemeinsamen Freund. »Sie sind Oliver! Ich bin Elizabeth Hea-«

»Ich habe *Sie* erkannt.«

»Toll. Hören Sie, ich kenne hier auch niemanden, zumindest keinen, den ich kennen möchte. Tun wir uns doch zusammen und suchen uns jemand aus.« Ehe Oliver seine Zweifel vortragen konnte, hatte Elizabeth seinen linken Arm inhaftiert. »Sie fangen an. Wie wär's mit der Dame in Blau – flotter Käfer, finden Sie nicht? Ist doch nicht zu alt für Sie?«

»Überhaupt nicht. Ich mag ältere Frauen.« Er war ein oder zwei Jahre jünger als Elizabeth – ein Abgrund für jemanden, der frisch vom College kam.

»*Verstehe* – und wie rüstig sie mit sechsundzwanzig noch ist! Entschuldigen Sie«, sagte Elizabeth zu ihrem Opfer, »dieser entzückende junge Mann, den ich seit Ewigkeiten kenne und für dessen bewundernswert schlechte Absichten ich mich verbürgen kann, ist ganz verrückt nach Ihnen, freilich auch schüchtern, also dachte ich, ich könnte Ihnen beiden einen Gefallen tun. Dies« – ihre Hand packte Olivers zurückzukenden Ellbogen – »dies ist Oliver Pruell.« Der Name ließ Maud kurz aufblicken: »Ich dachte, ich würde alle Pruells kennen...« Da Oliver nicht darauf einging, wandte Maud sich wieder an Elizabeth. Eine beunruhigende Vermittlerin. Elizabeth brachte Oliver ständig aus dem Gleichgewicht, indem sie ihn mit Erklärungen vorstellte wie: »Keine Ahnung, was er in Ihnen sieht, aber er will Sie unbedingt kennenlernen.« Bald fand er Gefallen an dem Spiel: Während er Elizabeth mit dem Richter, dem Autor und Sportlern ihrer Wahl bekannt machte, lernte er zwei Ex-Debütantinnen kennen, die Frau des Gouverneurs und eine Nutte von umwerfender Schönheit.

Schnell wurde er für Elizabeth selbst eingenommen. Die Nutte dürfte ihn geneigt gemacht haben. Selbst dann noch war Elizabeth für ihn »älter« und daher »zu alt für ihn«, bis sie ihm, als er sie einem wahren Prachtkerl von Läufer zu-

führte, einen eher komplizenhaften als vertraulichen Schubs
versetzte: er stand direkt hinter ihr, und er spürte, wie ihr
Hintern sich gegen seine Oberschenkel drückte, weich und
muskulös wie eine Zunge. Mitten im Satz überrascht, konnte
er kaum seine Rolle zu Ende spielen.

Gegen Ende des Abends wurde Elizabeth von einem tapsi-
gen jungen Mann angepöbelt, der durch ihr ausweichendes
Geplauder nicht zu beeindrucken war. Allan, ein wenig betrunken, vergaß den Vorfall bald. Oliver hielt sich an Elizabeths Seite und ließ sich von des anderen Mannes Rücken
oder Ellbogen nicht vertreiben, bis der sich verzog. Eine
dankbare Elizabeth bat Oliver, sie nach Hause zu bringen.

Sie wohnte in der Nähe bei Freunden. Sie schlug nicht vor,
anderswo hinzugehen, weder bat sie ihn hinein, noch setzte
sie sich mit ihm auf die Veranda. Sie küßte ihn auf die Wange,
als wollte sie sagen: ich mag dich, ich vertraue dir. Das war
nicht, worauf er aus war, aber er fürchtete, sich ungeschickt
anzustellen. Sie *war* älter. Er brauchte eine Einladung.

Beim Hineingehen sagte sie: »Morgen gehe ich ins Meville
Bad. Kommst du mit? Ich werde um Viertel vor zehn am
Pavillon sein. Frag nach Zelle Nummer achtzehn. Es soll die
schönste auf deiner Seite sein.« Zufrieden ging Oliver nach
Hause.

Am nächsten Morgen im Meville Bad, einem auf Schlamm
(zu Ehren von Battaglia in den Euganeen *Fango* getauft)
spezialisierten und von einem flotten Neger in gestreifter
Krepp-Uniform geleiteten Privatunternehmen, wartete in
Raum 18 auf Oliver eine Wanne voll von einem Zeug, das
aussah wie dampfende Scheiße. Er bekam einen Frotteeman-
tel mit Kapuze und einen Stapel Handtücher, erhielt eine
Anweisung im Schlammgebrauch und wurde alleingelassen.
Er spähte mißtrauisch in die Wanne. Was sollte er in dieser
letzten Zuflucht knotiger Rheumatiker? Nachdem er sich
entkleidet und ein Handtuch um seine Hüfte drapiert hatte,
ließ er sich auf einen Schemel sinken und hob den Blick
sehnsüchtig dem wie bereift bläulichen Oberlicht entgegen.

Er hörte ein metallisches Scharren, und als er sich umblickte, sah er eine Tür neben der Wanne sachte aufgehen. Durch den Spalt schob sich ein Fuß mit korallenfarbenen Nägeln. Die Tür schwang auf und offenbarte Elizabeth. Sie hatte eine Hand auf dem Rücken und hielt sich mit der anderen ein umfangarmes Handtuch vor den Hals, das, als es bei ihrem Eintreten zur Seite schwang, symmetrische Fragmente noch nicht verschlammter, kleiderloser Haut sehen ließ. Da eine Dame den Raum betrat, stand Oliver natürlich auf. Elizabeth fragte: »Lust auf einen Tango im Fango?«

Olivers Handtuch verrutschte. Als er mit beiden Händen danach griff, bewarf Elizabeth ihn von hinter ihrem Rücken mit einem Schlammball in der Größe einer handlichen Melone. Sie traf ihn genau zwischen die Augen.

Da stand er nun, geblendet, erstickt und nackt. Aus der Ferne drang Elizabeths Kichern zu ihm. Sie hatte sich in ihre Zelle zurückgezogen, die Tür aber nicht geschlossen. Oliver streifte sich den Matsch von Augen und Mund, schöpfte zwei reichliche Handvoll aus der Wanne und schritt ihr rachedürstend hinterher.

Elizabeth stand inzwischen im Bademantel an der hinteren Tür ihrer Zelle. Als er auf sie zukam, sagte sie: »Warte«, und er gehorchte. Worauf sie einen herzzerreißenden Schreckensschrei ausstieß. Ein zweiter Schrei folgte; er begriff noch immer nicht. Jemand kam durch den Flur gerannt. Oliver hob eine schlammgefüllte Hand. Winselnd trat Elizabeth von der Tür weg, die nun aufging und eine stämmige Matrone einließ, deren ängstliche Miene schnell einen verwirrten und dann empörten Ausdruck annahm. Oliver wandte sich hastig seiner Zelle zu, doch hatte Elizabeth sich hinter ihn geschlichen und versperrte ihm, untröstlich wimmernd, den Weg.

Die Matrone ging nun auf die Wanne zu. Oliver sah den Alarmknopf ein Grübchen in der Wand darüber bilden. Mit der Verschlagenheit eines gehetzten Tiers hielt er den Mund, klatschte eine Faustvoll Schlamm auf den Knopf und schoß aus der Tür und über den Flur der Damenabteilung.

Chronometrisch währte seine Flucht zwanzig Sekunden. Er lief vorbei an einer Kundin und ihrer Begleiterin; an einer zweiten, nicht begleiteten, die ihn nicht bemerkte; und an einer Putzfrau, die einen Wagen mit wolligen Stöcken vor sich her schob. In durchlebter Zeit näherte sein Lauf sich dem Unendlichen, und er begegnete anderen Gestalten, die weniger greifbar, aber um vieles wirklicher waren: seinem Vater, der jubelte, daß seine schlimmsten Befürchtungen sich bestätigten; seiner Mutter, die kalkweiß auf dem Krankenbett lag, auf das seine Schmach sie geworfen hatte; dem zotenreißenden Kalfakter seiner Sträflingskolonne. Er erfuhr letzte Offenbarungen über das Schicksal der Menschheit und das Wesen der Wirklichkeit. Er erkannte die Wahrheit als gleichermaßen absolut und unsagbar, die Zeit als nicht umkehrbar und irrelevant. Er streifte an ein mystisches Begreifen von *caritas*. Der Lärm klappernder Füße – seiner eigenen – erinnerte ihn an seine Lage. Nun erwog er den schlauen Gedanken, daß doch zu jeder Frauenzelle nebenan eine für Männer gehören könnte. Die Türen dazwischen nur auf der Frauenseite verriegelt? Warum nicht? Frauen, Frauen belästigen Männer nie, hähä, nur Männer Frauen. Beisammensein möglich, wenn die Mädchen nichts dagegen haben? Das Bad ein großes Liebesnest? Er versuchte die nächste Tür: offen, Zelle leer. Entriegelte die Gemeinschaftstür: offen, Zelle leer. Öffnete die Tür zum rückwärtigen Flur – niemand da, jagen den Verrückten alle auf der anderen Seite! Glücklicher Oliver! Er kanterte zurück zu Zelle 18, wo er sich einschloß und atemlos auf die Hacken hockte.
Er sollte lieber in Bewegung bleiben. Erstmal waschen. Er trat ans Waschbecken. Mehr Glück: aus dem Spiegel starrte ein mit Schlamm maskiertes Gesicht, das ebensogut Al Jolson oder sonstwem gehören konnte. Sein noch keuchender Mund öffnete sich zu einem Grinsen von holzschnittartigem Leuchten, als unter seinen erhobenen Armen sich zwei spitzfingrige Hände um seinen Brustkorb schlangen und seine Nippel kniffen. Er begann zu kichern. Er sollte sie in der Wanne ficken.

Beim Essen fragte er sie: Warum nicht letzte Nacht?

»Wo denn? Auf der Vorderveranda? Auf dem Rücksitz? In einer Absteige? Wir brauchen«, fügte sie hinzu, »noch immer ein Plätzchen. Ich glaube, ich weiß auch wo. Fühlt deine Haut sich nicht *irre* an?«

Sie fuhren in ein Dorf, Lake George hieß es. Zunächst gab Mrs. Quilty sich feindselig. Vor langer Zeit hatte sie für Olivers Mutter gearbeitet, und sie sagte zu ihm: »Sie sind kein Mr. Ratchett, Sie sind Oliver Pruell. Herr Oliver, worum bitten Sie mich da?« Oliver machte sich fluchtbereit.

Elizabeth sagte: »Um so mehr Grund für Sie, uns zu helfen, Mrs. Quilty. Ich habe mit Mrs. Pruell nie über Sie gesprochen, aber ich bin sicher, sie kann nur Gutes von Ihnen sagen, und Frederick Stockton hat Sie mir wärmstens empfohlen –«

»Wir leben in schwierigen Zeiten, das sag ich Ihnen«, unterbrach Mrs. Quilty. »Man kann kaum etwas sparen, die Regierung nimmt einem mit den Steuern alles weg; selbst um das Haus in Schuß zu halten, muß man den Leuten Stadtpreise zahlen, und überhaupt, die Leute, die jungen Leute haben kein bißchen Respekt mehr, kein bißchen Respekt mehr – früher haben die jungen Männer sich an den Hut getippt, wenn sie jemand in meinem Alter grüßten, heute kann man schon froh sein, wenn sie nicken.« Mrs. Quilty holte kaum Luft. »Achtzehn-fünfzig die Woche, im voraus, wenn's recht ist.« Elizabeth ließ Oliver sofort das Zimmer ausprobieren. Seine Gewissensbisse waren vergessen.

Er fragte sie: »Wer ist Frederick Stockton?«

»Dein Vater muß ihn kennen. Er hatte mit Mrs. Quilty eine Abmachung. Er hat sie auch anderen Herren vorgestellt. Daher die aufrichtige Empörung. Sie war anscheinend eine rechte Künstlerin. Damit hat sie das Haus bezahlt. Du hättest dich von ihr nicht zum Schweigen bringen lassen sollen.«

»Wenn sie meiner Mutter je etwas davon erzählt –«

»Mit deiner Mutter hat sie nichts am Hut. Aber du, und das weiß sie.«

»Wozu dann das Gezeter?«

»Um zu zeigen, wer das Sagen hat. Du bist zu verletzlich, Schätzchen. Hör zu: du kannst so sein, wie die Leute dich haben wollen, oder sie können so sein, wie du *sie* haben willst.«

»Ok.« Oliver überlegte: »Auch meine Mutter?«

Elizabeth lächelte: »Ich verstehe, was du meinst... Überwacht sie dich noch immer mit Stechuhr?«

»Nein. Aber sie denkt oft an mich.«

»Klar. Typisch Mutter.«

»Ich weiß nur nicht mehr, *was* sie von mir denkt. Mir wär's lieber, ich wär bei dir zu Hause.«

»Du hättest mich gern als Mutter?«

»Und ob.«

»Keine Chance, Baby.« Sie senkte drei Nägel in sein Perineum. »Dich lieben wie eine Mutter? Da fällt sogar Mrs. Quilty was besseres ein.«

Oliver errötete. »Lieben?« Elizabeth gab ihm einen geräuschvollen Kuß. Sie umschlang ihn mit Knien und Ellbogen. »Hey!« beschwerte er sich. »Soll ich dich etwa lieben?«

»Ja was dachtest *du* denn?«

»Ich denke gar nichts. Ich weiß nicht. Es war schon phantastisch. Es gefällt mir sehr...«

Elizabeth ließ ihn zu seiner nächsten Frage schleichen, die er mit etwas hoher Stimme kundtat.

»Liebst du mich?«

Elizabeth wölbte grotesk ihre Brauen und antwortete: »Weiß nich. War so phantastisch... Blödmann.« Sie leckte seine Lippen.

Oliver empfand begeisterte Neugier, was Elizabeth als nächstes tun würde, und nicht nur im Bett.

Auf dem College hatte er »geschrieben«; jetzt schrieb er Gedichte für sie. Raffiniert zwischen Erotik und Obszönität changierend. Sie las ihm jedes einzelne noch einmal vor, so daß er ganz verlegen wurde, und verlangte nach mehr.

Am Ende der dritten Juliwoche bekam Oliver einen Brief von Louisa, der Freundin, die sie einander ursprünglich vor-

gestellt hatte. Sie zitierte, was Elizabeth ihr über ihn geschrieben hatte: »Mein Oliver! So elegant, so schick; aber
was soll's? Dazu sind Treuhandvermögen ja da. Er hat noch
etwas anderes, das die Raffgier seiner Vorfahren und die
abscheulichen Kosten seiner Erziehung vielleicht wettma-
chen könnte: genug Talent, um auszubrechen. Er hat eben
ein Sonett über mein *derrière* geschrieben, das ist so gut, daß
ich schwöre, es erstens drucken zu lassen, und zweitens
durch tägliches Reiten dafür zu sorgen, daß es noch eine
Weile wahr ist...« Als Oliver dies las, sagte er sich etwas
wie: Sie denkt, also bin ich.
Elizabeths Bemerkungen bestürzten ihn aber auch. War er
denn nur als künftiger Schriftsteller von Wert? Würde er
ausbrechen müssen? Oliver mochte sein komfortables Leben. Und schier schlecht wurde ihm bei der Vorstellung,
daß, wenn seine Gedichte gedruckt würden, seine Eltern sie
lesen könnten – eine ebenso lächerliche wie reale Furcht.
An einem Nachmittag Mitte August schlug Elizabeth vor,
am Lake Luzerne angeln zu gehen.
»Mir ist Angeln zuwider.«
»Zumindest wirst du herausfinden, was hätte sein können.«
Er ahnte dunkel, was sie damit meinte: seinen Vater, der
durch bedrohliches Laubwerk einer Forellenfliege zuredete.
»Wonach angeln wir?« fragte er, als er ihr Boot vom Ufer
stieß.
»Wer weiß. Mittelmaulbarsche?«
Sie wechselten sich beim Rudern ab. Oliver zog zwei rund-
äugige, rauhschuppige Flußbarsche heraus, die eine Weile in
dem Metalleimer herumklatschten. In der Mitte des Sees zog
Elizabeth die Ruder ein.
Der Nachmittag war grau und still. Sie lagen auf dem Boden
des Boots. Olivers Kopf ruhte auf dem gepolsterten Brett im
Heck, Elizabeth schmiegte sich an seine Seite, eine Wange in
der Beuge seiner Schultern, eine Hand in seinem offenen
Hemd. Das Wasser schlug mit wechselnder Lebhaftigkeit an
das langsam sich drehende Boot.
Er beobachtete das langsame Kreisen des Boots, die kleinen

auflaufenden Wellen, die sachte dagegenschlugen. Von den schilfgesäumten Ufern des Sees wehte ein mulchiger Duft. Wasser und Hügel waberten im diffusen Graulicht. Es war, als hätte das Leben geendet und als träumte er eine Erinnerung. Er konnte nicht ausmachen, was er fühlte. Seine Gefühle waren zu Wiederholungen von Wellen und der Grauheit geworden, die unter dem tiefen, hellen Himmel fast unveränderlich war.

Er ließ das Boot treiben. Er hatte kein Ziel. Er dachte nicht, allenfalls in seinem Träumen. Alles, was je geschehen war, war nur Schein, der Schein von etwas, das geträumt worden ist, zählte nicht, ohne Belang. Das Boot schaukelte schläfrig, drehte hierhin und dorthin, versah ihn mit Gefühlen, Gedanken und ihren Gegenständen. Einen rasch vergangenen Augenblick lang versuchte er zu sagen, was mit ihm geschah (vielleicht Hegel, vielleicht Heine; auch sie waren ohne Belang). Er fand keinen Halt. Er war vollständig im Traum seines Seins gefangen. Er war in nichts gefangen. Außerhalb seiner selbst, außerhalb seines Traums hatte er nichts nötig.

Eine Stunde verging. Er starrte in den Himmel. Im Westen veränderte sich das dunkler werdende Grau. Dicht über der Silhouette der Hügel glommen glutrot umzackte Flöze. »Nichts außer uns hat Bestand.« Der Gedanke versank wieder im Düster von Wald und Wasser, die Wolken in ihrem gleichzeitigen Auflodern und Erlöschen wirkten auf ihn wie die Verkörperung seines Lebens, eine Hymne aus Freude und Trauer.

Im Osten hatte der Himmel eine dunklere, tröstlichere Farbe angenommen: ein Hang aus kühlem Blau, oder Kohlenblau, der Farbe, die er als Kind Polizistenblau zu nennen pflegte. Er dachte an den Onkel, bei dessen bloßer Erwähnung Erwachsene entrüstet verstummten, da er sein Geld verschleudert und seine gute Ehe mit anderen Frauen kaputtgemacht hatte. Er lebte in einem Vorort von Cleveland mit einer Mrs. Quilty zusammen. Blau, blau, polizistenblau. Oliver sah in die Dunkelheit und verspürte einen Schauer von Kraft, als er

erkannte, daß sein Leben ihm ganz allein gehörte, daß es
sonst niemanden gab. Ein solches Glück würde er niemals
mehr empfinden. Als Elizabeth aufwachte, war die Nacht
herabgesunken.

Olivers Eltern kamen aus Europa zurück. Er teilte seine Zeit
angenehm zwischen Elizabeth und dem Haus der Familie.

Am Morgen des letzten Mittwochs im August führte Elizabeth Oliver auf die Rennbahn und durch die Stallungen zu
einer bestimmten Box, aus der sie ein stattlicher brauner
Hengst anstarrte.

»Assured, gezeugt von Sure Thing mit Little Acorn. Und
sieh mal.« Elizabeth zeigte auf die örtlichen Notierungen im
Morning Telegraph:

Assured war für diesen Nachmittag für ein 1000-Dollar-
Verkaufsrennen angemeldet. »Die müssen übergeschnappt
sein. Wir müssen ihn unbedingt kaufen. Das ist das beste
Geschäft seit Louisiana.« Und sie redete ganz im Ernst.

Oliver begann mit ihr zu streiten: irgend etwas sei mit dem
Tier nicht in Ordnung, woher sollten sie tausend Dollar
nehmen, was sollten sie überhaupt mit einem Rennpferd anfangen? Elizabeth: sie habe Assured vor zwei Tagen laufen
sehen, sie würden sein Sparschwein plündern, sie würden ein
zweites Pferd kaufen, damit er nicht so einsam wäre. »Mit
einem hast du allerdings recht. Da *ist* was faul. Fragen wir
deinen Vater.«

Mr. Pruell war Mitglied des Vereins, der damals die Rennbahn betrieb. Seit Olivers Pubertät war er für seinen Sohn
ein Rätsel, und er hoffte, dies möge möglichst lange so bleiben. Oliver hatte einen Plan, den er sogar vor sich selbst
geheimhielt: er würde solch triumphale Erfolge einheimsen,
daß Mr. Pruells drachenhafte Art entwaffnet wäre, noch ehe
er sie ausspielen konnte. Der Sommer hatte Olivers Selbstvertrauen gestärkt. Elizabeth hatte ihn beglaubigt. Nun
drohte sie Teile seines Lebens durcheinanderzubringen, die
bis dahin angenehm unterschieden geblieben waren.

Er flehte sie an, nicht mit seinem Vater zu sprechen. Elizabeth wußte, er hatte keinen Grund, sich Sorgen zu machen,

und sagte ihm das auch. Er weigerte sich, sie zu begleiten. Diese kindische Verstocktheit beleidigte sie.

Elizabeth erkannte vielleicht zu mühelos, daß Mr. Pruell sie mochte und seinen Sohn liebte. Sie rief ihn an, er lud sie zu mittäglichen Cocktails ein und hörte sich ihre Geschichte an. »Er steht wirklich nicht zum Verkauf, verstehen Sie – das Rennen soll ihn bloß fithalten. Trotzdem, ich werde das überprüfen.« Er rief den Besitzer an, und berichtete ihr dann: »Tja. Die Sache läuft tatsächlich. Sie verstehen – wir kennen uns hier alle, und in solchen Fällen heißt es: Hände weg. Sie werden sich nach einem anderen Pferd umsehen müssen.«

»Wieder ein Traum geplatzt! Mr. Pruell, heute morgen hörte ich in der Cafeteria drüben an der Rennbahn einen Mann von Assured sprechen – daher wußte ich, daß er laufen sollte. Ich glaube nicht, daß er von Ihrer Vereinbarung gehört hat.«

Mr. Pruell tätigte einige weitere Anrufe; beim letzten gab er Assureds Besitzer den Rat, ihn zurückzuziehen. »Braves Mädchen. Da ist jemand von außerhalb – aus Jersey, wie ich höre –«

»Ich auch.«

»Doch nicht etwa aus Jersey *City*? Das hätte man mir sagen sollen. Sie haben die Juliette Low-Medaille verdient«, fügte Mr. Pruell zärtlich hinzu. »Nun, Sie bleiben zum Essen hier, und dann bringe ich Sie zur Rennbahn – der Besitzer möchte Ihnen persönlich danken. Wo ist denn mein Kleiner?«

Oliver zog durch die Kneipen. »Was macht Elizabeth?« wurde er gefragt. Niemand im Ort hatte ihn jemals ohne sie gesehen. Das Mittagessen ließ er aus. Er war vor zwei auf der Rennbahn und stand mit einem geliehenen Feldstecher im Innenfeld. Wenig später entdeckte er sie mit seinem Vater und ein paar anderen Männern im Clubhaus. Einer von ihnen, schlaksig und jung, hielt sich dicht bei Elizabeth, glotzte sie an und redete bei jeder Gelegenheit auf sie ein. Elizabeth nahm Oliver nicht wahr. Assured trat nicht zum Rennen an. Er ging zu Mrs. Quiltys Haus: keine Nachricht.

Am Abend fuhr Oliver zu Riley's Lake House, wo eine gute
Band spielte. Er stellte sich an die Theke. Eine Gruppe junger Leute kam herein, einige davon kannte er. Er setzte sich
zu ihnen an den Tisch, neben den Schlaksigen, den er auf der
Rennbahn gesehen hatte. Oliver begann mit ihm zu reden.
Sein Name war Walter Trale. Wie es ihm hier gefalle? Er sei
hier zum Arbeiten. Zum Arbeiten – in seinem Alter? Ja, er
verdiene bereits seinen Lebensunterhalt, und zwar als Tier-
maler. Oliver sagte, unbemalt würden ihm Tiere besser gefallen. Walter lachte und erklärte, er fertige Porträts von
geliebten Haustieren an. Soeben habe er Assured gemalt. Seit
seinem fünfzehnten Lebensjahr habe er Tausend von Dol-
lars verdient. Er würde trotzdem aufs College gehen, nächsten Monat ginge es los. – Mann, nächste Woche schon!
»Falls ich nicht alles hinschmeiße.«
Dies weckte bei Oliver köstliche Vorahnungen. Er beugte
sich einladend seinem Gegenüber zu. Walter vertraulich: »Es
gibt Augenblicke, weißt du, wenn die Türen auffliegen –
nein, es gibt überhaupt keine Türen.«
»Mannomann. Erzähl weiter, Walter.«
»Einmal habe ich mich in einen Zirkuselefanten verliebt.«
»Walter, du erwartest doch nicht, daß ich dir das abnehme.«
»Du weißt doch, wie Kinder ins Schwärmen geraten? Ich
war acht. Ich wollte ein Bild von ihm, also machte meine
Mutter ein paar Schnappschüsse. Darauf sah er aus wie ein
Sack Nebel.«
»Mhm.«
»Eines Nachts träumte ich von meinem Elefanten. Es war,
als wäre er auf einer Leinwand, aber er sah nicht aus wie ein
Sack Nebel, er war ganz deutlich. Nächsten Morgen zeich-
nete ich ihn dann so, wie er in meinem Traum ausgesehen
hatte. Das war mein Liebespfand, und in dieser einen Nacht
hatte ich gelernt, Tiere zu zeichnen. Man sagt, ich sei ein
Naturtalent, aber das einzig Natürliche daran ist, daß ich
verrückt nach diesem Elefanten war.«
»Also, ich würde diese Geschichte nicht jedem erzählen, den
ich zufällig kennenlerne.«

»Ich liebe nun mal Tiere – seit damals liebe ich alle Arten
von Tieren. Das Komische dabei ist, daß ich keine Menschen
zeichnen kann.«

»Wieso? Liebst du die Menschen nicht?«

»Das Gefühl hatte ich eigentlich noch nie. Trotzdem, du
kannst dir vorstellen, wenn einem so viel Aufmerksamkeit
und Geld zuteil wird und man die ganze Zeit mit diesen
reichen alten Knackern und ihren Frauen verbringt – ich
fragte mich, bin ich ein Weichling? Und heute lernte ich da
diese Person kennen.«

»Du meinst, eine *Frau?*«

»Sicher, schön war sie auch. Aber es war vor allem die Art,
wie sie sich bewegte. Ihre Finger und Knie bewegten sich
genauso wie ihr Gesicht, oder vielleicht auch umgekehrt. Du
verstehst, was ich meine?«

»Mann, und ob!«

»Ich mußte sie immerzu ansehen. Sie merkte, daß ich verrückt nach ihr war –« Walter brach ab. Oliver fragte, was
dann geschah. »Sie war wirklich nett. Morgen will sie für
mich sitzen. Ich kann's noch gar nicht glauben.«

Oliver konnte. Er wollte gerade sagen: »Also, ich muß mal
dringend scheißen gehen«, als die Band mit »Stompin' at the
Savoy« losdonnerte. In dem Lärm nahmen sie mit Gesten
Abschied.

Oliver ging zu Mrs. Quiltys Haus zurück. Keine Nachricht.
Er saß in ihrem Zimmer. Er hatte zwar auch nicht angerufen;
aber er war derjenige, den man ausgeschlossen hatte. Es hatten Dinge stattgefunden, bei denen seine Anwesenheit nicht
vermißt wurde. Elizabeth und sein Vater, Elizabeth und
Walter (natürlich ihre Sache) – Elizabeth hatte sich als etwas
entpuppt, das er nicht erwartet hatte: als richtiges Miststück.

Unfair? Hatte sie vielleicht *ihn* fair behandelt? Die Wochen
mit ihr hatten ihn ausgelaugt. Sie hatte so viel von ihm verlangt. Ständig wollte sie, daß er sich veränderte. Wie jetzt,
wo sie wollte, daß sie ein Pferd kauften. Sie mußte verrückt
sein, anzunehmen, daß er schreiben könnte.

Sie hatte ihm wunderbare Ferien geschenkt. Jetzt gingen die
Ferien dem Ende zu. Nächste Woche war der 1. September,
der Tag der Arbeit, da mußte er in die Stadt zurück und sich
einen Job suchen. Aber warum nicht den anderen zuvor-
kommen und es jetzt tun?
Die Aussicht, allein in der Stadt zu sein, entmutigte ihn, bis
ihm einfiel, daß er seine Freundin Louisa anrufen könnte.
Das gäbe ihm Gelegenheit, ihr als erster zu erklären, was
passiert war. Die kannte doch sicher noch andere Mädchen.
Oliver hinterließ bei Mrs. Quilty einen Brief für Elizabeth.
Darin gab er sich selbst die Schuld an den Ereignissen dieses
Tages, obwohl er »andere, die Du getroffen hast«, erwähnte.
Er schrieb, es überrasche ihn nicht, daß sie ihn verlasse. »Ich
habe bestimmt davon profitiert, Dein Liebhaber zu sein,
aber ich glaube kaum, daß Du davon profitiert hast, denn
mein Charakter ist vollkommen unzulänglich. Ich könnte
niemals an Dein hohes Niveau herankommen...« Er hätte
schreiben sollen: »Dein niedriges Niveau« – Elizabeth hatte
ihn nach unten gezogen. Oliver glich einem Ballonfahrer,
der keine Möglichkeit zum Steuern hatte, nur aufsteigen
oder sinken konnte; und jetzt stieg er auf, auf – heizte die
Luft in seinem Kopf, bis er wieder zwischen den tröstlichen
kohleblauen Gipfeln schwebte.
Am nächsten Tag fuhr er ab. Auf seinen Brief schrieb Elizabeth nie eine Antwort. Im Dezember bekam er die neueste
Ausgabe von *The Presidio Papers,* einer kleinen, in San Fran-
cisco erscheinenden Zeitschrift; sie enthielt drei seiner Gedichte. Eine solche Zeitschrift, sagte er sich, würde seinen
Eltern nie in die Hände geraten. Er irrte sich. Als Jahre
später sein Vater starb, entdeckte Oliver, daß er sein ganzes
Leben lang alte und neue Erotica gesammelt hatte. In seiner
Sammlung fand er auch die *Presidio Papers.*

OLIVER UND PAULINE

Sommer 1938

Zwei Jahre später zog Pauline Dunlap nach Abschluß des College zu ihrer Schwester Maud Ludlam und deren Mann Allan, den diese im Sommer zuvor geheiratet hatte. Seit ihr Vater Witwer geworden war, hatte Maud, die sechs Jahre älter war als Pauline, eine Art Pflegemutter für sie gespielt.

Ihr Vater war im März dieses Jahres gestorben und hatte sein gesamtes Vermögen seinen Töchtern hinterlassen. In den Wochen nach seinem Tod erfuhren die verwaisten Schwestern, daß die Bedingungen ihrer Erbschaft nur ihnen selbst und den Anwälten ihres Vaters bekannt waren. Niemand sonst schien zu wissen, daß Mr. Dunlap erheblich weniger als die ihm nachgesagten Millionen aufgehäuft hatte und daß er, ein Anhänger des Erstgeburtsrechts, neun Zehntel seines Vermögens seiner älteren Tochter vermacht hatte. Da Maud jetzt verheiratet war, beschlossen die Schwestern, diese Tatsachen für sich zu behalten: vielleicht konnte Pauline davon profitieren, wenn sie als glänzende Partie erschien.

Oliver, der Pauline als Kind gekannt hatte, entdeckte sie Anfang dieses Sommers wieder. Er machte da oben Urlaub von der Stadt, wo er jetzt im Büro seines Vaters arbeitete. Er und Pauline wußten sofort, wer der jeweils andere »war« (ein Pruell, eine Dunlap), sie freuten sich, einander wiederzusehen, und als sie dann auf der Party, die sie wieder zusammenführte, ein Gewitter im Freien überraschte, wurden sie zu Komplizen. Sie hatten unter einer gewaltigen Blutbuche Schutz gesucht, als ein Blitz die Nacht zerschnitt und Pauline beim Nasebohren erwischte. Oliver konnte nicht so tun, als hätte er nichts bemerkt: »So verbringst du also deine Freizeit.«

Pauline wartete, bis der Donner ausgerollt war. »Ich konnte es nicht hinausschieben. Es ist nun mal ein elementares Vergnügen.«

Der Schauer ließ nach. Sie gingen in das erleuchtete Haus zurück. Nur leicht besprenkelt, hatte Paulines Eleganz keinen Schaden genommen. Oliver fragte sich, wer diesen wohlgeformten jungen Körper eingekleidet haben mochte, Mainbocher, oder vielleicht Rochas? An einer Hand trug sie einen pfenniggroßen gelben Diamanten, um ein Handgelenk klotzige grüne Steine; und rosig auf der Haut lag eine kostspielige Tränenperle, die von einem samtenen Halsband hing. Auch nach dem Regen behielt ihr Haar die Adrettheit seines Abbildes im Tiefdruck: glatt von ihrer gewölbten Stirn zurückgekämmt, die schmucken Locken hinter den Ohren mit echten, unverwelkten Kornblumen besternt. Reinweiße und blaue Augen sahen Oliver mit feuchtem Glitzern an, als sie ihn anflehte: »Du verrätst doch nichts?«

»Niemals – vorausgesetzt, du gehst morgen abend mit mir essen. Sonst...« Oh, morgen war's unmöglich. Aber nicht den Abend danach.

Sie speisten. Sie gefiel ihm gut genug, um sie noch einmal auszuführen. Er mochte sie, weil sie ihm so bereitwillig vertraute. Sie mochte ihn, weil ihm so leicht zu trauen war. Er hatte sich im Griff, er hatte die Kenntnisse eines Mannes, der nicht nur die Schulbank gedrückt hatte.

Weniger mochte sie, daß er bei höflicheren Zärtlichkeiten stehenblieb. Oliver hätte nicht sagen können, was ihn zu so peinlicher Zurückhaltung brachte. Er hatte einfach das Gefühl, er dürfe eine solche Offenheit nicht ausnutzen. Sein Anstand mag Ausdruck für die Furcht gewesen sein, eine reiche Frau zu verführen: »Vertrauen« war unter anderem gefragt, wenn es darum ging, sich um das Geld anderer Leute zu kümmern.

Anläßlich eines Abendessens in einem Rasthaus beobachtete er, wie sie mit den rostfreien Eßstäbchen, die sie immer bei sich trug, behende ein Lammkotelett zerfetzte. Ihre einhändige Vorführung verstieß gegen alle bekannten physikalischen Gesetze. Oliver fragte: »Wie machst du das nur? Du bist besser als jedes Schlitzauge.«

»Oh, nicht dieses Wort, bitte! Hast du nicht die Wochenschau gesehen? Familien, die aus Haus und Hof gebombt wurden! Ich *sehne* mich danach, dort hinzufahren, etwas zu *tun*. Die brauchen so dringend Hilfe.«

»Meinst du das ernst?«

»Soweit ich weiß.«

»Dann fahr hin. Geh zum Roten Kreuz. Melde dich freiwillig bei den Quäkern.«

»O nein. Das muß ich allein machen. *Ich* möchte entscheiden, was zu tun ist.«

»Trotzdem könntest du hinfahren –«

»Das kann ich mir nicht leisten.«

»Da hast du's, du meinst es *nicht* ernst. Wenn du die Hälfte deines Schmucks versetzt, könntest du Nanking wiederaufbauen.«

»Die gehören nicht mir. Noch nicht«, fügte sie rasch hinzu. Sich vorbeugend, vertraute sie ihm bedeutungsvoll an: »Ich bohre nicht nur in der Nase, sondern beziehe auch bis zu meinem fünfundzwanzigsten Geburtstag nur ein Taschengeld.«

»Und bis dahin wird dein Konto fünfstellig überzogen sein...«

»Oh, Maud finanziert meine Kleider. Aber nicht China.« Sie aß noch etwas Kotelett. Äußerst reizend sah sie durch seine Augen mitten in ihn hinein: »Warum willst du nicht mit mir schlafen? Liegt es an mir oder an dir? Soll ich's mit Tabu versuchen? Oder mit Lifebuoy?«

Er zögerte: »Das wäre dein erstes Mal, stimmt's?«

»Wenn ich könnte, würde ich lieber mit dem zweiten Mal anfangen.«

»Du bist so schlank wie das *V* von Veedol, aber –«

»Sag nichts! Nur, bitte, denk irgendwann einmal ganz ernsthaft darüber nach.« Dies versprach er. Pauline fuhr fort: »Maud ist ein Schatz, aber natürlich wäre ich gern ein bißchen unabhängig – du verstehst schon, mit eigenem Zaster.« Und dann: »Was ist so toll daran, ein Pferd zu besitzen, wenn man den Hafer nicht bezahlen kann?«

Er ging die gesetzlichen Möglichkeiten mit ihr durch, von denen keine sonderlich viel versprach. »Versuch's mit Lady Luck.«

»Oh, ich wette gern. Aber wie? Der Markt ist komplett abgeschottet. Auf jeden Fall braucht man erstmal Kapital, um überhaupt anfangen zu können.«

»Du hast Pferde gern –«

»Bring mich nicht in Versuchung! Meine Zimmergenossin hat eine phantastische Wettmethode ausgearbeitet.«

»Na also. Deine Sorgen sind vorbei.«

Oliver scherzte; Pauline nicht. In der nächsten Woche war sie vor Sonnenuntergang nicht zu sprechen. Die Tage verbrachte sie in der Verbandsbibliothek, wo der *Morning Telegraph* vollständig vorhanden war. Mit Hilfe der Tabellen der Zeitung verifizierte und modifizierte sie das System ihrer Zimmergenossin.

Zur erfolgreichen Anwendung des Systems mußte ein Pferd sein letztes Rennen über eine Distanz gewonnen haben, die nicht kürzer war als die des bevorstehenden. Dieser Bedingung fügte Pauline gewisse strenge Indikatoren bezüglich der Form des Jockeys hinzu. Ihren Forderungen zufolge konnte sie, wenn Jockey und Pferd ihre klug auf drei algebraische Gleichungen beschränkten Bedingungen erfüllten, bei jeder dritten Wette einen Treffer landen.

Ihre Methode hatte einen Nachteil. Sie schloß so viele Bewerber aus, daß sie nur bei einem von zwanzig Rennen wetten konnte, und als sie sich von der Theorie der Praxis zuwandte, bescherte ihr eine Woche auf der örtlichen Rennbahn lediglich zwei Chancen, ihre fünf Dollar zu setzen. Einmal verlor sie, und einmal gewann sie mit neun für zwei. Gewiß stärkte dies ihr Selbstvertrauen, doch eine wöchentliche Einnahme von siebzehnfünfzig war offenbar auch nicht geeignet, ihr Leben entscheidend zu verändern.

»Ich glaube, ich werde lieber meinen Charme spielen lassen«, erzählte sie Oliver, »das muß ich wohl ohnehin tun, wenn du dich nicht von deinem Hintern erhebst und in meinen kriechst.«

»Stäbchen, so solltest *du* nicht reden.«

»Falscher Spitzname, Schätzchen. Es geht darum, daß mein System bis jetzt noch nicht die Antwort auf das Gebet einer Jungfrau ist. Aber ich denke, ich könnte den Einsatz erhöhen.«

»Darf ich darauf hinweisen, daß Ma Bell und ein gutes Wettbuch jede Rennbahn im Land in die Reichweite deiner gierigen Finger bringen können? Damit hättest du pro Tag nicht acht, sondern achtzig Rennen zur Auswahl.«

»Prima, aber wo finde ich einen Buchmacher?«

»Frag mich doch mal.«

»Du kommst viel herum.«

»In dieser Stadt? Hockt unter jeder Regenrinne einer.«

Oliver begann ihre Wetten anzunehmen. Das Spiel steigerte sich dramatisch. Pauline entflammte noch heftiger für die Verlockung, das Risiko zu meistern, und anfangs funktionierte ihr System besser, als Oliver erwartet hatte. Bald aber wurde sie wieder ungeduldig. Ihre Hoffnungen waren höher gestiegen, und ihr Profit war noch immer kärglich: stundenlange Berechnungen und ein Dutzend Wetten für einen Gewinn von siebzig Dollar. Sie wollte nach China.

Eines Tages brachte Oliver ihr schlechte Neuigkeiten: ihr Buchmacher war nicht erschienen, und sie hatten einen Treffer verpaßt. Wie er vorausgesehen hatte, reagierte Pauline eher mit Angst als mit Wut: »Wenn ich mich nicht an die Regeln halten kann, geht es mit Sicherheit schief.«

Oliver war inzwischen unwiderruflich beteiligt. Warum, wußte er nicht – gewiß nicht, um ihr zu helfen. (Knapp hundert Dollar standen auf dem Spiel.) Für ihn war das eher eine Art Verführung, bei der er eine spinnenhafte, eher weibliche Rolle spielte. Wenn er ihr Geld nahm, prickelte seine Haut elektrisch, als ob er eine Verschwörung leitete.

»Du hast recht«, erwiderte er. »Du hast keine Reserven, und wenn es so weitergeht, wirst du auch nie welche haben. Ich habe eine Idee.«

»Ah, sag schon.«

»Es gibt ein Verfahren, das heißt Martingale. Wenn man

verliert, verdoppelt man seinen Einsatz, und man verdoppelt so lange, bis man gewinnt. Damit werden alle Verluste ausgeglichen, *und* man bekommt einen höheren Gewinn ausgezahlt.«

»Ok. Also ich setze fünf Dollar und verliere, und nächstes Mal setze ich wieder fünf Dollar plus fünf, also zehn« – sie hatte Block und Bleistift herausgeholt –, »ich verliere und setze fünf plus fünfzehn, also zwanzig – und zwanzig bei drei für eins macht sechzig anstatt fünfzehn, das heißt: ich habe fünfundvierzig Dollar Plus statt... fünf? Warum hast du deine Weisheit für dich behalten?« Ehe er antworten konnte: »Moment! Und wenn ich verliere? Dann wäre ich nicht fünfzehn, sondern, hm, fünfunddreißig Dollar los – könnte das nicht teuer werden?«

»Du setzt die fünfunddreißig mit deinen nächsten fünf und bekommst alles zurück – irgendwann mußt du ja einmal gewinnen. Du sagst doch, mehr als drei oder vier Verluste in Folge kämen bei dir nicht vor.«

»Ich habe dir meine Tabellen gezeigt. Ein paar Pechsträhnen hatte ich durchaus, aber nur ganz vereinzelt.«

Oliver wußte es besser. Bei welchem Spiel auch immer, längere Pechsträhnen konnten gar nicht ausbleiben; und früher oder später entdeckt jeder Spieler das Martingale. Oliver beobachtete, wie sie sich mit den Verheißungen dieses Systems bezauberte.

Er selbst fand ihre zunehmende Abhängigkeit bezaubernd. Eigentlich wollte er, um ihre Verwirrung aufs neue zu steigern, das Drama der nicht abgegebenen Wette wiederholen, doch statt dessen teilte er ihr nur ein- oder zweimal mit, sein Buchmacher halte sich nicht in der Stadt auf. »Die entscheidenden Leute scheinen ständig woanders tätig zu sein«, rief sie. Ihre Ungeduld machte sie zu einer höchst lebhaften Gefährtin. Fast gelang es ihr, seine wohlerwogene Zurückhaltung ins Wanken zu bringen.

Nach einer Woche führten die Ereignisse selbst eine Krise herbei: Pauline hatte sieben Verluste hintereinander. Der letzte kostete sie dreihundertundzwanzig Dollar. Sie schreckte ebenso davor zurück, diesen Betrag zu verdoppeln, wie nicht weiterzuspielen. Oliver bot an, ihr unter die Arme zu greifen. Sie weigerte sich, so heftig sie konnte – nicht heftig genug, wie ihr klar war, jedoch ohne Falsch. Oliver bemerkte: »Du redest, als ob du *mir* einen Gefallen tun würdest.«

Hierdurch kam Pauline auf einen Ausweg: »Ich mache ein Geschäft mit dir. Wenn ich dir das Geld nicht zurückzahlen kann, vermache ich dir meine Jungfernschaft. Und die *mußt* du annehmen.«

»Pauline, du bist naiv wie ein Säugling.«

»Zum Teufel damit. Ich werde Maud fragen.«

Die Aussicht, sie in seiner Schuld zu haben, erregte Oliver. »Also einverstanden. Aber ich bedinge mir aus, Ort und Zeit selbst zu bestimmen.«

»Von mir aus. Ich gebe dir eine Woche Zeit. So lange können reife Kirschen warten. Das Pferd heißt Disrespect. Und es wird gewinnen. Und dann miete ich mir einen richtigen Mann, du Flegel.«

Diese listige Zusicherung stellte Pauline zufrieden. Sie schöpfte neue Hoffnung für die Zukunft. Disrespect ging jedoch nicht als Sieger durchs Ziel, und mit dem Verlust schrumpfte auch ihr Selbstvertrauen.

Pauline wurde von unerwartetem, nicht zu beschwichtigendem Schamgefühl überwältigt. Olivers Versicherungen ließen sie kalt: »Selbst *wenn* das Geld unwichtig wäre, *ich* bin es nicht. Ich lasse mir das nicht von dir schenken. Ich bin kein dummes kleines Mädchen.«

»Ich weiß. Wir hätten ein gemeinsames Konto eröffnen sollen, dann wäre es egal gewesen.« Oliver wußte selbst nicht, was er mit diesem Scherz meinte.

Trotz ihrer Vereinbarung löschte Paulines Reue jeden Gedanken daran, ihre Schuld mit etwas anderem als Bargeld zu begleichen. Sie beschloß, das Geld zu verdienen. Was Oliver überraschte, aber nicht sehr beunruhigte. Ob Pauline die Schuld beglich oder nicht, er wurde zum Mittelpunkt ihres Lebens. Nie zuvor hatte er jemanden so beherrscht.

Was das Geld betraf, hatte Oliver wenig Vertrauen zu jedwedem Wettsystem und gewiß nicht zu dem von Pauline. Er hatte keine ihrer Wetten abgegeben; er selbst war ihr einziger Buchmacher gewesen. Sie schuldete ihm nichts – die sechshundertundfünfunddreißig Dollar, die ihr gehörten, waren in seinem Besitz.

Pauline bat Maud um Hilfe bei der Suche nach einem Job. Maud, die von Olivers Bedeutung in ihrem Leben nichts ahnte, schlug dessen Vater vor, einen guten Freund, der gerade schwer damit beschäftigt war, den Verband, zu dessen Präsident er gewählt worden war, zu reorganisieren. Dem würde bestimmt etwas für sie einfallen.

Zunächst beunruhigt, überzeugte Pauline sich rasch davon, daß Oliver kein Hindernis darstellte, wenn sie an Mr. Pruell herantreten wollte. Am nächsten Tag sprach sie bei ihm vor. Jobs kamen nicht zur Sprache. Er hatte mehr mitbekommen als Maud, und er wußte, wie sein Sohn die Abende verbrachte. Pauline gefiel ihm. Als er sie in sein Arbeitszimmer führte, war er es, der um Hilfe bat: »Lieben Sie Oliver? Hoffentlich. Ich brauche Hilfe.«

»Hilfe bei *Oliver?*«

»Es kommt mir vor, als habe er sich in einen anderen Menschen verwandelt. Bis vor ein paar Jahren pflegte er mich wie einen alten Knacker zu behandeln. Er wußte, worauf es im Leben ankam, und ich war der Sklave meiner Geschäfte. Und jetzt zeigt er nicht nur Respekt und Vertrauen, sondern arbeitet sogar für mich. Das macht mir Sorge.«

»Glauben Sie nicht, daß er glücklich so ist?«

»Wie wäre das möglich? Ich wollte mit zwanzig ebenfalls Schriftsteller werden. Aber mir fehlte das Talent, also machte ich mich lieber an die Arbeit und ans Geldverdienen. Hören Sie, meine Liebe, mir schwebte von Anfang an vor, ein eventuelles Vermögen dafür zu verwenden, meinem Kind jede von ihm gewünschte Lebensweise zu ermöglichen. Warum sollte Oliver alles, was ich getan habe, noch einmal tun? Wenn er schreiben will, dann soll er schreiben.«

»Sind Sie sicher, daß er das will? Er hat nie ein Wort davon –«

»Er ist wirklich begabt. Sie sehen skeptisch drein. Nun, ich habe Ihnen nicht viel zu zeigen, seit er vom College abging, nur ein paar Gedichte, und die sind obendrein« – er entnahm einer verschlossenen Schublade die *Presidio Papers* – »äußerst gewagt. Aber Sie sind ja ein großes Mädchen.« Er hielt Pauline die Zeitschrift hin.

Sie las etwa zehn Zeilen, worauf das Heft trotz der Warnung ihres Gastgebers zu Boden fiel. Mehr als nur Verlegenheit ließ Pauline sehr rot werden.

»Ich bin ein Idiot, verzeihen Sie mir.« Taktvoll gestattete sich Mr. Pruell nicht einmal ein Lächeln über ihre Betretenheit. »Verlassen Sie sich darauf. Normalerweise suchen Väter derlei zu verhindern, wie Sie wissen.«

»Wer ist diese Frau?«

»Bevor ich das vergesse: sprechen Sie mit Oliver nicht von diesen Gedichten. Er denkt, ich weiß nichts davon.«

Pauline versprach es. Olivers Vater hätte sie alles versprochen.

»Reife Kirschen, erinnerst du dich?« schalt sie Oliver an diesem Abend.

»Aber natürlich. Mir kam es vor, als hättest *du* es vergessen.« Er küßte sie mit Zungenschlag. »Treffen wir uns um elf im Meville-Bad.«

»Im *Bad?* Am *Vormittag?*«

»Frag nach Kabine zweiunddreißig.«

Oliver wußte, daß die Zeit gekommen war. Paulines frische Leidenschaft kam ihm wenig überraschend; sie bestätigte ihn in dem Glauben, daß die Macht bei denen bleibt, die sie verschmähen.

Oliver machte überschwenglich Liebe mit Pauline – seine Gedichte wurden lebendig. Nach der Badeanstalt genoß er sie an anderen unwahrscheinlichen und noch öffentlicheren Orten: in einem Baumhaus, auf dem mondbeschienenen Grün des Golfplatzes im Geyser Park, am Boden eines Ruderboots auf dem Lake Luzerne. Sie benutzten auch sein

Zimmer bei Mrs. Quilty, wo sie lange Nachmittage verbrachten. Er machte Sachen mit seinem Mund, die sie sich
niemals hätte träumen lassen. Er erfand ihre Gefühle.
Sein Überschwang war nicht geheuchelt. Indem er die Dinge, die Elizabeth ihm beigebracht hatte, nachspielte, machte
er sie sich zu eigen: sie wurden zum Beweis seines Könnens.
Er vermerkte mit inniger Freude, wie Pauline sich in ihn
verliebte.
Ihm war klar, sie würde ihn heiraten wollen. Er ließ sie das
Thema anschneiden und sagte dann: »Du pflegst einen Le-
bensstil, den ich dir noch jahrelang nicht werde bieten
können.«
»Ich werde dreimal täglich Getreideflocken essen. Und ich
werde die Coupons sammeln.«
»Genau das meine ich.«
»Ich möchte nur für immer mit dir leben. Soviel kann das
doch nicht kosten.« Oliver zuckte die Schultern. »Ich besor-
ge mir einen Job.«
»Meine Geliebte, qualifizierte *Männer* sind heutzutage ar-
beitslos.«
»Ich sag's dir, ich kenne da einige Leute.«
»Du bist ein prima Mädchen. Pauline, aber du bist für ein
Leben in Müßiggang erzogen. Was werden wohl unsere
Freunde sagen, wenn ich dich arbeiten lassen würde? Wenn
ich könnte, würde ich ja selbst zwei Jobs auf einmal bewälti-
gen, aber dazu hat der Tag nicht Stunden genug.«
»Oh, ich möchte nicht, daß du *mehr* arbeitest, ich möchte,
daß du überhaupt nicht zu arbeiten brauchst – nicht im Büro
jedenfalls.«
»Welchen Job schlägst du mir dann vor – Buchmacher?«
Pauline faßte dies als mögliches Wortspiel auf: »Bitte deinen
Vater um Hilfe. Er meint, ich sei gut für dich.«
»Er *hilft* mir ja. Ich stehe auf der Lohnliste.«
»Ich wette, er würde dir einen eigenen Start ermöglichen.«
»Wäre ich auf mich allein gestellt, würde ich gerne zei-
gen, wozu ich fähig bin, ohne sein Geld.« Pauline lächelte.
Wo Oliver daran dachte, ein eigenes Geschäft aufzuma-

chen, schwebten ihr lange Nächte über der Schreibmaschine vor.

»Irgend etwas müssen wir doch tun können – muß *ich* tun können. Ach, warum bin ich so ein Rindvieh?« Oliver blieb ganz still: als hielte er bei einem Glücksspiel ein sicheres Blatt in der Hand und wartete darauf, daß sein Gegner sich verspekuliert. »Wenn doch nur...«, sagte Pauline, und Oliver rührte sich nicht; zündete seine nächste Zigarette nicht an.

Pauline hatte beschlossen, Oliver nichts von ihren tatsächlichen Aussichten zu erzählen. Sie hielt das Thema aufrichtig für irrelevant: sie hatte immer genug Geld gehabt, und sie beide würden ebenfalls genug haben. Gleichwohl sah sie, daß Oliver nur mit greifbaren Aussichten überzeugt werden konnte.

Maud wollte sie gut verheiraten. Maud hatte Geld übrig. Würde sie es übrig haben? Warum nicht? Oliver hat nie erfahren, welche Verbitterung nun zwischen den beiden Schwestern entstand. Pauline hatte ihm nur erzählt, sie werde Maud bitten, den Zeitpunkt ihres Erbschaftsantritts vorzuverlegen. Oliver akzeptierte diese Lüge und ging darüber hinweg – so einfach ließen Testamente sich nicht ändern. Ihn kümmerte das nicht. Auf seine Weise machte er sich aus Geld genausowenig wie Pauline. Er bekam, wonach es ihn am meisten verlangte: Pauline vertraute ihm alles an, was sie besaß.

Zwei Tage später erzählte sie ihm, was Maud ihr zugestanden hatte: eine Verdopplung ihres Taschengelds, Überschreibung des väterlichen Hauses in der Stadt auf ihren Namen. Oliver war beeindruckt. Einen Tag lang hielt er die Fassade des Widerstrebens noch aufrecht, dann gab er nach, äußerst zufrieden damit, aller Welt kundtun zu können, daß diese lebhafte, schöne, begehrte junge Frau ihn allen anderen vorgezogen hatte.

Mr. Pruell gab eine Party, um ihre Verlobung bekanntzugeben. Maud nahm nicht daran teil: sie war in Europa auf Reisen. Nicht einmal zur Hochzeit im Oktober kam sie

rechtzeitig zurück. Kriegsangst ging um, und ihr Zug aus
Wien wurde gestrichen, so daß sie ihr Schiff verpaßte. Oliver
hätte nach anderen Gründen rätseln können; er war zu
glücklich, um danach zu suchen. Wie ein Fahrer, der auf
seiner täglichen Strecke eine Abkürzung gefunden hat, wie
ein Soldat, der ohne Blutvergießen eine Stellung erobert hat,
wie ein Schriftsteller, der seine Sache kurz und klar dargelegt
hat, sog er Glück aus seiner Wirksamkeit. Auf der Verlo-
bungsparty erkannte er, daß das aus den sieben mißratenen
Wetten Paulines zurückbehaltene Geld die Kosten seiner
Werbung bis zum letzten Dinner und Drink deckte. Er
gönnte es sich, ihr seinen Betrug zu gestehen.

»Du bist ein Schurke und Flegel«, sagte sie, »mich für nichts
und wieder nichts so auf die Folter zu spannen.«

»Aber das Geld haben wir noch!«

»Und wenn ich gewonnen hätte, he?«

»Du bist entzückend und bewundernswert, aber praktische
Dinge überlasse bitte mir.«

Ein ernster Ton in seinen Worten rührte Pauline: »Ich möchte dir alles überlassen! Apropos – wie wär's mit einem Rendezvous in deinem Baumhaus?«

Oliver nahm sie in seine Arme und knabberte an ihren Augenbrauen. »Warum warten wir nicht? Machen wir unsere
Hochzeitsnacht zu einem zweiten ersten Mal.«

»Du machst Witze – nein? Ok, wenn du meinst.« Kurz
fühlte sie sich erstickt von dem Hundstagsgewicht seiner
Güte. Sie wollte, vor seinen Eltern, vor ihren Freunden, ihre
Hand auf seinen Schwanz legen. Fragte aber nur: »Nichts
mehr mit Baumhaus? Nichts mehr mit Mrs. Quilty?«

Oliver schüttelte lächelnd den Kopf. Nie würde er den Fehler machen, Pauline mit Elizabeth oder ihre Wünsche mit
seinen Bedürfnissen durcheinanderzubringen. Sie gehörte
seinem zukünftigen Leben an, dem Leben, das sich jetzt wie
eine Folge aufgeräumter, diskret beleuchteter Zimmer vor
ihm erstreckte: der marmorgefliste Eingang, wo Pauline in
langem goldenem Kleid wartend an der Tür stand; der obere
Salon mit Louis XV-Möbeln, einigen Couches und Armses-

seln, deren Polster in weichsten Grau- und Beigetönen bezogen waren und die sich ungezwungen vor der zeremoniellen Förmlichkeit eines großen Flügels abhoben; ein Speisezimmer mit einem im Kerzenschein fast schwarzen Mahagonitisch, um den Zigarren rauchend und Portwein trinkend Freunde in Smokings saßen; die Höhle im Parterre, ausgestattet mit Polstersofa und Sessel, einem Schreibtisch voller Geheimnisse, einem privaten Telefon, eine Zuflucht, in der die Einsamkeit zu ergründen war, die einem Mann von Welt sein beständigstes Vergnügen bereitete. Sie gehörte einer Perspektive an, in die er ohne die geringsten Gewissensbisse und Mühen eintreten konnte. Obgleich er für diese Perspektive nur wenig Originalität in Anspruch nehmen konnte, betrachtete er sie mit Stolz als eine persönliche Schöpfung, vielleicht, weil er sich so ganz in ihrem Besitz fühlte.

Als er viel später erfuhr, wie es sich mit Paulines Erbschaft wirklich verhielt, wurde Olivers Selbstgefälligkeit nicht kleiner. Er ließ sie keinen offenen Tadel hören, und in Wahrheit war er für diese Eröffnung geradezu dankbar. Immerhin bekräftigte dies doch sein Recht, die Dinge zu lenken, sein Recht, Herablassung und Mitleid walten zu lassen, sein Recht auf Kontrolle.

Sommer 1961 - Sommer 1963

Jahre später, genau an dem ersten Juli, an dem Allan Ludlam Elizabeth entdeckte, und in derselben Stadt, wies Owen Lewison seine Bank in der City an, einen beträchtlichen Geldbetrag auf seine Tochter Phoebe zu überschreiben, die damals kurz vor ihrem einundzwanzigsten Geburtstag stand.

Es war nicht das erstemal, daß Owen sich entschlossen hatte, seine Tochter zu beschenken: zwei Jahre zuvor hatte er ihr mitgeteilt, er richte ihr einen Treuhandfonds ein, der sie mit einem eigenen Einkommen versehen solle.

An einem Tag Mitte August, sie saßen draußen im Schatten von Ahornbäumen, hatte er mit ihr gesprochen. Jenseits der verschwommenen Ferne dampfender Äcker und Hügel standen blaustichig die Adirondacks. Phoebe errötete durch ihre feuchte Sonnenbräune.

»Poppa! Was habe ich getan –«

»Nur ruhig – du machst alles ganz wunderbar.«

»Es geht doch nicht um die Schule? Das ist doch nicht der –«

»O ja, ist es wohl. Aber das hier soll keine Belohnung sein. Ich möchte, daß du lernst, dein Leben selbst in die Hand zu nehmen.«

»Poppa, ich habe vor, arbeiten zu gehen –«

»Nun, ich *wünsche,* daß du arbeitest.«

»Dann –«

»Aber mit Bewegungsfreiheit. Damit du wählerisch sein kannst. Damit du nicht gleich von irgendeinem reichen Geldsack in Versuchung geführt wirst. Zweihundert monatlich dürften da helfen.«

»Das ist ja toll, Poppa –«

»Und mit etwas Glück wird es noch mehr.«

»Poppa, und wenn –« Sie zögerte. »Und wenn sich irgend-

was Besonderes ergibt – zum Beispiel, ein Auto kaufen?
Nicht, daß ich eins haben möchte, aber –«
»Dann frag mich. Es wird mir ein Vergnügen sein.«
Owen erklärte, die Kontrolle über das Kapital werde er be-
halten: »Das ist erforderlich, damit es mehr wird. Du bist
doch auch der Meinung, daß ich das am besten kann? Und
du siehst auch ein, daß es ein Fehler wäre, es für so etwas wie
ein Auto aufzubrauchen.«
Natürlich war Phoebe einverstanden. Schon hatte sie begonnen, einen Plan zu entwerfen. Das Bewußtsein, über eigenes
Geld verfügen zu können, weckte einen bestimmten Wunsch
aufs neue.
In jenem Frühjahr hatte sie an ihrem College eine nicht zum
Lehrplan gehörende Vorlesung besucht. Als Redner hatten
die Studenten den ersten langhaarigen jungen Erwachsenen
eingeladen, den sie je gesehen hatte. Er trug Stiefel und Jeans
zu Wildlederjacke und schmaler Krawatte. Er lebte in den
Rockies, und er sprach von ihren unberührten Wildnissen.
Er sprach von den Eingriffen des Stadtmenschen in die
Wildnis. Er sprach von der Verdorbenheit der kapitalisti-
schen Gesellschaft, die in ihrem Bedürfnis, Profit zu machen, alles, was sie berühre, Individuen eingeschlossen, kor-
rumpiere. Die Wildnis, sagte er, ermutige die Individuen
dazu, einfach sie selber zu bleiben: zwinge sie, ein Wissen zu
erwerben, das sich als unvergleichlich brauchbar zum Führen eines glücklichen, autarken Lebens erweise. Lange sei die
Revolution sein politisches Ideal gewesen, nun aber sehe er,
daß die Zeit zur Revolution noch nicht da sei. Und bis diese
Zeit gekommen sei, empfehle er, sich von der Gesellschaft
loszusagen. Niemand fragte den Redner, was die Leute in
der Wildnis mit ihren Abenden anfingen. Phoebe und ihres-
gleichen, die gewöhnlich so skeptisch waren, erkannten seine Prinzipien begeistert an.
Wenig später begegnete sie in der Stadt einem jungen Mann,
der die Vision des Redners mit Leben erfüllte. Er wollte das
nächste Jahr als Förster in New Mexiko verbringen. Da sie
bewundernd stöhnte, machte er den Vorschlag: Komm doch

mit. Ein güldener Hüne, ragte er vor ihr auf, aber damals
konnte Phoebe von einer solchen Aussicht nicht einmal
träumen. Jetzt schrieb sie ihm: ob er das ernst gemeint habe?
Das habe er, kam seine telefonische Antwort.

Als Phoebe verkündete, sie gehe vom College ab, um die
Wälder des Südwestens hüten zu helfen, umkrallte Owen,
der seit zehn Jahren nicht mehr rauchte, süchtig seine leere
Brusttasche. Er sah sich als Betrogenen.

Er war klug genug, seine Gefühle zu verbergen und nicht zu
feilschen. Anfangs drückte er nur seine Überraschung aus
und bemerkte, ein solches Leben komme ihm töricht vor –
diese Arbeit könne sie doch gar nicht leisten. Phoebe behauptete, das könne sie wohl; bei Rucksackwanderungen sei
sie besser als mancher Mann gewesen. (Selber schuld, überlegte er – er hatte sie wie einen Jungen erzogen. Ihr Bruder
war ein häusliches Kind gewesen.) Mag sein. Aber wieso
zwei Jahre vor ihrem B. A. abbrechen? Sie erwiderte, ein
Kunstdiplom von einem progressiven College sei heutzutage
keine große Nummer – es könne einem sogar negativ ausgelegt werden. Owen fragte: Und die Kunst selbst? Zehn Jahre
lang sei ihr Berufswunsch Malerin gewesen. (Diese Möglichkeit konnte Owen akzeptieren. Er erwartete von seiner
Tochter nicht, daß sie Jura studierte, und jedermann hatte
ihr echtes Talent bescheinigt. Sie sollte weitermachen und
Kunst studieren. Hinterher würde sich das entweder verlieren, oder sie hätte Erfolg. Er malte sich schon aus, wie er sie
dann in der Stadt besuchen würde ...) Die Kunst, sagte
Phoebe, was ist denn so toll an der Kunst? »Ich werde etwas
Handfestes tun.«

»Selbst Marx wußte es besser – ›produktive Arbeit‹, erinnerst du dich? Nicht sehr produktiv, Bäume anzuglotzen.«

»Poppa, *du* hast von Bewegungsfreiheit gesprochen –«

»Aber doch, um es in der Welt – in der ›realen‹ Welt – zu
etwas zu bringen. Und nicht, um davor wegzulaufen.«

»Du willst mir das Geld streichen?«

Owen wollte mehr wissen. »Diese ›Freunde‹ in New Mexico
– ist da auch ein junger Freund dabei?«

»Wovor hast du Angst? Ich werde dort nicht mein ganzes Leben verbringen. Er ist kein Junge, sondern ein Mann«, sah Phoebe sich bemüßigt hinzuzufügen.

Owen hatte Angst – nicht vor dem, was Phoebe sich einbildete, sondern davor, ausgeschlossen zu werden. Er wünschte Phoebe aufrichtig Freiheit und sah sich selbst als Teil davon.

»Du wirst die Erträge von neunzehn Jahren wegwerfen. Du bist zu klug für den Dschungel –«

»Aber es geht um das, was ich *nicht* gelernt habe –«

»– und wenn du mit einem ›Mann‹ losziehen willst, dann sag es doch um Himmels willen.«

Natürlich steckte ein Mann dahinter – jemand, der den Vorwand für eine Veränderung lieferte. Phoebe machte sich an die Verteidigung dieses Mannes, den sie kaum kannte. Sie brachte sich selbst in Verlegenheit; sie machte sich wütend; sie kramte nach Rechtfertigungen.

»Kaum will ich etwas, kneifst du.«

»Phoebe, es wäre unverantwortlich von mir –«

»Ach Scheiße, du willst dich in mein Leben –«

»– nur dein Bestes. Und hüte bitte deine Zunge, wenn du mit mir sprichst.«

»Mein Bestes ist, was *du* ... Dafür ist das Geld also da – um mich noch abhängiger von –«

»Schlag dir New Mexico aus dem Kopf.«

»Goodbye, Poppa.« Sie ging, ehe sie zu heulen anfing. (Wie konnte dieser kluge Mann nur so dumm handeln?)

Phoebe ging zwei Stunden spazieren. Wieder zu Hause, führte sie einige Ferngespräche, packte zwei Koffer und nahm dann den Abendbus in die Stadt.

Als ihre Mutter nach Hause kam, war sie schon weg: Phoebe erklärte Louisa ihre Entscheidung am folgenden Tag per Telefon. Später blieb sie in Kontakt mit ihr, damit beide Eltern stets wüßten, daß mit ihr »alles in Ordnung« sei. Es vergingen acht Monate, ehe Owen sie wiedersah.

Die Stadt hat Phoebe nie verlassen: die Aussicht auf ein Leben in der Wildnis mit einem güldenen Jüngling hatte

rasch ihren Reiz verloren. Eine Weile wohnte sie bei der
Familie einer Collegefreundin. Ihr wurde klar, daß sie als
erstes für ihren Unterhalt zu sorgen hatte. Ihr alter Malleh-
rer verhalf ihr zu Jobs als Künstlermodell; daß sie es wagte,
nackt zu posieren, gab ihr Selbstvertrauen. Sie bot sich mehreren Fotografen an, darunter auch Modefotografen, von
denen einer unter ihren zahlreichen Reizen clever ihre
schlanken Füße und Knöchel entdeckte. Er war auf Schuhe
spezialisiert. Vier Monate, nachdem sie von zu Hause fort-
gegangen war, wurde Phoebe von den Knien abwärts ein
professionelles Modell. Ein paar gutbezahlte Stunden pro
Woche versorgten sie mit dem Nötigen.

Während Phoebe lernte, für sich selbst zu sorgen, machte ihr
Lehrer sie mit diversen Künstlern bekannt. Phoebe besuchte
ihre Ausstellungen, ihre Ateliers, und traf sich mit ihnen
nach der Arbeit. Es gefiel ihr, wie sie lebten. Noch waren sie
nicht vom Boom entwurzelt worden; noch war die Cedar
Bar ein gutgehender Club. Die Arbeit dieser Leute erfüllte
sie mit der Leidenschaft, mit ihnen zu wetteifern, nicht mit
irgendeinem Stil, sondern eher mit der närrischen Hingabe,
die die verschiedenen Stile ausdrückten. Sie begann, nach
einem eigenen Stil zu trachten.

Sie bildete sich nicht ein, irgend etwas zu wissen. Während
sie sich, in der Hoffnung, daß Hofmann sie akzeptieren
würde, auf die Kunstakademie vorbereitete, sah sie die Ausstellung eines Malers namens Trale, den ihr Lehrer oft erwähnt hatte. Diese kleine Retrospektive, seine erste nach
vielen Jahren, wurde von einer Galerie in der East Tenth
Street veranstaltet. Bei ihrem ersten Besuch verbrachte
Phoebe dort eine Stunde, am nächsten Tag und am Tag darauf kam sie wieder, um sich zu vergewissern, daß sie in
Walter Trale »ihren Meister gefunden« hatte. Sie beschloß,
ihn genau dazu zu machen.

Owen hätte ihre Tüchtigkeit bewundert. Sie überredete
Freunde von Freunden, sie mit Walter bekannt zu machen,
und später, ihn von ihr zu grüßen. Sie brachte sich ihm
ständig in Erinnerung, indem sie etwa an de Koonings höfli-

chem Arm in der Cedar Bar an ihm vorbeischlenderte. Als sie ihn schließlich mit sechs geziemend originell verschmierten Zeichnungen besuchte, fand er sich von Anfang an auf ihrer Seite. Er besah ihre Zeichnungen, dann sie selbst, und akzeptierte ihre Bitte, sie als seine Schülerin zu nehmen. Sie würde seinen Haushalt machen, gelegentlich für ihn Modell stehen und unter seiner Anleitung arbeiten.

Walter wohnte in einem Speicherhaus an der Ecke Broadway und Neunte Straße; er besorgte Phoebe ein Atelier mit Kochnische in der Etage unter ihm. Sie richtete sich in einem neuen Leben ein. Walter nahm seine Rolle ernst. Zwischen dem, was er sie für ihn und für sich selbst tun ließ, blieb ihr kaum noch Zeit, ihre Füße herzuzeigen.

An einem warmen nieseligen Morgen Mitte April, zwei Monate nach ihrem Einzug, stattete Owen ihr einen Besuch ab. Sie hatte ihm gesagt, er könne sie in Walters Atelier besuchen, die Tür sei nie verschlossen, er könne jederzeit hereinplatzen; und genau dies tat er, ein wenig zu früh, da er für die ungewohnte Fahrt zur Lower East Side weniger Zeit gebraucht hatte als erwartet. Phoebe sah er zunächst einmal nicht. Am hinteren Ende des riesigen Raums skizzierte Walter Trale ein nacktes Modell, ein Anblick, der Owens Aufmerksamkeit fesselte. Das Modell saß nicht etwa still: als ob sie einen schlüpfrigen Tanz aufführte, wand sie sich langsam unter dem Blick des Malers, lag, kauerte, kniete der Reihe nach, wechselte von einer Stellung zur nächsten mit einer zeitlupenhaften Gleichmäßigkeit, die auf Owen ebenso unpersönlich wie hypnotisch wirkte. Die Frau war jung: ihre Haut glühte, ihre Brustwarzen zeigten ein einheitliches Rosa. Kurz nahm er im Gleiten ihrer Schenkel rosa Lippen wahr, dann fiel das lange Haar aus ihrem Gesicht, und dies entpuppte sich als das von Phoebe.

Owen sagte sich, das sei eine abgekartete Sache. Als Phoebe ihn sah, sagte sie »Oh, Scheiße!«. Walter legte seinen Kohlestift hin, wischte geschwärzte Finger an einem weißen Tuch, und streckte seinem betäubten Besucher eine Hand entgegen.

»Ah – Mr. Lewison! So hat das wohl keiner von uns geplant. Entschuldigen Sie – versuche nur gerade, eine letzte Zeichnung zu machen.« Owen sah Phoebes Hintern ins Schlafzimmer entschwinden. Walter sagte: »Sie ist ein großartiges Modell. Weiß sich zu bewegen.«

»Ach ja?«

Walter haspelte weiter: »Sie weiß sich *wirklich* zu bewegen. Liegt nicht bloß so rum wie ein Stilleben. Die Franzosen nennen ein Stilleben *nature morte* – wer will schon einen Kadaver als Modell? Als müßten sie sich totstellen und wir den Anschein erwecken, es handele sich um ›formale Probleme‹. Eine Frau wie ein Ding behandeln! Ich meine, wozu die Begierde, das Lebendige weglassen, wenn man einen Akt malt, man *kann* das nicht weglassen, wahrscheinlich ist es das Wirklichste, was es gibt – wissen Sie, was Renoir gesagt hat? ›Ich male mit meinem Penis.‹ Als Phoebe also« – Owens verdrehte Augen erinnerten Walter an Peruginos Heilige – »sagte: Laß mich versuchen, die ganze Zeit in Bewegung zu bleiben, damit ich das Leben in ihr ständig vor Augen hätte, sagte ich, Ok, und es geht. Wissen Sie, irgendwie male ich gar nicht *sie*, sondern ihre –«

»Höchst interessant«, sagte Owen, als seine Tochter bekleidet wieder ins Atelier kam.

»Sie ist ein bemerkenswertes Mädchen, in mehr als einer Hinsicht«, schloß Walter. Owen lud Phoebe zum Lunch ein.

Mit ihren Kleidern am Leib wirkte Phoebe auf Owen ebenso strahlend und unvertraut wie im Evakostüm.

»Poppa«, sagte sie, als sie Platz genommen hatten, »eins möchte ich dir gleich sagen.« Owen dachte: schlechte Neuigkeiten. »Deine Unerbittlichkeit letzten Sommer war das Beste, was mir jemals passiert ist. Dadurch habe ich gelernt, wie ich mein Leben anzupacken habe.«

»Das ist wohl kaum mein Verdienst.«

»Aber ja doch. Mir das Geld zu streichen, war großartig. Ich kann jetzt selbst für mich sorgen. Als du in Walters Atelier kamst (ist er nicht irre?), wurde mir klar, daß die Gemeinheit eines Poppas ab und zu auch mal was Gutes bewirken kann. Ich liebe dich dafür. Ich liebe dich wirklich, Poppa. Ich hoffe, du bist ein bißchen stolz auf mich.«

»Du siehst gut aus.« Owen machte Anspielungen auf ihr Privatleben. Phoebe sagte, für Männer (sie meinte: einen Mann) sei sie viel zu beschäftigt.

»Und dein ›irrer‹ Freund?«

»Er ist in *deinem* Alter, Poppa. Fast.«

»Eben.«

Ein Besuch in Phoebes Atelier überzeugte ihn beinahe. Der nicht eben große Raum, hell sogar an einem feuchten Tag, kündete von einem engagierten Leben: eine schmale Couch, ein Stuhl, ein mit Wäsche überhäufter Sessel, in der Küche ein Tisch mit den Resten eines eindeutigen Einpersonenfrühstücks. Die Wände waren tapeziert mit Zeichnungen, Gouachen und ungerahmten Ölgemälden; der Fußboden, an den Rändern vollgestellt mit Keilrahmen, aufgerollten Leinwänden und Papier, war ein Labyrinth von offenen und geschlossenen Farbtöpfen. Es gab zwei Staffeleien, eine große und eine kleine, und vor dem Fenster lag, mit einem Drehhocker zu beiden Seiten, eine drei mal ein Meter große, dicke Sperrholzplatte auf Holzböcken, und keine Verstrebung war frei von irgendwelchen Utensilien.

»Hey«, fragte Owen, die Nase über den Terpentingeruch rümpfend, »hier *wohnst* du?«

Phoebe machte das Fenster auf. Als sie sich wieder umdrehte, untersuchte Owen die Leinwand auf der größeren Staffelei. »Frag nicht, ich werd's dir sagen! Das hat mich schier verrückt gemacht. Seitdem ich bei dieser Ausstellung im Januar an Walter geraten bin, habe ich eins seiner Bilder kopieren wollen. Aber er wollte nichts davon wissen. Ich löcherte ihn so lange, bis er eines Tages sagte: Ok, du hast es so gewollt. Was er mich machen läßt, ist nicht dasselbe wie Kopieren. Ich muß die gleichen Ergebnisse auf die gleiche *Art* erzielen wie er. Er kann erkennen – weißt du, ob die Tupfer mit einem weichen oder mit einem harten Pinsel gemacht wurden, oder ob die Farbe statt mit einem Spachtel

mit einem Löffelstiel aufgetragen wurde. In welche Richtung
seine Hand gegangen ist. Was er am Abend vorher getrunken hat... Das hier war mein Lieblingsbild von ihm. Eine
alte Arbeit – ›Ein Porträt von Elizabeth‹.«
»Elizabeth scheint ein hartes Leben geführt zu haben.«
»Ich habe es schon viermal abgekratzt. Ich glaube nicht, daß
ich es jemals richtig hinkriegen werde. Aber bei jedem Versuch kommen mir fünfhundertdreiundfünfzig neue Ideen.
Wenn du irgendwas siehst, was dir gefällt, Poppa, sag's mir
nur.«
Aus einem Stapel auf dem Tisch wählte er ein mit weichem
Bleistift gezeichnetes Selbstporträt. Phoebes Augen blickten
abwesend daraus in seine, und in den folgenden Wochen sah
er immer wieder in sie hinein, mit einer Faszination, die sich
aus Unwillen, Sehnsucht und Unsicherheit speiste. Er erkannte, daß er seine Tochter bewunderte. Der Gedanke, sie
wiederzusehen, machte ihn furchtsam.
In diesen Tagen kam Owen häufig ohne Louisa in die Stadt.
Als er Phoebe vor einem dieser Besuche anrief, sagte er beiläufig: »Ich will dich nicht belästigen...« Und sie antwortete: »Das solltest du aber!« Er bot an, sie für einen Abend
auszuführen. Wo solle er einen Tisch reservieren lassen? Ob
sie vielleicht ins Theater wolle?
»Nicht unbedingt. Sehen wir, wie wir uns fühlen. Egal was
wir machen, ich werde es genießen. Komm erstmal auf einen
Drink zu mir. Vielleicht bleiben wir einfach drin und sehen
uns *Bonanza* an.«
Owen hatte Phoebe genauso gut behandeln wollen, wie sein
Vater ihn behandelt hatte. Die Karriere seines Vaters, eines
schwer   arbeitenden   Kleinunternehmers,   war   während
Owens letztem Jahr in Ann Arbor durch einen tödlichen
Unfall jäh beendet worden. So war Owen mit einundzwan-
zig plötzlich Besitzer einer Fabrik in Queens, die Bleistift-
hersteller mit vorbehandeltem Graphit belieferte. Obwohl er
sich kaum auskannte, übernahm er das Geschäft: es war gut
organisiert, und er wußte, er würde rasch lernen. Wenige
Monate darauf brach in seinem Lager ein Feuer aus, das das

komplette Inventar und die halbe Fabrik vernichtete. Wirtschaftsprüfer drängten ihn, die Versicherungssumme zu kassieren und den Rest der Fabrik abzuschreiben. Und als er dies tat, machte er eine bedeutsame Entdeckung.

Während des Brandes waren zwei Trupps von Feuerwehrleuten erschienen. Sie hatten sich geweigert, ihren Job zu tun, bis Owen so klug war, ihnen pro Mann fünfundzwanzig Dollar anzubieten (damals ein Wochenlohn). Ein erfahrenerer Geschäftsmann hätte vielleicht gewußt, daß dies durchaus gängige Praxis war, aber Owen war empört; und zwar dermaßen, daß er diese Beutelschneiderei in die Liste seiner Forderungen an die Versicherung mit aufnahm und sie damit symbolisch brandmarkte. Mit einer Entschädigung hatte er nicht gerechnet. Dennoch wurde die Forderung beglichen.

Aus diesem unverhofften Gewinn zog Owen einen Schluß, der schließlich zu einem Plan reifte; diesen unterbreitete er einem alten Freund, der gerade kurz vor dem Abschluß seines Jurastudiums an der Columbia stand. Der Freund reagierte positiv. Owen schlug vor, daß sie gemeinsam ins Geschäft einstiegen; das Geld, das er nach dem Brand einkassiert hatte, sollte dabei als Betriebskapital dienen.

Owen hatte erkannt, daß kleinen Unternehmungen wie denen seines Vaters, die mit wenig Kapitalreserven arbeiteten und abhängig von hoher Produktivität waren, schon von einer einzigen Katastrophe der Ruin drohte. Wenn die Versicherungen sich mit der Erstattung Zeit ließen – seine hatte nahezu ein Jahr gebraucht –, war es aus mit ihnen. Solche Unternehmen schreckten davor zurück, Nebenforderungen zu stellen, die die Auszahlung verzögern könnten. Owens neuzugründende Firma sollte sich solcher Fälle annehmen, in denen irgendeine Naturkatastrophe ein Geschäft lahmgelegt hatte, wobei die Hauptforderungen unverzüglich erstattet und der eigene Profit durch Ausschlachten der von der jeweiligen Versicherung gedeckten Nebenforderungen erzielt werden sollten. Daß solche Profite beträchtlich sein könnten, hatte der Ausgang von Owens Geschäften mit der Feuerversicherung deutlich gemacht.

Owen und sein Partner gründeten eine Firma, die solche
Dienstleistungen anbieten sollte. Bei der Auswahl ihrer ersten Klienten gingen sie mit großer Sorgfalt vor. Sie erwiesen
sich als fleißig, clever, fähig zu eiserner Beharrlichkeit, und
sie hatten Glück. Ihr Unternehmen war so erfolgreich, daß
nach fünf Jahren oft schon ihr Auftreten in einem Fall hin-
reichte, die Versicherungsgesellschaften zu bewegen, lieber
schnell abzuschließen als sich auf ungewisse Rechtsstreitig-
keiten einzulassen.

Owen blühte auf. Seine Karriere brachte ihm nicht nur
Reichtum, sondern auch Befriedigung: seine Initiative und
Findigkeit wurden ständig herausgefordert; er hatte das Gefühl, kleinen und später nicht mehr so kleinen Unternehmen
nützliche Dienste zu leisten. Sein Erfolg verschaffte ihm Zugang zu der Gesellschaft der traditionell Wohlhabenden –
Bankiers und Geschäftsleute, die sich selbst höher einschätz-
ten als so bescheidene Unternehmer wie sein Vater. Owen
neidete diesen Leuten das Selbstvertrauen, das sie in ihrer
Distinguiertheit zur Schau stellten. Da er reich und zugänglich war, akzeptierten sie ihn recht bereitwillig. Schließlich
heiratete er eine junge Dame, die, obgleich ärmer als er, einer
altehrwürdigen Familie aus Philadelphia angehörte.

Owen blieb Louisa während ihrer ganzen Ehe zugetan. Bald
hatte sie ihm geschenkt, was er sich am meisten von ihr
wünschte: ein Kind, und zwar am liebsten eine Tochter. Bei
ihren zwei Schwangerschaften freute er sich dermaßen auf
deren Ergebnis, daß Phoebe bereits zur Zeit ihrer Geburt
das Zentrum seiner Sehnsüchte darstellte.

Eine Tochter; Owen war erleichtert. Er konnte ihr Glück
befördern – sein eigenes Glück –, ohne sich um die bei Söh-
nen erforderlichen kämpferischen und methodischen Tugen-
den kümmern zu müssen. Er überwachte ihre Erziehung in
und außerhalb der Schule. Er sorgte dafür, daß sie frühzeitig
Schwimmen und Reiten lernte, später kamen Skifahren und
Tennis dazu. Um Staunen in ihr zu entfachen, nahm er sie
mit ins Ballett und schickte sie dann auf die Ballettschule.
Sobald sie das erste Interesse zeigte, machte er sie mit Bü-

chern, Theater und Musik bekannt; und um ihre frühreife künstlerische Neigung zu unterstützen, versorgte er sie mit allem, was sie brauchen konnte, angefangen bei Ton und Buntstiften im Alter von drei bis hin zu Öl- und Acrylfarben im Alter von dreizehn Jahren. Er blieb ein stets zärtlicher, anspruchsvoller Vater. Gutmütig und klug, gedieh Phoebe unter seiner Aufsicht. Mit siebzehn strahlte die Zufriedenheit, die sie in sich empfand, aus ihr hervor wie Weiße aus Schnee. Owen erfreute sich seines elterlichen Erfolgs. Seine Arbeit stellte längst keine richtige Herausforderung mehr dar – hier mußte nichts mehr erreicht, sondern nur noch bewahrt werden. Überraschende Triumphe erwartete er nunmehr von Phoebe.

Ihr Streit und Phoebes Weggang vor zehn Monaten hatten ihn rasend enttäuscht. Nachdem sie nun Frieden geschlossen hatten, verstand er sie noch immer nicht. Sie hatte ihm mit überzeugender Aufrichtigkeit für seine »Gemeinheit« gedankt – ein seltsamer Schluß, den sie da aus seiner neunzehnjährigen Großzügigkeit gezogen hatte.

Um sieben kam er in ihr Atelier; es war mild an diesem Juniabend, die warme klare Luft durchflutet von zimtenem Glühen. Phoebe hatte ungeschüttelte, eisgekühlte Gimlets für ihn vorbereitet. Was sollten sie unternehmen? Sie ließen sich in die endlose Dämmerung treiben. Sie führte ihn zu einem modischen, aber nicht exaltierten Steakhouse in der Nähe der Greenwich Avenue. Von ihrem Tisch aus sah Owen sich mißtrauisch um. Zumindest schien ihn die Boheme hier in Ruhe zu lassen.

Ein Wein von den Gestaden des Lago Trasimeno, den er noch nie gesehen hatte und niemals sehen würde, öffnete ihn für Erinnerung und Erwartung. Er hatte Phoebe von irgendeinem Vorfall in seiner Vergangenheit zu erzählen begonnen, als ein stämmiger junger Großkotz an ihren Tisch trat und zum Gruß eine Hand erhob: »Hi, Phoeb.«

»Mein Vater, Owen. Harry.«

»Echt wahr!« bemerkte Harry. »Hör mal, Puppe, Bob bläst um zehn im El Pueblo. Dachte, das interessiert dich vielleicht.« (Owen fragte: »Bläst was?« Phoebe antwortete: »Horn.«)

Nach dem Essen sagte Owen bewußt wohlwollend: »Warum nicht?« Sie zogen um sechs Ecken zum Sheridan Square. Der fast dunkle Himmel leuchtete vom Widerschein eines Feuerwerks flußaufwärts.

»Waldhorn«, bemerkte Owen enttäuscht, oberschlau hatte er sich auf Trompete oder Saxophon gefreut.

»So ist das Leben«, kicherte Phoebe.

»Wer ist Bob?«

»Scott«, flüsterte Phoebe. »Und Woody Woodward am Altsaxophon, Doc Irons am Vibraphon, Poppa Jenks an den Drums« – drei Schwarze und ein Weißer, alle jung, die Schlag zehn das Düster des Pueblo mit einem so ausgeklügelt wohlklingenden Getöse erfüllten, daß Owen sich wie verzaubert vorkam. Ein grüner Duft würzte die Luft.

»Die sind ja großartig!« rief er.

Phoebe sah zufrieden aus. »Nach diesem Set setzen sie sich vielleicht zu uns.«

Owen spürte einen Stich. Er hatte immer nur mit Negern gesprochen, die für ihn arbeiteten. Wie gut kannte Phoebe die?

Sie erklärte: »Walter ist so etwas wie ihr Sponsor – jedenfalls hat er ihnen diesen Gig besorgt.«

Als die Musiker sich frisch und in weißen Hemden zu ihnen setzten, beachteten sie Owen gar nicht. Ein paar Gäste, darunter Harry, gesellten sich dazu. Im übrigen saßen sie still und zufrieden beisammen, als hätten sie sich nach einem langen Tag auf einer Veranda niedergelassen, um über Maisfeldern oder dem Lago Trasimeno den Mond aufgehen zu sehen.

Um halb zwölf leerte Poppa Jenks sein Glas: »Owen!« Owen setzte sich auf wie ein beim Dösen ertappter Schuljunge. »Möchten Sie was Bestimmtes hören?«

»Äh – ›All the Things You Are‹?« riskierte Owen.

»Gut. Gut?« fragte er die anderen.

»Dieser eine Lagenwechsel – wie ging das noch –?«

»Eine große Terz runter. Von G nach Es, genau wie bei ›Long Ago‹.« Für Owen fügte er hinzu: »Mr. Kern war ein aufmerksamer Schüler Schuberts, und ein sparsamer.«

Sie kehrten zu ihren Instrumenten zurück. Ein junger Mann in maßgeschneiderten Jeans beugte sich abrupt über Phoebe: »Vierzehn West Eleventh. Domerich. *Vaut le détour.*« Die Musiker brachen aufs neue in ihren verschrobenen Jubel aus. Die Kernsche Ballade zerfaserte in ein Gewühl von Kontrapunkten.

Hinterher sagte Owen wieder: »Warum nicht?«, und sie begaben sich ostwärts, in tiefer, aber nicht dunkler Nacht: durch Ginkgolaub tüpfelte Fensterlicht die Bürgersteige mit bleichem Orange. Die Luft war kaum abgekühlt – nur aus Nebengassen trafen Gesicht oder Nacken milde Böen, die ans Wedeln eines himmlischen Fächers denken ließen.

Nach einer halben Stunde auf der Party fragte sich Owen, was sich hier denn eigentlich abspielte. Irgend etwas mußte es sein, denn er langweilte sich mitnichten. Phoebe hatte ihn bald alleingelassen – zu seinem Besten, wie er wußte: allein käme er besser zurecht. Er stand in der Nähe der Bar und beobachtete die anderen Gäste, von denen viele ebenfalls beobachteten. Eine Zeitlang spielte in einem entfernten Zimmer eine zusammengewürfelte Combo – Baß, Piano, Saxophon. Was er an Gesprächen mitbekam, klang größtenteils schal, entsprach dem freundlichen, nicht sonderlich sexuell betonten Stupsen und Anfassen, mit dem Gruppen zusammenkamen und auseinandergingen. Eine kalifornische Brise ließ die thailändischen Seidenvorhänge flattern. Einige wenige Inseln der Unruhe überlebten in dieser Milde: »Dann fragte er mich: ›Wenn ich hier mit dir ins Bett gehe, muß ich dann auch in New York mit dir ins Bett gehen?‹ und ich sagte zu ihm: ›Aber natürlich nicht, Herzblatt!‹« Owen fand kein passendes Gesicht zu der melodischen Stimme. Er begriff nicht, wieso er sich so wohl fühlte unter Leuten, die er nicht kannte, die aneinander ebensowenig Interesse zu haben schienen wie an ihm und sich dennoch weder feindselig noch gleichgültig gebärdeten.

Plausibler wurden seine Eindrücke, als man zu tanzen an-
fing. Die Stereoanlage erdröhnte wie die Vorladung zum
Jüngsten Gericht, das allen Erlösung bringen sollte. Nie-
mand forderte irgendwen zum Tanzen auf, da niemand etwas hören konnte. Die Leute tanzten oder ließen es sein.
Der Begriff »Paar« ging in einem allgemeinen Gerangel un-
ter, das sich über drei Zimmer ausbreitete.
Owen war ein begeisterter Tänzer. Als zu Anfang dieses
Jahres der Twist aufgekommen war, hatte er ihn auf eigene
Faust in der Provinz eingeführt, wo man noch auf Xavier
Cougat eingestellt war. Hier war der Twist dem Conga in
die Versenkung gefolgt; es herrschte eine neue, weniger defi-
nierbare Ordnung. Owen begann die scheinbar chaotischen
Bewegungen der ihn Umtanzenden auf ein Muster zu redu-
zieren, das er imitieren könnte.
Als er die Arena betrat, fand er sich einer Frau gegenüber,
die kaum jünger war als er, eine verblüffende Ähnlichkeit
mit Angela Lansbury hatte und sich mit stilvoller Hemmungslosigkeit gebärdete. Er versuchte ihrem Beispiel zu
folgen, aber das gelang ihm nicht. Plötzlich drängte sie sich
an ihn – er dachte, sie wolle ihn küssen – und murmelte ihm
gellend ins Ohr: »Machen Sie keine *Schritte!*« Er kapierte
nicht . . . »Keine Schritte!« beharrte sie und führte ihn an die
Seite.
»Es gibt keine Regeln. Verankern Sie einfach eine Hüfte im
Raum – die soll Ihr Zentrum sein, ok? –, und mit dem Rest
legen Sie los. Machen Sie alles, was die Musik macht – alles.«
Sie führte es vor. Er versuchte es. »*Alles!*« drängte sie.
»Schließen Sie die Augen und hören Sie hin.«
Ab und zu blieb er an einem offenen Fenster stehen, um sich
abzukühlen. Dann versuchte er den anderen Zuschauern
durch Lächeln und Gesten seinen Beifall für die neue Kultur
zu signalisieren. Einmal führte ihn eine junge Frau, wie um
seine Bekehrung zu befestigen, direkt ins Getümmel zurück;
ein andermal ein junger Mann. Unter den Tänzern verflog
Owens Furcht bei der Berührung dieser festen Hand
rasch.

Er war gerade dabei, vom Überschwang zur Routine fortzu-
schreiten, als er von Phoebe unterbrochen wurde. In einem
leiseren Raum machte sie ihn mit Joey bekannt, einem Maler
Mitte zwanzig, der ein Problem hatte, mit dem Owen sich
beschäftigen sollte: ein Brand in seinem Atelier, der Vermieter weigere sich, die Instandsetzungsarbeiten zu bezahlen.
Versicherung? Nicht die richtige, behaupte der Eigentümer,
der, so glaubte Joey, ihn hinhalte, um ihn loszuwerden.
Owen sagte ihm, er solle am nächsten Morgen in seinem
Büro anrufen und nach Margy fragen; er werde sie telefonisch instruieren. Ihm kam der Gedanke, wie leicht er seine
Dienste auf Individuen ausweiten könnte, die sie so offen-
sichtlich nötig hatten.

Die Party flaute ab. Owen und Phoebe folgten einer Schar
Zelebranten das Walnußgeländer hinunter und auf Manahat-
tas steiniges Pflaster. Arm in Arm zogen sie westwärts auf
der Suche nach einem White Tower. Owen sagte: »Danach
setz ich dich zu Hause ab. Wenn ich doch nur etwas müder
wäre.«

»Verstehe!« Phoebe lenkte sie zurück Richtung Fifth Avenue. »Du vertraust mir?«

»Und ob.«

Sie winkte ein Taxi heran. »Belmont, bitte. Dienstboteneingang.«

»Meinen Sie das Hotel, Lady, oder die Rennbahn?«

»Die Rennbahn. Nehmen Sie bitte die Brücke«, fügte sie
hinzu. Damit sie die Dämmerung sehen konnten.

Die noch nicht richtig angebrochene Dämmerung: das Taxi
glitt ruhig dem Kreidestaub entgegen, der aus Sternen in die
östliche Lichtwolke sprühte. Als sie bei den Stallungen aus-
stiegen, führte Phoebe ihn zu der halb gefüllten und hellwa-
chen Cafeteria. Sie trugen Kaffee und Plundergebäck an einen Tisch, an dem bereits fünf Männer saßen, der jüngste ein
winziger schwarzer Jugendlicher, der älteste ein Chicano um
die Sechzig. Die Gruppe machte Owen und Phoebe freundlich Platz und setzte eine ernste Diskussion fort, bei der es
um ein Pferd namens Capital Gain ging. (»Vater Venture

Capital, Mutter No Risk«, erklärte Phoebe. »Diese Leute
arbeiten für die McEwans.«)

Walter Trale hatte noch Freunde aus der Zeit, als er Pferde
malte. Er ging gern auf die Rennbahn, und manchmal nahm
er Phoebe mit. Sie hatte einige Besitzer kennengelernt, und
da sie sich bei Pferden auskannte, war sie mit ihren Gesprächen bis in den Stallbereich vorgedrungen und hatte auch
dort Freundschaften geschlossen.

Einer der Männer schob sein Tablett von sich und sagte:
»Machen wir einen Versuch mit ihm.« Man begab sich zu
den Ställen. Capital Gain wurde gesattelt und vorgeführt.
An der Trainingsbahn bekam der junge Schwarze zu hören:
»Sechs Achtelmeilen, denk dran, und halt ihn zurück. Er
könnte noch Schmerzen haben.«

Aus Dämmerung wurde Tag. Als das Pferd am Ende der
Trainingsrunde stehenblieb, erklärte der Chicano: »Er ist in
Ordnung.«

»In sechs Wochen wird er aufgestellt«, fügte jemand hinzu.
»Hey, Phoebe, willst du ihn zum Abkühlen herumfüh-
ren?«

Das Pferd schnaubte, als es seitwärts auf sie zutänzelte.
Während ein großer Schwarzer es am Gebiß hielt, stieg der
Trainingsbursche ab und reichte Phoebe die Zügel. Das
Pferd drehte ihr ein Glotzauge zu und schüttelte den Kopf
wie ein Schwimmer mit nassen Ohren. Phoebe sah zu dem
Kopf auf und redete eine Weile auf ihn ein, ehe sie das Tier in
Richtung der Stallgebäude führte.

»Eine halbe Stunde dürfte reichen«, sagte der Mann zu ihr.
Mit ihren bloßen Beinen und dem engen Rock wirkte seine
Tochter auf Owen erschreckend zerbrechlich neben dem sil-
bergrauen Hengst, der drei Jahre alt war und vor Kraft nur
so schäumte. Wo waren die anderen hin? Er sprach kein
Wort zu ihr, er hielt vorsichtig Abstand; doch als Capital
Gain wieder um eine Ecke des Stalls hervorkam, sah Owen
ihn unvermittelt den Kopf nach hinten werfen, so daß Phoebe aus dem Gleichgewicht geriet. Als die Zügel locker wurden, bäumte das Pferd sich auf und schwenkte mit heiserem

Wiehern tückische Vorderfüße über ihrem Kopf. Phoebe wandte sich und hielt das Zaumzeug locker, bis das Pferd auf dem Boden landete und den Kopf senkte. Sie trat auf es zu, packte die Zügel näher am Gebiß, riß sie fast bis zum Boden und hielt sie dort unten mit ihrem ganzen Gewicht fest. Das Pferd trat und brach aus und kam nicht mit dem Kopf hoch. Einen Augenblick darauf herrschte Phoebe zu Owens Entsetzen das Pferd mit dem Ausdruck »Du verfluchtes Scheißvieh« an und begann den Hals des Tiers mit ihrer kleinen Faust zu bearbeiten. Gleich darauf setzte sie, mit dem wieder folgsamen Hengst im Schlepptau, ihren Spaziergang fort.

Gegen Ende von Phoebes Einsatz traf Capital Gains Besitzer ein. Mr. McEwan wollte nach seinem Pferd sehen. Er war erfreut, es gesund zu sehen; auch erfreut, Phoebe anzutreffen. Er lud sie und Owen zu einem zweiten Frühstück ins Clubhaus ein.

Diese Mahlzeit war viel größer, besser und länger als ihre erste: Obst, Eier, Speck, Toast, Buchweizentorte, große glänzende Kannen Kaffee. Im Licht der östlich tiefstehenden Sonne, im Schatten des frühen Morgens saßen sie anderthalb Stunden an ihrem Tisch. Endlich ging Mr. McEwan, um zu arbeiten. Bis Phoebe einige hilfreiche Informationen in ihr Gespräch hatte einfließen lassen, hatte McEwan sich Owen gegenüber, der erkannte, daß er hier nicht mehr und nicht weniger als der Vater seiner Tochter war, recht oberflächlich verhalten. Gegen Ende des Frühstücks diskutierten die beiden Männer kumpelhaft übers Geschäft. Owen sah Phoebe jetzt mit neuen Augen.

Warm und trocken hatte der Tag angefangen. Das Paar wanderte über die Rennbahn, wo Platzwarte das Geläuf für den Nachmittag vorbereiteten und Spatzen um rare Pferdeäpfel herumhüpften. Sie bückten sich unter einem Zaun durch auf das leere Innenfeld und setzten sich ins schattige Gras. Fette Rotkehlchen säuberten das Gelände; bekappte Meisen pickten sich durch dichtes Geäst empor; jenseits der verbundenen Teiche klebten die schwarzen Scherenschnitte von Krähen auf einem gelbgrünen Fries. Eine Brise trug Vibrationen von Stadtverkehr und ein gelegentliches Brummen aus dem Himmel heran. Owen legte den Kopf auf seine Knie. Phoebe stieß ihn an. »Poppa, bleib doch. Es ist so schön hier draußen.« Owen grunzte Zustimmung. Seine Augen wollten nicht offenbleiben. »Vergiß Joey nicht.« Er nickte, seufzte und setzte sich auf. Phoebe streckte ihre Hände aus: »Versuch's mal damit, Poppa.«

»Was ist das?«

»Medizinischer Schnupftabak. Hat mir Poppa Jenks gegeben – wirkt hundertprozentig, sagt er, und Freud sagt es auch.«

»Bist du sicher?«

»Du darfst nicht niesen.«

»So 'ne Art Alka-Seltzer für die Nase.«

Er saß mit einer schrumpfenden Säule Zehncentstücke in einer Telefonzelle und schnatterte wie ein Telex auf seine Sekretärin ein, während er ihr so schnell, wie er nur konnte, den klaren Fluß von Ideen übermittelte, der sein Bewußtsein durchströmte. Er löste den Fall des diebischen Computers. Er spielte den Tod des unentbehrlichen Ingenieurs hinunter. Joey betreffend wies er Margy an, die Versicherung des Gebäudes zu überprüfen, Joeys Vermieter der kriminellen Fahrlässigkeit zu beschuldigen und ihm klarzumachen, daß er mit Owens Hilfe einen ehrlichen Profit machen könne. »Was soll das heißen, ob es mir gutgeht? Wem könnte es an einem Tag wie diesem *nicht* gutgehen?«

Phoebe war verschwunden. Er suchte in den Clubräumen. Auf der Terrasse glaubte Owen, gleich davonzuschweben. Das Innenfeld blieb fast leer – ein müßiger Platzmeister, ein zweiter Mann, der reglos im Schatten seines Stetson stand.

»Der sollte seinen Hut an einen Makler verkaufen.« Phoebe stand mit einer großen Papiertüte hinter ihm.

In einer Gruppe Blutbuchen neben den Stallungen breitete Phoebe auf dem Boden ein Tischtuch aus und deckte das Mittagessen: zwei Clubsandwiches, vier Birnen, eine dicke Scheibe Cheddar, eine beschlagene Thermoskanne mit Martinis. Sie aßen und tranken.

Aus den Ställen drang die Hektik nervöser Männer und das Stampfen von Hufen. Die Zeit für das erste Rennen rückte näher. Owen fühlte sich angenehm rastlos: »Werfen wir mal einen Blick hinein.«

»Das Fußvolk ist jetzt nicht gefragt«, beschied ihn Phoebe. »Wir würden nur im Weg herumstehen.«

»Also, ich hätte Lust, mich denen anzuschließen.«

»Daran haben sie gedacht. Du kommst schon noch zum Wetten.«

Als sie zum Clubhaus zurückschlenderten, sagte Phoebe: »Ich gehe mal das Feld erkunden, wir treffen uns dann am Sattelplatz.« Bei ihrer Rückkehr verkündete sie: »My Portrait im sechsten.«

»My Portrait ist ein Pferd?«

»Vater Spitting Image, Mutter My Business.«

Owen zog es vor, »die Form zu überprüfen«, kaufte einen *Morning Telegraph* und studierte ihn den ganzen Nachmittag mit der Ehrfurcht eines Talmud-Gelehrten. Als sie nach sechs Rennen gingen, hatte er weniger verloren, als er hätte verlieren können. Er hatte Phoebe auch für das Mittagessen entschädigt, und sie hatte das Geld auf My Portrait gesetzt, der neun für zwei einbrachte. Den Gewinn drängte sie ihm auf: »Ich habe es für dich getan. Ich wette nie.«

»Du – Fräulein Hitzkopf?«

Phoebe überredete Owen, mit dem Zug zurückzufahren – der schnellste Weg nach Hause, auch wenn er einen »schrecklichen Haufen« befürchtete. Andere vorzeitige Abwanderer stiegen in ihren Waggon. Sie wirkten ruhig – keine Bierköpfe, keine »Youngsters«. Die letzten Zusteiger mußten im Gang stehen. Der Zug fuhr ruckend und scheppernd an.

Owen bedauerte es bald, kein Taxi genommen zu haben. Er fand sich umzingelt von knolligen und ausgemergelten Körpern, allesamt gekleidet nach irgendeiner verdrehten Vorstellung von unkomischer Clownhaftigkeit, jedes einzelne schwankende Gesicht gestempelt mit weltstädtischem Mißtrauen. Endlich kam sein Blick auf einem Paar zur Ruhe, das

weiter hinten im Waggon ihnen gegenübersaß: adrett gekleidet, nicht übel aussehend auf ihre lateinamerikanische Art –
er hatte ein paar Worte Spanisch aufgeschnappt. Der Mann
trug ein offenes weißes Hemd und eine beige Hose, er war
schlank und dunkel und hatte hagere Züge, graugesprenkel-
tes Haar und einen schwarzen Schnauzbart. Die Frau trug
ein bedrucktes Baumwollkleid und weiße Schuhe und sah
jünger aus – hübsch, vielleicht ein bißchen derb, aber sehr
liebenswert; ihre schönen Zähne bildeten einen leuchtenden
Kontrast zu ihrem schwarzen straffgebürsteten Haar. Der
vergnügte Blick des Mannes traf mit seinem genau in dem
Moment zusammen, als Phoebe ihn anstieß: »Genau wie
wir.«
Der Mann sah ihm mit fröhlicher Gleichgültigkeit in die
Augen. Natürlich, Vater und Tochter. Wie wir: der Mann
folglich »wie ich«. Owen suchte in dem munteren Gesicht,
dessen Nasenflügel sich ganz leise blähten, nach Gefühlen,
die seinen eigenen glichen. Er dachte: Wie drücken sich meine Gefühle auf meinem Gesicht aus?
Er wandte sich ab, um jemand Näheren zu betrachten: einen
Mann mit rosig geschwollenen Zügen, kurzem Strohhaar
über dem ausrasierten rosa Nacken und einem mächtigen
Bauch, der sich aus einem halb heraushängenden Hawaii-
hemd und einer tiefsitzenden, glänzenden, karierten Hose
aus synthetischem Kammgarn wölbte – und so weiter, dachte Owen, ad nauseam. Was kümmerte ihn das? Sein eigener
Körper fühlte sich warm und stumpf an. Er bemerkte, daß
das Licht außerhalb der Zugfenster sich von seiner Wahrnehmung des Lichts losgelöst hatte; und er sah, daß mit
seinem Nachbarn eine ähnlich halluzinatorische Veränderung vor sich ging. Er spaltete sich in disjunkte Wesen auf –
blieb ein monströs aufragender Fahrgast, aber seine Augen
gehörten zu einem anderen Körper, einem anderen Raum:
fernes Licht leuchtete aus ihnen hervor. Hinter dem Äuße-
ren, das dieser Mann der Welt zukehrte, existierte ein dis-
junktes Licht. Sein aufgedunsener Körper war nurmehr ein
leeres Gefäß mit einem autonomen Licht im Innern – ein

Halloween-Kürbis. Der Kürbis grinste ihn an, wie Kürbisse
es tun sollten. Warum? Er erwiderte sein eigenes Lächeln.
Na schön. Owen weitete sein Lächeln zu einem leichten
Nicken aus, als wollte er sagen: Man gewinnt, man verliert;
oder: Das war mal ein Tag. Er senkte seinen Blick. Der
schreckliche Haufen – was ging es ihn an? Schüchtern belin-
ste er andere in seiner Nähe: Veteranen eines Sommernach-
mittags, jeder von seiner Rinde umgeben, jeder damit beschäftigt, Widersinnigkeiten, Schmerzen, Beschämungen
und sogar Zeichen von Glück anzuhäufen, um dieses unheimliche Licht zu verbergen – ihre Masken, ihre Leben.
Phoebe schlief an seiner Schulter.
Von der Penn Station brachte sie Owen geradewegs zu Walters Wohnung. Walter gebe ein Abendessen, zu dem sie ihn
einlade: sie sei die Köchin.
Eine Weile blieben sie in seinem Atelier allein. Phoebe wer-
kelte in der Küche. Owen stand vor dem Nordwestfenster
und sah in einen mit Jetstreifen verzierten Kirschblütenhim-
mel. Wie ein Maulwurf wühlte eine Frage in seinem Innern:
Was ist denn daran falsch? Er ignorierte sie und verlor sich
im Anblick Jerseys.
Walter kam, dann seine Gäste – zwei Frauen, zwei Männer.
Alle gaben sich so lebhaft und neugierig wie losgelassene
Hunde. Anscheinend waren das alles fleißige Leute, aber
was sie machten, war Owen schleierhaft. Was waren Sozio-
linguisten? Wo lag Essalen? War ein konkreter Dichter ein
Schriftsteller oder ein Bildhauer? Wer war Theodore Huff?
Er war froh, daß er Jackett und Krawatte abgelegt hatte.
Phoebe machte ihnen Drinks (eisgekühlte Gimlets für
Owen). Er wußte nicht, was er mit diesen Leuten reden
sollte. Denen war's egal. Er spürte zwar, daß sie Witze
machten, aber worum es bei ihrem geistreichen Gerede eigentlich ging, bekam er nicht mit. Schließlich legte er im
Geiste wieder seine Krawatte an und stellte ihnen Fragen. Sie
fragten zurück, und er erzählte ein wenig von sich. Die anderen hörten aufmerksam zu. Es gelang ihm, für sein Engagement für Joey den Maler Anerkennung einzuheimsen.

Als Walter ihn gegen Ende der Mahlzeit drängte, von seiner
Arbeit zu erzählen, enthüllte Owen etwas, das Phoebe noch
nicht gewußt hatte:

»... Kapital hatte keiner von uns – nur das von der Feuerversicherung. Aber Sie haben recht: wir brauchten mehr als das,
um zu expandieren. Von den Banken hätten wir genug Geld
bekommen können, aber es wäre eben gerade nur genug
gewesen – und es hätte bedeutet, vielleicht zehn oder fünfzehn Jahre von ihnen abhängig zu sein. Wir sprachen wo-
chenlang über dieses Problem, und langsam einigten wir uns
auf eine Lösung – genaugenommen zögerten wir uns da hinein, denn die Sache war nicht nur riskant, sondern auch
gesetzwidrig. Fünfundzwanzig Jahre ist das jetzt her, und
ich habe seither nicht einmal falsch *geparkt*. Wir machten
also folgendes. Im Hafenviertel von New London hatte es
einen Unfall gegeben. Ein Schlepper rammte einen Pier,
praktisch Totalschaden, und obendrein flossen auch noch
ein paar Benzinfässer aus und setzten das Ganze in Brand.
Der Pier gehörte einer Fährgesellschaft. Es war eine Firma
mit hohen Betriebskosten und geringer Gewinnspanne, weshalb die Eigentümer uns mit Freuden die Durchsetzung ihrer Forderungen überließen. Wir zahlten ihnen auf der Stelle
das Geld für die Wiederinstandsetzung des Piers. Normalerweise hätten wir jetzt unseren Profit durch Nebenforderungen erzielt, zum Beispiel für durch Betriebsunterbrechung
entstandene Verluste, Schädigung des guten Rufs und dergleichen. Aber wir fanden heraus, daß die Fährleute zwei
Versicherungen bei verschiedenen Gesellschaften abgeschlossen hatten, eine gegen Feuer und eine gegen Seeschä-
den. Dazu kam noch, daß die Firma ihren Sitz zwar in New
London, durch ihre Dienste aber auch mit anderen Orten
wie Long Island zu tun hatte, weshalb sie sich für je eine
Versicherung in Connecticut und New York entschieden
hatte. Und da ja dieser Pier praktisch zweimal komplett zerstört worden war, einmal durch die Kollision und dann
durch das Feuer, stellten wir also alle unsere Forderungen an
beide Versicherungsgesellschaften gleichzeitig. Ich kann Ih-

nen sagen, wir haben damals bange Monate verlebt. Einmal verpaßten sich die Inspektoren der beiden Gesellschaften nur um Minuten; und wenn sie uns auf die Schliche gekommen wären, wären wir natürlich erledigt gewesen. Aber wir sind damit durchgekommen. Unser Reingewinn betrug hunderttausend Dollar – nicht genug, um sich damit zur Ruhe zu setzen, aber neunzehnsiebenunddreißig war das doch eine Menge Geld, und wir fühlten uns wesentlich besser gerüstet, uns an die dicken Fische zu machen. Und das haben wir denn auch getan. Haben uns richtig reingekniet. Ich weiß nicht, ob ich noch mal so schuften könnte«, schloß Owen. »Heutzutage erledige ich neunzig Prozent meiner Geschäfte per Telefon.«

Wenige Sekunden später schlief er ein. »Ab in die Federn, Poppa!« schrie Phoebe ihm ins Ohr. Schließlich hievte sie ihn hoch und brachte ihn in ihrem Atelier ins Bett. Ihr langer Tag war zu Ende.

Als Owen am nächsten Morgen erwachte, fand er einen Zettel von seiner Tochter: sie habe »woanders geschlafen«; Kaffee, Brot, Butter und Eier seien im Speiseschrank. Sie entschuldigte sich für die Kondensmilch: »Nach dem Abwasch brachte ich es nicht mehr fertig, noch einkaufen zu gehen.« Sie war also wieder bei Trale. Owen wollte kein Frühstück. Er vermißte seine *Trib.*

Phoebe kam um zehn. In ihrer Umarmung taute er auf. Sie sagte: »Poppa, ich muß dich rausschmeißen. Sieht nach einem schweren Tag aus.«

»Einen ganzen Tag ohne dich? Glaub nicht, daß ich das schaffe.«

»Hat Spaß gemacht, oder? Spiel einfach ohne mich weiter.«

»In Ordnung.« Mürrisch fügte er hinzu: »Gestern abend habe ich ganz schön das Maul aufgerissen.«

Phoebe blickte verdutzt. »Du warst eine Wucht.«

»Ach Quatsch.«

»Poppa, ich will doch nur arbeiten. Wozu die Seifenoper?«

Owen blieb stumm. »Treffen wir uns zum Abendessen?«

Owen sagte, er werde sehen, und zog sein Jackett an. Er

fühlte sich verkatert. Als er auf den eigenartigen unteren Broadway hinaustrat, freute er sich auf sein Büro.

Den ganzen Tag hielt Owen Selbstgespräche über Phoebe. Sie besaß städtische Eleganz, Talent, und Leidenschaft für ihre Arbeit. Sie hatte Freunde hoch und niedrig. Sie war attraktiv und smart. Sie hatte sich ihm vorbehaltlos gewidmet. Was mehr konnte ein Vater sich wünschen?

Er wünschte, sie würde das Geld verlangen, das er ihr versprochen hatte. Vielleicht könnte sie ihm Zeichenstunden geben, für die er sie bezahlen könnte. Seine Gereiztheit nahm zu. Er sagte Joeys Vermieter gehörig die Meinung.

Er stellte sich vor, alt und verwitwet zu sein: Phoebe würde sich um ihn kümmern. Er würde ihr Leben still aus den Augenwinkeln beobachten.

Er war nicht alt, er hatte nicht nötig, daß Phoebe für ihn sorgte. Es war grausam von ihr, ihm den Rücken zuzukehren – da gibt man hundert Eier aus, und am nächsten Morgen heißt es, bis später dann.

Als ihm die Wette auf My Portrait einfiel, bat er sie stumm um Vergebung. Er rief Phoebe an, und sagte ihr, gern wolle er zum Abendessen kommen.

An diesem Abend sah Phoebe müde und unruhig aus. An manchen Tagen, so erzählte sie Owen, habe sie das Gefühl, sie werde es niemals schaffen. Ihre Fingernägel waren überkrustet, ihr Haar büschelig, sie trug keinen Lippenstift. Owen sah in diesen Vertrauenssignalen die Weigerung, sich seinetwegen Mühe zu geben. Ein neuerliches Treffen schlug sie nicht vor.

Er brütete weiter über sie nach. Irgend etwas stimmte nicht. Owen hatte sich verwirren lassen, und das gefiel ihm nicht. Von Phoebe entfernt, dachte er wehmütig an die Nacht und den Tag, die sie ihm geschenkt hatte. Warum nicht noch mehr? Dieses erste »Warum« zog bald weitere nach sich. Hinter allen lauerte in lockendem Schatten der Satz: »Irgend etwas kann da nicht stimmen.« Wenn danach nichts mehr kommen sollte, warum hatte Phoebe sich dann überhaupt mit ihm abgegeben? Sie hatte nicht bloß ihre Pflicht erfüllt.

Warum hatte sie ihn angeführt und dann fallenlassen? Daß er
solche Fragen als berechtigt gelten ließ, pflanzte den Kristall
des Argwohns in seinen Geist, der nach außen erstarrte wie
ein Teich bei plötzlichem Frost.

Noch einmal überdachte er die Zeit, die er mit Phoebe verbracht hatte. Er sagte sich, daß sie ihre gemeinsamen Aktivitäten nicht willkürlich ausgewählt hätte. Sie hatte ihm neue
Erfahrungen mit einer neuen Art von Leuten verschafft:
Künstlern, Jazzern, Stallburschen, »tollen Leuten«. Was war
ihnen allen gemeinsam? Die Antwort kam Owen an einem
heißen windigen Nachmittag an der Ecke Madison Avenue
und Forty-eighth Street. Als die Ampel auf Grün sprang,
trat er auf den Bordstein zurück und starrte in einen Abfall-
eimer aus Eisengeflecht. Phoebe hatte ihn zum Narren gehalten.

Sie hatte ihm eine Lektion erteilt: diese neuen Leute hatten
nichts mit ihm gemein. Phoebe hatte ihn dazu verleitet, Gefallen an Aktivitäten und Standpunkten zu finden, die die
ihren, aber nicht die seinen waren. Sie sagte ihm damit:
Wenn dir mein Leben so sehr gefällt, was kann deins dann
wert sein? Vor einem Jahr hatte er sich ihr widersetzt; jetzt
nahm sie Rache dafür. Sie zeigte ihm, wer damals recht gehabt und nach wie vor recht hatte.

Owen hatte etwas eindeutig Widerwärtiges gefunden, in dem
er sich suhlen konnte. Er ignorierte den spürbaren Kitzel des
Verdachts, seine Tochter könnte ihn betrogen haben; sondern genoß lediglich seine Erleichterung, im Besitz einer
Erklärung zu sein. Er genoß seine Entdeckung so sehr, daß
seine Gefühle für Phoebe sich merklich aufhellten.

Owen sah Phoebe zweimal im August und einmal im September. Er versuchte ihre Begegnungen ganz und gar zwang-
los zu gestalten. Da er es an einem warmen Abend ostentativ
ablehnte, über die Third Avenue zu bummeln – »wegen all
der Leute« – und eine Party zu besuchen, weil »Tanzen keinen Spaß mehr« machte, hielt Phoebe ihn für entschlossen,
ihre gemeinsamen Erlebnisse ungeschehen zu machen. Solche Absichten hätte Owen abgestritten. Er war so durch und

durch der schlecht behandelte Vater geworden, daß er alle
seine einst so frohen Erwartungen vergaß. Er verteidigte diese Identität »in aller Unschuld«.

Gelegentlich gab Phoebe ihm einen Schubs. Als Owen es
ablehnte, bei Walter einen Drink zu nehmen, und sagte:
»Walter ist ok, aber du weißt, seine Freunde kann ich nicht
ausstehen«, fragte Phoebe zurück: »Wie zum Beispiel Jack
McEwan?« Mit dem Owen kürzlich diniert hatte.

Gewöhnlich nahm sie seine Bemerkungen fügsam hin. Es
überraschte Owen daher, als ihm nach einer Weile eine un-
verhüllte Reserviertheit an ihr auffiel. Gewiß, er hatte zuweilen ein offenes Wort mit ihr geredet; rühmte sie sich
nicht ihrer Unvoreingenommenheit? Ihre Kühle entmutigte
ihn nicht, sondern bestätigte ihn eher in seiner Rolle des
verantwortungsbewußten, mißverstandenen Vaters.

Etwas, das ihn noch stärker beschäftigte, hatte seine Festle-
gung auf diese Rolle bestärkt. Im Lauf des Sommers verfiel
Phoebe allmählich in einen Zustand, den er zunächst für eine
Laune hielt, dann für psychische Verwirrung und schließlich
– viel später – für eine Krankheit. Erschöpfung, morbide
Gefühlsausbrüche und Depressionen waren die Symptome,
die diesen Zustand langsam und unerbittlich erkennen ließen. Im Verlauf des folgenden Herbsts und Winters wurde
Owen von zwei guten Ärzten versichert, Phoebe leide an
einer Art von Neurasthenie. Unter dem Einfluß seiner leidenschaftlichen Überzeugung schrieben sie die Ursache ihres Leidens dem unregelmäßigen Leben zu, das sie geführt
hatte.

Wie alt ein Kind auch sein mag, seine Gesundheit bleibt
immer eine Hauptsorge der Eltern. Owen besorgte Phoebe
die besten Ärzte, denen er vertrauen konnte. Im übrigen
blieb er im Hintergrund und behielt sich das Recht vor, seine
Tochter vor der primären Ursache ihrer Krankheit zu schützen – ihrem unsteten Leben. Phoebes störrischer Unabhängigkeit überdrüssig, lauerte er auf eine Gelegenheit zum Ein-
schreiten. Eine ergab sich Ende Dezember. Chronische
Schlaflosigkeit hatte Phoebe erschöpft. Ihre Abwehrkräfte

waren geschwächt. Aus einer Grippe wurde Bronchitis und dann eine Rippenfellentzündung. Sie konnte nicht mehr Modell stehen; das Geld ging ihr aus. Nachdem er dies von ihrem Psychiater erfahren hatte, rief Owen sie an und ging sie besuchen.

Ihr Atelier sah schrecklich aus; sie ebenfalls – ein hinfälliges, bleiches Wrack. Owen machte ihr Tee, plauderte ein Weilchen und bot ihr schließlich an, die im Jahr zuvor eingestellten Zahlungen aus dem Treuhandvermögen wieder aufzunehmen. Es sei »noch immer da und warte auf sie«.

Phoebe brach in Tränen aus. Sie weinte wie eine Sechsjährige, mit langen, heftigen Schluchzern. »Ich *bin* pleite. Ich dachte, du hättest mich aufgegeben.«

»Unsinn.«

»Du warst sehr grausam. Im vorigen Frühjahr, letzten Juni, fühlte ich mich dir so nahe – kommt mir vor, als wäre das Ewigkeiten her.«

»Ich habe mir Sorgen um dich gemacht, das ist alles.«

»Ich fühle mich furchtbar. Manchmal möchte ich nur noch sterben.«

»Du paßt nicht auf dich auf.«

»O doch. Ich gehe zu den Ärzten und schlucke sämtliche Pillen, und es hilft kein bißchen, jedenfalls nicht lange.«

»Sag mir nur eins. Nimmst du noch immer Drogen?« Phoebe sah ihn ungläubig an. »Kannst du mir aufrichtig versprechen, daß du keine Drogen mehr nehmen wirst?«

»Da solltest du Dr. Straub fragen. Der probiert jede Woche eine neue an mir aus.«

»Nicht solche Drogen – sondern Marihuana, Amphetamine, Kokain...«

»Hältst du mich für verrückt? Ich meine, da müßte ich ja bekloppt sein, so wie ich mich fühle.«

»Es geht nicht um dich – was mir Sorgen macht, sind deine Freunde. Kannst du es nicht einfach versprechen?«

»Klar doch.«

»Gut. Du könntest mit deinem Geld einen schönen langen Urlaub machen und wieder richtig gesund werden. Wie

wär's mit einer Woche auf den Bahamas? Ich lade dich ein.
Wenn das für Jack und Mac gut genug ist, warum dann nicht
auch für uns? Und noch etwas –« Owen hielt weder inne
noch änderte er seinen warmen und drängenden Tonfall.
Wieso sollte er zögern? Phoebes Anblick hatte ihn nicht nur
entsetzt, sondern auch seine Bereitschaft gewaltig bestärkt:
er wußte, was sie hier festhielt, worauf sie verzichten sollte.
»Ich möchte, daß du eine richtige Kunstakademie besuchst.
Deine Fortschritte waren nicht so groß, wie sie hätten sein
sollen. Ich weiß, Walter ist ein netter Mann, und ich weiß,
wie sehr du ihn magst – ich mag ihn ja auch. Aber ein guter
Lehrer ist er nicht.« Owen meinte, durch Phoebes eingesun-
kene Wangen ihre Zähne sehen zu können. Sie sagte nichts.
Er kam zum Schluß: »Ich halte das für die Grundvorausset-
zung deines Wohlbefindens. Es ist das erste, was du tun
mußt, ehe wir dein Leben wieder in Ordnung bringen.«
Phoebe sah im Atelier umher, dessen Wände mit Arbeiten
bedeckt waren, die Owen ignoriert hatte. Wieder ergoß sich
eine Flut von Tränen über ihr Gesicht und tropfte von ihrem
Kinn. Mit ziemlich fester, nur etwas heiserer Stimme sagte
sie ihm, er solle verschwinden.
»Ich weiß, es ist schwer«, gab er zurück, »und ich weiß, es
bringt dich auf –«
»Du bist ein verdammtes Arschloch.«
»– aber früher oder später wirst du der Tatsache ins Auge
blicken müssen, daß du krank *und* unglücklich bist. Denk
darüber nach. Frag dich, woran es liegt.«
Beim Gehen dachte Owen: Sie ist sehr krank. Er hatte getan,
was er konnte. Er war froh, sie in guten Händen zu wissen.
Sein Besuch bei ihr hatte ihn deprimiert und doch irgendwie
beflügelt. Phoebes Invektiven hatten eine warme Anwand-
lung von etwas ausgelöst, das er sich nicht als Erleichterung
einzugestehen wagte.
Er rief Dr. Straub an und teilte ihm seine große Besorgnis
mit. Er wäre dankbar, wenn man ihn auf dem laufenden
halten würde.
In den folgenden Monaten ging es Phoebe immer schlechter:

Depressionen, Schlaflosigkeit, Fieberhaftigkeit. Ende Frühjahr wurde sie mit einer Lungenentzündung ins Krankenhaus gebracht. Die Ärzte wollten sie nur entlassen, wenn sie
ihnen gewisse Tests gestattete. Mit deren Hilfe konnte ihre
Erkrankung als akute Hyperthyreose diagnostiziert werden,
auch bekannt als Basedowsche Krankheit. Phoebe begann
eine Behandlung mit einer Droge namens Methylthiouracil.
Die anfängliche Wirkung erwies sich als gering. Anfang Juni
willigte sie ein, in das Haus ihrer Familie im Norden des
Bundesstaates zurückzukehren; nicht, weil sie es wollte,
sondern weil das Drängen ihrer Mutter und ihre eigene Hilflosigkeit ihr keine andere Wahl ließen. Zehn Wochen darauf
wurde ihre Behandlung, die zweifellos zu spät begonnen
worden war, eingestellt, und sie erklärte sich mit einer teil-
weisen Entfernung der Schilddrüse einverstanden, die in einer nahe gelegenen Klinik vorgenommen werden sollte.
Dorthin kam sie am fünfzehnten August.

Während Phoebes erstem Krankenhausaufenthalt hatte
Owens Einstellung zu ihr sich geändert. Er hatte ihr offenbar Unrecht getan und war klug genug, sich nicht mit seinen
guten Absichten zu rechtfertigen. Er hatte Phoebes Zustand
ihrem Verhalten zugeschrieben – ein Urteil, das nicht nur ihr
gegenüber ungerecht war, sondern auch die von ihm ausge-
suchten Ärzte zum Festhalten an ihrer falschen Diagnose
bewegte. Er sagte sich, man könne nicht von ihr erwarten,
daß sie jemals Vergebung oder Verständnis für ihn aufbrin-
gen würde. Er mußte schlicht so viel Wiedergutmachung
leisten, wie er konnte, und beten, sie möge einen Weg finden, sich in Frieden von ihm zu lösen.

Als sie nach Hause kam, erlegte er sich ein Programm diskreter und inbrünstiger Buße auf. Ohne die leiseste Klage las
er Phoebe jeden Wunsch von den Lippen ab. Owens Zer-
knirschung stand Phoebes Verachtung in nichts nach. Als
eine Bedingung für ihre Rückkehr verlangte sie, er solle in
den Gästeanbau am anderen Ende des Hauses umziehen.
Wenn sie seine Stimme vernahm, bat sie ihre Mutter oft, ihn
zum Schweigen zu bringen. Manchmal ließ sie ihn an ihr

Bett treten, um ihrer Verachtung neue Nahrung zu geben.
(»Welche reichen Widerlinge hast du diese Woche versichert?«) Oder sie verlangte Dinge von ihm (zum Beispiel, ihr
Two Serious Ladies vorzulesen; sie weinte über die Schön-
heiten dieser Geschichte und tobte über sein Gelangweilt-
sein), als wäre er ein Lakai, dessen langjährige Betrügereien
und Diebstähle soeben ans Licht gekommen wären. Wann
immer er erschien, starrte sie ihn aus vorgewölbten, haßer-
füllten Augen an. Als Owen Walters Porträt von Elizabeth
erwarb, ließ er seine Motive für den Kauf von ihr verspotten
und versuchte gar nicht erst, sie zu erklären. Daß das Bild
jetzt ihm gehörte, empörte sie dermaßen, daß er es aus der
Stadt kommen und in ihrem Zimmer aufhängen ließ.
Für Owen hatte es etwas Tröstliches, wie Phoebe ihn behandelte. So konnte er weiterhin den pflichtbewußten, jetzt
bußfertigen Vater spielen. Diese harte und geradlinige Rolle
beruhigte ihn immer wieder aufs neue. Vor allem anderen
fürchtete Owen die aufwühlende Unsicherheit, in die Phoebe ihn zweimal gestürzt hatte. Natürlich bedrohte sie seine
Zukunft noch immer. Wie würde sie sich verhalten, wenn sie
erst einmal geheilt wäre? Höchstwahrscheinlich würde sie
sich wieder mit ihm aussöhnen wollen. Ihre Schroffheit ihm
gegenüber könnte zum Vorwand für die mildere Beurteilung
seines eigenen unfairen Verhaltens werden. Owen fand diese
Möglichkeit gräßlich; er wollte lieber bestraft werden. Er
wünschte, daß Phoebe ihr eigenes Leben führte und ihn davon ausschloß.
Am ersten Juli überschrieb Owen einen beträchtlichen Betrag auf seine Tochter. Anders als das Treuhandvermögen
machte diese Regelung Phoebe wirklich unabhängig. Sie
würde seiner nicht weiter bedürfen. Auf Außenstehende
wirkte seine Geste großzügig; vertraute Freunde sahen darin
eine Äußerung von Reue und Hoffnung. Owen behauptete,
lediglich Vaterpflichten zu erfüllen. Seine Begierde, überhaupt nicht mehr als Vater aufzutreten, konnte er ja wohl
schlecht eingestehen.
Ende August, nach ihrer Operation, bat Phoebe ihn, sie im

Krankenhaus zu besuchen. Spät am Nachmittag ging er hin. Das dunkle Leuchten von den herabgelassenen Rolläden und zugezogenen violetten Vorhängen in ihrem Zimmer ließ eine ausgemergelte Gestalt erkennen.

Owen hatte sie seit der Operation nicht mehr wach gesehen. Phoebes Haar, kurzgeschnitten und klebrig von Schweiß, sah aus wie ein Scheitelkäppchen auf einem Schädel. Die Haut lag wächsern auf den Knochen ihres Gesichts. Owen empfand Angst, Ekel und einen Anfall von Mitleid.

Zunächst sagte sie nichts, starrte ihn nur aus riesigen ausdruckslosen Augen an. Sie streckte eine Hand aus. Die dünne heiße Hand packte ihn mit festem Griff. Er wußte nicht, was er tun oder sagen sollte; er begann selbst zu schwitzen. Endlich sprach sie, in hohen, fast winselnden Tönen: »Du bist mein Vater. Ich fühle mich schrecklich. Ich weiß nicht, was mit mir geschieht. Ich fühle mich so schrecklich, daß ich sonst gar nichts mehr fühle. Ich kann nicht viel reden. Du darfst nicht lange bleiben. Aber du sollst unbedingt wissen –« aus einer Schachtel neben sich zog Phoebe ein Kleenex und spuckte hinein – »Ich möchte, daß du ... etwas weißt. Als meine Gefühle ausgelöscht wurden, begriff ich, begriff ich etwas über dich und mich. Wir haben ein dummes Spiel getrieben, wir beide. Wir haben dich zu einem Ekel gemacht. Du kannst von mir aus weiterspielen, aber ich steige aus. Ich habe vor, dich zu lieben, was auch immer du tust.«

Owen hatte das Gefühl, in ein nasses, erstickendes Leichentuch gewickelt zu werden. Er wünschte, aus diesem Raum und von seiner knochigen Tochter wegkriechen zu können. Ihr Griff wurde fester. Er räusperte sich: »Phoebe, du mußt mir glauben, ich habe dir angetan, was ich konnte.«

Was er da gesagt hatte, merkte er erst, als sie grinste: »Mag sein, aber ich habe dir ziemlich geholfen dabei.« Sie ließ seine Hand los. Sie schloß die Augen, überzog ihr Gesicht mit Falten. Sie sah aus wie ein altes Weib. »Ich liebe dich – drück bitte auf den Summer, ja? Mach schnell, bitte. Bye bye. Komm bald wieder.«

Owen hastete durch die gekühlten Korridore und das Foyer

nach draußen in die naßkalte Helligkeit, die nach feuchtem
Gras und Fäulnis roch. Tränen glänzten in seinen Augen. Er
war so oft so grausam zu Phoebe gewesen: wie konnte sie es
wagen, ihn zu lieben? Sie hatte ihn reingelegt. Sie hatte das
letzte Wort behalten.

Owen hätte seine Gefühle gern ausgehustet, so als wäre ihm
ein Käfer in die Lunge geraten. Er konnte seine Gefühle
nicht identifizieren. Er betrank sich. Um drei Uhr morgens
wachte er auf und malte sich aus, unter einem anderen Namen in einem Land zu leben, das er noch nie gesehen hatte.
Er glaubte, er selbst, oder zumindest sein Leben, sei wahnsinnig geworden. Er wünschte, Phoebe wäre nie auf die Welt
gekommen.

Das Labour Day-Wochenende verging. Eines Nachmittags
ging Owen in Phoebes leeres Schlafzimmer, wo das aus dem
Krankenhaus zurückgeholte Porträt von Elizabeth an eine
Wand gelehnt worden war. Feindselig starrte Owen es an. Er
kannte die Frau auf dem Bild nur zu gut. Ihre maskenhafte
Abstraktheit hatte sie zu einer unnachgiebigen, unempfäng-
lichen Zeugin seiner früheren Fehler und gegenwärtigen
Hilflosigkeit gemacht.

Laut sagte er: »Leck mich doch.« Er wünschte, er hätte den
Mut, auf sie zu pissen. Statt dessen bespie er sie und verrieb
die Spucke mit seinen Fingerspitzen auf ihrem Gesicht. Die
Farbe fühlte sich glatt und hart an. Köstlich wurde ihm bewußt, daß er allein im Haus war, als gehörte das Haus jemand anderem und er habe sich dort eingeschlichen wie ein
kleiner Plünderer.

Ein Tisch am Fenster war mit Phoebes Make-up übersät.
Owen nahm einen Eyelinerstift und bemalte zufrieden grun-
zend Elizabeths elfenbein-goldene Wangen mit einem blau-
en Backenbart. Die Oberfläche blieb unter der weichen Spitze fest. Ermutigt griff er zu scharlachroten, violetten und
orangeroten Lippenstiften. Mit Punkten, Strichen und
Schnörkeln möbelte er Mund und Augen auf. Mit allen drei
Lippenstiften auf einmal umrahmte er den ganzen Kopf mit
einem fettigen Gekringel.

Er fühlte sich besser. Lachte sogar über sich. Durch das Fenster blickte er über seinen Rasen und die Rasen seiner Nachbarn in den nahe gelegenen dunklen Wald, der hier und da von dem klaren, in der heißen Spätsommersonne aufsteigenden Wabern verwellt war. Er fand eine Schachtel Kleenex und begann die Schweinerei wieder abzuwischen. Tuch um Tuch fiel, verschmiert mit den Farben von Phoebes Mund, auf den Boden. Um die verbliebenen Spuren zu beseitigen, nahm er einen eingeseiften Waschlappen.

Seife und Wasser erwiesen sich als durchaus untauglich. Die helleren Flächen waren noch immer violett oder rosa überschleiert. Um das Werk zu beenden, holte er aus dem Keller eine Büchse Terpentin, riß ein sauberes Hemd in Stücke und begann sachte an den letzten Flecken herumzureiben. Er hatte gerade eine Wange gesäubert und sich dem Auge darüber zugewandt, als sein Lappen an einer Farbkruste, die um den Rand des Augapfels verlief, hängenblieb. Gebrannte Siena strömte in das helle Ocker des Auges. So behutsam wie möglich wischte er es ab; worauf das Ocker sich über die Nase ausbreitete. Owen fluchte. Er ging ins Badezimmer und kam mit einer Zahnbürste zurück. Er tauchte sie in Terpentin, schüttelte sie aus und rieb sie an seinem Ärmel halb trocken. Dann stützte er seinen Ellbogen auf die Leinwand und begann langsam und gewissenhaft die deplazierten Farben zu entfernen. Seine Sorgfalt hatte Erfolg, bis von den elastischen Borsten ein braunes Körnchen absprang und über die senkrechte Fläche nach unten rutschte. Instinktiv stieß Owen mit dem Tuch in seiner linken Hand danach und klatschte so einen frischen Fleck aufgeweichter Farbe unter das beschädigte Auge.

Owen trat zurück und sah, daß er beträchtlichen Schaden angerichtet hatte. Er überlegte, wie das nun zu beheben sei. Halb gereizt, halb scherzend sagte er sich: Das verfluchte Ding ist mein Eigentum, da kann ich mir auch einen Spaß damit machen. Beide Hände mit terpentingetränkten Lappen bewaffnet, ging er rachsüchtig auf das Gemälde los. Er weichte die Pigmente des rechten Auges auf und verschmier-

te die Farben über das feurige Haar in die blasse Landschaft
über Elizabeths Kopf. Das Geschmier sah aus wie ein Horn.
Wer hat je eine Kuh mit nur einem Horn gesehen? Vom
anderen Auge aus zog er einen zweiten Strich. Er weichte
den Mund ein und verwischte ihn zu einem malvenfarbenen
Nebelfleck. Den Rest des Gesichts machte er mit dem Orange ihres Haars unkenntlich.

Owen trug Bild, Zahnbürste und Terpentin in den Keller.
Mit einem Meißel löste er die Heftzwecken an der Rückseite
des Keilrahmens und nahm dann die Leinwand ab. Er zerlegte den Keilrahmen und schnitt die Leinwand in Streifen,
die er zusammen mit den Lappen und der Zahnbürste in
einem groben Sack verstaute. Vor der Hintertür stopfte er
den Sack unter anderen Abfall in eine Mülltonne. Den zer-
legten Keilrahmen brachte er zur Garage, wo er das Holz
mit einem Beil in unkenntliche Stücke zerhackte, die er auf
einen Haufen ungestapelten Anmachholzes hinter dem an-
grenzenden Schuppen warf. Nun begab er sich auf sein Zimmer, um sich Gesicht und Hände zu waschen.

Als Owen sich im Sommer zuvor von ihr abwandte, erkannte Phoebe, was geschah; nicht *warum*. Owen hatte begonnen, sie als Feind zu behandeln. Womit hatte sie jemanden, den sie liebte, sich zum Gegner gemacht? Sie bewahrte Geduld und hoffte, daß er, wenn er auch nicht von seiner Feindschaft ließe, zumindest eine Erklärung dafür abgeben würde. Später wurde sie vorsichtig und zuweilen selbst feindselig. Dann starrte Owen sie unverwundert an, als ob er ein kurioses altes Photo betrachtete.

Phoebe litt nun unter zwei Kalamitäten. Zum einen mußte sie mehrere Monate ohne Louisa und Walter auskommen, die ihr beide hätten helfen können. Zum anderen infizierte ihre schleichende Krankheit sowohl ihr Leben als auch ihre Auffassung davon. Die Auswirkungen einer Fehlfunktion der Schilddrüse werden nicht als Symptome empfunden. Depression, Erregungszustände und selbst Verdauungsstörungen werden als private, »natürliche« Erfahrungen gedeutet. Erst im September suchte Phoebe einen Arzt auf – einen Allgemeinmediziner, der ihr Leiden sofort erkannte. Sie sollte, sagte er, den üblichen Grundstoffwechseltest mit sich durchführen lassen; wozu er ihr den Besuch bei einem Spezialisten für endokrine Pathologie anriet. Owen empfahl ihr einen; sie machte einen Termin; und nun wurde ihr Unglück durch eine Fehldiagnose noch verschlimmert.

Dr. Severaid hatte den Blick des Experten: er hatte Tausende von Drüsenkrankheiten behandelt und erkannte sie beim ersten Augenschein. Kaum hatte Phoebe seine Praxis betreten, sah er, daß sie nicht an einer Schilddrüsenerkrankung litt. Dies sagte er ihr. Natürlich solle sie den Grundstoffwechseltest machen lassen – dieser könne ihn nur bestätigen. Worauf er sie der Sprechstundenhilfe vorstellte, die ihn unverzüglich durchführte.

Der Test maß die Stoffwechselaktivität durch Aufzeichnung
der Sauerstoffeinheiten, die ein Patient in einer bestimmten Zeit verbrauchte. In einem Nebenzimmer verstopfte die
Sprechstundenhilfe Phoebe Ohren und Nase mit Gummi-
pfropfen und setzte ihr eine Maske auf den Mund. Durch
diese Maske atmete sie Sauerstoff aus einer neben ihr stehenden Gasflasche ein; die Pfropfen sollten bewirken, daß
sie keinen anderen Sauerstoff als den aus der Flasche aufnahm.
Nachdem Phoebe begonnen hatte, durch die Maske zu atmen, verließ die Sprechstundenhilfe für etwa anderthalb Minuten das Zimmer. Dann kam sie zurück, überprüfte die
Ergebnisse auf dem Monitor und fand sie zu ihrem Entsetzen abnorm – Entsetzen, weil sie an den Riecher ihres Ar-
beitgebers ebenso fest glaubte wie er selbst. Während ihrer
Abwesenheit müsse, sagte sie, einer der Pfropfen sich gelok-
kert und Luft eingelassen haben. Da sie für eine solche
Nachlässigkeit gefeuert werden könne, bitte sie Phoebe, dem
Arzt nichts davon zu sagen, daß sie sie alleingelassen habe.
Ihre Besorgnis war überflüssig. Dr. Sevareid besah sich die
Ergebnisse und bemerkte: »Ein bißchen hoch, aber nichts
Weltbewegendes. Sie müssen undichte Ohren haben.«
Phoebe war froh, wegen der Sprechstundenhilfe nicht lügen
zu müssen, und sie war froh, keine Schilddrüsenerkrankung
zu haben. Mit Erstaunen nahm sie zur Kenntnis, daß sie an
einer Herzneurose litt.
»Keine Sorge, Ihr Herz ist ok – es handelt sich lediglich um
eine unbedeutende Störung des Nervensystems.«
Dr. Sevareid gab Phoebe, was sie ersehnte: eine fachmänni-
sche Erklärung für ihre ungewöhnlichen Gefühle. Sie zweifelte sein Urteil nicht an. Er konnte Symptome beschreiben,
die sie noch gar nicht erwähnt hatte – ihre Kurzatmigkeit,
ihr Erröten. Als er sie bat, ihre Hände auszustrecken, zitterten sie hilflos.
»Wie Sie sehen, ist der Zustand physisch real, auch wenn er
psychogenen Ursprungs ist. Sowas nannte man früher ›Ner-
vosität‹.« Phoebe errötete wie auf Kommando. »Wahr-

scheinlich hat Sie irgend etwas eine Zeitlang verärgert, ganz natürlich in Ihrem Alter – beziehungsweise in *jedem* Alter.« Er lächelte warm und verschrieb ihr Miltown in mäßigen Dosen. Wenn es ihr innerhalb eines Monats nicht besserginge, könne sie es immer noch mit einer Psychotherapie versuchen.

Der Tranquilizer linderte Phoebes Pein. Doch ihre depressiven Anfälle wurden schlimmer, mit jedem Tag und jeder Nacht schlug ihr zorniges Herz schneller, und ihre Nächte verbrachte sie ebenso schlaflos wie zuvor. Am meisten entmutigte sie wohl die Stimme in ihrem Kopf. Ursprünglich allenfalls ein Murmeln, wurde sie jetzt zu einem gnadenlosen Gejammer und warf ihr Dinge vor, die zu hören sie kaum ertragen konnte – ihre eigene Stimme, ins Gehässige verzerrt.

Phoebe nannte diese Stimme ihr Megaphon. Ihr gab sie die Schuld an ihrem Herzklopfen und daran, daß sie bis drei Uhr früh wachlag oder, wenn sie einmal schlief, alle zwei Stunden aufwachte. Als ihr eines Tages auffiel, daß sie der Stimme zu antworten begann, bat sie Dr. Sevareid, ihr den Namen eines Therapeuten zu nennen. Er riet ihr, mit Owen zu sprechen. Owen empfahl er vertraulich seinen Kollegen Dr. Straub.

Wie Dr. Sevareid war Dr. Straub erfahren und redlich. Phoebe konnte nicht wissen, daß Owen sie beiden Ärzten ausführlich und in Ausdrücken geschildert hatte, die seine eigenen Vorurteile verrieten. Owen sah in Phoebes Nervenleiden den Beweis für ihr falsches Leben und eine Rechtfertigung seines Mißtrauens. Sie hatte von Anfang an alles falsch gemacht. Er hätte sie zwingen sollen, ihm zuzuhören, sie zwingen sollen, zu Hause zu bleiben. Owen wollte, daß ihre Ärzte diese Ansichten untermauerten, und zeichnete ihnen daher ein Porträt von Phoebe, das einer Karikatur nahekam: ihr Leben habe jegliche Regelmäßigkeit eingebüßt, ihre Freunde gehörten gesellschaftlichen Randgruppen an, sie nehme Drogen, sie fröne sexueller Promiskuität.

Phoebe wußte, was Owen von ihr dachte. Wann immer sie

mit ihm über ihr Leben sprach, blieb er ernsthaft verständ-
nislos. Wenn sie ihm erzählte, es falle ihr schwer einzuschla-
fen, schlug er vor, sie solle eben nicht so lange aufbleiben. Sie
mochte es nicht, solche für Kinder geeignete Ratschläge zu
bekommen, und unerträglich war ihr seine Überzeugung,
daß er sie verstehe. Sie beschloß, in seiner Anwesenheit fort-
an zu schweigen. Zu ihrem Megaphon sagte sie, wenn man
ihm etwas erklären wolle, könne man ebensogut versuchen,
eine politische Partei zu verändern, indem man ihr beitrete.
Ihr Megaphon keifte: *Baby, sprichst du so mit deinem Arzt?
Der wird dir sagen, bei wem in deiner Familie die Eier hängen.* Phoebe: »Du bist so *ordinär.*«
Phoebe weckte Freundlichkeit in Dr. Straub, und sie nahm
diese Freundlichkeit gern an. Sie konnte ja nicht ahnen, wie
bemitleidenswert Owens Schilderung sie erscheinen ließ. Dr.
Straub hatte diese Schilderung bereitwillig akzeptiert, da
Phoebe mit Dr. Sevareids unanfechtbarer Diagnose etiket-
tiert zu ihm kam und er Beweise dafür brauchte, daß ihre
Neurose auch wirklich vorhanden war.
Phoebe selbst lieferte weitere Beweise. Ihre fieberhafte Erregung rief sexuelle Gier hervor, weshalb sie häufig mastur-
bierte. Sie hatte keine Freunde, die sie besonders anzogen,
und die Fremden, auf die sie verfiel (selbst bei gesellschaftlichen Veranstaltungen, den einzigen Gelegenheiten, wo sie es
wagte, sich an sie heranzumachen), waren auch nicht erste
Wahl. Sie hatte drei Eintagsliebhaber, die sie gedemütigt zu-
rückließen. Als Dr. Straub davon erfuhr, kam ihm Owens
Bericht noch plausibler vor.
Ohne von ihrer Krankheit zu wissen und bedrängt von un-
angenehmen Empfindungen, gelangte Phoebe zu dem
Schluß, daß irgend etwas komisch mit ihr war – vielleicht
war sie ja wirklich neurotisch. Ein Gefühl von Einsamkeit
befiel sie, ob sie allein war oder nicht. Sie kam zu der Ansicht, daß die Welt sie sich allein überlasse; und weil sie nicht
gerade einfach Gesellschaft fand, überlegte sie, womit sonst
sie sich trösten könnte. Da jetzt auch die gewöhnlichsten
Erlebnisse eine außerordentliche Intensität annahmen, be-

gann sie zu spekulieren, daß die Welt um sie herum mehr darstellte, als sie bisher darin gesehen hatte; daß das Leben, und insbesondere ihr Leben, auf einer weniger sichtbaren, abstrakteren, bedeutsameren Wirklichkeit beruhte. Als sie nach Beweisen für diese Idee suchte, fand sie solche im Überfluß: in den unbewußt vielsagenden Gesten anderer Leute, in den durchdringenden Blicken, mit denen sie sie ansahen, in Worten, die ihr aus dem eintönigen Kontext dessen, was sie las oder hörte, entgegensprangen.

Louisa, die Phoebe im November mehrmals sah, verzweifelte über ihrem Anblick und noch mehr über ihre obskure neue Art zu reden. Als sie einmal am Telefon über Owen sprachen, hauchte Phoebe ihr zu: »Liebste Momma, warum kann er das nur nicht verstehen? Die schlimmen Phasen, ok, aber auch, wenn ich in Ekstase bin? Ich weiß doch, es ist immer nur die Natur, die an meinem Verstand arbeitet. Also ich spüre, wie sie an meinem Verstand –«

»Jeder hat gute und schlechte Zeiten –«

»Nein. Es geht darum, wieso kann *ich* nicht als kleine Stimme in dem großen Chor mitwirken? Ich würde mich damit zufriedengeben, ein Taschenthermometer zu sein.«

»Ein Thermometer?«

»Weißt du, als die Sonne ins Herz der Erde einzog (dort ist sie noch immer), konnte jeder das spüren – sogar die Vermittler des Präsidenten.«

»Wer?«

»Es gibt nur einen Planeten, Momma, ganz gleich, was die Astronomen sagen. Weißt du, wie ich ihn nenne?«

»Nein.«

»Einen Apfel göttlicher Liebe! Unter ›göttlich‹ verstehe ich lediglich eine Kohäsion *scheinbar* widersprüchlicher Vektoren. Das läßt uns den Höhligen Geist erahnen. Du kennst doch den Geist der Höhle? In diese Höhle wird das Thermometer gesteckt. Ein Witz, Momma.«

»Ah – ich verstehe.«

»Jedenfalls ist alles gleich, und das bin *ich*.«

Louisa bat um Verzeihung, aber sie verstehe sie nicht und

erbitte sich etwas Zeit, um darüber nachzudenken. Bald jedoch würde Louisa ihre ganze Zeit ihrem Sohn Lewis widmen und Phoebe Owen überlassen – er hatte sie immer »angebetet« und hatte nur ihr Bestes im Sinn.

Die Worte *Höhle* und *Vermittler des Präsidenten* waren aus Gesprächen, die sie mit ihrem Megaphon geführt hatte, in Phoebes Rede eingeflossen. Sie hatte zu ihm gesagt: »Ich bin nur ein Wurm im Großen Apfel…« *Und, was hast du gesehen, hä?* »Hübschere Mädchen als mich, kann ich dir sagen.« *Hübsche Jungs, bei Gott. Ich kenne dich – jeder Junge ist ein hübscher.* »Nein, die machen mich traurig. Die finden eine Frau und führen sie gleich ins Kühlhaus, um zu sehen, wie sie mal aussehen wird, wenn sie alt ist. Verrückt.« *Du gehst durch die Straßen und denkst an nichts anderes als Liebe. Du solltest deine Mädchenfinger lieber bei dir behalten, du kleines Miststück.* »Das tue ich doch andauernd.« *Das meine ich nicht. Ich rede von dem abgewandten Hang.* »Du meinst den Hügel mit dem Kloster zum Heiligen Herzen?« *Ah, das Herz bist du – das Artischockenherz! Nicht das höhlige Herz, denn das wäre kein Hügel, sondern eine Höhle…* Phoebe kam nicht zurecht mit diesem Wortspiel auf heilig/höhlig. Sie bohrte, sie war durchbohrt von den Höhlen ihres Körpers. Durch sie glaubte sie in das erhebende Licht, das sie durchströmte, eindringen zu können.

Im Oktober, auf dem Höhepunkt der Raketenkrise, wurde Phoebe von der weitverbreiteten Angst heftig angesteckt. Als die Gefahr gebannt war, nahm der abstrakte Sinn, nach dem sie in der Welt suchte, in einem heroischen Bild des Präsidenten Gestalt an. Sie schrieb ihm einen Brief:

Wenn wir gelten lassen, daß die Natur an unserem Verstand arbeitet, dann ist Krieg eine Frage der Vernunft. Ich weiß, daß Sie das wissen. Als heute morgen die Sonne über Brooklyn emporstieg, sah ich, daß Sie der Kohäsion widersprüchlicher Vektoren Herr geworden waren, welche allein uns das Licht erahnen läßt, das manche die göttliche Liebe nennen, da es Rassen, Nationen und Religionen harmonisch mitein-

ander zu einem Frieden verschmilzt, der jenseits allen Ver-
stehens liegt. Da Sie diesen Konflikt gemeistert haben, fühle
ich mich wie betäubt vor Liebe, wie eine Glocke bei einer
Engelshochzeit. Sie haben (nicht absichtlich) jeden Winkel
meines Herzens mit köstlich scharf duftenden Blüten ausge-
schmückt. Noch werde ich jemals sie vergessen, die neben
Ihnen wandelt, jene heute und immerdar bezaubernde
weibliche Erscheinung, die mich verfolgt und ermutigt wie
die Frühlingsbrise in ihrem Lächeln. Tatsächlich hat dies
mich von meinem Kummer geheilt.

Megaphon dazu: *Belästige ihn nicht, er ist beschäftigt.* »Ok,
ich schick's an die Vermittler des Präsidenten. Die werden
wissen, was das beste ist.«
Phoebe zeigte ihren Brief Walter; er schlug vor, sie solle
noch einmal darüber schlafen. Wenn sie gern schriebe, fragte
er sie, warum dann kein Arbeitsjournal führen? Eine großartige Idee, erwiderte Phoebe. Als sie den Brief das nächste
Mal ansah, las er sich wie Geschwätz, und sie räumte ihn in
eine Schublade, wozu ihr Megaphon kicherte: *Du betest
Ihn noch immer an...*
Phoebe sah Walter immer weniger. Priscilla war in sein Leben getreten, versorgte ihn, nahm seine Zeit in Anspruch.
Phoebe verließ sich innerlich auf Owen, da sie ihn noch
immer liebte, und da er ihre Phantasien beherrschte, wenn
sie zum Beispiel erwachte, um in nächtlicher Schwärze, allein und schweißgebadet, einem weiteren langen Tag entge-
genzutreten, und ihr Herz sie von innen zusammenschlug.
Owen rief nicht oft an.
Ende November wurde ihr Bruder Lewis unter skandalösen
Umständen verhaftet. Phoebe weigerte sich zu glauben, was
öffentlich über ihn gesagt wurde. Dr. Straub erblickte in
diesem Mitgefühl eine Bestätigung ihrer Neigung zur Zügel-
losigkeit. Er wurde noch vertraulich-väterlicher als ohnehin
schon.
Phoebe begann ihr Journal:

In der Kunst müssen wir damit anfangen, jegliche histori-
sche Klassifikationen zu eliminieren, denn die bringen nur
erstickte Figuren hervor. Wir wollen Schönheit Neuheit Stil
für alle Zeitalter und Länder. Es ist doch Weihnachten, oder
– »Keine Hölle«? . . .

Wie in Anerkennung des frohen Festes milderte ihr Megaphon seinen Tonfall, verdoppelte ihre Stimme in verträumte-
ren Obsessionen: »Gounods ›Ave Maria‹ . . .« *Ferienbeginn –
aber nicht für Maria Stuart! Es ist wie Weihnacht im Krieg.
Ah, du weißt doch noch! Die Toten auf dem Streikposten-
zaun in Gettysburg, und: ›Horden über den Jalu.‹* »Palmwe-
del und Stacheln bei diesen Prozessionen. Wäre es nicht nett,
neugeboren zu werden in glückliche

> Alte Nächte Heiliger Rätsel
> Weihnachtslieder zu Deinen Ehren zu hören
> Bis an die Enden der Erde.«

Du hast dein Französisch verlernt, sagt Maria Stuart. »Ich
erinnere mich an schöne Weihnachtsfeste. Abbildungen in
geschenkten Büchern – Weihnachten war ein preußischblau-
er Himmel mit Weisen und Stern. Dazu Orgel und Glocken.
Manchmal rufen sie zur Totenmesse – Angst und Schmerzen.« *Wir haben eine Art Frieden.* »Nur göttliche Hände
können Tränen stillen. Auf fernen ländlichen Hügelhängen
schlagen Kirchtürme feierliche Gesänge an. In Kleinstadt-
straßen singt man im Geruch von Schnee und Ozon. Hier
decken Schatten den Schnee zu, mit Geschrei, nicht mit Kir-
chenliedern.« *Du traust dich nicht, eine Kirche zu betreten.
Du wolltest Leute küssen, und sie ließen dich nur singen und
weinen.* »Glühende Wünsche in den Wind! Erlöse unsre
Herzen und Augen vom Ärgernis. Errichten wir einen
Weihnachtsbaum im Morosco Theater und einen anderen
auf dem Beekman Fleischmarkt.«
Weihnachten verbrachte sie größtenteils im Bett, fiebernd
und voll des Rotzes ihrer verschanzten Bronchitis. Die In-
fektion verschlimmerte ihre üblichen Symptome. Sie stand

auf, als Owen kam und ihr Hilfe anbot, wenn sie dafür
Walter aufgebe. Der Bruch mit ihm stürzte sie in einen mor-
biden Zustand, obwohl er ihr später Geld schickte. Den
ersten Weihnachtstag feierte sie allein im Bett.
Walter verreiste für ein paar Tage mit Priscilla. Phoebe willigte ein, die Katze einer Freundin zu versorgen. Bald kam
ihr der Gedanke, diese sei die einzige Gesellschaft, die sie
jemals haben würde. Woran niemand anders schuld war als
sie selbst. Sie machte niemandem den Vorwurf, sie zu ver-
nachlässigen, nicht einmal Owen. Nicht einmal Louisa, die
sich hinter ihm versteckte. »Sieh mich an, zwanzig Jahre alt,
mit Brüsten so runzlig wie die Haut auf heißer Milch.«
Das Modellstehen gab Phoebe vollkommen auf. Sie malte
immer weniger. (Ihre Hand zitterte, Erschöpfung führte zu
Unaufmerksamkeit und entschuldigte sie.) Eines Morgens
rutschten ihr die Jeans von den fleischlosen Hüften. Sie umklammerte ihren verkorksten Körper. Sie litt. Manchmal
steigerte sich die Pein ihres trommelnden Herzens zu einem
derart betäubenden Schmerz, daß sie sich wieder ins Bett
legte, wo sie geduldig verkrümmt lange liegen blieb. Da ihre
Empfindungen, Gefühle und Gedanken nie aufhörten, kam
sie zu dem Schluß, daß sie dagegen keine Chance habe. Was
bewies sie damit, daß sie so lange ausharrte, wie sie konnte?
Überleben bedeutete lediglich unaufhörliche Strafe. Sie hatte
es nicht verdient; sie hatte sich selbst nicht verdient.
Eines Abends Anfang Februar stieg sie aus dem Bett und
nahm auf dem Weg zum Badezimmer ein X-Acto-Messer
von ihrem Arbeitstisch. Sie ließ ein warmes Bad einlaufen
und setzte sich mit dem Messer in der rechten Hand in die
Wanne. Nach ein paar Minuten zog sie einen zaghaften
Schnitt über ihr linkes Handgelenk, senkrecht zu den Venen,
die blau und geschwollen unter der durchsichtigen Haut lagen. Ein Rosenkranz roter Tröpfchen entsprang unter der
Spitze. Die Katze ihrer Freundin war ihr ins Bad gefolgt, sie
saß auf den Hinterbeinen auf der Toilette und starrte sie an.
Ihr vollkommen aufmerksamer und gleichgültiger Blick
wurde plötzlich von einem rosaweißen Gähnen unterbro-

chen, wobei der Kopf der Katze ganz hinter ihrem Maul
verschwand. Dann legte sich das Tier auf den Bauch und
kreuzte die Vorderpfoten. Phoebe nahm das Messer in die
linke Hand. Sie lehnte ihren Nacken an den Wannenrand
und begann unter Wasser zu masturbieren. Ihr Vergnügen –
matt, kurz, beunruhigend – hielt sie am Leben.

Phoebe zog den Stöpsel und stieg aus der Wanne. Sie setzte
eine Büchse Kraftbrühe auf und kleidete sich an, wobei sie
sich viel Zeit ließ. Später ging sie nach draußen und begann
durch die klare und windstille, kalte, aber nicht eisige Nacht
Richtung Osten zu spazieren. Beim Gang durch die Stadt
fühlte sie sich stumpf und konzentriert zugleich, stumpf
gegenüber Kälte und Dreck, konzentriert auf den knüp-
pelnden Rhythmus in ihrem Innern. Sie schritt von einer
strömenden Straße zur nächsten, und jeder dunkle Block
dazwischen wurde zu einer Brücke, die sie in einen weiteren halb verlassenen Bienenkorb hievte, in dem Wesen aus
unerschaffenen Träumen schwindlig vom Schock ihrer Geburt schliefen und umhertrieben. Sie machten sie nicht traurig, sie empfand keinen Kummer um sie, und ein Blick irgendeines dieser Wesen konnte nur bedeuten, daß jemand
ihr Gutes wünschte; sie ging weiter. Eine halbe Stunde später ging sie unter einer Hochstraße durch und fand sich am
»Fluß«. Sie rieb sich die von Kälte und Luftverunreinigung
zu Tränen gereizten Augen. Über dem Stadtleuchten glitzer-
ten zerstreute Sterne an einem mondlosen Himmel, sie hin-
gen tief und zitterten nicht unfreundlich über den Zuckun-
gen ihres Gedankens.

Ihr war kalt geworden. Sie eilte zur Vierzehnten Straße und
trat in einen Coffeeshop. Sie trug Russenstiefel, eine Herren-
kordhose, eine Navyjacke mit zwei Pullovern darunter, Ski-
fäustlinge und eine karierte Wollkappe mit heruntergeklapp-
ten Ohrenschützern. Nachdem sie Tee bestellt hatte, zog sie
Kappe, Fäustlinge, Navyjacke und einen der Pullover aus.
Die anderen Kunden beruhigten sich. Ein Weltraumwesen
war zu einem hübschen Mädchen mit ziemlich großen Augen geworden. Drei junge Männer am Tresen begannen her-

umzufrotzeln, wie lange sie wohl gebraucht hätte, all diese Kleider anzuziehen. Und ob das *Aus*ziehen schneller ginge? Phoebe machte sich nicht viel daraus. Sie hatte seit einer Woche, oder seit sie sterben wollte, keine Aufmerksamkeit mehr auf sich gezogen. Einer der Männer sagte, es sei ein Verbrechen, sich dermaßen zu vermummen – ein hübsches Mädchen sei das Beste, was das Leben zu bieten habe. Seine Worte gaben Phoebe die Welt zurück. Sie wollte weinen. Als er fragte, ob er sie nach Hause bringen dürfe, sagte sie Ja.

In ihrem Atelier ging er behutsam und ein wenig ungeduldig mit ihr um. Wegen ihrer Magerkeit machte sie das Licht aus und zog zunächst einmal die Decke über sich. Er begann sie mit seinen Händen zu bearbeiten. Sie schrie auf. Er deutete dies als Ausdruck ihres Vergnügens; sie meinte etwas anderes. Ihr widerfuhr eine Heimsuchung, oder zumindest ein ungewöhnlicher Besuch. In ihrem Zimmer hatte es zu schneien begonnen. Aus der unergründlich dunklen Decke rieselte Schnee und prügelte sie geräuschlos. Die über und durch sie strömenden Flocken fühlten sich leicht und warm an. »Warte«, flehte sie, »es ist schön –« Der Junge grunzte vielsagend. Sie ließ ihn gewähren, ergab sich in das sanfte Getümmel. Sie stieg auf, um es zu genießen, glitt durch Kreise splittrigen Lichts immer weiter empor. Wo kam sie hin? Weiter oben fand oder webte sie im Geiste glühende Netze, aus denen die Flocken sprühten. Sie erriet, sie *wußte*, was das war: Sterne. Die zitternden Sterne hatten sich in das Dunkel ihres Kopfs ergossen. Sie hatte nicht die Kraft, diesem Hagel, und auch nicht, den sie einsaugenden Spinnfäden darüber zu widerstehen. Sie erkannte, wohin sie geraten war: in die Abstraktion, genannt Liebe. Sie wurde mit Liebe geprügelt und darin aufgesaugt – und dieser arme Bursche stieß noch immer auf sie ein. Und wie. Die Liebe war zwischen uns in Scherben geschlagen, so wie das Licht als Flikken am Himmel hing: hier und da das gleiche. Ein Rieseln, stabil einzig in der Stabilität der Veränderung, in der Bewegung seiner Fragmente. Jeder Stern kreiste auf seiner Bahn, jeder Mann in seinem Leben, jede Frau in ihrem Leben, vol-

ler Sehnsucht nach Berührung und nie dazu imstande, und
doch *ein* Leben, *ein* Wir. Deswegen liebe ich wolkenlose
Nächte, dachte Phoebe. Wahrheit umstrahlte sie. Sie trieb in
das Meer aus Licht. Sie lachte ungläubig: »Das sind wir!« Ihr
Körper bebte vor Wonne, als er sich in ihr verlor. Ein paar
Tage lang hatte sie Schwierigkeiten, ihn von sich fernzu-
halten.
Phoebe mußte einfach mit jemand über diese Freude reden.
Sobald Walter zurückkam, sprach sie ihn an. Als sie gestand,
ein Fremder habe ihr durch die Worte, sie sei ein hübsches
Mädchen, den Glauben an das Leben wiedergegeben, schalt
Walter sie aus. Sie verhökere sich an Rumtreiber. Die scher-
ten sich einen Dreck um Liebe und Wahrheit: »Deren leiten-
de Hand langt bloß in deine Unterhose.«
Als sie ging, empfand sie Ekel vor sich selbst; und dieser
Ekel heilte sie auf Dauer von Selbstmordgedanken. Ihr lä-
cherliches Leben hatte dramatische Lösungen nicht verdient.
Kaum hatte sie gedacht: Als ich am Fluß war, hätte ich gleich
reinspringen sollen, bellte ihr Megaphon einfühlsam: *In den
East River? Schätzchen, da wärst du nicht ertrunken, sondern erstickt.* Phoebe schrieb in ihr Tagebuch:

Ein Sprung ins Unbewußte ist ein Sprung zurück ins Kindische – auch so ein Traum, der nicht funktioniert, und außerdem anmaßend.

Sie fand sich damit ab, als ein kranker, kindischer Erwachse-
ner zu leben, als eine Folge hoffnungs- und schmachvoller
Inkarnationen. Sie dachte an ihren Vater, mit dem sie Jahre
der Liebe geteilt und den sie mit boshaften Worten bedacht
hatte. Sie wollte wieder mit ihm reden, aber anders.
Phoebe hatte Dr. Straub seit einem Monat nicht mehr gesehen. Bei ihrem nächsten Besuch Mitte Februar bemerkte er,
sie habe durch die Nichteinhaltung ihrer Termine verant-
wortungslos gehandelt. Nicht nur habe sie sich selbst ge-
schadet, sondern sie habe auch ihn daran gehindert, Owen,
der sich große Sorgen mache, von ihrem Zustand zu berich-

ten. Auf diese Weise erfuhr Phoebe von der Komplizenschaft des Therapeuten mit ihrem Vater. Nun sah sie eine
Gelegenheit, reinen Tisch zu machen, denn sowohl sie als
auch Owen hatten sich ins Unrecht gesetzt: sie hatte ihn
angebrüllt, er hatte hinter ihrem Rücken gehandelt. Sie
schrieb ihm einen Brief:

... Es hat mich unangenehm überrascht, daß Du so vertraulich mit jemand, auch wenn es ein Arzt ist, über mich sprechen konntest. Sehr schade, daß Du Dich nicht an die Ergebnisse gehalten hast. Zumindest begreife ich jetzt, warum er
mich so durchdringend anstarrt, ohne mich überhaupt zu
sehen. (Freilich trage ich ständig den magischen Ring, den
Du mir geschenkt hast!) Da ich für Dein Verlangen, mit jemand über mich zu reden, Verständnis habe, wirst Du vielleicht Verständnis dafür haben, daß mir das reichlich widerwärtig vorkommt? Ich weiß, Du hast es gut gemeint – so
verhalten sich nun einmal Leute »Deines Schlags«, und Ihr
macht das alles *gut:* ein Leben mit ein paar Worten zusam-
menfassen. Hat schon jemals einer mitten durch Dich hindurch und auf der anderen Seite wieder heraus gesehen?...

Owen antwortete nicht. Phoebe hatte Angst, am Telefon
etwas zu sagen, was sie gar nicht sagen wollte; also schrieb
sie einen zweiten Brief, diesmal an Louisa. Zum Thema
Owen bat sie um Hilfe:

... Eine Frage schält sich heraus: ist es möglich, sich einem
Menschen mitzuteilen? Mitzuteilen, worin mein Leben besteht –
Das Leben geht weiter und wird immer nur zu dem, was es
bereits war. Allenfalls die Formen unterscheiden sich. Beziehungsweise ich habe das Gefühl, ich bestehe noch immer aus
einer Menge verschiedener Leute, und dennoch ist es nur
eine Person, die kämpft wie verrückt – ich erniedrige mich
wie eine Irre –...
Manchmal, wenn Du gelächelt hast – da warst Du unwider-

stehlich Du selbst, auch wenn Du das Lächeln eine Sekunde
nach seinem Auftreten wieder beherrscht hast. Ich weiß das
alles...
Ich werde immer schwächer, ich lasse die Dinge unterwürfig
geschehen. Mein Zimmer ist ein Traum. Die Dinge darin
ebenfalls, einschließlich meiner Füße. Manchmal schreie ich
Traumschreie. Ich habe mein Selbstvertrauen verloren – meine »Überheblichkeit«. Ich brauche auch Zärtlichkeit – die
unendliche Zärtlichkeit, die zu Anfängen gehört. Also
schreie ich wie ein kleines Kind, das ausgesperrt worden ist.
Nicht nur von Leuten ausgesperrt worden ist, sondern auch
von *Dingen*. Aber deswegen fühle ich mich nicht unmenschlich, ich fühle mich *sehr* menschlich...

Als Louisa sie besuchen kam, konnte sie Phoebes Anblick
nicht verkraften. Sie wußte gar nicht, wo sie anfangen sollte.
Sie redete Phoebe zu, der ärztlichen Hilfe zu vertrauen, und
zog sich zurück – in Owens Schatten, wie Phoebe es sah.
Phoebe weigerte sich noch immer, Owen zu verdammen,
und erinnerte sich daran, daß er ihre Ärzte bezahlte und ihr
Geld schickte. Fürs erste reduzierte sie ihn auf jemand, der
die nötigen Schecks ausstellte.
Da sie sonst niemand vertrauen konnte, setzte sie allen Ernstes auf sich selbst. Dieses Selbst war immer flüchtiger geworden: ihren Schmerz, ihr Zittern und ihre explosiven Gefühle hatte sie immer schlechter im Griff. Eines Nachmittags
ging sie ins Kino und sah *The Diary of a Country Priest*. In
einer Szene sagt ein älterer Geistlicher dem jungen Prot-
agonisten, jeder zum Priesteramt Berufene werde in der Geschichte der Christenheit einen Präzedenzfall für seine Beru-
fung finden. Auf dem Heimweg zwischen Wällen gräulichen
Schnees fragte Phoebe sich, ob für sie nicht der Heilige
Laurentius auf seinem Bratrost in Frage komme. Zu Hause
schrieb sie in ihr Tagebuch:

Wären die alten Bräuche nicht verschüttet, könnten wir uns
durch den Tod vom Tod erlösen. Die göttliche Weisung zielt

auf freiwillige Zerstörung – am besten durch Feuer, »um die sündige Seele zu läutern«.

Derlei Überlegungen versöhnten Phoebe mit dem »Feuer«, das sie von innen her verzehrte.

Gelegentlich besuchte sie Orte und Menschen wieder, die ihr früher Vergnügen bereitet hatten. Ihre Hoffnung, daß diese Ausflüge sie womöglich beruhigen könnten, wurde von ihrem unbeständigen Temperament vereitelt. Eines Abends Ende Februar erzählte in der Cedar Bar ein Schriftsteller einem Pulk an der Theke eine angeblich wahre Geschichte, die jeden amüsierte, nur sie nicht. Im vorigen Sommer reisten zwei Freunde von ihm mit dem Auto durch New England. Eines späten Nachmittags stießen sie auf einer abgelegenen Straße in den White Mountains auf eine Prozession von über vierzig Mädchen, die am Ende einer Wanderung ins Ferienlager zurückkehrten. Die Mädchen waren zwischen zehn und dreizehn Jahre alt und sahen völlig erschöpft aus. Angeführt wurde die Gruppe von vier Betreuerinnen, jungen Frauen von knapp zwanzig Jahren. Die Freunde des Schriftstellers hielten am Ende der weit auseinandergezogenen Prozession und fragten, wie weit die Mädchen noch zu gehen hätten. Etwa drei Meilen, lautete die Antwort. Ob eine von ihnen mitfahren wolle? Und ob! Vier stiegen auf die Rückbank. Die Männer behaupteten, dafür würden die Mädchen ihnen »einen blasen« müssen. Die Mädchen wußten nicht, was das bedeuten sollte; kaum wurde es ihnen erklärt, kletterten sie aus dem Wagen. Etwas weiter vorne hielten die Männer wieder an, um ihr Angebot zu erneuern. Andere Mädchen stiegen in den Wagen und wieder aus. Schließlich stoppten die Männer neben den Betreuerinnen und fragten: »Will jemand mitfahren?« »Ok.« »Steigt ein.« Zwei der Betreuerinnen setzten sich auf den Rücksitz, kein Wort weiter wurde gesprochen, und unter den Blicken von sechsundvierzig frisch aufgeklärten kleinen Mädchen fuhr der Wagen davon.

Die Pointe der Geschichte war Phoebe zunächst entgangen.

Als sie begriff, was die Männer getan hatten, begann sie zu
weinen. Ihre Freunde sahen sie ungläubig an. Sie schmiß ihr
Bier auf den Boden und rannte hinaus.

Sie zürnte weniger ihren Freunden als der Menschheit im
ganzen. Männer und Frauen sahen einander an und sahen
nur den Stoff für verächtliche Witze. Etikettiere deinen
Nachbarn, und jedes Etikett ist erlaubt – Pole, Jude,
Schwanzlutscher. Ihr schauderte, als sie an die Frauen dachte, denen diese raffinierte Schmach angeheftet worden war.
Unwillkürlich lachte sie über die Raffinesse und betrachtete
die Schmach als etwas nicht ganz so Schreckliches, ein Im-
puls, der sie von neuem in Tränen ausbrechen ließ. Sie war
nicht anders. Auch sie konnte die »göttliche Liebe« vergessen. Gleich darauf sagte sie sich: »Natürlich bin ich nicht
anders. Auch *das* gehört zur Liebe.« Dennoch hatte sie begonnen, sich von der Welt, die ihre Liebe umfaßte, auszu-
schließen.

Einige Nächte später hatte Phoebe einen Traum, den sie
ihren »Traum der Auflösung« nannte. Sie beteiligt sich an
einer Gruppensitzung in einer Art versunkenem Theater in
einem großen altmodischen Hotel der City. Ein froschähnli-
cher Mann leitet die Sitzung. Immer wieder sagt er zu ihnen:
»Nehmt die Dinge hin, wie sie geschehen.« Langwierige Erklärungen und geistige Übungen werden von fünfminütigen
Pausen unterbrochen. Nach der ersten Pause bemerkt sie,
daß die Type neben ihr verschwunden ist. Nach der zweiten
ist die Frau links von ihr nicht mehr da. Niemand kann das
Theater unbemerkt verlassen.

Nun erkennt Phoebe, was zu akzeptieren man sie ermahnt
hat: Geschöpfe lösen sich auf. Sie verschwinden für immer,
ohne Grund, ohne Berechtigung. Phoebe spürt neues Selbstvertrauen. Obwohl sie weiß, daß Trauer ihrer harrt, läßt sie
sich durch das, was geschehen wird, nicht mehr beunruhi-
gen. Als sie in einer weiteren Pause mit einer kleinen, lebhaften Frau um die sechzig plaudert, fühlt sie, daß diese Frau als
nächste gehen wird.

Als nur noch fünf Teilnehmer übrig sind, ist Phoebe von

dem Wunsch nach einem »erlösenden Ei« besessen. Was das
heißt, ist ihr schleierhaft. Während der nächsten Pause entdeckt sie in einem Hotelshop voller exotischem Trödel ein
cremefarbenes Porzellanei und kauft es. Als sie es in einer
Hand hin und her dreht, erlebt sie ein ebenso nüchternes wie
sinnliches Hochgefühl. Nahebei spricht der froschähnliche
Leiter mit einem dunklen intelligenten Jungen, den Phoebe
vom College her kennt. Die drei gehen gemeinsam zurück
und setzen sich auf den Boden des Parketts. Phoebe drückt
das Ei, Macht durchströmt sie. Der Froschmann, der eine
lange Rede begonnen hat, wendet sich ihr zu und sagt leise:
»Also schön, hör auf. Ich hab's kapiert. Du hast die
Macht.«
Tröstende Wärme überkam Phoebe. Sie freute sich auf das
Erwachen. Aber sie konnte nicht aufwachen, da sie gar nicht
eingeschlafen war. Der Traum, lebendig wie ein Film, war
ihr gekommen, als sie auf der Bettkante saß – die erste von
vielen solcher Halluzinationen. Sie ballte ihre Linke um das
abwesende Ei und summte einen alten Refrain:

> Die Erde ist die Mutter Aller,
> Verrückter Männer und Frauen.
> Die Erde ist die Mutter Aller,
> Verrückter Frauen und Männer.

Phoebe bekam chronische Angstzustände. Ihre hartnäckige
Depression hatte sie davon überzeugt, daß sie »versagt« habe. Worin hatte sie versagt? Wer war diese »sie«, die da
versagt hatte? Sie hatte Angst, alles zu verlieren, was sie »sie
selbst« nennen konnte. Was auch immer sie jetzt war, entzog
sich ihr; »sie« hatte sich in schiere Verwirrung aufgelöst. Als
sie Walter davon erzählte, erwiderte er: »Was zum Teufel
glaubst du, warum ich male?« Sie notierte:

Da bist du also mit zwei Fingern in deiner Nase steckenge-
blieben. Zieh sie raus. Kein Problem.

Sie zwang sich, wieder zu arbeiten. Sie beschloß, buchstäblich zu sehen, wer sie sei: nichts anderes würde sie malen.

…Erstens, Zeichnungen von mir selbst, im alten Stil. Die Fläche in Quadrate aufteilen. Für das Hilfsgitter die Quadrate durch dünnere Linien vierteln. Mich Stück für Stück einfügen:
P. Lewison, von Kopf bis Fuß von mittlerer Größe. Länge ihres Kopfs gleich der Entfernung zwischen Kinn und Brustwarzen; Entfernung zwischen Kinn und Brustwarzen gleich der zwischen Brustwarzen und Bauchnabel; Entfernung zwischen Brustwarzen und Bauchnabel gleich der zwischen Bauchnabel und Scham. Schulterbreite zwei Kopflängen. Knochen: durch die Haut zu erkennen sind Rippen und zusätzlich Teile von Femur, Humerus und Radius. Anderswo: Stirnbein, Scheitelbein, Schläfen, Brauen. Gesicht: Augäpfel, Haar, schmale Nase, mittelgroßer Mund, rundes Kinn, knallrote Wangen. Legende: zwei horizontale Linien ziehen, die Buchstaben dazwischen in großen und kleinen Majuskeln: PH. LEWISON. Überschrift: DER HL. LAURENTIUS IN FRAUENKLEIDUNG. ODER DAS BLUTENDE HERZ JESU. ODER DIE HEILIGE FOTZE JESU.

Eine solche Skizze gab Phoebe Dr. Straub, dem Menschen, mit dem sie am meisten redete, jemandem, dem sie danken wollte. Bei der nächsten Sitzung analysierte er die Zeichnung für sie. Er bemerkte darin, erklärte er, leere Augen, hinter dem Rücken versteckte Hände, detaillierter als das Gesicht dargestellte Genitalien. Sein Kommentar brachte sie zum Weinen. Da sie in seiner Gegenwart selten weinte, bildete er sich ein, sie stünde unmittelbar vor einer nützlichen Entdeckung. Sie weinte um ihn. Noch am gleichen Abend schrieb sie ihm einen Abschiedsbrief:

…Oh, mein Psychiater! Der Mensch ist zum Stallvieh geworden. Die Hände, die damit umgehen, nehmen alles, was sie finden, und geben nichts an das zurück, was die Quelle

des Lebens sein *muß*. Sie selbst zahlen Steuern an den Vieh-
stall – Sie wissen, wir alle enden im Schmortopf. Die Leute
essen gern daraus, und an die Jungen wurde Befehl erlassen,
sich zu vermehren und dann einander die Säfte bis aufs Mark
auszusaugen. Zuerst sind wir Schweine und Esel, und dann
saugen wir Tiere aus...

Dieser Brief entlockte Owen endlich einen Telefonanruf:
»Du darfst dir das nicht antun. Du bist so schon schlimm
genug dran, und was soll dich jetzt noch davon abhalten,
völlig aus dem Leim zu gehen?«
Ihr Megaphon hatte ihr dies bereits mit den gleichen Worten
gesagt. Phoebe fragte sich entsetzt, ob sie denn schon aus
dem Leim gegangen sei. Nein – ihre Gefühle hatte sie noch.
Die randalierten in ihr Tag und Nacht. Welches Wesen auch
immer derlei durchlitt, konnte Anspruch auf tatsächliche
Existenz erheben. Einzig ihr Körper, die Grundlage dieser
Existenz, ließ sie ständig im Stich. Tagtäglich versuchte sie,
ihn, wenn schon nicht zur Gesundheit, so doch zur Ganz-
heit zurückzuzwingen: »Zwei Füße, wie jeder andere. Linker großer Zeh, rechter großer Zeh, linker Knöchel, rechter
Knöchel... Bauch mit zugehörigem Zwerchfell, Rippen, die
mich wie zwei Hände umfassen. Lungen...« Ihre Lungen
blieben durchweicht; wenn sie aß, brannte ihr Magen; aus
dem Spiegel starrte sie der enthäutete Kopf eines Kaninchens
an.
Daß sie den Kopf im Spiegel fragen konnte, ob sie wahnsinnig
sei, machte ihr Mut, denn solange sie den Wahnsinn als Möglichkeit akzeptierte, konnte sie unmöglich ganz wahnsinnig
sein. »Wie läßt sich die Möglichkeit des Wahnsinns heilen?«
schrieb sie. »Durch Essen, Arbeiten und Glauben.«
Sie zwängte Suppe durch ihre Zähne. So erschöpft sie auch
war, hielt sie sich an ihren täglichen Arbeitsplan und skizzierte, schrieb und las. Glauben erwies sich als schwieriger.
Ein unbarmherziges Bewußtsein von Verlust verstopfte ihre
schmale Brust mit alten Filmen von Liebhabern, Eltern und
Freunden.

Trost brachte ein Buch. Sie war zu einem Leser geworden,
wie Autoren ihn sich erträumen; jeder Satz erschuf ihr das
Universum neu. Sie hätte schwören können, daß Sir Thomas
Browne ihr Elend kannte, als er schrieb:

Deine Seele ist zeitweilig verdunkelt, gewiß, so wie die Sonne von einer Wolke verhüllt wird; unfehlbar aber werden
dereinst dich die gütigen Strahlen der Gnade Gottes wieder
bescheinen... Wir müssen durch den Glauben leben, nicht
durchs Gefühl; Gnade zu wünschen, ist der Anfang der
Gnade; wir müssen harren und warten.

Eine vorüberziehende Wolke war über ihr. Und das hieß
nicht, daß ihre Sonne erloschen war.

Das Leben ist reine Flamme, und wir müssen durch die
unsichtbare Sonne in unserem Inneren leben.

Sie dachte an die Ekstasen des Herbstes – »Licht und göttli-
che Liebe«. Andere hatten sie komisch angesehen. In Sir
Thomas' Gesellschaft fühlte sie sich weniger komisch, weniger allein: ich weiß nicht, was es ist, aber ich weiß, ich bin
Etwas, und dies ist alles, was ich habe.
Der plötzlich anbrechende Frühling nährte ihr Selbstvertrauen. Nach fünf Monaten hörte sie endlich auf zu husten.
Sie stellte sich vor, daß ihre Hände bald nicht mehr zittern
würden. Lewis und sein Freund Morris fuhren mit ihr ins
Tal des Hudson River für ein Wochenende zwischen Tal-
sperren und wogenden Obstgärten. Sonntagabend schrieb
sie:

Die Reben knospen. Ich bin immer noch erst zwanzig. Gestern erblühten die Apfelbäume in ursprünglichem Rosa und
Creme. In wenigen Monaten Rubens' Erntekränze – reifen-
de Trauben, Äpfel an Zweigen. Heute abend schattentriefen-
des Licht, Mondaufgang überm Berg, Rückzug der Sonne,
Zittern des Waldes im Hauch des kommenden Sommers.

Jemand sagte zum Hagedorn: Blühe! – Ph. entfaltete sich.
Jemand sagte zum Schreienden Ziegenmelker: Singe! – Ph.
sang. Bruder und Freund sprachen diesem natürlichen Tag
Abschiedslieder nach. Eine geliebte Frau muß sprechen wie
der Hauch von Blumenkronen, die ein Vogel im Vorüber-
fliegen streift.

Liebestoll machte sie sich wieder an die Arbeit. Sie begann
aufs neue, ihre Freunde anzurufen und mit ihnen auszugehen. Sie wollte sie alle in den gebauschten Mantel ihrer Liebe
hüllen. Sie hatten zu tun, sie machten sich Sorgen, sie mußten gehn. Ihre Arbeit vollzog sich in visionären Ausbrüchen.
Walter kam und sah sich die Bilder an. Er sagte ihr: »Du
kackst die ganze Leinwand voll. Du *kannst* es besser.« Obwohl sie Elizabeth, die dieses Urteil vernahm, erst zehn Minuten zuvor kennengelernt hatte, flehte Phoebe, nachdem
Walter gegangen war, sie an, noch in ihrem Atelier zu bleiben. Unter Elizabeths Blicken zerstörte Phoebe ihre neue
Arbeit.
Darauf plante sie ein weiteres Selbstporträt im Stil der alten
Meister. Aber für derlei hatte sie nicht mehr die Geduld. Ihre
Hand gelüstete es nach Kritzeln und Krakeln, nach
»schmutzigen Kombinationen«, Dunkelorange verschmiert
mit Dunkelgrün. Der Pinsel ging mit ihr durch.
Mitte Mai gab sie auf. Sie hörte auf, sich mit ihren Freunden
zu treffen. Sie hörte auf zu malen, nur schrieb sie noch ein
wenig. Ihre Tage und meist schlaflosen Nächte verbrachte
sie zunehmend damit, die Ursache für ihre Auflösung zu
ergründen. Was hatte sie oder sonst jemand getan, wofür sie
so schmerzhaft büßen mußte? Etwas – etwas, das klar war
und einfältig vor ihr verborgen wurde: »eine geheime Lektion, die jede alte Okarina wiederholen kann«. Sie war dazu
verdammt, diese Lektion auf die harte Tour zu lernen.
Ende Mai wurde ihr Bruder Lewis wieder einmal zum Gegenstand eines öffentlichen Skandals. Louisa, die monatelang über ihren Sohn gewacht hatte, brach zusammen und
wurde in eine Klinik eingewiesen. Phoebe ging sie besuchen.

In Louisas Krankenhauszimmer brachen Mutter und Tochter einander das Herz.

Auf dem Heimweg ging Phoebe in eine Bar. Aus der Schwüle des Tags trat sie in klimatisierte Kühle. Sie nieste in ihren Whiskey mit Zitrone. Die Nase begann ihr zu laufen. Gegen Abend hustete sie heftig; noch ehe der Morgen graute, glühte sie vor Fieber. Sie rief Walter an, der sie sofort ins St. Vincent-Krankenhaus brachte, wo sie mit beidseitiger Lungenentzündung aufgenommen wurde.

Die beiden für Phoebe verantwortlichen Ärzte waren über ihren Zustand entsetzt. Sie ignorierten ihre psychosomatische Erklärung und errieten rasch die Wahrheit. Phoebe tat ihr Bestes, sie zu enttäuschen. Sie betrachtete sie als Todfeinde. Wann immer sie ihr nahetraten, funkelten ihre Augen vor Argwohn und Abscheu; ihr Megaphon nahm sich aufgebracht ihrer an und übergoß die beiden mit gereizten Beleidigungen.

Wie Phoebe es sah, hatten zwei Fremde beschlossen, sich in ihr Privatleben einzumischen. Unter dem Vorwand, sie gesundzupflegen, machten sie Jagd auf die winzige enteilende Identität, zu der sie jetzt geschrumpft war. Ihr Mißtrauen überlebte die erfolgreiche Behandlung ihrer Lungenentzündung und die wahren Wunder an Taktgefühl, das die Ärzte bei der Erörterung ihrer chronischen Erkrankung an den Tag legten. Die Andeutung der Ärzte, daß diese Erkrankung eine physische Ursache haben könnte, machte sie wütend. Der ekstatische Schmerz, der im Lauf des letzten Jahres in ihr gewachsen war, war inzwischen zum Zentrum ihrer Wirklichkeit geworden. Sie konnte es nicht ertragen, ihn als medizinisch vorhersehbar erklären zu lassen. Sie schlug jede Hilfe aus. Erst als, vier Tage nach Phoebes Einlieferung, Louisa sie besuchen kam, ließ sie sich aus ihrem Winkel locken.

Louisa versprach ihr, sie nie wieder im Stich zu lassen; sie versprach, es nie mehr zu dulden, daß Owen oder sonstwer sich bei ihr einmischte. Nachdem sie ihr ein weiteres Versprechen abverlangt hatte, ließ Phoebe sich überzeugen: sie

dürfe nie mehr mit ihren Ärzten allein gelassen werden. Nun
willigte sie ein, alles zu tun, was von ihr verlangt würde, und
gab die Verantwortung für den Albtraum ihrer Krankheit
mit einer Erleichterung ab, die sie selbst überraschte. Zum
erstenmal seit Dezember menstruierte sie wieder.

Phoebe wurde einem zweiten, diesmal korrekt durchgeführ-
ten Grundstoffwechseltest unterzogen. Hierbei wurde eine
abnorme Stoffwechselrate von + 35 festgestellt. Ihr wurde
eine tägliche Dosis von hundert Milligramm Methylthiouracil verordnet. Louisa erhielt Bescheid, daß Phoebe das Krankenhaus verlassen könne, sobald sie von ihrer Lungenentzündung genesen sei, voraussichtlich in drei oder vier Tagen.
Bis zu ihrer vollständigen Gesundung werde sie mehrere
Wochen brauchen. In dieser Zeit solle sie ein ruhiges Leben
führen und gut versorgt werden – mit anderen Worten, sie
sollte zurück nach Hause gehen.

Nach ihrem anfänglichen wilden Groll verlebte Phoebe ihren Krankenhausaufenthalt in verdrossener Resignation. Ihr
Fieber ging zurück, die Lungen wurden frei; sonst änderte
sich nichts. Ihr Herz hämmerte noch immer, sie zitterte und
schwitzte, und auch die besten Pillen verschafften ihr nur
kurzen Schlaf. Als Louisa sagte, sie werde sie mit sich nach
Hause nehmen, erhob Phoebe keine Einwände. Dennoch
faßte sie die Entscheidung als eine Niederlage auf – die zwei
Jahre, die sie auf sich alleingestellt gelebt hatte, wurden abgeschrieben. Ihr Megaphon, das eine Zeitlang mit ihrer eigenen leidenschaftlichen Stimme verknüpft gewesen war,
machte sich wieder geltend, um ihre Kapitulation zu brand-
marken. Es flüsterte ihr ein, all das habe Owen eingefädelt.
Louisa mache die Schmutzarbeit, während er sich in den
Kulissen die Hände reibe.

Phoebes eigene Stimme wurde zu einem Flüstern, das eher
Geräusch war denn Gehalt, als ob das Megaphon den Verstand für sich beschlagnahmt hätte. Eines Tages fing ihre
Stimme an, ohne ersichtlichen Grund immer wieder zu sagen: »Ich suche, ersuche, besuche…« (Inzwischen hatte sie
ihre Stimme ebensowenig unter Kontrolle wie das Mega-

phon.) Ein andermal flüsterte sie ihr eine unerklärliche Folge
von Buchstaben in die gelehrigen Ohren: b.s.t.q.l.d.s.t.,
b.s.t.q.l.d.s.t. ... Phoebe vermochte die Reihe nicht zu ent-
schlüsseln. Nachdem sie daraus »Bestien sabbern trockenen
Quark lächelnd daß sie triefen« und »Beutel sind totaler
Quatsch lederne Dosen sind tiefer« gemacht hatte, verwarf
sie die Möglichkeit, daß es sich bei den Buchstaben um In-
itialen handeln könnte. Noch schwerer fand sie es, daraus
Worte zu bilden, zumal ohne ein *u* für das *q*. Vertreiben
ließen sie sich aber beim besten Willen nicht. Beim besten
Willen nicht. Ohne Sinn und Bedrohlichkeit, nur mit Nachdruck wurden die Buchstaben zu einem regelrechten Refrain
in ihrem Kopf. Phoebe mußte das andere Geflüster ihrer
Stimme dazwischenschalten: »Ich b.s.t.q.l.d. suche s.t. Ich
b.s.t.q.l. ersuche d.s.t. Ich b.s.t.q. besuche l.d.s.t. ...«
Phoebe verlor schnell das Interesse an der neuen Diagnose
ihres Zustands, die wohl jede – jede andere – erfreut hätte.
Bevor sie ging, schärfte Louisa ihr immer wieder ein, daß sie
sich bis zu ihrer vollständigen Genesung um sie kümmern
werde. Sie würde nicht in eine »Klinik« gesteckt. Sie würde
so lange wie sie wollte vor Owen geschützt werden. Zum
achtzehnten Mal willigte Phoebe ein, nach Hause zu kommen. Jedoch unter einer Bedingung: sie wollte alleine kommen, und zwar mit dem Zug – so wie sie immer aus der Stadt
nach Hause gefahren waren, seit sie als kleines Mädchen
zum erstenmal mit ihren Eltern auf Reisen war. Phoebes
Ärzte drängten Louisa, ihr den Willen zu lassen.
Auf der Fahrt fand Phoebe etwas über die Buchstabenfolge
heraus. B.s.t.q.l.d.s.t. stand für einen alten Zug, der über ein
altes Geleise schwankte. Bei langsamerem Tempo sagte der
Zug:

> Zigaretten, tsch tsch
> Zigaretten, tsch tsch.

Es gab nichts zu essen oder trinken während der vierstündi-
gen Fahrt. Der Waggon rüttelte so heftig, daß sie nicht lesen
konnte. Vor Poughkeepsie brach unter einer Drei-Uhr-Son-

ne die Aircondition zusammen. Die Leute in ihrer Nähe
rückten immer weiter weg. Als sie Louisa erblickte, ließ die
jähe Freude Phoebe laut aufschreien. Später, in ihrem unver-
änderten Zimmer, riß sie sich die Kleider vom Leib und glitt
zwischen die Laken ihres hellen Kieferbetts. Sie schlief.

Owen kam am nächsten Freitag. Als sie ihn sah, kehrte der
Schmerz zurück – ein unvertrauter Schmerz, mit dem Phoebe etliche Tage lebte, ehe sie ihm einen Namen geben konnte.
Um zwei Uhr morgens saß Phoebe wach in ihrem Zimmer
am Fenster und starrte durch grelles Mondlicht auf die Bäume, Rasen und Häuser, die sie belagerten. Sie lauschte den
Stimmen in ihrem Innern. Mit undurchsichtiger Beharrlichkeit erinnerte ihr Megaphon sie unablässig an ein Foto im
Zimmer ihres Vaters. Ihretwegen war dieses Zimmer jetzt
unbewohnt. Phoebe stand auf und fand das Foto, ein in
zisieliertes Silber gerahmtes Sepiaporträt ihrer Großmutter
väterlicherseits, die am Schlag gestorben war, als Phoebe
zwei Jahre alt war. Sie war schwarz gekleidet und trug einen
breitrandigen, am Hinterkopf festgesteckten Hut, eine Jacke
mit riesigen Aufschlägen, einen nach unten enger werdenden
knöchellangen Rock und lange Seidenhandschuhe, die sie
lose in der Hand hielt. Ihre Züge drückten Würde und
Wachsamkeit aus. Ihr von der Kamera abgewandter Blick
schien auf irgendeine Katastrophe gerichtet, die alles, was sie
je geahnt hatte, bestätigte. Phoebe stellte das Foto auf ihren
Nachttisch.

Das Neue an Phoebes Schmerz lag weniger in seinen Symptomen – den vertrauten ihrer Krankheit – als vielmehr in
seinem Ursprung, den sie sich außerhalb ihrer selbst vorstellte. Anfangs konnte sie diesen Ursprung nicht erkennen;
das gelang ihr erst, als Louisa ihr von der Überschreibung
erzählte, die Owen anläßlich ihres einundzwanzigsten Ge-
burtstages zu ihren Gunsten getätigt hatte.

Was sie nun herausfand, würde niemanden überrascht haben, der sie einmal in Owens Gegenwart beobachtet hatte.
Mit jeder Geste und jedem Wort drückte sie Haß und Ekel
aus. Wann immer er auftauchte, zog sie die Knie hoch und

knirschte mit den Zähnen, erinnerte sich an Forderungen, die zu stellen waren, und kundschaftete Möglichkeiten zum Angriff aus. Unfähig, sich selbst zu sehen, blieb ihr das Zwanghafte ihrer Gefühle verborgen. Fast kam sie hinter die »Wahrheit«, als Owen ihr eines Nachmittags vorlas:

Mr. Copperfield kicherte. »Du bist ja verrückt«, sagte er nachsichtig zu ihr. Er war entzückt, endlich in den Tropen zu sein, und er war mehr als zufrieden mit sich, daß er es seiner Frau hatte ausreden können, in einem absurd teuren Hotel abzusteigen, wo sie nur von Touristen umgeben gewesen wären. Gewiß war dieses Hotel unheimlich, aber das hatte er ja gern.

Wäre ihr Vater nicht in diesem Augenblick eingenickt, hätte Phoebe geschrien: »Genau wie du!« Ihr Zorn verflog, sie brummelte ihn nur wach.
Wenige Tage vor Phoebes Geburtstag deponierte Owen ein Bündel von mehreren hundert hochnotierten Aktien auf ein auf ihren Namen eröffnetes Sperrkonto und veranlaßte eine monatliche Überweisung von fünfhundert Dollar von seinem auf ihr Girokonto. Die Nachricht von diesen Regelungen brachte Phoebes Gefühlswelt vollständig in Ordnung.
»Er haßt dich«, sagte eine Frau. Verblüfft sah Phoebe nach dem Foto neben ihrem Bett. Zwei Raben stiegen aus einem sommerlichen Feld und schwangen sich langsam über das Haus und außer Sicht. »Er wird alles tun, um dich aufzuhalten.«
»Ach was, du fünfzig Liter alte Säuferin«, erwiderte Phoebe.
»Ich kenn ihn besser als jeder andere«, krächzte die Frau.
»Weißt du noch, wie er dir das erstemal Geld aufgehalst hat? Der ändert sich nie.«
Owen gerann für Phoebe zu einem abstoßenden Bild des Egoismus. Sie sah, daß er ihre Freiheit nur gefördert hatte, um sie desto besser untergraben zu können. Jetzt heuchelte er nicht einmal Interesse für ihre Malerei. Natürlich mußte er sie hassen. Vielleicht hatte er sie immer gehaßt, und als

Kind hatte er nur deshalb so übermäßigen Anteil an ihr genommen, um sie zu kontrollieren und sicherzustellen, daß sie seinen Wünschen nachkam. Wenn sie daran dachte, wie sehr sie ihn geliebt hatte!

»Erwarte bloß keinen Dank von mir«, sagte ihm Phoebe, nachdem sie von seinem außerordentlichen Geschenk erfahren hatte.

»Tu ich nicht«, antwortete Owen mit einer Sanftmut, für die sie ihn hätte umbringen können.

»Ich akzeptiere das nur, um dich bezahlen zu lassen.« Ihre Großmutter beschwatzte sie: »Sag ihm, er ist ein Fuchs und ein Schwein!« Phoebes Kehle erstickte vor wütenden Schluchzern.

Zuweilen belauschte sie ihre Eltern, versteckte sich hinter der Tür der Terrasse, wo sie vor dem Dinner ihre Drinks einnahmen. Eines Abends hörte sie, wie Owen Louisa den Vorschlag machte, Phoebe solle sich einer Schilddrüsenentfernung unterziehen. Auf diese Weise machte sie eine zweite Entdeckung. Ihr Vater wollte sich nicht damit zufriedengeben, ihr Leben zu beherrschen; er wollte dieses Leben selbst. Sie dachte daran, wie er sich seit letztem September eingemischt hatte: er hatte ihren Schilddrüsenspezialisten ausgesucht und ihren Psychotherapeuten, er hatte darauf beharrt, daß ihre Beschwerden psychischer Natur seien, und ihre offenkundigen Symptome heruntergespielt. Er hatte sie bis an die Grenze ihrer Krankheit getrieben; und jetzt wollte er ihr den Rest geben.

Mrs. Lewison Seniors schwarze Seidengewänder flatterten aufgeregt um sie herum: »Er mag denken, er weiß nicht, was er tut, aber er tut es auf jeden Fall.« Phoebe, die sich im Erdgeschoß in die Hose gemacht hatte, saß in ihrem Bad auf der Toilette. Sie war jetzt grimmig entschlossen. Sie würde überleben und gewinnen. Ihr Vater würde als erster sterben. Oder sie würde ihn lehren, was Schmerz war. Das wäre sogar noch besser.

Louisa ließ sie nicht im Stich. Wenn Phoebe rief, kam sie. Phoebe rief sie immer öfter. Louisa war eine Vertraute geworden, ja, eine Freundin wie aus Kindertagen, spät, aber nicht zu spät. Phoebe wünschte, sie würde sich nicht so gierig an ihre Mutter klammern. Für die anscheinend unermüdliche Louisa war diese Abhängigkeit bereits Entschädigung genug. Daß Louisa nie die Operation erwähnte, störte Phoebe nicht: das hieß, daß ihre Mutter Owens Ansinnen abgelehnt hatte. Schließlich schwieg auch sie selbst sich über gewisse Dinge aus, zum Beispiel über die unheimliche Stimme ihrer Großmutter.

Diese Stimme wurde eindringlich erhoben, als Phoebe am ersten August erfuhr, daß Owen das »Porträt von Elizabeth« erworben hatte: »Er ist schon wieder dran. Tja, er hat sich nie etwas aus Bildern gemacht. Und du weißt, was er von Walter hält.« (Lewis hatte ihr erzählt, daß Owen Walter als »den Mann, der meine Tochter kaputtgemacht hat«, bezeichnete.) »Andererseits spekuliert er womöglich. Für Leute wie ihn ist die Kunst bloß eine Ware. Nein, stimmt nicht. Er weiß doch, was du für dieses Bild empfindest, oder? Glaube mir, er hat es *deinet*wegen gekauft. Er will kein bißchen für dich übriglassen. Du sollst erkennen, daß er allein die ganze Sache betreibt...«

Phoebe schnarrte: »Halt's Maul, du alte Hexe!« Sie war getroffen. Zwar sah sie Rachsucht in *allem*, was Owen tat, aber daß dieses Porträt so einfach ihm gehörte, schmerzte sie am meisten. Wann mochte er es gekauft haben? Mißtrauisch rief sie Walters Galerie an. Das Bild sei verkauft worden – an Maud Ludlam. Man sei ganz sicher: Ende Juni sei es ihr geliefert worden.

»Was habe ich dir gesagt?« seufzte die Alte. »Er ist ein Finsterling – finster wie die Höhleneule aus der Fabel.«

Phoebe konfrontierte Owen mit dem, was sie erfahren hatte. Da er jetzt wie ein beichtender Sünder mit ihr verkehrte, konnte sie nicht erkennen, ob ihre Worte ihn tatsächlich aus der Fassung brachten.

»Natürlich«, sagte er. »Ich habe es den Ludlams abgekauft.« »Maud wollte es schon nach einem Monat wieder loswerden?«

»Warum nicht? Was macht das für einen Unterschied?«

»Was zum Teufel willst du denn mit diesem Bild?«

»Wenn du es wirklich wissen willst: ich habe es für dich gekauft.«

Phoebe spürte, daß er log. Sie würde ihn festnageln. »Und warum hast du es mir dann nicht gegeben?«

»Es wird dieser Tage eintreffen.«

»Gehört es mir oder nicht?«

Owen zögerte. Tatsächlich hatte er daran gedacht, das Bild weiterzuverkaufen. »Würde dich das glücklich machen?«

»Nichts, was du tust, könnte mich glücklich machen. Ich könnte kotzen, wenn ich daran denke, daß dieses Bild dir gehört.«

»Es gehört dir.«

»Das will ich schriftlich.«

»Das ist doch nicht nötig, Darling.«

»O doch, *Darling*. Ich will ganz sicher sein, daß deine Wichsgriffel es nicht mehr betatschen können.«

»Wenn ich dir etwas verspreche –«

»Abah. Ich verlange ein rechtsgültiges Eigentumszertifikat. Andernfalls wird die Welt von deiner Schiebung mit diesem Pier in New London erfahren. Du weißt doch noch, wie du zwei Versicherungen für *einen* Schaden hast zahlen lassen?«

Owen lachte. »Laß das, Phoebe. Das ist eine verjährte Geschichte. Kümmert keinen Menschen mehr. Ich habe ja sogar völlig Fremden davon erzählt – du warst dabei.«

»Aber Louisa nicht.«

Phoebe beobachtete ihn und konnte ein Grinsen nicht unterdrücken. Sie hatte richtig geraten. Er ging aus ihrem Zimmer. Sie würde ihren Willen bekommen. Louisa nutzte Phoebes gute Laune aus, um eine unangenehme Sache zur Sprache zu bringen. Sie sagte ihr, die Behandlung sei offenbar gescheitert und sie sollte nun doch eine Entfernung der Schilddrüse in Betracht ziehen – je früher desto besser. »Seit du hier bei uns bist, hast du keine fünf Pfund zugenommen, und du bist so fahrig wie eh und je. Ich an deiner Stelle würde binnen einer Woche verrückt werden.«

»Verrückt bin ich schon vor Monaten geworden. Wenn ich
wüßte – wenn ich sicher sein könnte, daß es mir eines Tages
besser ginge, würde mir das Warten nichts ausmachen. Ich
nehme an, Owen meint, ich solle mir den Hals abschneiden
lassen.«

»Der hat damit gar nichts zu tun. *Du* überlegst es dir, und
du entscheidest. Ich will dir nichts verheimlichen. Ich habe
einen guten Chirurgen in Albany ausfindig gemacht. Er
operiert vier bis fünf Schilddrüsen pro Woche, dort und in
Boston. Ich habe ihm von dir erzählt, und er steht zur Verfügung.«

Phoebe schwieg. Nach einer Weile sprach Louisa weiter:
»Ich habe dir *mein* Geheimnis erzählt.«

»Ich habe Angst. Vor allem vor der Narkose. Ich will das
nicht. Es ist wie Sterben.«

»Heute nicht mehr, nicht mit Pentothal. Das ist, als ob man
untergeht. Du bist in einer Sekunde weg, und dann bist du
wieder da. Keine Angst, keine Erinnerung –«

»Ich glaube dir, aber das ist nicht *mein* Geheimnis.«

»Ich kann dir nicht folgen.«

»Momma, wenn ich leben will, muß ich mich zuerst in das
Sterben fügen. Läßt du mich ein Weilchen allein?«

Phoebe schrieb an ihren Bruder Lewis:

...Louisa ist die Freundlichkeit in Person – wahre Freundlichkeit –, aber ich spüre, daß ich auch sie verliere. Das mit-
fühlende Band der Mutterschaft vibriert vor Heuchelei. Muß
es auch – sie muß sich von mir lösen, wenn sie mir helfen
will. Wird das Leben immer so sein? Ja, zumindest bis zum
Tod. Das wird als Antwort genügen.
Verstehst Du mich? Ich brauche jemanden, der mich ver-
steht, und Du kannst es – Du hast Schlimmeres überlebt als
ich. Kommst Du zu mir? Mit Dir an meiner Seite könnte ich
einwilligen, daß man mir den Hals abschneidet.

Die Großmutter war Phoebes ständige Begleiterin – eine
weder störende noch beruhigende Gegenwart. Sie hatte sich

jetzt dauerhaft in einen Vogel verwandelt. Obgleich groß
und schwarz, brachte der Vogel kein Gefühl der Bedrohung
in Phoebes Zimmer, sondern eines von mählicher, unablässi-
ger Bewegung, ähnlich dem Geräusch von Flugzeugen, die
auf einem fernen Flughafen regelmäßig landen und starten.
Der Vogel sprach immer weniger.

Das Porträt von Elizabeth traf ein. Gleich nach dem Auspacken brachte Lewis es auf ihr Zimmer. Als sie es sah,
mußte Phoebe kichern. »Es hat mir schon immer gehört!
Häng es dort drüben an die Wand. Lewis, laß mich dich
lieben, bitte.«

Ihr einundzwanzigster Geburtstag kam und ging ohne Aufsehen, nur daß man zu dritt eine Torte aß. Tags zuvor hatte
Louisa Phoebe nach Albany gefahren, wo sie im Medical
Center von einem Chirurgen untersucht wurde. Phoebe hatte sofort Gefallen an ihm gefunden, was Louisa – nach ihren
langwierigen Vorkehrungen – dermaßen erstaunte, daß sie
sich beinahe bekreuzigte. In den folgenden Tagen dachte
Phoebe an nichts als ihre nächste Begegnung mit diesem
rotgesichtigen dicken Arzt, der unwiderstehlich selbstbe-
wußt wirkte. Als sie ihm das erstemal in die Augen sah, die
still waren wie die einer Kuh, wurde das Leben für sie wieder handhabbar. Später empfand sie Angst und einen vertrauten Haß auf alles Erschaffene, besonders auf sich selbst.
In ihrem Schlafzimmer sah sie aufs neue einen eulenhaften
Raben an der Decke kreisen und die gemalte Elizabeth, für
die sie keinen Haß empfand.

Auf Phoebes Anordnung hin brachte Owen das Porträt
während der Operation ins Krankenhaus und hängte es in
ihrem Zimmer gegenüber dem Bett an die Wand. Lewis bau-
te auf dem Nachttisch einen Plattenspieler auf, den sie im
Liegen bedienen konnte.

Lewis und Louisa erwarteten sie, als sie aus dem Erholungs-
raum geschoben wurde. Wann immer Phoebe die Augen
aufschlug – lange Zeit rollten sie bloß abwesend unter halb-
geschlossenen Lidern –, sprach ihre Mutter ihr zu, es sei alles
gut, und Lewis sprach es ihr finster nach. Sie sagten nicht,

was sie dachten, sondern nur das, was man ihnen gesagt
hatte. Phoebes Gesicht wirkte blutleer und eingeschrumpft
über ihrem bandagierten Hals, an den zwei Drains geklebt
waren.
Anfangs vernahm Phoebe sie gar nicht, und später glaubte
sie ihnen nicht. Sie erwachte in ein Chaos aus Schläfrigkeit
und Panik. Die Beruhigungsmittel änderten nichts daran,
daß sie sich noch niemals kränker gefühlt hatte. Nicht die
Folgen der Operation machten ihr Angst: sie wußte einfach,
daß ihre Symptome sich verschlimmert hatten. Ihr Herz fol-
terte ihre Rippen wie ein Dorn; Schweiß überzog ihre Arme
und Beine; ihr Körper hatte sich in Nester aus Schmerz
aufgelöst. Die Operation war gelungen, und Phoebes Reaktion entsprach einem neuen Zustand. Vier Fünftel ihrer
Schilddrüse waren entfernt worden. Sich selbst überlassen,
konnte die Drüse auf das Verlangen des Körpers nach den
inzwischen gewohnten Dosen Thyroxin nur damit reagieren, daß sie von neuem zu wachsen begann. Um dies zu
unterbinden, wurde Phoebe Thyroxin in noch größeren
Mengen als denen verabreicht, die sie während ihrer Krankheit abgesondert hatte. Ihr Puls war im Verlauf der Operation
nicht unter 160 gesunken; jetzt stieg er auf 180. Niemand
hätte sie davon überzeugen können, daß sie geheilt würde.
Aufgrund der Drains an ihrem Hals und der intravenösen
Tropfe in beiden Armen konnte sie sich sieben Tage lang
praktisch nicht bewegen. Wieder verlor sie jegliche Kontrolle über ihre Gedanken und Gefühle.
Das Angstgefühl verließ sie nie, es war bedrückend, wenn
jemand bei ihr war, und unerträglich, wann immer sie allein
war. Ohne Lewis oder Louisa bei sich, schellte Phoebe alle
zwei Minuten nach der Krankenschwester, obwohl sie bald
merkte, daß andere ihr nur die Illusion von Erleichterung
verschafften. Andere konnten sie ablenken, aber nicht das
vertreiben, was sie am meisten fürchtete: daß der nächste
Augenblick sich, wie es dann auch jedesmal eintraf, als so
unerträglich erweisen würde wie der vorige.
Manchmal las Lewis ihr etwas vor. Phoebe mühte sich nach

Kräften, ihm zuzuhören; doch binnen weniger als einer Minute begann ihre Aufmerksamkeit zu zerfasern. Musik war da besser. Sie hatte ihre Lieblingsplatten mitgebracht, unter einigen Haydn-Quartetten auch das »Kaiser«-Thema mit den Variationen. Als dieses letztere zur Hälfte durchgelaufen war, packte Phoebe Lewis am Handgelenk: »Laß drauf.« Sie spielte den Satz immer wieder, mindestens vierhundertmal. Hinterher sagte sie, ohne es würde sie versucht haben, sich umzubringen. Oft füllte ihr Kopf sich mit Worten, die Haydns vertraute Melodie nach sich zog, mit Worten, die sie glaubte vergessen zu haben, ein Kirchenlied aus der Schulzeit: »Großes wird von dir gesprochen, Zion ...«

Ihr Vogel war noch immer um sie, stimmlos und mechanisch huschte er unablässig an der Decke herum, als hinge er an einem elliptischen Geleise. Er machte ein schwirrendes, flüsterndes Geräusch: *essesso, essesso ...*

Dies war der Inhalt ihrer Tage und Nächte: das wispernde *essesso* des Vogels, der Schluß der vierten Variation, das Ringen mit dem Kopfkissen auf der Suche nach der Klingel, das Greifen nach der Hand von Lewis oder Louisa.

Bevor sie von zu Hause wegging, hatte das Porträt von Elizabeth ihr Unterhaltung, wenn nicht gar Trost gewährt; hier leistete es nichts davon. Phoebe ließ ihr Zimmer verdunkeln. In dem kargen Tageslicht, das durch die zugezogenen Fenster drang, oder im Licht der Nachtlampe sah das Bild verzerrt und unscharf aus. Die leeren gelben Augen schwammen über dem Kopf; die gefalteten Hände, deren Nägel ein silbriges Lächeln andeuteten, schrumpften zu dunklen Stümpfen; das feurige Rot des Haars strömte in schlammigen Wellen über die Leinwand. Phoebe sah Elizabeth an, schloß die Augen und sang zu der Platte:

> Sieh die Ströme schnellen Wassers
> Quellen aus der ew'gen Liebe

wobei sie nur einen Wunsch verspürte: es sollte aufhören. Sie weinte nie. Sie hatte keine Zeit, ihre Tränen zu sammeln:

war viel zu sehr damit beschäftigt, den Haydn neu aufzule-
gen, die Klingel zu drücken, die Tür in Erwartung der
schneckenlahmen Schwester anzustarren, darauf zu warten,
daß der nächste Augenblick und dann der danach weniger
Schmerzen bringen möge. Hätte sie weinen können, würde
sie um ihren armen Körper geweint haben, der von einem
unersättlichen Monstrum mit Gummizähnen regelrecht ver-
schlungen wurde.

Nach einer Woche wurde die Thyroxindosis herabgesetzt.
Obwohl Phoebe nicht merkte, daß es ihr besser ging, kamen
ihre Gefühle nach und nach vom Siedepunkt herunter, und
das Entsetzen, das sie bisher erdrückt hatte, klang zu einer
ruhigeren Traurigkeit ab. Wie zuvor das Entsetzen, erfüllte
jetzt die Traurigkeit ihren ganzen Körper, nur kalt. Das
Schwirren des Vogels, die unerschöpfliche Lieblichkeit des
Quartetts und das Porträt von Elizabeth übernahmen neue
Funktionen als Embleme dieser Traurigkeit, der Phoebe
sich, ohne es zu merken, wie der reinsten Hoffnung zuwandte. Es gab nichts, worauf sie sich freuen konnte; sie
hatte einfach etwas wiederentdeckt, das sie ihr »Selbst« nennen konnte. Zum ersten Mal akzeptierte sie ihre Krankheit
als etwas Wirkliches, als ihre Wirklichkeit. Wenn ihr
Kranksein Traurigkeit bedeutete, dann würde sie diese Traurigkeit verkörpern, sie in den Überbleibseln ihres Körpers
ganz für sich allein behalten. »My body lies over the ocean«,
sang sie. Sie sang auch:

> Seine Liebe hebt Sein Volk
> Als die Herrscher auf den Thron.

Sie lächelte bei dem Gedanken, ihre Traurigkeit zu lieben –
gewiß doch besser, als gar nicht zu lieben, als sich selbst
überhaupt nicht zu lieben? Selbstmitleid verhalf zum ersten
Schritt zur Gesundheit. Nur ein Schritt – und wie weiter?
Elizabeths elfenbeinerne Wangen und lächelnde Hände saßen jetzt am richtigen Ort. Phoebe seufzte wehmütig: »Meine Elizabeth, gern würde ich brennende Kerzen zu deinen

Füßen aufstellen. Es geht mir jetzt besser.« *Essesso,* machte
der Vogel.

Daß Phoebe gesund wurde, merkten Louisa und Lewis, als
sie einen kleinen Scherz in der Weise jener Zeit machte:
»Wenn Stella Dallas sich mit Roger Maris verheiraten würde,
würde sie als Stella Maris bekannt.« Elizabeths pupillen-
lose Augen wurden in ihrem ewigen Schatten zu Phoebes
Sternen.

Sie genas auch weiterhin nur langsam. Die Krankheit hatte
im Lauf eines Jahres die normale Funktion ihrer Lungen,
ihres Herzens und ihres Verdauungssystems erheblich in
Mitleidenschaft gezogen. Sie hatte keine körperlichen Reserven. Ihre Ärzte sprachen optimistisch von ihrem Zustand
und rieten ihr, noch eine weitere Woche im Krankenhaus zu
bleiben.

Sie wurde noch immer von Halluzinationen geplagt. Stimmen, die weder ihr noch dem Vogel gehörten, dröhnten
durch ihr abgedunkeltes Zimmer: »...Wer ist sie, die auf der
Welt das Meer hervorbringt? Wer ist er, der auf der Welt das
Meer hervorbringt? Wer ist sie, die große Tage erleuchtet?«
Essesso, essesso. »Wer ist er, der verschlingt? Wo ist der Schu-
ster, der blaue?« *Essesso.* »Wo ist der rot-weiß-blaue Schu-
ster?...« Phoebe nahm diese Stimmen nicht ernst. Sogar der
Vogel hätte jetzt verschwinden können, ohne vermißt zu
werden, obgleich sie ihm oftmals für seine Gefälligkeit
dankte.

Phoebe schärfte sich ein, ihre Traurigkeit nie als Vorwand zu
gebrauchen, um nicht zu handeln. Handeln hieß, das zu
bekommen, was sie wollte, und sie wußte, was sie wollte:
Glück. Glück erforderte eine Welt ohne Monstren. Sie hatte
zu Lewis gesagt: »Etwas schleicht dort draußen in der Dunkelheit herum. Man kann es nicht sehen, aber man hört ständig Schreckliches davon«, und noch während sie dies sagte,
wurde ihr klar, daß sie bloß eine bequeme Geschichte ablie-
ferte – einen Vorwand dafür, aufzugeben. Sie konnte niemandem die Schuld zuschieben. Sie bat Owen, sie zu besuchen. Sie würde ihn nicht mehr dort draußen in der Dunkel-

heit herumschleichen lassen. Als er gegangen war, dachte sie:
»Das also ist der Himmel: das Leben um uns, und niemand
ist ausgeschlossen.« Diese Erkenntnis verschaffte ihr nur eine ferne Freude, da sie jetzt wieder Fieber hatte. Es war ihr
gelungen, sich in der Hitze der Hundstage eine Erkältung
zuzuziehen.
Etliche Nächte später erhielt sie neuen Besuch. Ihr Fieber
war gesunken und wieder gestiegen. Sie lag im Dunkeln,
leckte sich den trockenen Mund und lächelte beim Einsatz
der Bratsche:

> Wer wird schwach, wenn solch ein Fluß
> Stets den Durst ihm löschen wird?

Sie bemerkte ein Glühen neben sich und vernahm ein Geräusch wie eine Stimme. Sie stellte den Plattenspieler aus.
Das Glühen kam aus der einzigen leeren Wand ihres Zimmers, links hinter dem Fenster. In ihrer Mitte hatte sich ein
Kreis aus Kristall gebildet. Innerhalb des Kreises, von hinten
blau beleuchtet, erschienen geschichtete Ringe aus kristalli-
nem Gestein. Diese blauen Ringe öffneten sich aufleuchtend
nach innen und wichen durch eine sich selbst erschaffende
Ferne zurück, die sich zu einem Strahlen tief im Innern des
Gesteins zusammenzog – ein Endpunkt, den Phoebe als reines Weiß wahrnahm, blendend und warm. So lag sie und
lächelte in das bezaubernde Licht, als ihr Vogel geräuschlos
aus dem Loch geflogen kam. »Will mein Vogel wieder mit
mir sprechen?« Der eulenhafte Rabe war weiß geworden. Er
verschwand in den Schatten des Zimmers, nur um in dem
blauweißen Tunnel wieder aufzutauchen und von neuem auf
sie zuzufliegen. Wieder hörte Phoebe die Stimme. Sie rief sie
beim Namen.
»Wer ist da?« fragte sie.
»Dein alter Kumpel«, antwortete die Stimme. »Du weißt
schon.«
»Walter?« Sie starrte in die glänzenden Kreise aus Stein und
erblickte etwas, das einem Mann im Profil ähnlich sah. Sie

vermochte ihn nicht zu erkennen, doch erinnerte er sie an einen Fremden im Zug auf der Heimfahrt von Belmont. »Ich kann dich nicht sehen.«

»Nicht nötig«, kam die Antwort. »Ich warte auf dich.«

»Danke sehr, aber mit meinen Freunden bin ich wählerisch.«

»*Komm* schon, Phoebe. Es ist toll hier drinnen.« Der schwebende Vogel wandte sich in den Tunnel zurück und wies ihr den Weg. Phoebes Körper kribbelte vor Munterkeit.

»Danke. Hier draußen ist es auch nicht übel.«

Die Erscheinung verblaßte langsam. Eine Minute später war kein Licht mehr in ihrem Zimmer zu sehen außer dem Glitzern ihres Wasserglases, der mattblauen Aura ihrer Nachtlampe und dem roten Punkt am Panel ihres Plattenspielers. Phoebe lag im Bett und sehnte sich nach jemand, mit dem sie lachen konnte.

Als sie aufwachte, war ihr heiter zumute. Das Glühen des Tunnels wärmte sie noch immer, und sie dachte mit heftiger Zuneigung an den Mann im Profil zurück. Er ist mein Mentor, beschloß sie. Er ist der Mann, nach dem ich suchen werde, sobald ich aus diesem Drecksloch herauskomme.

Ihre ungewöhnliche Fröhlichkeit brachte Ärzte und Schwestern zum Strahlen. Sie gelobte sich, ihre Beschwerden nicht mehr zu beachten. Als später am Tag ihre Temperatur kräftezehrend auf und ab stieg, erkannte sie, daß ihr Körper wieder einmal eine Krise durchmachte. Wie die dagegen verabreichten Medikamente gehörte ihre Krankheit nun der Welt außerhalb ihrer selbst an. Als die Nacht herankam, hoffte sie, ihr anonymer Mentor werde wieder in seinem Tunnel erscheinen. Und obwohl er dies nicht tat, war sie noch immer von der Erinnerung an ihn verzaubert; am nächsten Morgen wurde ihr noch vor der Dämmerung ein wenig Trost zuteil. Ihr Vogel, den sie am Tag zuvor nicht gesehen hatte, kam, jetzt wieder schwarz, in ihr Zimmer zurück, um von neuem seine gewohnte Ellipse zu beschreiben. Seine Flügel machten jedoch keinerlei Geräusch. Er gewann rasch an Tempo und flog bald so schnell, daß Phoe-

be ihm nicht folgen konnte. Aber das machte ihr nichts, sie
war in Hochstimmung. Laut sagte sie: »Wie das Vögelchen
fliegt! Oma, du machst mich fertig. Ich dachte, du wärst auf
meiner Seite.«
Der Vogel rotierte wie der Knoten eines wirbelnden Lassos.
Phoebes Herz raste beim Zusehen.
»Ich hätte nichts dagegen, wenn du das Schlagwerk in mei-
nem Brutkasten aufschließen und ein bißchen langsamer
stellen könntest. Oma, sprich wenigstens mit mir.«
Phoebe setzte sich auf.
»Bitte sag mir, wo ist mein Kavalier? Hat Katalepsie deine
Zunge gemaust? Ok, aber eines Tages will ich wieder reiten
gehen. Denk dran, ich kann mir jetzt einen Braunen kaufen.
Roßfleisch wird mir gehören. Ich werde meinem treuen
Pfauenauge nachreiten, hast du gehört? Jetzt aber ist das
Geburtstagsmädchen voller Durst.«
Sie räusperte sich und hustete.
»Meine Kehle ist voller Disteln. Ich möchte so manchen
Durst vollbringen. Zunächst mal wird es bald Zeit für die
Liebe. Dreizehn Wochenenden lang hatte ich keine Orgie
mehr. Klarer Fall von Boykott. Und genau damit will ich
anfangen – mit Knabenkraut und seinen dicken Stengeln.«
Phoebe war es längst egal, ob der Vogel noch zuhörte.
»Dann als Salateinlage einen hübschen älteren Lattich, voller
Anspielungen und Fußangeln. Und zum Schluß möchte ich
den Mann meiner verträumten Beine von irgendwo aus der
Zwischenzeit. Wenn ich diese Persönlichkeit liebe, sollte er
seine Aussichten lieber im Auge behalten! Als ehemaliger
Leichenbitter (fast) wird man Erfahrungen und Laster haben,
die mit denen der gierigsten elisabethanischen Desperados
vergleichbar sind, und du weißt, wie großzügig und mör-
derisch die sein können… Oh… Elizabeth –«
Sie versuchte, das Porträt in dem Dämmerlicht zu erkennen.
»Ich habe dich nicht vergessen, nicht für einen Sekundanten.
Und was, wenn du Derjenige wärst? Ich sehe uns in unserem
warmen und liebenswerten Tee-Raum, zwei Fragen als eine.

Weib an Weib. Ich könnte mir das vorstellen. Zeuginnen
unserer Träume... Aber wem könnte ich dann Paddler sein
(und auch Hausboot)? Wen könnte ich bekraulen, wen be-
großmuttern? Ich brauche echte Äffchen zum Quatschma-
chen, und ich muß doch an all die Miesepeter denken mit
ihrem einhörnigen Geschwafel, die wie Zaunpfosten, wie
vergessene Stuhlbeine in der Gegend herumstehen.«
Phoebe fing an zu lachen.
»Na, das ist mir eine zerbeulte Prognostik für ein Leben!
Eine geköperte Hausherrin, die rostige Versager des Män-
nchengeschlechts in die Stromer und Nabobs ihrer Kosmolo-
gie verwandelt! Denn was werden die meiner mir mich denn
selbst bringen? Bekannte Nichtheit. Ich bin mein eigener
Kosmonaut, dennoch vielen Dank, und mein Privatuniver-
sum erstreckt sich von weltstichigen Rosenkränzen bis zu
den Kringeln der Himmelsreiter-Galahads und was immer
das heißen mag«, fügte sie hinzu, »ich schwöre, es ist die
Wahrheit.« Sie sah sich um. »Meine Vögel schwärmen aus –
hallo, Oma! – oder vielleicht ist es mein Pfropf.«
In der Bahn des Vogels explodierte ein Funkenschauer.
»Auch dich habe ich nicht vergessen. Immerzu bist du mein
ewiges Nicht. Hui! Du kamst aus meinem Deckel, dem him-
melskartigen Schwall, du und deine schartigen Schwarten,
und damals ist es mir klargeworden. Was sonst werde ich
jemals wissen? Vom East River in den Long Island-Sund ins
offene Meer, über dem du so verschlagen zwinkerst. Winter,
Sommer, wieder Winter, dorthin, wo wir niemals weggegangen sind, und wir brauchen nichts anderes zu tun als im
Kino auszuharren, um dazusein! Herrgottsfrühe! Warum
heißt es nicht Mutterland? Oma, sag mir, daß du ein Nacht-
schwärmer bist. Ich will nach draußen gehen und all den
Spaß und Unsinn sehen, den ich vermisse – Raketen, die
durch Knochen aufsteigen. Oma, wo ist mein Himmelbett?
Was stimmt da nicht?« Phoebe fragte dies mit lauter Stimme
den kreisenden Vogel, der jetzt müde wurde, was sie ihm
nachfühlen konnte, da ihre Begeisterung sie atemlos gemacht
hatte. Sie sah den Vogel im Sinken langsamer werden, er war

jetzt blendend weiß und ließ sich schließlich auf den Boden
neben ihrem Bett nieder – nur daß ein Teil des Zimmers, zu
Phoebes Überraschung, keinen Boden hatte: der Vogel versank abrupt außer Sicht und Hörweite.

ALLAN UND OWEN

Juni-Juli 1963

In der Regel hinterläßt, wer jung stirbt, seine persönlichen Angelegenheiten in chaotischem Zustand. Vielleicht, weil eine chronische Krankheit sein Leben seit langem als gefährdet erscheinen ließ, machte Lewis Lewisons Freund Morris Romsen von dieser Regel eine Ausnahme. Lange bevor er am Ende seines dreißigsten Lebensjahres starb, hatte er ein hinreichendes Testament aufgesetzt; und erst kürzlich hatte er es durch eine großzügige Lebensversicherung ergänzt, deren Nutznießer seine Partnerin Priscilla Ludlam war.

Für Lewis und noch mehr für Morris' Schwester Irene Kramer kam diese Verfügung zugunsten Priscillas überraschend. Morris besonders zugetan, vernahm Irene mit Entsetzen, daß Priscilla ihren Bruder so intim gekannt hatte, und wunderte sich darüber, daß Morris nie davon gesprochen hatte, sie zu seiner Begünstigten einzusetzen; und als sie herausfand, daß die Police kurz vor Morris' Tod von Allan Ludlam, Priscillas Vater, ausgestellt worden war, wurde ihre Verwunderung zu gelindem Argwohn. Während sie dies einerseits als Zufall oder Freundschaftsdienst interpretierte, fragte Irene sich doch andererseits, ob es nicht so etwas wie ein Berufsethos gebe, das einem Vater den Abschluß einer solchen Versicherung zugunsten seiner Tochter untersagte. Sie beschloß, deswegen Owen Lewison zu befragen, der in allen Aspekten des Versicherungswesens bestens bewandert war und den sie gut genug kannte, um seiner Diskretion trauen zu können.

Owen beschied sie: »Ich werde das mit Vergnügen für dich überprüfen.« Er hatte Zeit genug und Kummer, den er vergessen wollte: Phoebe, kurz vor der Entlassung aus der St. Vicent-Klinik, wollte ihn nicht mehr sehen. »Ich bin aber sicher, daß Ludlam in Ordnung ist. Habe oft mit seiner

Geschäftsstelle zu tun gehabt und kenne ihn sogar ein wenig. Unmöglich, daß er irgendwelche Schiebereien begangen hat.«

»Ich kenne ihn auch, und ich weiß, wie reich die sind, das heißt, wie reich Maud ist. Kommt mir nur einfach merkwürdig vor.«

Von einem alten Bekannten in Allans Firma erfuhr Owen, daß Allan an Morris von niemand anderem als Phoebe empfohlen worden war; daß er sich, als er hörte, Priscilla solle als Begünstigte eingesetzt werden, zunächst geweigert habe, die Police auszustellen; und daß er erst später, nachdem Morris ihm versichert habe, Priscilla wisse von all dem nichts, darin eingewilligt habe.

Irene besaß die Kramer-Galerie, die etliche Jahre zuvor an der West Side angefangen hatte und vor kurzem in den Norden der Stadt umgezogen war. Während eines darauffolgenden Treffens mit den Ludlams in ihrer Galerie gestand Irene Allan ihre »Neugier« in bezug auf Morris' Lebensversicherung: »Ich wußte gar nicht, daß sowas innerhalb einer Familie möglich ist.«

Allan errötete. »Normalerweise nicht. Es hat mich auch gestört, weißt du –«

»Ja, ich weiß. Du bist die Gewissenhaftigkeit in Person.«

Am nächsten Tag erkundigte sich Allan in seinem Büro, ob es mit Morris' Police irgendwelche Probleme gegeben habe. Er erfuhr von Owens Anfrage. Er rief Irene an: ob Owen auf ihre Bitte tätig geworden sei?

»Ja, allerdings. Es war dumm von mir, aber Morris war gerade gestorben, und aus Gründen, die ich noch immer nicht begreife, hatte er nie mit mir über Priscilla gesprochen. Mr. Lewison sagte, dein Verhalten sei beispielhaft gewesen.«

»Irene, das war das Standardverfahren.«

Irenes Beteuerungen beruhigten Allan. Obgleich ihm Morris' Police keinen Anlaß zur Sorge gab, fürchtete er die Möglichkeit, daß Owen zufällig auf irgendwelche anderen Fälle stoßen könnte – Fälle, die seine heimliche Karriere als mehrmaliger Betrüger enthüllen würden. Diese Karriere hatte ihn schon immer hohen Risiken ausgesetzt; aber wenn ein Experte wie Owen ihm nachforschte, wurde das Risiko einfach zu hoch.

Owen hatte nichts geargwöhnt. Ohne es zu merken, war Allan der Gefahr entronnen, als hätte er beiläufig eine Spinne von seinem Hals gewischt und dann gesehen, daß es eine Schwarze Witwe war. Er genoß sein Glück. Es steigerte sich und wurde gesteigert durch die Euphorie, als er Elizabeth fand. Eine Zeitlang schwelgte er im Gefühl der Vortrefflichkeit seines Lebens. Er empfand Owen gegenüber grenzenlose Dankbarkeit, daß er dies unangetastet gelassen hatte. Eines Morgens schrieb er ihm einen Brief:

... wie wahrhaft herzerfrischend es war, von einem Mann wie Ihnen bestätigt zu werden. Sie sollen wissen, daß ich das sehr zu schätzen weiß und Ihnen zutiefst dankbar bin ...

Daß er Owen eher hätte bitten sollen, sich bei ihm zu entschuldigen, kam Allan nicht in den Sinn. Owen selbst war sprachlos. Da wurde er von einem Mann, dessen Redlichkeit er indirekt angezweifelt hatte, mit unmäßigem Lob überschüttet. Owen hätte wohl kaum erraten können, daß Allan von Liebe gerührt war, als er diesen Brief schrieb. Er schlug Allans Daten im *Who's Who* nach, um sich zu vergewissern, daß der nicht senil wurde.

Owen ließ den Brief auf seinem Schreibtisch im Büro. Als er ihn das nächstemal aufnahm, fragte er sich wiederum, aus welchem Grund Allan ihn geschrieben haben könnte. Geld borgen wollte er sich nicht. Gesellschaftliche Empfehlungen hatte er nicht nötig. In die Politik wollte er auch nicht einsteigen. Er mußte einen anderen Grund haben, einen ungewöhnlichen, einen, den Owen nicht ahnen konnte; einen, den er vielleicht nicht ahnen sollte. Verbarg er etwas – konnte Allan Ludlam etwas zu verbergen haben?

Dieser Gedanke munterte Owen auf: eine unterhaltsame Möglichkeit erhellte seine öde Welt. Phoebe, so krank wie nie zuvor, strafte ihn mit Verachtung; sein Sohn Lewis war

außer Betracht gesunken; Louisa, die sich voll und ganz
Phoebe widmete, hatte keine Zeit mehr; seine Arbeit langweilte ihn. Und jetzt war er auf ein kleines Rätsel gestoßen,
das ihn nicht im geringsten langweilte. Daß jemand aus seinem Milieu finstere Geheimnisse haben könnte, entzückte
Owen. Würden die von Allan seinem eigenen Streich mit der
New London-Fährgesellschaft ähneln? Oder würde sich das
als eine eher intime kleine Sünde erweisen?
So fasziniert Owen auch war, hätte er Allan wahrscheinlich
völlig vergessen, wenn er ihn nicht am Ende der folgenden
Woche Irene gegenüber erwähnt hätte. Auch sie hatte von
ihm gehört: »Walters Porträt von Elizabeth wurde gestohlen. Allan rief an und fragte, ob unsere Versicherung das
noch abdecken würde. Sie hätten noch keine Zeit gehabt,
selbst eine abzuschließen.«
»Ich wußte gar nicht, daß es jetzt ihnen gehört«, sagte
Owen.
»Sie haben es vorigen Monat gekauft.« Irene erklärte, sie
habe kürzlich eine Auswahl von Walter Trales besten Arbeiten zum Verkauf angeboten. »Anfang Juli haben wir es ihnen
geliefert.«
»Wann wurde es gestohlen?«
»Das weiß ich nicht genau. Allan rief mich gestern an.«
Owen sagte nichts. Er wußte, daß Allan Irene mindestens
eine Lüge erzählt hatte. Kein Versicherungsagent würde etwas so Wertvolles auch nur zwei Minuten unversichert lassen, erst recht nicht zwei Wochen; und Allan hätte die Sache
mit einem einzigen Anruf erledigen können.
Was führte Allan im Schilde? Wenn er das Trale-Gemälde
versichert *hatte*, warum log er dann Irene etwas vor? Warum
hatte Allan, als er mit ihr sprach, lediglich nach der Versicherung gefragt und nicht auch gleich Informationen über
Kunstdiebstähle eingeholt und sie um Rat gefragt? Owen
versuchte sich irgendein unausgesprochenes Motiv hinter
Allans Anruf vorzustellen. Ihm fiel nichts ein, bis eine unwahrscheinliche Hypothese ihm durch den Kopf ging: ob
Allan etwa aus dem Diebstahl Profit schlagen wollte? Ver-

suchte er möglichst viele Versicherungen abzukassieren, sowohl die der Galerie als auch seine eigene?

Owen gefiel diese Möglichkeit. Sie kam ihm haarsträubend und leicht verrückt vor und erinnerte ihn an New London. Seine Neugier in bezug auf Allans Geheimnis war wieder geweckt. Er begann sich zu fragen: warum nicht mal nachsehen? Für den Profi Owen machte Allans Anruf bei Irene und seine Behauptung, er habe das Bild nicht versichert, die Existenz irgendeines Geheimnisses bis zur Gewißheit wahrscheinlich. Andererseits, wozu sollte Owen Zeit verschwenden, um ein Rätsel zu lösen, das ihn nichts anging? Auf diese Frage fand er keine vernünftige Antwort, aber immerhin eine hinlänglich unvernünftige: dieses Rätsel zu lösen würde ihm wesentlich mehr Spaß machen, als sich weiterhin den von Phoebe auferlegten Bußritualen zu unterwerfen. Selbst wenn er am Ende nichts herausfinden sollte, was war daran so schlecht? Von seinem Familienleben rundum enttäuscht, konvenierte es ihm, Zeit zu verschwenden.

Er beschloß, als erstes an Allan selbst heranzutreten. Hierfür standen ihm eine Reihe gesellschaftlicher und beruflicher Vorwände zur Verfügung, von denen Allans Brief der einleuchtendste war. Noch am selben Nachmittag, an dem er mit Irene gesprochen hatte, begann Owen ihn telefonisch zu verfolgen. Sein Büro hatte Allan bereits verlassen; an seinem Privatanschluß meldete sich niemand, weder jetzt noch später am Abend. Am nächsten Morgen wiederholte Owen seine Anrufe ebenso erfolglos. Er wählte Allans Haus im Norden des Bundesstaates an. Eine grazil spöttelnde Stimme – es war Elizabeth – gab die Auskunft, Allan werde »für den vorhersehbaren Sommer« nicht zurückerwartet.

Owen war verärgert. Der Mann konnte ihm ebensogut absichtlich ausweichen. Er änderte seine Pläne. Bevor er Allan weiter verfolgte, würde er alles irgend mögliche über ihn in Erfahrung bringen. Er schrieb Allan einen Brief, in dem er sich bedankte und die Hoffnung ausdrückte, daß sie sich bald einmal treffen würden. Owen begann seine Forschungen aufs neue, konzentrierte sich diesmal aber nicht auf die

weniger wichtige Frage nach Morris' Versicherungspolice,
sondern auf bedeutendere Aktivitäten in Allans Vergangenheit. Wenn er etwas zu verbergen hatte, würde es höchstwahrscheinlich Geldbeträge betreffen, die größer waren als
die auf irgendwelchen Privatkonten; es würde mit den Fir-
menversicherungen zu tun haben, auf die Allan spezialisiert
war.

Allans Respekt vor Owen wurde bald gerechtfertigt: Owen
brauchte nur einen einzigen Zufall, um ihm auf die Spur zu
kommen. Er hatte sich zunächst die Fälle angesehen, in denen sein Büro mit dem von Allan zusammengearbeitet hatte,
und beim Prüfen dieser Aufzeichnungen geriet ihm die *Vico-
Hazzard*-Akte, die er gar nicht in Erwägung gezogen hatte,
in die Hände. Und da fiel ihm ein, daß Allan mit dieser
Angelegenheit zu tun gehabt hatte.

Vico Hazzard war der Name eines mittelgroßen Öltankers,
der bei einem Sturm im März 1958 im Golf von Biscaya,
hundert Meilen vor der französischen Küste, mit voller Ladung gesunken war. Jedenfalls behaupteten dies seine Eigentümer. Die Versicherer fanden heraus, daß am Tag des Unglücks weitgehend ruhiges Wetter geherrscht hatte, daß für
die Rettung der gesamten Mannschaft nur zehn Minuten
benötigt worden waren, und daß am Schauplatz der Katastrophe niemals ein Ölfilm beobachtet worden war. Sie wiesen die Forderungen ab, und erst nach einem langen Rechts-
streit kam es zu einer Einigung. (Für die Eigentümer sprach
auch einiges: die Ladepapiere des Schiffs waren korrekt aus-
gefertigt; kein Mannschaftsmitglied bezeugte Sabotage oder
Fahrlässigkeit; Stürme kommen und gehen rasch im Golf
von Biscaya; nicht immer läuft das Öl aus gesunkenen Tan-
kern aus.)

Owen prüfte die Akte genau. Allan war unter den Agenten
nicht verzeichnet. Seine Firma wurde nirgends erwähnt.
Owen fragte Kollegen, die den Fall bearbeitet hatten, ob sie
sich an eine Beteiligung Allans erinnerten. Eine Kollegin
wußte zum Glück etwas, konnte es aber nicht mehr präzise
benennen – nichts Wichtiges. Erfreut, daß sein Gedächtnis

ihn nicht getäuscht hatte, rief Owen einen Freund in der Gesellschaft an, die das Schiff versichert hatte. Ob er nicht ein wenig Zeit opfern könne, um Allan Ludlams Rolle im *Vico-Hazzard*-Fall auszukundschaften? Der Mann antwortete: »Das kann ich dir jetzt gleich sagen. Er hat uns diese Schweinehunde empfohlen.«

»Bist du sicher?«

»Ganz bestimmt.«

»Warum hat Ludlams Firma die Police nicht ausgestellt?«

»Er war ganz dafür, zumindest behauptete er das, aber seine Partner waren der Meinung, sie hätten genug Tanker versichert.«

»Wie konnte er hinsichtlich der Eigentümer so sicher sein?«

»Die haben eine Menge Leute reingelegt, auch den Richter. Nun, vielleicht haben sie den Richter bestochen. Der Fall wurde ja selbstverständlich in Panama verhandelt.«

Hatten sie auch Allan bestochen? Immerhin besaß Maud ein kleines Vermögen, und er verdiente doch ausgezeichnet? Vielleicht hatte er eine kostspielige Schwäche, oder eine private – Glücksspiele, eine andere Frau. Die meisten Leute zeigten eine viel auffälligere Schwäche: nie genug haben zu können. Warum nicht Allan? Schließlich hatte Owen bei seinem Telefonat mit Irene ein solches Motiv unterstellt und es zur Voraussetzung seiner Nachforschungen gemacht. Nun ging er davon aus, daß an dem *Vico-Hazzard*-Schwindel tatsächlich etwas war: Allan war dafür bezahlt worden, unredliche Klienten an angesehene Versicherungen zu empfehlen.

Ungeachtet einer scheinbar endlosen Hitzeperiode hielt Owen sich länger und immer länger in der Stadt auf. Seine Untersuchung nahm ihn völlig in Anspruch und linderte den Schmerz, den die gehässigen Forderungen Phoebes ihm bereiteten. Er ging früh zur Arbeit und hörte bereits gegen Mittag auf. Den Rest seiner Tage und bald auch seine Abende widmete er der Aufdeckung von Allan Ludlams Geheimnis.

In seinem Büro überprüfte Owen die Akten etlicher Fälle, in denen Allan als Agent tätig gewesen war. Sein Verhalten erschien durchweg einwandfrei – was kaum überraschend war, eher bestätigte es, daß Allans Unregelmäßigkeiten, wie im Fall *Vico Hazzard*, hinter den Kulissen abliefen. Wie also ließ sein Einfluß sich aufdecken? Owens Enthusiasmus geriet kurz ins Schwanken, als er erkannte, daß er dazu verurteilt war, nur unter solchen Betrugsfällen nach Beweisen zu suchen, die – zumindest am Anfang – fehlgeschlagen waren: die erfolgreich verlaufenen waren in die Geschichte der unbestrittenen Ansprüche verschwunden. Wo sollte er seine Suche fortsetzen? Fälle, bei denen der versuchte Betrug zu plump angelegt oder zu geringfügig war, konnte er gleich links liegenlassen. Aber vorausgesetzt, daß Allan sich im Hintergrund gehalten hatte, blieben Owen noch immer hunderte Fälle von Wirtschaftsbetrug übrig, die von anderen Agenten als Allan und seinen Komplizen begangen worden waren. Als er sah, daß er durch Anwendung eines einzigen Kriteriums die meisten Fälle ausscheiden konnte, lebte Owens Hoffnung wieder auf: bei welchen Agenten würde Allans Empfehlung das meiste Gewicht haben? Hier kamen ihm seine Kenntnisse sehr zustatten – er wußte, wer wen kannte.

Am Ende hatte Owen die Zahl seiner Fälle auf handliche dreiundzwanzig reduziert. Diese überprüfte er mit aller Sorgfalt. Er schöpfte die in seiner Gesellschaft vorhandenen Berichte aus und alles, was an die Öffentlichkeit gegeben worden war. Bei seiner Jagd nach Informationen kam er oft nicht daran vorbei, andere Versicherungsgesellschaften aufzusuchen, wo er dann behauptete, er schreibe einen historischen Artikel über das Rückversicherungswesen in der heutigen Zeit.

Drei Fälle lieferten die von Owen benötigten Beweise: *Vico Hazzard;* dann die Watling Mining Corporation, deren Kohlenbergwerk bei Etkins, West Virginia, 1957 durch eine ungeklärte Explosion zerstört wurde; und Kayser Wineries, Inc., deren Weingärten in den Bergen hinter Soledad Anfang

der fünfziger Jahre durch einen Frosteinbruch im Spätfrüh-
ling vernichtet wurden. In jedem dieser Fälle hatten die Versicherer die von ihren Klienten gestellten Forderungen wegen Betrugsverdachts abschlägig beschieden. Obwohl der
Betrug nur den Kayser Wineries nachgewiesen wurde, hätten alle drei Gesellschaften beträchtlichen Nutzen aus ihren
Katastrophen ziehen können. Kleinere Tanker wie die *Vico
Hazzard* waren nach der Schließung des Suezkanals 1956
bald unrentabel geworden. Die eher unbedeutende Watling-
Zeche war von Arbeiterunruhen heimgesucht worden. Als
Kayser Wineries ihre Forderung einreichten, waren die Bar-
geldreserven der Firma gerade bedenklich zusammenge-
schmolzen. Die von der Versicherung durchgeführte Überprüfung der Watling-Forderung ergab, daß die Explosion an
einem Sonntag stattgefunden hatte; die Grube war unbe-
setzt, der Strom ausgeschaltet, und von einer ungewöhnlichen Kohlengasansammlung war nichts berichtet worden.
Der »Frost« in den Kayser-Weinbergen erwies sich im nach-
hinein als nur unwesentlich strenger als die zu dieser Jahreszeit üblichen Temperaturen: er hatte womöglich das Holz
der Rebstöcke angegriffen, diese selbst aber nicht absterben
lassen (zwei Jahre später lief die Produktion wieder wie gehabt). Die Eigentümer der *Vico Hazzard*, die Watling Mining Corporation und Kayser Wineries waren ihren Versicherungen von Allan Ludlam empfohlen worden.
Owen hatte keinen handfesten Beweis dafür, daß Allan von
den Betrugsmanövern gewußt oder gar profitiert haben
könnte. Danach befragt, könnte Allan zu Recht auf seine
unerhebliche juristische Verantwortlichkeit in diesen drei
Fällen verweisen. Zweifellos würde er seine Empfehlungen
rechtfertigen können. Owen sah sich kurzfristig von einigen
unerforschten Spuren in Versuchung geführt. Ein Jahr nach
der Explosion wurde der für die Watling-Bergleute zustän-
dige Gewerkschaftsfunktionär vor eine staatliche Kom-
mission geladen, um die bei einer Überprüfung seines
Privatkontos zutage geförderten fünfzigtausend Dollar an
Sonderausgaben zu erklären. Owen fragte sich, ob Allans

Konten nicht ähnliche Anomalien aufweisen könnten.
Owen war zufrieden, Allans Geheimnis aufgedeckt zu ha-
ben. Er vergeudete keine Zeit mit Spekulationen der Art,
wieso jemand, dem es so gutging, mit solch ungesetzlichen
Unternehmungen seinen guten Ruf aufs Spiel setzte.
In seiner Antwort auf Allans Brief hatte Owen ihn zum
Dinner eingeladen und als möglichen Termin den letzten
Donnerstag im Juli vorgeschlagen. Zwei Tage, bevor Owen
seine Forschungen abschloß, nahm Allan die Einladung tele-
fonisch an. Owen schlug vor, sie sollten sich auf ein paar
Drinks in seiner Wohnung treffen, und er fügte hinzu, er
habe, da ihre Gattinnen ja auf dem Lande seien, auch eine
Frau, die sie beide kennen würden, dazu eingeladen. Hof-
fentlich habe Allan nichts dagegen: »Sie wird uns in Bewegung halten. Es gibt nichts Langweiligeres als einen reinen
Herrenabend. Leider konnte ich nur eine auftreiben. Damen
sind zur Zeit ziemlich knapp.«
Die Frau, die Owen eingeladen hatte, war seit ihrer Kindheit
allgemein bekannt unter ihrem Spitznamen Stöckelschuh.
Sechsundvierzig und sehr hübsch, war sie vierundzwanzig
Jahre mit einem uninteressierten Mann verheiratet gewesen,
über den sie sich mit zahlreichen Liebhabern, darunter auch
Owen, hinweggetröstet hatte. Er hatte sie nicht ohne Hin-
tergedanken eingeladen. Seine Affäre mit ihr, begonnen im
vorigen Winter kurz nach seinem Weihnachtszwist mit
Phoebe, war bald zu Ende gegangen, und zwar nicht wegen
mangelnder Zuneigung, sondern weil ihnen beiden eine ver-
läßliche Freundschaft lieber war als die Unwägbarkeiten der
Leidenschaft. Sie hatten größtes Vertrauen zueinander.
Anfangs hatte Owen gar nicht so genau gewußt, wie Stökkelschuh ihm nützen könnte. Er vermutete, die Anwesenheit
einer attraktiven Frau werde Allan ein wenig gesprächig machen, zumal dieser sie recht gut kannte (er war mit ihr ver-
schwägert). Erst nach Abschluß seiner Untersuchung fand
Owen einen genau umrissenen Auftrag für sie.
Als Owen nämlich dahinterkam, daß Allan sich erfolgreich
mit absurden Betrugsmanövern abgegeben hatte, begann er

sich zu fragen, in welchem Licht nun sein Verhalten in Zusammenhang mit dem gestohlenen Porträt von Elizabeth zu
betrachten sei. Owen war versucht, darin einen Hinweis auf
einen weiteren Schwindel zu erblicken, freilich einen kleineren von privater Natur. Warum sonst hätte Allan Irene etwas
vorlügen sollen? Zunächst war Owen nicht klar, welche
Form ein solcher Betrug annehmen könnte. Er dachte an
sein eigenes »Verbrechen« und stellte sich vor, Allan könnte
versuchen, Entschädigungen von mehr als einer Versicherung einzutreiben. Aber diese Interpretation war problema-
tisch. Wenn ein Kunstwerk gestohlen wird, verschwindet es
nur selten: gewöhnlich taucht es bald wieder auf und wird,
wenn es sich um erfahrene Diebe handelt, zum Kauf angeboten oder, was häufiger vorkommt, zum Gegenstand von Verhandlungen zwischen ihnen und den Versicherern. Allan
wußte das natürlich. Wenn ihm ein so wertvolles Kunstwerk
wie dieses Porträt gestohlen würde, würde er nicht erwarten,
mit Geld entschädigt zu werden; sondern er würde erwarten, es zurückzubekommen.

Dies brachte Owen auf die Idee, das Porträt sei überhaupt
nicht gestohlen worden. Wenn Allan auf das Geld der Versicherung aus war, mußte er dafür sorgen, daß das Gemälde
niemals wieder auftauchte. Was könnte ihm diese Gewißheit
verschaffen? Das Bild könnte zerstört worden sein. Warum
aber dies dann als Diebstahl bemänteln, es sei denn, Allan
selbst habe es zerstört? Doch Owen vermochte sich niemanden vorzustellen, der so geldgierig wäre, einen Besitz zu
vernichten, dessen Wert mit Sicherheit noch steigen würde.
Plausibler war die Annahme, daß er das Porträt versteckt
hatte. Diese Möglichkeit imponierte Owen als vollkommen
vereinbar mit Allans Verhalten: schließlich war Heimlich-
tuerei eine Voraussetzung seiner geschäftlichen Betrügereien
von Anfang bis Ende gewesen.

Owen wußte jetzt, um was er Stöckelschuh bitten würde.
Obwohl Allan natürlich alle möglichen Verstecke benutzt
haben könnte, nahm Owen an, er würde eins vorziehen, wo
er das Bild im Auge behalten könnte. Das Haus auf dem

Lande konnte mit Sicherheit ausgeschlossen werden: Maud
würde sich niemals an den ungesetzlichen Aktivitäten ihres
Mannes beteiligen. Die Stadtwohnung schien wesentlich
wahrscheinlicher: während seiner Arbeitswochen wurde sie
hauptsächlich von Allan benutzt, und im Sommer hatte er
sie ganz für sich allein. Stöckelschuh mußte Allan überreden,
sie mit sich nach Hause zu nehmen; auf diese Weise könnte
sie in Erfahrung bringen, ob das Porträt dort versteckt war.
Owen teilte ihr die Tatsachen soweit wie nötig mit. Von
seinen Nachforschungen und Allans Anruf bei Irene sagte er
nichts, sondern erzählte nur, die Ludlams würden behaupten, das Porträt von Elizabeth sei ihnen gestohlen worden,
und er habe sie in Verdacht, das Gemälde in Wahrheit nur
versteckt zu haben, womöglich in Allans Wohnung. Ihr seltsames Gebaren, sagte er, habe ihn neugierig gemacht. Nur
neugierig: er habe bei der Sache nichts zu gewinnen.
Daß Stöckelschuh seine Bitte ohne zu zögern akzeptierte,
kam für Owen nicht überraschend; und wie er richtig vorausgesehen hatte, fühlte Allan sich sofort zu ihr hingezogen.
Owens gute Einschätzung profitierte jedoch weit mehr von
dem, was er nicht wußte, als von dem, was er wußte. Als er
Stöckelschuh von dem verschwundenen Porträt erzählte und
dabei Maud und Allan unter eine Decke steckte, handelte er
mit unbewußtem Scharfsinn. Er wußte nämlich nicht, daß
Stöckelschuh einen langjährigen Groll gegen Maud Ludlam
hegte und entzückt war, sie bei einem suspekten Tun zu
ertappen; entzückt freilich auch, sich mit ihrem Mann zu
treffen. Ferner konnte Owen unmöglich wissen, wie verletzbar einige jüngere Ereignisse Allans Psyche gemacht hatten.
Seine Affäre mit Elizabeth hatte ihn gedemütigt, Maud hatte
ihn aus seinem eigenen Haus geworfen – er lechzte nach
Trost. Seine lange Bekanntschaft mit Stöckelschuh steigerte
nur ihre Attraktivität, indem sie das Hindernis der Fremdheit, das ihn, vor Elizabeth, so oft vor sexuellen Abenteuern
hatte zurückschrecken lassen, aus dem Weg räumte.
Der Abend mit Allan und Stöckelschuh verlief für Owen
folglich überraschend. Er hatte geplant, seine Gäste behut-

sam einander näherzubringen; und jetzt brauchte er gar
nichts zu tun. Von dem Augenblick an, da sich die beiden in
seiner Wohnung begrüßten, führten sie ein denkbar lebhaf-
tes Gespräch. Als sie dann im Restaurant Platz nahmen, war
ihr Einverständnis bereits zu unverhohlener Komplizenschaft gediehen. Owen kam sich bei seinem Dinner fast wie
ein Außenseiter vor. Von der Verschlagenheit dieses Mannes
ausgehend, fragte er sich sogar, ob es Allan irgendwie gelungen sein mochte, Stöckelschuh auf seine Seite zu ziehen.
Waren sie jetzt gegen ihn verbündet? Was, wenn ja? *Er* hatte
nichts zu verbergen, nichts zu verlieren. (Kaum war ihm
dieser Gedanke gekommen, als er an Phoebe denken mußte, die ihm als Elfjährige aus der Schule entgegengerannt
kam.)
Nach dem Essen lud Allan Stöckelschuh und Owen zu einem Schlummertrunk ein. Owen verzichtete und ging. Allan
fragte Stöckelschuh zaghaft, wo sie gern hingehen würde –
in ihre Stammkneipe? in ihre Wohnung? in seine? Seine wäre
ihr recht. Im Taxi nahm sie seine Hand; im Aufzug küßten
sie sich; kaum hatten sie die Schwelle überschritten, begannen sie einander zu lieben, das erste von drei ausgiebigen
Malen.
Ihr Vergnügen aneinander hatte die Intensität der Unwissen-
heit, wenn nicht der Unschuld. Allan wußte nichts von
Stöckelschuhs Groll gegen Maud, sie nichts von seinem
häuslichen Ärger. Hingebungsvoll stillten sie einen gegenseitigen Durst, der sie natürlich und ergötzlich entflammt hatte; sie stellten keine Fragen, sie wollten nichts wissen. Als sie
am nächsten Morgen erwachten, begannen sie erst zu sprechen, nachdem sie sich noch einmal aneinander verausgabt
hatten.
Als sie dann aber erst einmal sprachen, sagte Stöckelschuh
schließlich: »Ich hätte richtig Lust auf ein getoastetes Bagel.«
Sie hatte gezögert, diese Worte auszusprechen. Sie wußte,
daß Allan dann zum nächsten Feinkostladen gehen und sie
seine Wohnung durchsuchen würde. Was Owen von ihr verlangte, kam ihr jetzt ein wenig schmutzig vor: ihrem neuen

Liebhaber nachzuspionieren mochte ein ebenso großer Verrat sein wie eine Enttäuschung ihres alten Liebhabers. Sie hielt an ihrer Abmachung fest. Sie hatte Allan glücklich gemacht, noch immer strömte er Wärme und Aufmerksamkeit aus, und sie spürte, daß diese Aufmerksamkeit etwas anderes erkennen ließ als Wärme – das Wissen, daß sie, so sehr er sie auch mochte, nie einen Platz im Zentrum seines Lebens finden würde, nicht einmal für eine Saison. Er widmete sich ihr jetzt, weil er so bald keine andere Gelegenheit mehr dafür finden dürfte; spätere Begegnungen würden doch immer außerordentliche Ereignisse bleiben. Allan nahm an, sie wisse dies ebensogut wie er, und er täuschte sich nicht. Sie hatte nichts dagegen, sich ihre Rückkehr ins »wahre Leben« so gefällig von ihm versüßen zu lassen; und ihr war klar, daß sie mehr nicht von ihm erwarten durfte. Auch sie mochte ihn, und nicht zuletzt deshalb, weil er sie verlassen und zu Maud zurückgehen würde. Sie mochte ihn als guten Ehemann, nach all den Jahren mit ihrem schlechten; und sie malte sich aus, was aus ihrem Leben geworden wäre mit einem Mann wie dem, der jetzt in ihren Armen lag. Der Gedanke ließ sie vor Sehnsucht erröten: einer Sehnsucht, die sie verabscheute, die nichts als Kummer bringen konnte und der sie früher oder später ein Ende machen mußte. Als Allan englische Muffins vorschlug, beharrte sie auf dem Bagel, der ihn von ihr entfernen würde.

Sie fand das Porträt in einem türlosen Vorratsraum neben der Küche, wo es, in ein sauberes Laken gewickelt, an einer Wand lehnte. Sie kontrollierte Abmessungen und Äußeres und ging, nachdem sie ihr ramponiertes Selbst wieder aufgefrischt hatte, ins Bett zurück, wo Allan sie fand.

Um seine Dankbarkeit zu bekunden, schickte Owen Stökkelschuh zwei Vorzugskarten für *Wie man geschäftlichen Erfolg erringt, ohne sich darum zu bemühen*, ein Musical, das auf fünf Wochen im voraus ausverkauft war. Jahrelang hatte Owen seinen Verstand im Geschäft kaum angestrengt; jetzt hatte er sich als so scharf wie eh und je erwiesen. Aus dürftigen Hinweisen hatte er mit seiner Spürnase exakt er-

mittelt, was Allan getan hatte. Einen ganzen Tag lang dachte
er nicht an Phoebe, er vergaß seinen Routineanruf bei Louisa, so völlig durchdrungen war er vom Balsam der Schaden-
freude.

Vier Tage darauf ließ er am späten Nachmittag das Telefon in
Allans Wohnung so lange klingeln, bis dieser dranging.
Owen sagte, er sei zufällig in der Nähe; ob er auf einen
Drink vorbeikommen könne? Aber gewiß doch, erwiderte
Allan. Er werde dem Pförtner unverzüglich Anweisung er-
teilen.

Owen trat in die Wohnung und genoß die Kühle – draußen
war die Temperatur auf fünfunddreißig Grad geklettert. Allan begrüßte ihn jovial, er hielt einen Gintonic in der einen
Hand und winkte Owen mit einer Bedienen-Sie-sich-Geste
der anderen an die Bar: »Verdammt, eigentlich wollte ich Sie
anrufen. Heute abend sind Sie mein Gast.«

»Wir werden sehen.«

Allan starrte den anderen an, als dieser sich einen Drink
mixte. Owen wirkte ernst und wachsam. »Was gibt's?«

Owen drehte sich zu ihm um: »Ich bin unter einem Vorwand hergekommen. In Wirklichkeit bin ich geschäftlich
hier. Na denn.« Er hob ein Glas voller klingender Würfel.

»Chin-chin. Tja, jahrelang hatten wir geschäftlich miteinander zu tun, recht unpersönlich.«

»Sie sagen es. Aber diesmal geht es nur uns beide an.«

»*Servidor de usted.*«

»Sie besitzen ein Bild, das ich gerne ... erwerben möchte –
ein Porträt von Walter Trale.«

»Es gehört meiner Frau und mir.« Allan ging an Owen vorbei an die Bar. »Ich kann es Ihnen gleich sagen: Maud würde
einem Verkauf niemals zustimmen.«

»Das überrascht mich nicht. Ich habe es nur einmal in Trales
Atelier gesehen, sah aber sofort, daß es etwas Besonderes
war. Könnte ich übrigens erst noch einmal einen Blick darauf werfen?«

»Das dürfte nicht ganz einfach sein.«

»Frisch gewagt ...«

»Sie meinen: hier? So etwas würden wir niemals in der Stadt aufbewahren. Ein paar Drucke, damit man sieht, wo die Wände sind, und damit hat sich's.«

»Was sind das für welche? Ich kann noch immer China nicht von Japan unterscheiden. Könnte ich das Porträt sehen, wenn ich wieder in den Norden komme?«

»Owen«, sagte Allan mit sanftem Tadel, »hat Irene Ihnen erzählt, daß das Bild gestohlen wurde?« Er fragte auch: »Sie kennen Elizabeth nicht, oder?«

Allans Tonfall deutete an, daß die Frage ihm wichtig war; Owen konnte sie nicht mit dem in Verbindung bringen, was er wußte. Er sagte: »Was ist denn passiert?«

»Wie, was ist passiert?«

»Wie ist es gestohlen worden?«

»Das weiß *ich* doch nicht . . .« Allan hatte gegen solche Spielchen nichts einzuwenden.

»Also, was haben Sie denn unternommen? Polizei? Privatdetektive? Wo sind Sie versichert?«

»Was soll ich Ihrer Ansicht nach tun? Kunsträuber sind raffiniert.«

»Irene war überrascht, als Sie sie nach der Versicherung der Galerie fragten.«

»Sind Sie deswegen hier – wieder Irene? Was geht die das an?«

»Irene hat mit meinem Hiersein nichts zu tun.«

»Und was geht *Sie* das an?«

»Wie gesagt. Ich möchte das Bild kaufen.«

»Aber das kommt gar nicht –« Allan unterbrach sich. Worauf zielte Owen ab? Die Augen des anderen sahen fest, weder freundlich noch unfreundlich, in seine. »Sollen wir nicht beim Dinner darüber sprechen? Der Gin ist mir voll in den Magen gefahren.«

»Es wird nicht lange dauern.« Owen setzte sich, schlug die Beine übereinander und stellte seinen Drink neben sich auf den Boden. Allan lehnte an der Wand und sah ihn an. Owen hatte ihn verärgert. »Würden Sie mir vielleicht sagen, wozu wir dieses Gespräch führen?«

»Aber sicher. Ich glaube, Sie haben einen Fehler gemacht. Sie haben sich verraten. Sie wollen die Versicherung der Galerie für das Gemälde bezahlen lassen.«

Plötzlich verspürte Allan den Drang zu lachen; er sagte aber nur: »Wow!«

»Ich meine es ernst.«

»Nein.« Allan konnte ein Grinsen nicht unterdrücken. Er zögerte. »Ich weiß nicht, wo ich anfangen soll.«

»Irgendwo. Spielt keine Rolle.«

»Ich weiß nicht einmal, wo die Galerie versichert ist – Sie wissen es vermutlich. Ich habe Irene nur eine Frage gestellt. Deswegen muß ich noch lange keine Pläne schmieden. Mich amüsiert«, fuhr Allan fort, »daß Sie mir genau das vorwerfen, womit Sie selbst Ihr Geld machen. Sie treiben alle Ihre Forderungen bis zum äußersten.«

»Allerdings. Aber jede Forderung nur gegen einen einzigen Versicherer.« Beim Gedanken an New London kreuzte Owen im Geiste die Finger. Er dachte: ich hätte diesen Leuten nie etwas von New London erzählen sollen.

»Ich habe keine Forderung gestellt. Das Bild taucht bestimmt wieder auf. Wenn es nicht zu teuer ist, kaufen wir es selbst zurück, und davon gehe ich aus.« Allan sah mit wachsendem Selbstvertrauen auf seinen Gast hinab. »Wenn die Leute, die es gestohlen haben, feilschen wollen, könnte es nicht schaden, die Galerie einzuschalten. Deswegen habe ich Irene angerufen.«

Da er das Trumpfas in der Hand hielt, hatte Owen Allan nicht sehr hart zugesetzt. Dennoch hatte er ihn in die Ecke getrieben. Allan sah sich als Sieger: davon kündete die rosige Gewißheit seines Gesichts. Er hatte sich einmal vor Owen gefürchtet; seine Furcht hatte sich als grundlos herausgestellt. Auch wenn Owen ihn diesmal offen angriff, blieb er so unschuldig wie damals, als er Morris' Police ausgestellt hatte. Allan konnte nicht umhin, sich über Owens Irrtum leicht verächtlich zu zeigen.

Hier nun änderte sich Owens Haltung. Er hatte einem Kollegen berufliche Unregelmäßigkeiten vorhalten wollen. Die

Unregelmäßigkeiten hatten eher seine Neugier erregt als sein
Mißfallen, und er hatte Allan lediglich zeigen wollen, daß er
zwar schlau, Owen aber schlauer sei. Er hatte sich ausge-
malt, er würde die Bitte um das Porträt lediglich als eine List
gebrauchen: zunächst als »ernsten« Vorwand, dann als Aus-
gangspunkt, um seinen Gegner in die Zange zu nehmen.
Nun merkte Owen, daß er allen Ernstes daran dachte, das
Bild für sich zu erwerben.
Er verspürte jetzt das Bedürfnis, mehr zu tun, als Allan bloß
auszutricksen. Er sah sich einem reichen, angesehenen Kollegen gegenüber, der das System, dem er zu dienen vorgab,
jahrelang betrogen hatte und jetzt strahlend vor Selbstvertrauen vor ihm stand, weil er sich wieder einmal unertappt
wähnte. Wütend ließ Owen seine ursprüngliche Absicht fahren, Allan lediglich bloßzustellen: hier standen Werte auf
dem Spiel. Er hegte nicht den geringsten Zweifel an seiner
moralischen Qualifikation, Allan die verdiente Strafe zuzu-
messen.
»Das haben Sie sich gerade erst ausgedacht. Ich glaube Ihnen
nicht. Und wissen Sie, warum?«
»Nein, und es würde mich sehr interessieren –«
»Ich habe mich mit Ihrer Karriere befaßt«, unterbrach ihn
Owen, »ich spreche nicht von Ihren rechtmäßigen Leistungen, die stelle ich nicht in Frage. Was ich meine – was ich
erfahren habe –, ist, daß Sie ein chronischer Schwindler sind«
– Owen sprach schnell genug, jeden Protest abzuschneiden –
»und daß Sie damit verdammt erfolgreich waren. Wie ich es
sehe, haben Sie freilich ein Problem. Ein Schwindler, der in
armen Verhältnissen aufgewachsen ist, weiß, daß er, wenn er
verliert, alles verliert. Doch jemand mit Ihrem dicken Polster
fühlt sich sicher und glaubt allmählich, wirklich sicher zu
sein. Er vergißt die Risiken. Er macht Fehler. Wie mit dem
Anruf bei Irene.«
Wenn Allan überrascht war, ließ er es sich nicht anmerken:
»Owen, sagen Sie mir, was Sie haben. Irgend etwas, das Sie
mir unterstellen, muß Ihnen Anlaß zu einem Mißverständnis
gegeben haben. Oder vielleicht Ihre Interpretation von ir-

gend etwas, das ich tatsächlich getan habe. Worum geht's also?«

»Drei Namen, um Ihnen zu zeigen, daß ich im Bilde bin. Und machen Sie sich nichts vor – ich weiß, daß *Sie* wissen, daß ich es weiß. In chronologischer Reihenfolge: Kayser Wineries, Watling Mining, *Vico Hazzard*.«

Ohne sich vom Fleck zu rühren, die Hände hinterm Rücken, erwiderte Allan nach einigen Sekunden: »Wer bestreitet das? Natürlich waren das Fehler. Aber warum ich? Eine Menge Leute hatte damit zu tun.«

»Es waren Fehler, und Sie haben sie nicht begangen. Das haben Sie andere Leute tun lassen. Sie haben sie dabei beraten.«

»Ich berate ständig. Das gehört zu meinem Geschäft – das wissen Sie. Waren Ihre Ratschläge stets fehlerlos? Meine Trefferquote ist ziemlich gut – circa fünfundneunzig Prozent.«

»Gewiß doch. Erinnern Sie sich an die Circle C Ranch? Die wollten, daß Sie den Versicherungsschutz ihrer Herde verdoppelten. Ehe Sie die weiterempfahlen, haben Sie sich vergewissert, daß in der Gegend seit dreißig Jahren kein Fall von Bruzellose mehr aufgetreten ist. Gründliche Arbeit. Wie konnte jemand wie Sie nicht wissen, daß die *Vico Hazzard* ohne Ladung gefahren ist? Wozu sollten Sie sich mit Saftläden wie Kayser und Watling abgeben, wenn nicht, um –«

»Hören Sie«, fuhr Allan dazwischen, »das ist untersucht worden.«

»Es war auch nicht leicht rauszufinden. Ich weiß, Ihnen kann nichts passieren – Sie waren ja nur Berater. Und wir sind alle so beschäftigt, daß uns die Vergangenheit nicht sonderlich kümmert. Aber ich bin Ihnen auf die Schliche gekommen, Freundchen.« Allan sagte nichts. Owen fügte hinzu: »Ich bin wirklich nicht daran interessiert, Sie in die Bredouille zu bringen. Wozu sollte ich? Ich verlange bloß dieses Porträt von Elizabeth. Übrigens, nein, ich glaube nicht, daß ich sie kenne. Vielleicht habe ich sie vor dem Krieg mal getroffen.«

Die Erwähnung Elizabeths machte Allan fertig. Vor zwei
Wochen hatte sie ihm gehört; zumindest hatte er ihr gehört.
Er hatte auf ihre Gefühle gespuckt, indem er seine Unred-
lichkeit vor ihr zur Schau stellte. Womöglich hatte sie sich
gerächt und nicht Maud, sondern Owen erzählt, was sie
über ihn erfahren hatte. Er fragte: »Also wissen Sie von dem
Pferd?«

Das einzige Mal an diesem Abend war Owen verblüfft. »Hat
denn Elizabeth ein Pferd?«

»Nicht *dieses* Pferd«, antwortete Allan gereizt. »Wegen des
Porträts sollten Sie lieber den Dieb befragen.«

»Genau das tue ich.«

Warum interessierte sich Owen so für diesen »Diebstahl«?
Bis zu diesem Abend hatte Allan die Geschichte, die er für
Irene erfunden hatte, schon fast vergessen. »Sie meinen, *ich*
hätte das Bild gestohlen?«

»Hören Sie, ich bekomme langsam Hunger. Ich mache Ihnen einen Vorschlag. Ich finde das Bild. Ich behalte es. Und
ich verspreche, keiner Seele etwas zu verraten.«

Allan verstand noch immer nicht. Owen leerte sein eis-
würfelloses Glas, stand auf und schritt in die Küche. Allan
hörte, wie der Keilrahmen über den Fliesenboden gezogen
wurde.

»Muß ich's noch auspacken, oder glauben Sie mir auch
so?«

Allan verlor die Beherrschung. Zwanzig Minuten lang hatte
Owen darauf hingearbeitet, ihn zum Narren zu halten, hatte
gewußt und ihm verschwiegen, daß das Porträt dort versteckt war. »Gehen Sie jetzt.«

»Sehr wohl. Stellen Sie das Bild morgen unten an der Treppe
ab, ok? Ich schicke jemand vorbei. Oder soll ich es gleich
jetzt mitnehmen?«

»Sehr witzig. Scheren Sie sich raus.«

»Ludlam, ich verstehe, wie Sie sich fühlen. Sie sollten besser
mal anfangen zu verstehen, wie *ich* mich fühle. Ich bin nicht
daran interessiert, Sie niederzuschießen. Das wäre unschön,
und Ihre Scheiße könnte an mir hängenbleiben. Im übrigen

bin ich kein Polizist. Es ist mir schnurzegal, was Sie anstellen. Aber ich kann Sie drankriegen, und wenn es sein muß, werde ich das tun, denn eins ist mir verdammt wichtig: jedesmal, wenn wir für einen Ihrer krummen Klienten eingetreten sind, haben wir unser Geld und unseren Ruf aufs Spiel gesetzt. Ich habe Ihretwegen meinen Arsch riskiert. Mag sein, daß Sie Ihre Schulden an die Gesellschaft nie werden begleichen müssen, wie man so sagt, aber *mir* entwischen Sie nicht. Ich mach's Ihnen billig – nur ein Bild.«

In diesem Augenblick fiel Allan der getoastete Bagel ein. Er sprach schnell, ehe Verzweiflung in seine Stimme dringen konnte: »Owen, die Geschichte von dem Diebstahl des Porträts – das war ein ausgeklügelter Familienwitz.«

»Ja und?«

»Das haben wir –«

»Das war *mein* Witz. Ich spreche von Ihrem Ruf. Ihnen ist hoffentlich klar, daß ich damit nicht scherze.«

Allan gab auf. Er verlor ungern; er würde ungern verlieren; er sah nicht, wie er darum herumkommen könnte. Dies eine Mal hatte seine Schlauheit ihn im Stich gelassen: eine Frau, an der er keine Sekunde gezweifelt hatte, hatte das Glücksrad manipuliert. Jetzt hatte er nur noch den einen Wunsch, Owen aus seiner Wohnung loszuwerden. Er akzeptierte den Preis: »Ich werde es auf dem Weg ins Büro an der Eingangstür abstellen.«

»Abgemacht.« Owen lächelte: »Wie wär's jetzt mit einem Dinner? Nein? Ich gehe jedenfalls. Nur noch eine Frage. Seit ich mich für Sie zu interessieren begann – wahrscheinlich begann ich mich *deswegen* für Sie zu interessieren –, mußte ich ständig daran denken.« Allan stierte die Bar an. Owen fuhr fort: »Wieso haben Sie damit angefangen?«

Owen wartete geduldig auf eine Antwort. Nach einer Weile blickte Allan auf: »Weil es Trottel sind.«

»Wer?«

»Alle. *Sie* vielleicht nicht«, fügte Allan hastig hinzu. »Aber die meisten anderen. Sie sind so erfolgreich, sie machen so viel Geld, sie haben Pucci-Frauen, Strandhäuser und schotti-

schen Malzwhisky, und sie haben keine Ahnung, was das
Ganze eigentlich soll. Die wissen nicht mal, daß es überhaupt was zu wissen gibt. Schafe sind das.«
»Aber Sie nicht.«
»Sie spielen anscheinend gern. Muß ich das noch erklären?«
»Ich wollte es nur wissen. Die Antwort genügt. Hier ein
Vorschlag: da wir nicht *alle* Schafe sind, sollten Sie bereit
sein, sich von anderen antun zu lassen, was man Sie selbst
anderen antun lassen soll – so war's wohl richtig.« Allan war
wieder in Schweigen verfallen. »Hören Sie, der Ordnung
halber brauchen wir Verkaufspapiere. Tragen wir einen Preis
ein, der zweitausend unter dem liegt, was es Sie gekostet hat.
Sie bekommen Rabatt – nicht viel, aber Kleinvieh macht
auch Mist.«
An der Tür drehte Owen sich um; Allan starrte aus dem
Fenster auf einen läufergroßen Fleck Erde vierzehn Stockwerke weiter unten, auf dem eine Forsythie und drei im-
mergrüne Sträucher in ewig heißem Schatten vor sich hin
welkten. »Wissen Sie, Allan, Sie brauchten gar nichts zu
beweisen. Sie sind ein besserer Mann, als Sie glauben.«
Draußen trat er in die schwüle Nacht der City. Ein Jahr
zuvor hatte Phoebe die ersten Anzeichen ihrer Krankheit
gemeldet, und damals hatte diese Neuigkeit ihn richtigge-
hend erleichtert.
Allan sah sich ganz und gar nicht als Mann, eher als kleinen
Jungen, der sich durch irgendein albernes Kindermißge-
schick träumte. Er verabscheute sich, weil er so klein beige-
geben hatte. Wieso mußte er sich von einem besseren Scha-
denssachbearbeiter wegen eines Bildes so demütigen lassen?
Was war geschehen? Er hatte kaum in die Keksdose gespäht,
und schon waren die Küchenschränke über ihm zusammen-
gestürzt. Er hatte Irene angerufen und ihr etwas vorgeflun-
kert, weil er erwartete, sie würde es Maud weitererzählen;
Maud wäre entsetzt gewesen, entweder weil sie die Geschichte glaubte, oder weil sie wußte, daß er log – in jedem
Fall wäre sie hinter ihm her gewesen, und er hätte das ge-
meinsame Leben mit ihr wieder aufnehmen können. Dieser

Trick erinnerte an andere, weniger komplizierte Mißgeschicke seiner Kindheit, solche, die er anstiftete, um die Aufmerksamkeit seiner Mutter zurückzugewinnen. Dazu genügte schon das »Verschwinden« eines neuen Schuhs. Er wurde ausgeschimpft und bestraft und blieb nicht länger ausgesperrt. Diesmal jedoch war unangemeldet ein Detektiv des Schuhgeschäfts aufgetaucht und hatte ihn mit Kerker bedroht. Das ergab keinen Sinn.

Gleichwohl gab es für die Heftigkeit seines Unglücks eine Erklärung. Was ihn fertigmachte, was ihm die Hoden in die Eingeweide trieb, als beugte er sich über ein Dachgeländer, war die Erinnerung an Stöckelschuh. Ihre Heimtücke konnte er entschuldigen (denn die Folgen hatte sie kaum vorhersehen können); unerträglich aber war ihm, die Nacht mit ihr Owen verdankt zu haben. Der Gedanke zermürbte alles an ihm, sogar die Wut in seiner Brust. Er wünschte, er könnte sie anrufen. Vielleicht bemitleidete sie ihn. Sie hatte keinen Grund, ihn zu verachten, nicht so, wie er sich selbst verachtete. Er fühlte sich unfähig, auch nur mit ihr zu sprechen. Maud, Elizabeth, Stöckelschuh – in einem Juli verloren.

Allan erwartete, seine Wut auf Owen werde mit Macht zurückkehren und über Tage und Wochen an- und abschwellen. Zu offen war er blamiert worden, um seinem Angreifer nicht zu grollen. Und doch fehlte es seiner Wut an der reinen Inbrunst von Rachsucht oder moralischer Entrüstung, und ohne es zu merken, versöhnte sich Allan schon bald mit seinem Widersacher. Wie eine Naturkatastrophe, unpersönlich, willkürlich und ohne Vorwarnung, war Owen über ihn hereingebrochen (seinen Fehler mit dem Dankschreiben erkannte Allan nie); und nach und nach übernahm Owen die Rolle eines ehemaligen Racheengels, einer wohlverdienten Strafe wie im Märchen, eines Schreckgespenstes, einer Karikatur, die selbst Allan unbewußt als seine eigene Erfindung erkannte. Gleichzeitig übernahm Owen, der reale Geschäftsmann, die ganz andere, freilich dazu passende Rolle des Publikums, das Allans spektakulären Betrügereien immer gefehlt hatte.

Es war Owen in dieser Doppelmaske des Buhmanns und
Zeugen, der Allan endlich erlaubte, seine kriminelle Laufbahn aufzugeben. Der Buhmann erinnerte ihn an die Risiken, die er einging; der Zeuge daran, daß er nun keine Anerkennung mehr brauchte. Der am achtzehnten des Monats
eingeschläferte Wallach markierte das Ende von Allans
heimlichem Leben. Später bot sich manche Gelegenheit –
Mißernten auf unbebautem Land, von Banken ausgeheckte
»Computerfehler«. Doch jedesmal wurde er von einer unsichtbaren Gestalt aufgehalten, die mit einem schmelzenden
Drink in der Hand in seiner Wohnung ihm gegenübersaß.
Ein unvoreingenommener Beobachter hätte den Schluß ziehen können, Allan habe Owen einzig zu diesem Zweck in
sein Leben gerufen.

An diesem Abend jedoch wollte Allan ihn nur aus seinen
Gedanken vertreiben, am liebsten durch rückwirkenden
Mord. Überzeugt, daß er sich woanders noch schlimmer
fühlen würde, blieb er zu Hause. Zum Abendessen machte
er sich das Frühstück des nächsten Morgens: Eier, Toast,
Tee. Weder Szenen von einem Erdbeben in Makedonien
noch die *Jack Paar Show* konnten seine Mutlosigkeit lin-
dern. Mit einigen Zeitschriften und ohne Schlummertrunk
ging er früh zu Bett.

LEWIS UND MORRIS

September 1962 - Mai 1963

Morris hatte Lewis knapp ein Jahr vor seinem Tod bei Walter Trale kennengelernt.

Lewis hatte nach dem Collegeabschluß anderthalb Jahre bei seinen Eltern gewohnt; genauer gesagt, er wohnte bei Louisa, während Owen sich nach Kräften mühte, ihn zu ignorieren. Obwohl Lewis sich bei Louisa durchaus nicht wohlfühlte, umsorgte sie ihn und sah ihm seine Launen nach. Lewis fühlte sich fast bei niemandem wohl. Er hatte nur wenige Freunde des einen wie des anderen Geschlechts und machte keinen Versuch, die, die er hatte, zu behalten.

Er liebte Phoebe und vertraute ihr. Ihr Vater hatte sie immer vorgezogen, sie glänzte, wo er nur durchhielt; ihre absolute Loyalität ihm gegenüber beugte jeglichem Groll vor. Sie war drei Jahre jünger als Lewis, und sein Fels. Im Verlauf seiner langweiligen Monate zu Hause fragte Phoebe ihn nie: »Was wirst du tun? Was hast du vor?« Lewis hatte Antworten auf diese Fragen; und er wußte, daß sie nichts als schändliche Lügen waren. Er tat nichts, und er wußte nicht, was er jemals tun würde.

Lewis, alles andere als dumm, litt an einem Übermaß unangebrachter Klugheit: binnen Sekunden konnte er sich brillant selbst verunglimpfen. Er kannte sich aus in Literatur, Kunst, Theater und Geschichte; und sein Wissen ging über das hinaus, was ein College normalerweise zu bieten hat. Sein Wissen führte nirgendwo hin, mit Sicherheit nicht in die Welt, in der er sich seinen Lebensunterhalt verdienen sollte. Lewis hatte einmal im Buchladen seiner Schule arbeiten wollen, weil er gern mit Büchern umging und sich darauf freute, in ihnen versinken zu können. Dort wies man ihn an, penible Konten über Ware zu führen, bei der es sich ebensogut um Dosenbohnen hätte handeln können. Rasch verlor er das Interesse an seiner simplen Aufgabe, versagte, und gab nach

drei Tagen auf. Acht Jahre später war er noch immer
von seiner Untauglichkeit fürs Praktische überzeugt. College-
freunde, die mit seinen Vorlieben vertraut waren, rieten ihm
zu einem bescheidenen Anfang: sie wußten von Jobs als
Korrektoren in Verlagen, als Laufburschen bei Theaterpro-
duktionen, als Hausmeister in Galerien. All das schlug Lewis aus. Daß dergleichen zu Größerem führen könnte, sah er
zwar, doch schien es ihm erstens unter seiner Würde und
zweitens nicht zu schaffen – genau wie die Arbeit im Buchladen. Andere Kameraden, die auf die Hochschule gewechselt
waren, wollten ihre Entscheidung auch ihm aufdrängen. Lewis hegte eine unbehagliche Verachtung für die Gilde der
Gelehrten, die für die Welt ebenso ungeeignet schienen wie
er selbst. Er blieb verzweifelt, einsam und verhätschelt.
In seinem zweiten Herbst zu Hause las er in der Kunstzeit-
schrift *New Worlds* einen Artikel von Morris Romsen über
die Malerei Walter Trales. Phoebe, die seit Februar mit Walter arbeitete, hatte ihn ihm empfohlen. Aus Gründen, die
mit Walter nichts zu tun hatten, ging er Lewis sehr nahe.
Morris begann seinen Artikel: »Ein Fisch beginnt am Kopf
zu faulen; die Fäulnis der Malerei beginnt bei der Vorstellung von Kunst.« Lewis verstand diese Worte nicht. Sie fuhren durch seinen Kopf wie ein Arm, der wütend das Gerüm-
pel von einem Tisch fegt. Als er weiterlas, vermochte er
nicht zu beurteilen, ob Morris' Auslassungen sein Thema
erhellten; aber er wußte, sie erleuchteten *ihn.*
Lewis hatte schon früher flüchtige Träume vom Schreiben
gehabt, die bald angezweifelt und aufgegeben wurden. Morris zeigte ihm nun, was Schreiben bewirken konnte. Er trug
die Meinung vor, schöpferisches Wirken beginne mit der
Zerschlagung typischer Formen und Vorgehensweisen, insbesondere der illusorischen »Natürlichkeit« von Reihenfolge und Zusammenhang. Aber Morris behauptete dies nicht
nur, er bewies es auch. Er machte aus seinem Essay ein
Minenfeld, das sich, wenn man es überquerte, selbst in die
Luft sprengte. Immer wieder fand man sich auf einem Boden, den man gar nicht hatte betreten wollen, wurde von der

Semantik zur Psychoanalyse und von der Erkenntnislehre zur Politik vorwärts getrieben. Diese Verlagerungen schienen nicht so sehr beabsichtigt, als vielmehr auf irgendein verborgenes und überzeugendes Gesetz gegründet, dessen Zweck es war, den Leser immer wieder frisch ans Thema heranzuführen. Lewis konnte weder diesen Effekt erklären, noch wieso der Artikel ihn so sehr bewegte. Beim zweiten Lesen versuchte er wie ein scheuer und ungläubiger Vater, der sein neugeborenes Kind knufft, sein Möglichstes, etwas daran auszusetzen, aber seine erste Reaktion hielt stand, und seine Vorbehalte wurden zerstreut. Endlich hatte er etwas gefunden, das es wert war, getan zu werden.

Lewis erzählte Phoebe nichts von seinem Entschluß, Schriftsteller zu werden; statt dessen teilte er es ihr brieflich mit. Als er seinen Eltern von seinem neuen Engagement berichtet hatte, hatte er beim Sprechen den Faden verloren, und Begeisterung konnte Verschwommenheit nicht ausgleichen. Louisa war verwirrt gewesen, Owen angewidert (ob er erwarte, ewig von ihnen unterstützt zu werden?). Lewis wollte sicher sein, daß Phoebe ihn verstand: Morris' Artikel hatte ihm nicht weniger als Hoffnung auf Erlösung gegeben.

Isolation und ein ruheloser Geist drücken mich nieder. Nun kann ich erstere nutzbar machen und letzteren bannen. Einsamkeit wird mein Handwerk sein. Andere werden, was ich dort herstelle, in *ihren* Einsamkeiten nutzen – Verkehr der Geister über weite Entfernungen. Ich werde die in meinem Kopf murmelnden Wörter nehmen und sie wirklich machen – zu Dingen, die schlagen, streicheln, verwirren oder verschwinden. Das ist es, was ich tatsächlich tun kann. Es ist nicht viel – Ärzte sind nützlicher, Schauspieler sind bessere Verkünder –, aber Schwuchteln können nicht wählerisch sein. Früher war es besser zu lesen, als nicht aus dem Bett zu kommen, aber was ich las, war undeutlicher geschrieben als Linear A. Dann kam Morris Romsen, und Sesam öffne dich.

Phoebe fragte, ob er ihn kennenlernen wolle? Das könne sie
ohne weiteres arrangieren. (Obschon bereits krank, hätte sie
sich für Lewis nackt im Schnee gewälzt.) Da sie wußte, daß
Morris auf Walters nächster Party erwartet wurde, fragte sie
Walter, ob sie ihren älteren Bruder einladen dürfe. Lewis
frohlockte; weigerte sich zu kommen; kam.

An der Party, die am Abend des 1. November stattfand,
nahmen fast fünfzig Gäste teil. Phoebe wies Morris auf Lewis hin und zitierte ein paar Stellen aus seinem Brief. Als
Lewis eintraf, warnte sie ihn, daß Morris sich reserviert verhalten könnte; er müsse ihm das nachsehen. Auch sagte sie
ihm, Morris plage sich mit einem »Herzleiden, wie man den
nahe bevorstehenden Tod heute zu nennen pflegt«.

»Aber er ist doch so *jung*. Sieht er deswegen so traurig
aus?«

»Das hat er, seit er dreiundzwanzig ist. Und nein, das glaube
ich nicht.«

Morris überraschte Lewis, aber nicht durch seine Reserviert-
heit. Lewis' schlechte Meinung von sich selbst ließ ihn
Schlimmeres erwarten, jetzt mehr denn je: zwar hatte der
Entschluß, Schriftsteller zu werden, ihn begeistert, aber das
Schreiben selbst hatte sein Leben nur noch elender gemacht.
Nach einem erregenden kurzen Blick in die Freiheit fand er
sich noch immer eingeklemmt zwischen einer mitleidigen
Mutter und einem gereizten Vater. Er hatte ein paar ebenso
manierierte wie geschmacklose Gedichte geschrieben und
ein sich selbst beschnüffelndes Tagebuch geführt, das kaum
als »Journal« gelten konnte. Von Morris erwartete er bestenfalls eine freundliche Aufnahme seines stammelnden Lobs,
denn mehr hatte er ihm nicht anzubieten.

Da er Phoebe gern hatte, war Morris für Lewis voreingenom-
men. Seine Reserviertheit ergab sich einzig aus sexueller Be-
sonnenheit. Er mißtraute seinen seltsamen Neigungen, zumal
einem jüngeren Mann gegenüber, von dessen Vorlieben er
nicht das geringste wußte. Lewis' Bewunderung nahm er
freundlich entgegen; und erstaunt hörte sich Lewis nicht etwa
stammeln, sondern ziemlich ungezwungen reden.

Sie standen unter Elizabeths Porträt. Lewis sagte: »Nach dem, was Sie geschrieben haben, hatte ich es mir anders vorgestellt. Womöglich war das Ihre Absicht?«

»Ach ja?«

»Nein? Ich hab's etwa so verstanden: eigentlich kann man *gar nichts* beschreiben. Also tun Sie so als ob – Sie benutzen Worte, um eine falsche Kopie herzustellen. Dann werden wir von den Worten vereinnahmt und nicht von der Illusion einer Beschreibung. Außerdem entschärfen Sie Reaktionen, die sich bei uns einstellen könnten. Wenn wir also das Bild betrachten, sehen wir dort nichts von dem, was wir erwartet haben – nichts von Ihren falschen Worten, nichts von unseren falschen Reaktionen – wir müssen schlicht das Bild selbst sehen?«

»Nicht *übel*. Worum geht es also?«

»Es geht um ... darum, was tatsächlich da ist? Sie lassen das Ding intakt, indem Sie uns etwas geben, was nicht da ist?«

»Nicht weitersagen, ja? Die würden's nicht kapieren.«

»Ich kapier's auch nicht – ich mutmaße nur. Ich meine, manche Ihrer Äußerungen sind ziemlich *wüst*. Zum Beispiel: ›Unser ursprünglicher Himmel ist der stürmische Himmel der Vagina‹?«

»Dasselbe wie gehabt.« Morris zeigte auf das Porträt. »Stellen Sie sich vor, über diesen Mund zu schreiben. Selbst wenn Sie sich abstrakt ausdrücken – etwa ›eine malvenfarbene Horizontale‹ –, werden die Leute nachsehen und sich sagen: unglaublicher Mund, so malvenfarben, so horizontal. Und horizontal bedeutet dies, und malvenfarben bedeutet das. Und weg ist der Mund. ›Stürmischer Himmel‹ läßt die Vagina vergessen, und umgekehrt, auch wenn die Worte selbst noch da sind und bewirken, was auch immer Worte bewirken mögen. Die meisten Leute können freilich nicht einmal die Schrift erkennen.«

»Und was ist mit denen?«

»Wer weiß? Die Welt ist ein dumpfes Trauerspiel. Denken Sie lieber an *sich*, Lewis. Das reicht für ein ganzes Leben, so kurz es auch sein mag.«

Morris hatte ihn beim Namen genannt; Lewis merkte es
nicht einmal. Seit seiner Kindheit, mit Sicherheit seit Phoebes Geburt, hatte er sich und seine Gefühle noch nie so
vergessen. Jemand wie Morris war ihm noch nicht begegnet:
Morris verbarg sein selbstsicheres Talent hinter Aufmerksamkeit und sein gefährdetes Herz hinter einem beunruhigend guten Aussehen. Daß Morris so schön wäre, hatte Lewis nicht erwartet. Und ebensowenig, daß er ihn lieben
würde.

Später sprachen sie wieder miteinander. Morris hatte seine
Runde absolviert: Lewis hatte ihn dabei beobachtet. Daß er
nicht an sich selbst dachte, hatte Lewis' Benehmen gelockert
und ihn liebenswürdig erscheinen lassen. Morris regte an, sie
sollten in der nächsten Woche zusammen essen gehen. Im
stillen verschob Lewis seine Rückkehr nach Hause und sagte
zu.

»Du wirst es wahrscheinlich nicht gutheißen«, sagte Morris
beim Abschied, »aber ich werde mit einem Freund ein Geschäft aufmachen. Ich werde Bilder kaufen und verkaufen.«

»Eine Galerie?«

»Von meiner Wohnung aus.«

Lewis war verblüfft. Das hieß er tatsächlich nicht gut. Bei
ihrem Essen verlieh er dem Ausdruck: »Bei deinem Ruf?
Man wird sagen, du würdest Reklame machen. Denk doch
an deine Autorität. Die ist unbezahlbar.«

»Es könnte auch das Gegenteil bewirken. Ich stecke Geld in
etwas hinein, meine Meinung ist um soviel mehr wert.«

»Aber was *ist* mit deinen Meinungen? Wird ein Kunstwerk
nicht anders aussehen, wenn du darein investiert hast? Selbst
Berenson –«

»*Selbst?* Sei mein Duveen! Der wußte, was er tat – genau wie
ich. Ich möchte zur Abwechslung mal im Norden der Stadt
einkaufen gehen. Und ich hätte nichts dagegen, auch ein
klein wenig für mich selbst zu sammeln.«

»Mit deinem Kennerblick? Ist doch eine Kleinigkeit.«

»Lewis, es ist lieb, daß du dir Sorgen machst, aber. Schau

mal: da draußen ist Geld wie Sand am Meer zu holen. Ich brauch bloß ein Eimerchen.«

»Sicher. Und du hast recht, ich *mache* mir Sorgen. Es gibt eine bessere Möglichkeit.«

»Du meinst«, sagte Morris und schwenkte seinen funkelnden Muscadet durch einen langen verrauchten Sonnenstrahl, »ich könnte Kaviar haben *und* ein reines Gewissen?«

»Das mit dem Verkaufen ist nicht gut. Das ist kompromittierend. Aber wenn du einkaufen würdest –«

»Und *nicht* verkaufen? Willst du mein Essen bezahlen?«

»Aber gern. Ich meine, du könntest doch Käufer *beraten.* Es gibt Dutzende von reichen Leuten, die neue Kunst besitzen wollen. Das ist der letzte Schrei. Außerdem wollen sie originell wirken und das möglichst billig, aber sie wissen nur, was sie in den Zeitschriften lesen, und das sind keine Neuigkeiten. Also findest du Künstler für sie, die auf dem Weg nach oben sind. Du hilfst den Käufern, du hilfst den Künstlern, du hilfst dir selbst – für jeden Kaufabschluß nimmst du eine Provision. Du brauchst nicht zu handeln. Nicht mit deinem Geld zu spekulieren. Kommst nicht in Versuchung, Reklame zu machen.«

»Die Leute wollen Werke haben, die andere Leute haben wollen, und um die zu finden, brauchen sie mich nicht. Kennst du irgendwelche eifrigen Käufer von Namenlosen? Einen oder zwei, schon möglich –«

»Ich habe acht.« Lewis entfaltete eine maschinengeschriebene Liste und las sie vor. Die Namen hatte er Louisa abgeschwatzt. »Mit dreien von denen habe ich gesprochen – den Dowells, den Liebermanns und den Platts. Die Platts waren mißtrauisch. Die anderen wirkten interessiert.«

»Willst du unbedingt Oberpfadfinder werden, Kleiner? *Ich* weiß ja, daß du das freundlich meinst, aber andere könnten dich für einen Schacherer halten.«

»Aber *du* weißt, daß ich dir vertrauen kann.«

Morris nahm die Liste und ließ die Rechnung liegen. Lewis gefiel ihm. Er gab sich ihm gegenüber herablassend, weil er achtundzwanzig war und Lewis dreiundzwanzig und jung für sein Alter. Morris empfand ein unwiderstehliches Verlangen, den Enthusiasmus des Jüngeren zu dämpfen, und zwar durch hartes Auftreten. Hartes Auftreten bereitete Morris Vergnügen. Lewis unterwarf sich. Solche Behandlung bereitete *ihm* Vergnügen. Was Morris entging. So erfahren er war, zögerte er noch immer zu glauben, daß es Leute gab, die Bestrafung aufrichtig genossen, und sein Begehren, welche zu verhängen, empfand er noch immer als pervers.

Lewis wußte nur, daß er alles, was Morris sagte oder tat, bedingungslos akzeptieren würde. Er genoß Morris' Geringschätzung. Daß sein Freund die Liste in die Tasche steckte, berührte Lewis mehr als jeder Dank. Er ahnte nicht, daß Morris, obgleich er Interesse an seinem Vorschlag zeigte, nicht die Absicht hatte, seinen ursprünglichen Plan aufzugeben; hätte er das gewußt, würde er seine Doppelzüngigkeit bewundert haben.

Lewis hatte Morris' gelegentliche Bemerkungen über das Schreiben sorgfältig gespeichert, und als er wieder zu Hause war, probierte er einige von ihnen aus. Morris empfahl Nachahmung als ebenso nützliche wie unzeitgemäße Übung. Nimm dir ein Muster, hatte er gesagt, und kopiere es. Das Muster wird Substanz, Form und Stil haben. Du kannst alle drei imitieren; du kannst das eine oder andere imitieren; wahrscheinlich wird es dir mit allen dreien mißlingen, und diese Unfähigkeit wird dir zeigen, was du erreichen *kannst* und was du ohnehin bereits tust. Du wirst dein spezifisches Talent entdecken. Als Muster nahm sich Lewis ein Gedicht von Wallace Stevens, eine Erzählung von Henry James und einen Essay von William Empson. Er mühte sich fürchterlich ab und genoß es: er hatte zu tun und dabei ständig an seinen neuen Freund zu denken.

Drei Wochen später sah er Morris kurz wieder. Sie tranken Martini in Michael's Pub an der Fifth Avenue. Lewis berichtete von seinen Versuchen, Morris' Rat hinsichtlich des Schreibens zu befolgen. »Rat? Ich hab das in *Mademoiselle* gelesen«, rief der andere aus. Diese scharfe Erwiderung, dachte Lewis, offenbarte den wahren Morris.

Lewis mußte das Treffen abbrechen. Er wurde woanders erwartet. Er nahm ein Taxi zur Ecke Second Avenue und Thirty-second Street, ging zwei Blocks Richtung Süden, überquerte die Straße zur Südostecke und trat in eine Bar. Ein knappes Dutzend Männer saß in den Nischen – ein Nachtlokal. Durch eine Tür im Hintergrund gelangte Lewis in einen kleineren Raum. Zwei Männer am Fenster nickten ihm zu. Durch eine weitere Tür erreichte er den Lastenaufzug des Gebäudes, mit dem er in die dritte Etage fuhr. Er betrat einen Speicher, der die gesamte Etage einnahm; ein Teil wurde von einem schwarzen Kunstseidevorhang abgetrennt. Sechs oder sieben Männer standen vor dem Vorhang und lächelten, als sie ihn erblickten. Als er auf sie zuging, wandten sie sich ab und setzten ihre Unterhaltung fort.

»Ich dachte, dein Freund wäre der, der den Bademeister erwürgt hat?«

»Leider nur ein Gerücht. Trotzdem war es mir eine Lehre – man soll *nie* auf die Vergangenheit eifersüchtig sein.«

Ein Mann drehte sich zu Lewis um und sagte: »Hals- und Beinbruch, Minerva – oder sollen wir das für dich besorgen?«

Lewis war nicht das erstemal in diesem Speicher. Doch heute nacht sollte er zum erstenmal die Hauptrolle spielen: man würde ihn kreuzigen.

Der Aufzug ließ die Gruppe in regelmäßigen Abständen anschwellen, bis der Raum gestopft voll war.

Von einigen zweideutigen Episoden im Ferienlager abgesehen, hatte Lewis immer versucht, seine sexuelle Eigenart geheimzuhalten. Er wußte, daß andere seinen Geschmack teilten. Er hatte es mit eigenen Augen gesehen und, wie Morris, kaum glauben können; und was die Sphäre seiner Familie betraf, hätte er sein Wissen ebensogut aus Zukunftsromanen sammeln können. Hätte er diese Welt ein wenig gewitzter erforscht, würde er dort ebenso viele Mitbrüder wie irgendwo sonst gefunden haben. Lewis blieb lieber bei der Überzeugung, daß das genüßliche Austeilen und Empfangen von Schmerzen einem verstohlenen Milieu angehör-

te. Mit zwanzig war er bei einem Besuch in der Stadt von
einem wachsamen großen Knaben auf der Straße erspäht
und ganz schön rangenommen worden. Dann hatte er heimliche Zusammenkünfte entdeckt, bei denen sein Geschmack
die Regel war. Er fürchtete diese Versammlungen und sehnte
sich danach. Sie erfüllten ihn mit unerbittlichen Gefühlen
und der Ungreifbarkeit alter Träume und verhalfen ihm zu
einem jeweils kurzen melancholischen Frieden. Er besuchte
sie in langen, regelmäßigen Abständen. Das war etwas, wo er
hingehörte.

Er selbst hatte seine Rolle für diesen warmen bewölkten
Spätnovemberabend bestimmt. Die Ankündigung des Ereig-
nisses hatte ihn angewidert, und er hatte vermutet, daß dieser Ekel lediglich das Maß seines Verlangens anzeige. Bei
einer darauffolgenden Versammlung hatten die anderen sich
mit ihm geekelt, zweifellos, um ihn zu ermutigen – um ihn
zu beschämen. Sie sagten ihm, er habe zwar keinerlei Recht,
überhaupt mitzumachen, doch scheine ihnen die Hauptrolle
zu erniedrigend, als daß irgendein anderer sie spielen könne.
Diese erforderte den Gemeinsten der Gemeinen.

Ihm wurde versichert, die Vorstellung werde kein fauler
Zauber sein. Die Dornenkrone habe man aus rostigem Sta-
cheldraht gewunden. Man werde ihn mit nassen geschälten
Weidenwedeln peitschen. Hoch über dem schmutzigen Boden werde man ihn mit echten Nägeln (nadeldünn und von
einem Fachmann eingeschlagen – mit etwas Glück dürfte er
nicht zum Krüppel werden) an das Kreuz aus Kiefernstäm-
men nageln. Eine an einem Bambusrohr befestigte Rasier-
klinge werde ihm die Seite aufschlitzen. Mit demselben Rohr
werde man ihm einen uringetränkten Schwamm ins Gesicht
stoßen. Als einzige Abweichung vom Evangelium (abgesehen von einer fußgroßen Stütze unter seinen Füßen) sei beabsichtigt, daß er seine Peiniger nicht sehen solle. Wozu ihm
diese Genugtuung verschaffen? »Erwarte nicht, daß irgendwelche nach oben gewandten Gesichter deine Stimmung heben, Lulu. Ein Waschlappen wie du setzt am Ende noch eine
echte Leidensmiene auf. Wir fassen lieber dein Hinterteil ins

Auge.« Sie würden ihn mit dem Gesicht zum Kreuz anna-
geln.

Wie jeder Debütant hatte Lewis heftiges Lampenfieber. Was
sich als überflüssig erwies; er hatte nichts zu tun. Was immer
von ihm verlangt wurde, führten andere aus. Von Gruppen
erfahrener Männer wurde er entkleidet, gekrönt, gegeißelt
und hochgehoben; er konnte sich ihnen nur unterwerfen,
wie ein Schwimmer, den eine endlose Folge von Sturzbre-
chern herumwirft, oder wie ein kleiner Junge, dessen Kopf
im Schraubstock der Beine eines Kameraden unter Wasser
gehalten wird. Er hielt die Luft an, bis sie ihm herausgeprü-
gelt wurde. Man gönnte ihm keine Ruhepause bei seinen
Demütigungen. Auf dem Boden wurde er bepißt, am Kreuz
angebrüllt und mit Bolzen, Turnschuhen und stinkenden
Kügelchen beworfen. Ihm blieb keine Zeit, irgend etwas anderes zu denken oder fühlen als seine Empfindungen, denen
er sich in der Gewißheit ergab, daß sie vollkommen ihm
gehörten und nicht von ihm zu beeinflussen waren. Er hörte
sich schluchzen: nur die Schlacke seines Bewußtseins, während es wie eine Rakete in die Wolken aufstieg – Wolken aus
Teerqualm, der ihn erstickte und trunken machte. Den
Speerstoß spürte er nicht, nur das Rinnen des Bluts über
Hüfte und Bein. Er fragte sich, ob er geschissen habe. Kie-
fernrinde scheuerte seinen geschwollenen Schwanz.

Die Stimmen im Raum wurden leiser. Etwas anderes geschah. Eine vertraute Leiter ratterte neben ihn. Der Vierund-
zwanzigjährige, der ihn so geschickt angenagelt hatte, setzte
eine Zange an seine Füße.

»Jetzt schon?« stöhnte Lewis.

»Die Sitte kommt.«

»Hä?«

»Die Lustbullen. Sittenpolizei«, zischte der andere seiner
linken Hand zu.

Läßt eine Kreuzigung sich geheimhalten? Die Polizei hatte
es bezweifelt. (Zwei ihrer Mitglieder nahmen an diesen Zu-
sammenkünften teil.) Sie beschloß, lieber nicht blindlings
zuzuschlagen, sondern eine Razzia zu inszenieren und den

Skandal zum eigenen Vorteil zu wenden. Die Razzia wurde erfolgreich durchgeführt. Niemand wurde verletzt. Nur sechs der vierunddreißig anwesenden Männer gelang die Flucht in die oberen Stockwerke, wo sie, ehe sie sich aus dem Staub machten, eine ängstliche Nacht verbringen durften.

Die Polizei hatte befreundeten Journalisten einen Tip gegeben. Die Frühausgaben der *News* brachten das Photo eines namenlosen jungen Mannes auf dem Boden des Speichers, halbnackt, etwas blutig. Louisas Schwester und Morris waren nicht die einzigen, die Lewis erkannten.

Lewis kam auf die Unfallstation des Bellevue Hospitals. Nach der Versorgung seiner Wunden schickten ihn die diensthabenden Ärzte in die psychiatrische Abteilung, wo er eine schreckliche Nacht verbrachte. Schnell verbreitete sich die Nachricht, daß er als Perverser eingeliefert worden sei. Die Säufer und Psychotiker der Abteilung äußerten sich nicht weniger verächtlich über ihn als das Publikum seiner Kreuzigung, und sie meinten es ernst. Die wenigen müden und abgestumpften Pfleger verhießen schwächlichen Schutz. Obwohl die Gewalt sich auf Worte beschränkte, sehnte Lewis in panischer Angst den Morgen herbei, und nachdem er sich gewaschen und gefrühstückt hatte, wagte er nicht zu schlafen, sondern betete inbrünstig und unablässig um das Kommen eines Arztes, der seine Entlassung verfügen könnte. Kurz vor Mittag erblickte er Morris in einer Besuchergruppe am Ende der Abteilung. Lewis kauerte sich hinter sein Bett.

Als Morris ihn entdeckte, ging er in die Hocke und hielt ihm eine kleine Plastikeinkaufstüte hin. Lewis stand auf. Die Tüte enthielt Zahnbürste und Zahnpasta, Rasierzeug, Haarbürste, Kölnischwasser und eine Schachtel Band-Aids.

»Ich wußte nicht mehr, ob du rauchst – na, hier wohl nicht. Wie steht's?«

»Wie hast du mich gefunden?«

»Dein Bild ist in der Zeitung. Keine Sorge, du bist sehr schlecht getroffen. Und außerdem wird die *News* von kei-

nem gelesen, der mit dir zu tun hat. Phoebe möchte wissen,
wann sie dich besuchen kommen kann. Sie läßt dich herzlich
grüßen.«

»Phoebe!«

Langsam wurde Lewis klar, daß sein heimliches Leben offen
vor aller Augen lag. Jeder wußte davon, oder würde davon
erfahren. Morris redete ihm weiter sachlich zu, und rechtzeitig erkannte Lewis den Silberstreif: Morris sorgte sich um
ihn. Seine Anwesenheit im Bellevue war der Beweis. Vor
Dankbarkeit brach Lewis fast in Tränen aus.

»Schon Pläne?« fragte Morris. Lewis wußte, was er damit
sagen wollte: er konnte unmöglich nach Hause zurück. »Laß
mich helfen. Heute geht's leider nicht, aber komm morgen
abend bei mir vorbei. Dann werden wir, wie man so sagt,
über deine Zukunft reden.«

Als Lewis zwei Stunden später das Krankenhaus verließ, traf
er im Ausgang zur First Avenue Louisa, die soeben gekommen war. Ihre tränenreiche Bestürzung gab ihm einen Stich.
Doch vernahm er ihre ersten Worte mit Freude: »Owen
weiß nichts, ganz bestimmt. Und ich werde dafür sorgen,
daß er nie davon erfährt. Bitte sag mir, ist alles in Ordnung
mit dir?« Seine bandagierten Hände und Füße (er schlurfte
in absatzlosen Strohlatschen) gaben ihm das Aussehen eines
Kriegsverletzten.

»Ja. Entschuldige. Mutter, entschuldige, bitte, aber ich kann
es jetzt nicht ertragen, mit dir zusammenzusein.«

Louisa äußerte Verständnis, setzte ihn in ein Taxi und versprach, sich nicht einzumischen. Sie nötigte ihm die hundert
Dollar in ihrer Handtasche auf. »Versprichst du, mich anzurufen, wenn du irgendwas brauchst?«

Lewis nahm sich ein Zimmer im Chelsea. Tags darauf holte
er, nachdem er sich vergewissert hatte, daß seine Eltern ausgegangen waren, seine wenigen Habseligkeiten aus ihrem
Haus ab. Um zehn Uhr abends trat er in Morris' Wohnung,
die eine hohe Etage eines umgebauten Altbaus in der Cornelia Street einnahm. Lewis errötete, als Morris ihn umarmte.
Sie setzten sich in eine Ecke zwischen hohen unordentlichen

Bücherregalen. Auf einem niedrigen Tisch standen neben
einem Tablett mit Toast und Roquefortkäse eine Karaffe und
zwei Gläser. Morris schenkte einen Wein ein, von dem Lewis noch nie gehört hatte – ein süßer Franzose mit *Venedig*
im Namen. Mit dem Wein strömten ihm wärmend Erleichterung und Zufriedenheit von Kehle und Magen bis in die
Zehenspitzen, bis in die Nasenspitze. Er leckte am Rand
seines Glases und schloß die Augen. Als er sie aufschlug,
fand er sich noch am selben Platz, aber nackt, Knöchel und
Handgelenke an seinen Stuhl gefesselt. Morris stand vor ihm
mit bloßem Oberkörper, nur um die Handgelenke trug er
schwarze Lederarmbänder mit verchromten Nieten und an
der rechten Hand einen Schlagring. Als Lewis' Blick seinen
traf, sagte Morris grinsend: »Jetzt, Louisa, werde ich dich
windelweich prügeln.«
Erster Besuch: Morris setzt Lewis unter Drogen, zieht ihn
aus und fesselt ihn auf einen Stuhl. Er bedroht ihn mit einem
Schlagring (aus täuschend echtem Gummi), benutzt diesen
aber nicht, da ihm noch besseres einfällt. Bald offenbart Lewis gewisse Schwächen (andere mögen von Vorlieben sprechen). Kaum erwacht, sagt er: »Tu alles, was du willst, aber
mach mich los. Ich werde verrückt, wenn ich mich nicht
bewegen kann.« Morris zieht einen Sessel heran. »Du bist
sowieso verrückt, Louisa. Aber ich würde gerne sehen, was
du damit meinst.« Lewis beginnt zu weinen. Morris hänselt
ihn in ungereimtem Slang: »Arme Heulsuse, ist das ein hartes Los! Wie konnte ein Freistilschinder wie ich ausgerechnet an einen so schrägen Hasen wie dich geraten…« Lewis
unterbricht ihn: »Sprich nicht so. Ich bin keine schrille
Schwuchtel, und du auch nicht. Da kommt's mir hoch.«
Morris: »Wie schrecklich! Bist du grade aus einer Zeitma-
schine gestiegen? Leck mich an meinem jüdischen Arsch!
Ich rede, wie es mir paßt.« Bis tief in die Nacht zieht Morris
über ihn her.
Morris hatte eine Überraschung für Lewis. Am folgenden
Tag nahm er ihn mit zur Thirteenth Street in ein Wohnhaus
westlich der First Avenue, und dort führte er ihn drei Me-

talltreppen hoch in eine Zweizimmerwohnung. Sie war so klein, daß nicht einmal ein Schrank hineinpaßte, ansonsten aber in Schuß und kostete fünfundachtzig Dollar im Monat. »Die ich zahlen werde, bis du einen Job gefunden hast«, sagte Morris zu Lewis, der dann zehn Tage vor Weihnachten einzog.

Die beiden Männer trafen sich zum Trinken und zum Essen, auf Vernissagen und im Kino; aber nie privat. Fast zwei Monate weigerte sich Morris, Lewis in seine Wohnung zu lassen. Lewis's Bitten vermochten die Pause nicht abzukürzen.

Zweiter Besuch: 27. Januar, 18 Uhr. Lewis zieht sich aus, und Morris fesselt ihm die Handgelenke mit engen metallenen Handschellen an die Fußknöchel. Unfähig zu gehen, hüpft Lewis auf Morris' Geheiß hinter ihm her. Ein leichter Stoß wirft ihn um. Morris führt ihm ein Seil zwischen Armen und Beinen durch. Mit einem Lassoknoten an einem Ende festgezogen, zurrt das Seil ihm Hände und Füße zusammen, preßt ihm den Kopf auf die Knie und macht ihn zu einem sackförmigen Bündel, das Morris hinter sich herschleift. Als Morris sich in der Küche sein Abendessen zurechtmacht, verfällt er wieder in den von Lewis verabscheuten Jargon und läßt seinem Frust über die sadomasochistischen Praktiken, die er aufzugeben gedenkt, freien Lauf: »...Damit hat sich's ja schnell für uns ausgeturtelt, aber so ist das Leben. Also ich finde SM ja so scheußlich. Und wo endet das Ganze? Bestenfalls in einer Irrenstation. Stell dir bloß vor – ein so nettes Mädel wie du, und schon eingebunkert! Und *du* wirst am Ende wahrscheinlich massakriert. Könnte mir ja egal sein, wenn du nicht davon träumtest, dich zum Engel machen zu lassen. Nein, meinereiner will wieder zu den Schwuchteln in den Tuntenbars zurück. Das rate ich dir auch. Ist gar nicht so übel. Da kannst du jederzeit zur Spinatkönigin gewählt werden. Oder warum versuchst du nicht einfach mal, es dir alleine zu machen? Das paßt doch zu dir! Ich schenk dir einen Fäustling, bei dem du an mich denken kannst...« Während er Shrimps, Schnitzel, Salat,

Käsekuchen, Petit Chablis und Kaffee verzehrt, setzt Morris
seinen Monolog fort. Danach begibt er sich in sein Arbeitszimmer. Zwanzig Minuten später ruft Lewis aus der Küche.
Morris beantwortet den Ruf mit einem gereizten »Laß
mich!«, stopft ihm eine Wollsocke in den Mund und klebt
ihn zu. Lewis fürchtet zu ersticken und beginnt sich auf dem
Boden zu winden. »*Mußt* du denn so zimperlich sein?« Die
Handschellen klappern. Morris zerrt Lewis über den Boden
des Wohnzimmers. Er öffnet das Fenster, schlingt das
Schleppseil um das davor befindliche Geländer und zieht
Lewis hoch, bis sein Rücken gerade noch den Boden berührt. Das Seil wird am Geländer festgebunden, und Lewis
wird von seinem eigenen Gewicht bewegungsunfähig gemacht. Das Fenster läßt sich nicht schließen; rauhe Windstö-
ße fahren herein, gelegentlich etwas Pulverschnee. Morris
kehrt an seinen Schreibtisch zurück.
Lewis hatte in einer Fabrik in Queens vorübergehend einen
Job als Nachtwächter angenommen. Nachmittags besuchte
er oft die Theater in den hintersten Hintergassen des Broadway, wo er sich, in der Hoffnung, angestellt zu werden, auf
alle möglichen Weisen nützlich zu machen suchte. Drei Tage
nach Lewis' zweitem Besuch machte Morris ihn mit Tom
bekannt, dem Oberbeleuchter der City Center Opera. Er
habe eingewilligt, Lewis bei sich in die Lehre zu nehmen.
Das bedeutete niedrigen Lohn und unbezahlbare Erfahrungen. Die jähe Gelegenheit schüchterte Lewis ein. Tom unter-
wies ihn geduldig, und Morris wirkte während seiner Anfälle von Selbstzweifeln beruhigend auf ihn ein. Solche
Freundlichkeit machte es Lewis unverständlich, wieso Morris ihn nun wieder nicht in seine Wohnung ließ. Lewis bot
seinem Wohltäter an, ihm die eintönigsten Haushaltsarbei-
ten abzunehmen. Morris blieb unnachgiebig. Drei Wochen
lang mußte Lewis sich mit Treffen in der Öffentlichkeit zufriedengeben, wobei er die ganze Zeit wußte, daß Priscilla
in der Wohnung an der Cornelia Street ein und aus ging.
Dritter Besuch: 14. Februar. Sämtliche Zimmer in Morris'
Wohnung sind voll mit Büchern, auch die Küche. Sogar die

Hintertür ist mit einem Regal zugestellt. Allerdings ist diese Tür nicht vollständig blockiert: der untere Teil des Regals ist schwenkbar, so daß Hunde aufrecht und Menschen kriechend hindurchkönnen. Weitere Besuche sind Lewis nur gestattet, wenn er verspricht, künftig nur noch diesen Eingang zu benutzen. Er bekommt einen Schlüssel. Am Valentinsabend absolviert er zu Morris' Zufriedenheit seinen ersten Auftritt auf Händen und Knien: »So ist brav. *Nicht* aufstehen. Schäl dich nur da unten aus deiner Garderobe. Du wirst aus dem Häuschen geraten, wenn du siehst, was ich dir besorgt habe.« Er reicht dem nackten Lewis eine Zwangsjacke. Lewis bricht in Tränen aus. Morris herrscht ihn an: »Die Party ist aus«, und nimmt seinen Mantel. Folgsam beginnt Lewis in die Zwangsjacke zu steigen; Morris verknotet die Zugbänder. Mit einer kurzen Nylonschnur fesselt er Lewis' linken Fuß an ein Bein des Küchentischs. Ferner streift er ihm einen mit Nieten beschlagenen ledernen Schwanzring über, die Spitzen nach innen. Dann zieht Morris einen Stuhl heran und beginnt mit seiner Rede für diesen Abend. Als Thema hat er sich Lewis' sexuelle Unzulänglichkeit vorgenommen. Damit diese sich nicht allzusehr auswirke, so erklärt Morris, habe er Lewis so lange wie möglich von sich ferngehalten. Jetzt aber müsse er offen reden. Ein so langweiliger Liebhaber sei ihm noch nicht untergekommen. Er beschreibt die Wonnen einiger früherer, längerer und kürzerer Affären: »...Einen astreinen Studenten hatte ich mal. Noch völlig unbeleckt, und hatte trotzdem zweimal soviel drauf wie du, trübe Tasse...« Er möchte jedoch nicht bei seiner Vergangenheit verweilen. Nach fünfzehn Minuten zieht er seinen Mantel an und erklärt: »Ich gehe heute abend essen. Du wirst aber nicht allein sein. Phoebe kommt dich besuchen. Sie hat einen Schlüssel.« Lewis kriecht unter den Küchentisch. Er bepinkelt sich.

Nach wochenlangem Drängen hatte Morris es geschafft, daß Lewis ihm seine sämtlichen schriftstellerischen Erzeugnisse zeigte – seine Gedichte, sein Tagebuch, seine Nachahmungen. »Du brauchst doch wenigstens einen Leser, und ich bin

schließlich auf deiner Seite.« Zum ersten und letzten Mal
betätigte sich Morris als Lehrer. Zeile für Zeile ging er mit
Lewis dessen Werke durch. Er weigerte sich, etwas daran zu
verbessern; statt dessen dachte er sich für Lewis Übungen
aus. Er ließ ihn bestimmte Stellen in anderen Stilen umarbei-
ten. (Lewis' »Durchbruch« war ein Liebesgedicht, das aus
einer politischen Polemik entstanden war.) Morris ließ es
sich nicht nehmen, alle diese Übungen selbst zu machen,
wobei er seinem Schüler stets höchstens einen Schritt voraus
blieb. Nach und nach entwöhnte er Lewis seiner Beschrän-
kungen, seiner »Individualität«: all der Lieblingswörter,
wiederkehrenden Satzrhythmen, zwanghaften Metaphern
und was sonst noch ihn vor der Gesamtheit der Sprache
zurückschrecken ließ (so wie ein unerfahrener Skiläufer sich
nur auf seine Skier konzentriert und vor den heiteren Hängen zurückschreckt, die ihm Flügel verleihen könnten).
Vierter Besuch: 14. März. Lewis trifft Morris mit Tom von
der City Center Opera an. Morris sagt ihm, Tom werde den
Abend mit ihnen verbringen. Am Kamin lehnten zwei lange
Bretter. An beiden Enden jedes Brettes ist je ein kleiner
Schraubstock befestigt. Nachdem Lewis sich ausgezogen
hat, zerren die Männer ihm Arme und Beine auseinander,
drücken ihn an die Bretter und spannen seine Handgelenke
und Fußknöchel in die vier Schraubstöcke. Nur die losen
Bretter halten ihn aufrecht; Lewis wagt sich nicht zu rühren.
Morris und Tom nehmen zum Abendessen Platz. Beim Essen reden sie über Lewis. Morris spricht von Lewis' Hoff-
nungslosigkeit als Schriftsteller; er liest ein paar erheiternd
stümperhafte Passagen von ihm vor. Tom beschreibt sein
Verhalten im Theater – begriffsstutzig, ungeschickt mit den
Händen und auch im Umgang mit den anderen, so daß sämtliche Kollegen (einschließlich Tom) ihn nicht ausstehen können. Nach dem Essen setzen sich die beiden Männer vor
Lewis aufs Sofa. Sie küssen sich. Lewis kippt um und schlägt
sich an dem gläsernen Couchtisch ein Knie blutig. Dabei
rutscht sein linker Fuß aus dem Schraubstock, und Morris
macht ihn wieder fest. Unablässig im Schwulenjargon mit-

einander redend, tauschen er und Tom Zärtlichkeiten aus.
Schließlich ziehen sie ihre Mäntel an und gehen. Bei Tom,
finden sie, dürfte es unter den gegebenen Umständen gemüt-
licher sein.

Lewis traf Morris am folgenden Nachmittag bei einer Vernissage in der Stable Gallery. Morris begrüßte ihn überschwenglich. Er habe eine Auswahl seiner Texte an einen der
Herausgeber von *Locus Solus* geschickt, einer kleinen Zeitschrift mit einem unübertroffenen Ruf. Drei Gedichte seien
angenommen worden. »Wenn du den Leuten sagst, du seist
Schriftsteller, sagen sie ›Wunderbar‹, und als nächstes fragen
sie *immer:* ›Und haben Sie schon etwas veröffentlicht?‹ Jetzt
kannst du mit Ja antworten.«

Die beiden setzten ihre Schreibstudien fort, wöchentlich
mehrere Stunden.

Fünfter Besuch: 15. April. Bis dahin für Lewis der schlimmste. Er holt die für diesen Abend bestimmten »Spielzeuge«
ab: einen aufblasbaren Gummianzug, der seinen Träger bei
jeder Bewegung einengt. Lewis steigt in die dritte Etage eines baufälligen Hauses am unteren Ende der Varick Street.
Ein nervöser kleiner Mann knallt ihm ein Bündel in die Arme und schlägt ihm die Tür vor der Nase zu. Als Lewis
durch die Hintertür in Morris' Wohnung kriecht, wartet
Morris bereits auf ihn – nackt bis auf einen Knebel, in der
ausgestreckten Hand einen Zettel:

Liebe Louisa,
Heute bin ich an der Reihe. Zieh mir den Anzug an, blas ihn
mit der Pumpe auf und verzieh dich. Wenn du etwas anderes
tust, oder wenn du zurückkommst, werde ich dir nie verzeihen.   M.

Unter Tränen kommt Lewis seinen Anweisungen nach.
Dann geht er in ein Restaurant. Er kann nichts essen. Er
beschließt, sich im Kino eine Wiederaufführung von *Zwan-
zigtausend Meilen unter dem Meer* anzusehen. James Ma-
sons Verbannung unters Meer bringt ihn so sehr zum Wei-

nen, daß er gehen muß. Eine weitere Stunde lang wandert er
durch den Regen. Wird Morris' Herz mit dem einengenden
Anzug fertig? Er geht zurück, kriecht wieder einmal durch
das Bücherregal und befreit seinen Freund. Morris keucht
beängstigend. Lewis hält den schwitzenden Körper in seinen
Armen und murmelt ihm brüderlichen Trost zu. Beide Männer tauschen Koseworte aus, und wie alle Besuche Lewis'
endet der Abend mit erfinderischen Zärtlichkeiten, die sich
bis zum nächsten Morgen hinziehen.

Morris hatte sich ein gewaltiges Buch ausgedacht; für diesen
Ort und diese Zeit: Das Buch. Es sollte Romanhaftes und
Kritisches, Theoretisches und Lyrisches enthalten; jeder
Aspekt seines Themas sollte mit dem ihm angemessensten
Ausdrucksmittel sondiert werden: die Endlichkeit des Ver-
standes und der Sprache sollte mit der Unendlichkeit des
intuitiv erkannten Universums konfrontiert werden. Im
Verlauf des Frühlingswochenendes, das sie mit Phoebe im
Tal des Hudson River verbrachten, wurde Lewis von Morris
zur Mitarbeit an diesem Projekt aufgefordert. Am 24. Mai,
Morris' dreißigstem Geburtstag, würden sie mit der Arbeit
anfangen. Sie würden mindestens drei Jahre dafür brauchen.

Sechster Besuch: 23. Mai. Lewis kommt auf allen vieren in
die Küche und sieht Morris mit einem Besenstiel eifrig in
fünf Plastikschüsseln rühren. Die Schüsseln enthalten eine
zähe, naßschwarze Substanz. Morris gibt Lewis den Stock.
Er ist von der Anstrengung ziemlich blaß. Jetzt gießt er nur
noch Wasser in die Schüsseln, während Lewis weiterrührt.
Die Schüsseln, erfährt dieser, enthalten schnelltrocknenden
Zement. Auf Morris' Geheiß trägt Lewis sie ins Wohnzimmer und stellt sie um den Rand einer kleinen, mit Zeitungs-
papier ausgelegten Fläche auf. Lewis entkleidet sich und
stellt sich in die Mitte der Fläche. Mit einem Anstreicherpin-
sel grundiert Morris Lewis von Kopf bis Fuß mit Fett. Dann
kniet er nieder und beginnt ihn einzuzementieren; zunächst
häuft er den Zement großzügig um seine Füße und Knöchel,
um einen massiven Sockel zu schaffen, dann überzieht er

Gliedmaßen, Rumpf und Kopf mit einer zentimeterdicken Schicht. Morris läßt eine Öffnung für Nase und Augen frei und bohrt mit dem Zeigefinger zwei Löcher für die Ohren. Als er, schwitzend und schwer atmend, sein Werk vollendet hat, ist er sichtlich zufrieden mit seiner rohen Statue, deren Arme zur Seite gestreckt sind wie die einer Vogelscheuche, was das Ganze ebenso fest wie hilflos erscheinen läßt. Während der Zement hart wird, geht Morris sich waschen und abendessen. Als er zurückkommt, fordert er Lewis auf, Arme und Beine zu bewegen. Schon tropfen Tränen und Schweiß von Lewis' Nasenspitze, und jetzt zucken seine Augen vor Anstrengung: er kann sich nicht bewegen. Morris geht vor ihm auf und ab und zieht in bewährter Weise über ihn her. Er sei lange unschlüssig gewesen, gesteht er, ob er es Lewis sagen solle; es sei das Wichtigste, was er ihm je sagen werde. Von dem Ekel, den Lewis' Degeneriertheit ihm bereite, von seinem mangelnden sexuellen Talent, von seinem mangelnden Talent *tout court* habe er bereits gesprochen. Inzwischen habe er erkannt, daß alles, was er gesagt habe, die Wahrheit nicht so recht treffe: was Lewis letzten Endes so widerwärtig mache, sei sein innerstes Selbst. Seine spezifischen Mängel seien lediglich die äußere Erscheinungsform der Häßlichkeit, Dummheit und Herzlosigkeit, die den Kern seines Wesens ausmachten. Mit wachsender Leidenschaft verwendet Morris seine neue Einsicht zu gräßlichen Beschreibungen von Lewis' körperlichem, geistigem und sozialem Verhalten. Wohin auch immer er blicke, sehe er nichts als Versagen und Gemeinheit. Manch einer möge sein Wesen als etwas betrachten, worauf er keinen Einfluß habe, aber das mache es nicht weniger unerträglich: »Ich will dir bestimmt nichts vorjammern, aber ich sauge mir auch nichts aus den Fingern. Also bitte, Louisa, krieg's jetzt endlich in deinen Schädel. Du bist abstoßend, widerlich, ekelerregend – ich könnte noch tagelang weitermachen. Und keine Widerrede – du bist völlig verrückt nach mir. Ich protestiere. Erspar mir die finsteren Einzelheiten, ist doch immer derselbe Plunder. Weil nämlich der einzige, in den du jemals richtig verknallt warst, du selber bist, und das wird sich auch niemals ändern. Glaubst du, ich bleib bei dir und sehe zu, wie dein Hintern faltig wird? Wozu – bloß um dauernd in deinen Pickeln hängenzubleiben? Vergiß es. Tucke. Es ist aus. Aber eins sollst du wissen. Ganz egal, was ich dir gesagt habe, ganz egal, wie hart ich dich rangenommen habe, die Wahrheit ist« – Morris' Augen werden feucht; er wird erstaunlich rot – »die Wahrheit ist, und ich schlag sie dir um die Ohren: ich lie-...« Morris starrt an Lewis vorbei, als seine Stimme abbricht. Hat er aufgehört, weil das Telefon klingelt? Er verfärbt sich von rot nach grau. Er dreht sich um, will sich auf eine Stuhllehne stützen, nur ist kein Stuhl da, wo er hingreift: er sinkt in die Knie und fällt dann mit dem Gesicht nach unten auf den Boden. Langsam rollt er sich auf den Rücken und blickt zu Lewis hoch, der seine Lippen immer wieder ein Wort formen sieht *(Nitro, Nitro)*, bis sie unbewegt offen stehenbleiben. Morris' Atem geht schnell, aber dann kommt ein Augenblick, wo er völlig aufhört zu atmen. Lewis brüllt in den vor seinen Mund gekleisterten Zement. Was nur seinen Kopf zum Dröhnen bringt. Schon will ihn Panik übermannen, als ihm klar wird, was da vorgeht: Morris spielt ihm einen Streich. Er will ihn in Todesangst versetzen. Lewis' Panik wandelt sich in Wut. Morris ist zu weit gegangen, unmenschlich weit. Das wird ihm Lewis nie verzeihen. Er erinnert sich an den vorigen Besuch und weiß, daß Morris ohne weiteres die halbe Nacht so da liegen bleiben kann. Er kann nur warten, und er wappnet sich schon für diese Tortur, als ihm Morris' Augen auffallen. Sie blicken unmöglich starr und blinzeln nicht. Lewis zählt sechzig Sekunden, die Lider bewegen sich nicht. Morris' Hemd liegt reglos auf seiner Brust. Lewis sieht unverwandt auf seinen Freund hinunter. Eine kummervolle Stumpfheit breitet sich in seinem Körper aus. Wieder vergeht eine Minute, und dann denkt er: Vielleicht irre ich mich. Vielleicht ist Morris nur angeschlagen, oder, falls er stirbt, ist vielleicht noch Zeit, ihn zu retten. Lewis stößt einen weiteren erstickten Schrei aus und sagt sich: Jetzt nur keine Aufregung. Überlege, wie

du freikommen kannst. Vorhin ist Lewis ein Krocketschlä-
ger aufgefallen, der an einem der Regale lehnte. Damit hatte
Morris dann die Zementhülle zertrümmern wollen. Wieder
klingelt das Telefon. Frage: Was kann er anstelle des Schlä-
gers benutzen? Antwort: Einen Sturz auf den Boden. Wie
kann ich fallen, wenn ich mich nicht bewegen kann? Doch
Lewis kann sich bewegen, wenn auch nur innerhalb seiner
Haut. Er kann sich nach links und rechts drücken, nach vorn
und hinten. Kann er damit sein Gewicht verlagern? Zwei
Meter links vor ihm steht auf dem Couchtisch, an dem er
sich verletzt hat, das Telefon. Lewis fängt an, sich dort-
hinzupressen, dann davon weg, rechte Ferse auf linke Fußspitze, linke Fußspitze auf rechte Ferse. Er beginnt ganz leise
zu schwanken. Er spürt ein leichtes Klopfen des Zementsok-
kels auf dem Boden. Seine Idee funktioniert. Die Statue hat
zu schaukeln angefangen. Auf keinen Fall darf er nach hinten, von dem Tisch weg stürzen. Er legt alle seine Kraft
darein, sich nach vorn zu drücken. Der Sockel macht dab-
tupp, dab-tupp. Er hat Schwung bekommen. Dann kommt
der Punkt, an dem er nicht mehr nach hinten schwingt. Vor
dem Sturz balancieren Lewis und sein Panzer drei Sekunden
lang auf der Vorderkante des Sockels, kostbare Sekunden, in
denen er sich heftig im Uhrzeigersinn zu drehen versucht,
um seinen linken Arm nach vorne zu bringen, und tatsächlich schlägt der Arm einen Augenblick vor seinem Kopf und
Oberkörper auf dem Boden auf. Der Zement wird bis zum
Ellbogen zertrümmert. Das Telefon steht in unerreichbarer
Höhe. Er reißt es an der Schnur herunter und zieht sich den
Hörer vors Gesicht. Der Zement um seinen Kopf ist ge-
sprungen. Mit der freien Hand löst er über seinem Mund ein
Stück ab. Er fährt mit einem Finger über die Wählscheibe ins
letzte Loch und wählt die Null. Er vernimmt, kaum hörbar,
am anderen Ende eine Stimme. Er ruft Morris' Adresse, bit-
tet um Hilfe, erklärt, daß er bewegungsunfähig ist. All das
wiederholt er immer wieder, lange nachdem die Vermittlung
ihn mit der Polizei verbunden hat. Während er noch in den
Hörer spricht, hört er jemanden an der Vordertür. Wer ist

das? Wieso klingeln die? und klopfen? »Die Tür eintreten!«
schreit er. Es klingelt weiter. Die Sirenen kurz zuvor, mehrere Sirenen, hat er nicht bemerkt. Klingeln und Klopfen hören auf. Die Tür wird aufgebrochen, eine schwere alte Ei-
chentür mit drei Schlössern. Lewis bleibt nichts mehr zu
tun. Er versinkt in eine erschöpfte, düstere Trägheit. Mit
verzweifelter Ironie sagt er sich, daß Morris dies nie über-
treffen wird. Worin er insofern irrt, als es noch schlimmer
kommen soll. Im übrigen hat er recht: Morris hat ihm ein
Vermächtnis hinterlassen, das ihn auf ewig an die Erfahrung
seiner sechs Besuche binden wird. Ihr letzter Abend ist zu
einer Qual geworden, die weitere Qualen hervorrufen wird,
und diese wird er ohne die frühere Hoffnung auf Morris'
Rückkehr vom Abendessen oder aus Toms Wohnung ertragen müssen. Morris wird in seiner Maske als Folterer Lewis'
Leben verdunkeln. Lewis wird ihn nie vergessen wollen, und
ihm wird auch gar keine Wahl bleiben. Ein Rosenkranz aus
Trauer, Scham und Einsamkeit hat begonnen, ihn endgülti-
ger zu umwinden als Riemen und Ketten. Mit all dem könnte Morris durchaus seinen letzten abgebrochenen Satz voll-
enden, den Lewis ohne zu zögern in seiner Gesamtheit erfaßt hatte: »Die Wahrheit ist: ich liefere dich ans Messer.«

LEWIS UND WALTER

Priscilla Ludlam besuchte dasselbe progressive College für Geisteswissenschaften wie Phoebe und machte ein Jahr nach Phoebes Abgang mit Kunstgeschichte als Hauptfach ihren Abschluß. Für ihr Bakkalaureat verfaßte sie eine löbliche Arbeit mit dem Titel »Die weibliche Gestalt in der neueren amerikanischen Kunst«, deren eigentlicher Gegenstand Walter Trale war. (Priscillas Tutor, dieselbe Verehrerin von Walters Werk, die Phoebe das Malen gelehrt hatte, schlug das in Worten weitergefaßte Thema vor, um ihre Kollegen an der Kunstfakultät zu beschwichtigen.)

Sobald Priscilla die Arbeit fertig hatte, sollte Walter sie lesen. Sie gab sie Phoebe und bat sie, ihn darauf aufmerksam zu machen. Bald kam Phoebe in den Sinn, daß die Arbeit auch Lewis interessieren könnte, der damals außer dem, was sie selbst ihm erzählt hatte, noch nichts von Walter wußte. Sie schickte ihm eine Kopie.

Eine Interpretation von Walters Porträt von Elizabeth bildete den Mittelpunkt der Arbeit. Als Teenager hatte Priscilla von dem Porträt gehört, das Walter in der Stadt im Norden des Bundesstaates gemalt hatte, in der sie damals noch wohnte. Priscilla nahm sich vor, Informationen über seine Vorgeschichte zu sammeln. In ihrer Arbeit kompensierte sie ihr beschränktes Kritikertalent mit einer Fülle von Anekdoten.

Priscilla hatte einen scharfen Verstand. Mit zweiundzwanzig jedoch lockte ihre Neugier sie weniger zur Analyse als zur Erprobung des Lebens – hin zu Leuten, zu Kenntnissen, in die Stadt. Sie hatte Kunstgeschichte nicht als Hauptfach genommen, weil sie sich als hochgeistig oder gar »künstlerisch« betrachtete: ihr Interesse richtete sich weniger auf die Kunst als vielmehr auf die Künstler. Die Kunst kam der Zauberei so nahe, wie eine besitzorientierte Welt es erlaubte.

Was gehörte dazu, ein Zauberer zu werden? Priscillas Interesse wurde bestärkt von dem beispiellosen, von Kritikern
und Käufern gleichermaßen geförderten Glamour, der die
neue amerikanische Malerei umgab. Als ihre Tutorin den
Vorschlag machte, sie solle sich ein Jahr lang mit Walter
Trale befassen, willigte sie begeistert ein, denn sie vermochte
sich ihn sogleich als einen zweiten Pollock oder de Kooning
vorzustellen. Stundenlang besah sie pflichtbewußt Dias von
Walters Werken. Am Ende kannte sie sich zwar darin aus,
doch daß sie etwas davon begriffen hätte, konnte man ihr
nicht nachsagen. Die Bilder berührten sie nicht, jedenfalls
nicht als Bilder. Sie zählten für sie, weil sie darin das Leben
des Künstlers ausgedrückt sah. Ihre Interpretationen des
Werks verschleierten unmerklich ein imaginäres Abbild von
Walter selbst. Er war ein Thema, das sie berührte; und ihre
Darstellung seiner Person ließ Lewis mit idiosynkratischer
Sympathie auf ihre Arbeit reagieren.
Priscilla schrieb ausführlich über den Hintergrund des Porträts von Elizabeth: wie Walter, mit achtzehn ein früh er-
folgreicher Maler von Rennpferden, preisgekrönten Hunden
und Schoßtieren, durch die Begegnung mit der Frau, die er
bald porträtieren sollte, verändert wurde. Elizabeth habe
ihm die »animalische Anmut und transzendente Sexualität«
der weiblichen Schönheit offenbart. Allein ihr Anblick habe
zu dieser Offenbarung geführt; Priscilla zufolge griff Elizabeth aber auch aktiv in Walters Leben ein. Sie habe *ihn*
gesehen – ihn gesehen als das, was aus ihm werden könnte –
und ihn durch ihre Freundschaft inspiriert, es tatsächlich zu
werden. Durch ihre visionäre Erkenntnis habe Elizabeth ihn
zum Schöpfer gemacht. Für Priscilla hatte Elizabeth nicht
nur durch ihre Schönheit und Intelligenz Einfluß ausgeübt,
sondern vor allem, indem sie die Rolle der Frau als Muse
und Mutter voll und ganz verkörpert habe. Was Walter in
seinem Porträt von ihr zum Ausdruck gebracht habe, sei
eben diese Erfahrung mit Elizabeth als Absoluter Frau gewesen.
Priscilla stützte ihre Behauptung mit reizenden Anekdoten.

Als schwieriger erwies sich die Verteidigung ihrer Interpretation des Porträts. Gewiß, das Gemälde sah inspiriert aus, aber was zeigte es sonst noch? Auf keinen Fall Elizabeth. Alle Biographen, die Kunstwerke erläutern, nehmen ihre Wünsche für Tatsachen. Priscilla paßte das Bild ihrem Bedürfnis an, darin die Gegenwart des *Ewig Weiblichen* (wie sie es, ohne Deutsch zu können, beharrlich nannte) nachzuweisen. Für sie beschwor das Gold-Weiß des Gesichts eine mittelalterliche Madonna. Das Ocker der Augen gehörte Athene (oder vielleicht ihrer Eule). Die malvenfarbenen Lippen standen für Trauer (man beachte, daß die entblößten Zähne nicht lächeln) – eine offensichtliche Reminiszenz an die *Pietà*. Ein mundfarbener Mund ohne Zähne hätte Priscilla vermutlich an die Sibylle von Cumä erinnert; normal braune Augen an die Sterblichkeit von Herbstlaub; rosa Wangen an die heilige Rose.

Priscilla hat nie erkannt, daß ihre Analyse an Hemmungslosigkeit litt, und Lewis machte sich nichts daraus. Später sollte Morris ihm zeigen, was Kunstkritik leisten konnte. Fürs erste reizte ihn ihre Schilderung von Walter als Mann. Priscillas Absolute Frau konkretisierte Lewis' eigene Gefühle; schon immer waren Frauen ihm als furchteinflößend und unerklärlich anders erschienen. Solange er denken konnte, hatte er, von Phoebe abgesehen, keinem Mitglied des anderen Geschlechts nahegestanden; und mochten ihm andere Frauen durch ihre Unzugänglichkeit zum Mysterium werden, so wurde ihm Phoebe durch ihre Nähe nicht minder rätselhaft – ihre Liebe zu ihm erfüllte ihn mit ständiger Skepsis. Sein Nichtwissen führte zu einer Aversion, die etwas anderes war als seine Feindseligkeit Männern gegenüber. Lewis mochte die Männer nicht, weil er, als einer von ihnen, nur zu gut wußte, wie sie funktionierten. So wußte er unter anderem, wie sie Verlangen erlebten. Und weil er dieses vertraute, erkennbare Verlangen bei ihnen wiederentdecken wollte, fühlte er sich zu Männern hingezogen. Das Verlangen der Frauen, besondes ihr sexuelles Verlangen, war ihm unvorstellbar. Er erinnerte sich, wie er mit vier Jahren, wenn

Phoebe die Windeln gewechselt wurden, ihren großen Kitzler anstarrte. Der sah alles andere als mädchenhaft aus. Nicht die Vagina verwirrte ihn, sondern nur die irrelevante und schamlose Klitoris. Die sollte da nicht sein. Die war wie ein Hindernis. Das hieß, daß Frauen als unberechenbare Wesen geschaffen waren und er nie darauf bauen könnte, daß sie sich nachvollziehbar verhalten würden.

Bei Männern wußte er, wie die Aggressivität zu provozieren war, durch die er auf sie reagieren konnte. Auch hier entzogen die Frauen sich ihm. Mit neun bezeichnete er einmal auf einer Familienfeier eine hübsche elfjährige Kusine als Hure. Daß dies eine zuverlässig böse Beleidigung war, wußte er, da seine Mutter ihn geschlagen hatte, als er sie bei ihr ausprobierte. Die Kusine aber lachte fröhlich, sagte, er sei niedlich, und verwöhnte ihn für den Rest des Tages, bevor sie nach Connecticut zurückfuhr. Denen war nicht zu trauen.

Obwohl Lewis am Ende der Pubertät einmal eine Freundin hatte, geriet seine Aversion nie ins Schwanken. Da er sein wahres Verlangen geheimhielt, hielten ihn die Klassenkameraden in der Schule und im College lediglich für schüchtern und machten ihn immer wieder mit jungen Damen bekannt, netten und nicht netten. Er wollte nichts mit ihnen zu tun haben.

In Priscillas Darstellung bestätigten Walters Erfahrungen mit Frauen die seinen. Walter demonstrierte Großzügigkeit und Überschwang. Lewis Kleinlichkeit und Furcht; beide konnten sich darauf einigen, daß Frauen rätselhaft waren und Macht ausübten.

Lewis entdeckte einen zweiten Grund, an Priscillas Arbeit Gefallen zu finden: sie legte exakt dar, inwieweit er sich von Walter unterschied. Walter hatte die Macht der Frauen erkannt und sich ihr gestellt. Durch Elizabeth hatte er sie in sein Leben gelassen. Vielleicht hatte er sie sogar in seiner Kunst gezähmt und in eigene Macht verwandelt. Walter war somit ein Beispiel für all das, was Lewis nie erstreben konnte.

Lewis war häufig vernarrt in Männer, die er bewunderte.

Unter seinem gewohnheitsmäßigen Mißtrauen lag ein Vorrat an natürlicher Zuneigung. Da ihn das Geben und Nehmen der Freundschaft schreckte, brachte er diese Wärme dadurch zum Ausdruck, daß er die, die ihm gefielen, entweder provozierte oder aus der Ferne anhimmelte. Mit Walter hatte Priscilla ihm ein neues Idol geschenkt.

Lewis vertraute Phoebe seine Bewunderung an, worin sie sofort eine Gelegenheit erblickte, ihn endlich in die wahre Welt einzuführen, der er sich so beharrlich verweigerte. Als er ihr Anfang Juni durchs Telefon zurief: »Was für ein unglaublicher Mann!«, erwiderte sie: »Warum kommst du dann nicht mal vorbei? Sieh dir die Bilder an.«

»Ich meine nicht die Bilder. Ich meine *ihn*.«

»Dann komm, und sieh dir *ihn* an.«

Lewis begann sich über die gegenwärtige Hitzewelle auszulassen. Er hörte Phoebe zu jemand am anderen Ende sagen: »Mein großer Bruder findet dich absolut irre, aber er hat Angst, dich kennenzulernen.«

Als Walter den Hörer nahm, hatte Lewis schon aufgelegt.

Phoebe ließ ihn nicht entwischen. Mehrmals rief sie zurück, neckte, beschimpfte und bestürmte ihn. Sie lockte ihn sogar mit der unwahrscheinlichen Möglichkeit, daß er irgendwie für Walter arbeiten könnte. Anfangs machte ihn der Vorschlag nervös; bald jedoch begann er ihn in seine Phantasien einzuarbeiten, bis diese dann selbst sich veränderten. Lewis träumte nicht mehr von Verehrung, sondern von Knechtschaft. Er könnte seine Unzulänglichkeit zu einem guten Zweck einsetzen. Er könnte Walter von allem befreien, was ihn von seiner Kunst ablenkte. Er würde seine Pinsel auswaschen, sein Oberlicht putzen, sein Klo scheuern, in Brownsville Erledigungen machen. Er nahm Phoebes Einladung an.

In den Tagen vor seinem Besuch, wenn er unter sterbenden Ulmen und hitzeschlaffen Ahornbäumen durch die Stadt ging oder mit einem Buch auf der Veranda saß oder nachts im Bett lag, dachte er darüber nach, was seine Begegnung mit Walter ihm bringen könnte. Er verlangte weder Dank

noch Lohn, sondern sehnte sich nur heftig danach, Walter
unentbehrlich zu werden. Er malte sich eine Karriere aus,
bei der er als Putzmann begann und als Wachhund endete.

Der leibhaftige Walter bestärkte Lewis nur in seiner Hingabe. Man sah ihm seine dreiundvierzig Jahre an, doch nicht zu
seinem Nachteil. Eine nonchalante Wachsamkeit belebte angenehm seine breiten Züge, die Falten, Spuren schmerzlicher
Erfahrungen, ließen seine offenkundige Aufrichtigkeit etwas
gedämpft erscheinen. In Lewis wallte Zärtlichkeit auf, als er
ihn sah. Und das hätte ihn normalerweise zu ausgedehntem
Schweigen veranlaßt, aber Phoebe drängte ihn sich zu äu-
ßern.

»Es ist unglaublich«, sagte er schließlich über zischendhei-
ßen Shrimps zu Walter, »daß Sie Ihre Karriere mit einem so
tiefsinnigen Werk begonnen haben.«

»Tiefsinnig? ›Gräber III‹ tiefsinnig? Ein *trübsinniger* Beagle
war das.«

»Ich meine – ich meinte Elizabeth. Ihre erste Frau – ich
meine, die erste Person, die Sie malten, war eine Frau. Das
dürfte von Bedeutung sein.«

»Ach ja?« Walter hatte Priscillas Arbeit noch nicht gelesen;
Lewis hatte das Porträt von Elizabeth noch nicht gesehen.

Phoebe sagte: »Lewis glaubt, ihr seid beide Weiberhasser.«

»Weiberhasser eigentlich nicht –« (»Ih, eigentlich nicht!«
fuchtelte Phoebe) – »aber die haben eine Macht«, fuhr Lewis
eilig fort. »Im Grunde nicht schlecht, nur groß. Der will
man nicht in die Quere kommen.«

»Und das sagt das Porträt?« fragte Walter.

»Tja, sicher.« Lewis sah verblüfft aus. »Das muß ich *Ihnen*
doch nicht sagen.«

»Sagen Sie's trotzdem.«

Lewis verbreitete sich über die Unberechenbarkeit der Frau-
en. Er schilderte den Vorfall mit seiner elfjährigen Kusine:
»Nicht, daß sie mich wirklich gern hatte. Ich wurde nur
benutzt.«

»Das Dumme dabei ist«, sagte Walter trübselig, »daß *die* das

nie zu merken scheinen.« Er litt zu der Zeit gerade unter der
Verschlossenheit einer Frau.

Obwohl Walter ihn mochte und Lewis durchaus bereit war,
ihm zu dienen, frustrierte ihn eine elementare Tatsache: er
war ein Mann. Am nächsten Morgen im Atelier fragte ihn
Walter, was für Arbeiten er denn für ihn erledigen wolle,
und Lewis erwiderte: Hausarbeiten – Putzen, Einkaufen, die
Bohnen einweichen. »Das ist doch keine Arbeit für Sie«,
sagte Walter. Er meinte, unter anderem, derlei sei Frauensa-
che. Walter, der gern Hausarbeiten machte, hätte vielleicht
eine Frau als Hilfe akzeptiert; wenn Phoebe ihm das Essen
kochte, war dies etwas anderes. Was aber ein Mann ihm zu
bieten hätte, wußte er nur allzu gut.

Walter sagte nicht unfreundlich, Lewis' Angebot, das Haus-
mädchen zu spielen, fände er albern. Lewis war kaum enttäuscht – schließlich hatte er Owens barsche Schule durchgemacht. Bereitwillig zog er sich auf seine ursprüngliche,
sichere Rolle als Verehrer zurück.

Lewis sah Walter erst an dem Novemberabend wieder, an
dem er Morris kennenlernte. Bis dahin hatten sich in beider
Leben Veränderungen vollzogen. Walter lebte mit Priscilla
zusammen; Lewis war ganz von Morris' Artikel eingenommen.

Lewis und Priscilla hatten sich einmal recht gut gekannt.
Sechs Jahre zuvor war es zwischen ihnen zu einem ernsthaf-
ten Streit gekommen, und seither hatten sie einander nicht
mehr gesehen. Vor der Novemberparty nahm Priscilla sich
vor, die Vergangenheit zu begraben. Sie wollte Phoebe einen
Gefallen tun, und sie nahm an, Lewis sei in den sechs Jahren
erwachsen geworden. Als sie ihn kommen sah, begrüßte sie
ihn mit einer Umarmung. Lewis war angenehm überrascht;
aber die Aussicht, Morris kennenzulernen, beschäftigte ihn
so, daß er nur sehr zertreut auf Priscillas Begrüßung reagierte. Sie erwähnte, von Phoebe gehört zu haben, daß ihre Arbeit ihm gefallen habe. Darauf er: »Ja, wirklich schön. Hat
mich tatsächlich eine Zeitlang nicht losgelassen. Aber hast
du Morris' Artikel gelesen? *Der* sagt doch alles, oder?«

Priscilla hatte sich mit ihrer Arbeit sehr angestrengt. Walter
selbst hatte sie gelobt. In diesen wenigen Sekunden verspiel-
te Lewis seinen Kredit bei ihr.

Am Ende des Monats wurde Lewis bei der Kreuzigungs-
Razzia festgenommen. Obwohl Walter die *News* las, war
ihm das kompromittierende Foto entgangen. Priscilla fiel es
auf, und sie rief Phoebe an, um nachzufragen. Phoebe ging
sich die Zeitung kaufen und rief zurück, um Priscilla zu
danken, daß sie ihr Bescheid gesagt hatte. Priscilla unterbrach Walter bei der Arbeit: »Sieh mal, was mit Phoebes
Bruder passiert ist, dem armen Kerl!« Sie fragte sich, wie er
mit solchen Freaks in Kontakt gekommen war. »Die müssen
ihm Drogen gegeben haben. So ausgeflippt kann doch niemand sein.«

Lewis sah Walter in diesem Winter oft in Morris' Gesellschaft. Walter legte ihm gegenüber ein liebenswürdig unbe-
sorgtes Verhalten an den Tag. Er wußte, daß Morris und
Lewis ein Verhältnis hatten, das, Priscilla zufolge, »Wunder
wirkt – genau was Lewis brauchte, um sich einzukriegen«.
Gelegentlich erinnerte sie Walter daran, daß sie Phoebe zuliebe nett zu ihm sein sollten. Priscilla war inzwischen Morris' Geschäftspartnerin.

Für Walter war Lewis jetzt ein »Fall« – jemand, der nicht so
sehr krank war, daß man ihm nicht noch gute Besserung
wünschen konnte. Zwangsläufig erinnerte Lewis ihn an
Phoebe, die er gerade an ihre »Neurose« verlor, und an Morris, den er achtete und sogar fürchtete. Lewis mußte toleriert
und ermutigt und vielleicht gemieden werden.

Morris starb. Öffentliche und private Schilderungen seines
Todes wurden gierig von den Klatschbasen der Stadt aufgesaugt. Walter wußte von Lewis zu wenig, um die ver-
schwommene Geschichte, die viele Leute so eifrig akzeptierten, zurückzuweisen: Morris sei nicht durch Unfall
gestorben, und Lewis sei nicht bloß als Zeuge an seinem
Tod beteiligt gewesen.

In dem halben Jahr, das auf seine Festnahme folgte, hatte
Lewis sich verändert. Phoebes alte Hoffnungen für ihn hat-

ten sich im wesentlichen erfüllt: Walter hatte nichts, aber Morris alles für Lewis getan. Er hatte Lewis die Chance gegeben, sich seinen Lebensunterhalt selbst zu verdienen, professionell zu schreiben und die Liebe, die er empfand, anzuerkennen und auszudrücken; und Lewis hatte seine chronische Ängstlichkeit überwunden und diese Chance ergriffen. Zumindest vorübergehend wurde ihm klar, daß Ängstlichkeit nicht rechtfertigte, wenn man den Kopf in den Sand steckte. Er war stolz, daß er jetzt mit einer Beleuchtungsanlage umgehen konnte, daß er gedruckt werden würde, daß Morris ihn aufgenommen hatte; und noch stolzer, daß er fähig war, eine Arbeit zu erledigen, daß er seinen immer strengeren Maßstäben gemäß schreiben konnte, und daß er seine sexuelle Neigung darauf verwandt hatte, *einen* Mann zu lieben. Als Morris starb, erkannte Lewis deutlich, welchen Reichtum sein neues Leben angenommen hatte, und wie zerbrechlich es ohne Morris nun geworden war.

Nebenher hatte Morris auch Lewis' Einstellung zu Walter verändert. Wenn Morris auch Walters Malerei stets rühmte, den Künstler selbst behandelte er geradezu gönnerhaft – eine Haltung, die das genaue Gegenteil von Lewis' Unterwürfigkeit darstellte. Im Dezember hatte Morris bei einer Vernissage Walter mitten im Satz stehenlassen, und Lewis fragte ihn, wie er sich so arrogant benehmen könne. »Ich bewundere Walter«, antwortete Morris, »aber er sagt schlichtweg alles, was ihm in den Kopf kommt. Er kann ja so *geistlos* sein.« Lewis sagte, er höre Walter immer zu, weil er so scharfsichtig sei. Morris unterbrach ihn: »Im sogenannten Leben bekommt er gar nichts mit, außer dem Sichtbaren.« Wieder einmal wagte es Lewis, Priscillas Theorie über Walter und die Frauen zu zitieren. »Louisa!« rief Morris aus, und Lewis schrumpfte zusammen, »das ist doch infantiles Blabla! Selbst wenn Miss Priss recht hat, ist es bloß wieder die alte Geschichte von der Großen Mama. Die meisten Knaben fühlen ab und zu mal so – wie du, *n'est-ce pas*, bin ich nicht einsichtsvoll? Walter hat es wahrscheinlich nicht bemerkt – der Name seiner Wunderfrau war Kadmiumrosa. Bedeutet gar

nichts, ist nur ein Wort. Meine Worte dafür waren ›stürmischer Himmel der Vagina‹, wie du weißt, und *die* haben auch
nichts zu bedeuten.«

»Ich habe dich nie gefragt – wieso ›stürmisch‹?«

»Woran erinnert dich Donnergrollen? *Basta!*«

Lewis kam auf Walter zurück: »Du meinst, ein guter Maler
kann ein Durchschnittsmensch sein?«

»Er ist kein Durchschnittsmensch. Ich habe ihn gern – er ist
warm wie ein Bad auf dem Bauernhof in einer eiskalten
Nacht. Nur dieses Übermaß an Wohlwollen... Vielleicht
hat er es schlicht zu einfach gehabt. Er hätte mal mit der
Nase in die Scheiße fallen sollen, das hätte ihn fester und
klüger gemacht. Aber er ist schon in Ordnung. Nur etwas
Besonderes ist er nicht.«

Lewis begann, Walter nüchterner zuzuhören, und fand,
Morris hatte recht. Wenn man nicht wußte, daß er malte,
konnte man ihn für einen leutseligen Großhändler halten,
einen belesenen Lastwagenfahrer, einen höflichen Postboten.
Lewis sah, daß man Walter Unrecht tat, wenn man ihn ver-
herrlichte: von einem ungewöhnlichen Mann darf man ungewöhnliche Werke erwarten; schafft ein gewöhnlicher
Mann solche Werke, so ist er über sich selbst hinausgegan-
gen. Obgleich dies noch immer nach Sentimentalität
schmeckte, erlaubte es Lewis zumindest, sein Idol zu jemand
zu machen, für den er neben Respekt auch Verbundenheit
empfand. Seine eigenen Anstrengungen als Schriftsteller –
gering im Vergleich zu Walters dreißigjährigem Fleiß – gaben ihm ein Gefühl von Kameradschaft mit dem älteren
Mann.

Morris' Tod kostete Lewis seinen Geliebten, Mentor und
engsten Freund. Binnen Tagen erkannte er, wie einsam er
nun dastand. Zeitungsberichte und Privatgerüchte, auch weniger gut informierte, machten ihn zu einer makabren Berühmtheit. Niemand schien genau zu wissen, wer da wen in
Zement gegossen hatte; wie auch immer, die Tat schien
wahnsinnig, wenn nicht gar kriminell. Die Geschichte von
der Kreuzigung wurde wieder aufgewärmt und weithin

breitgetreten. Lewis stellte fest, daß nur wenige Leute die
Wahrheit über ihn wußten – daß er Morris liebte, daß er
schrieb, daß er in der City Center Opera arbeitete. Mancher
von Phoebes Freunden wußte nicht, daß er ihr Bruder war.
Wenigstens Tom ließ ihn nicht fallen; und die regelmäßige
Arbeit im Theater half Lewis über die Wochen nach Morris'
Tod hinweg. Jedoch schätzte er Tom nur als seinen Boß.
Außerhalb der Unterrichtsräume hatte er nie für jemanden
gearbeitet; jetzt machte er eine qualifizierte Arbeit für jemanden, der ihn, ohne ihn je offen zu begünstigen, gut aus-
gebildet hatte. Lewis wollte ihre berufliche Beziehung nicht
gefährden, indem er Tom zu seinem Vertrauten machte.
Er wußte, daß er einen Vertrauten brauchte. Ein Jahr zuvor
hätte er sich an Phoebe gewandt; jetzt lag sie in kritischem
Zustand im Krankenhaus. Morris' Schwester Irene gegen-
überzutreten, hatte er Angst. Jedesmal, wenn er sich fragte,
mit wem soll ich reden?, fiel ihm unwillkürlich Morris ein.
Dann überkam ihn Trauer, die kalte körperliche Trauer, mit
der er auf die atemlosen Lippen seines Geliebten hinabge-
starrt hatte. Phoebe war vorübergehend verloren. Morris für
immer. Lewis wandte sich an ihren gemeinsamen Freund.
Bei Morris' Beerdigung hatte er Walter gesehen, aber nicht
gesprochen. Am Mittwoch, ein paar Tage darauf, rief er im
Atelier an. Priscilla nahm ab: Walter sei beschäftigt, ob sie
irgend etwas für ihn tun könne? Wie es ihm gehe?
»Genau wie dir. Nur daß du Gesellschaft hast.«
»Na prima. Es ist *furchtbar*. In meinem Leben ist ein Loch,
in das ich ständig falle ...«
»Bei mir läuft immer wieder derselbe Film ab – ich hab's
gesehen, kann's aber immer noch nicht glauben. Sag, wann
hat Walter Zeit?«
»Wann wär's dir recht?«
»Sofort! Ich muß wirklich mit ihm reden.«
»Verstehe. Werd's ihm ausrichten.«
Er gab ihr die Nummer eines Feinkostladens, der Nachrich-
ten für ihn entgegennahm.
Walter hatte nicht angerufen, als Lewis spät abends zurück-

kam. Im Theater hatte er einen seiner Kollegen einen anderen fragen hören: »Mensch, läuft der immer noch frei rum?«
Am nächsten Morgen bekam er einen Brief von Owens
Anwalt, worin ihm versichert wurde, sein Vater werde die
Anwaltskosten übernehmen. Wieder rief Lewis bei Walter an, und Priscilla sagte zu ihm: »Lewis! Ich bin so froh,
von dir zu hören. Kannst du morgen nachmittag vorbeikommen?«

»Morgen?«

»Darling, früher geht's auf keinen Fall.«

Das »Darling« ärgerte ihn, und zwar nicht so sehr wegen der
teilnehmenden Sorge, die es auszudrücken schien, sondern
wegen seiner eigenen Hilflosigkeit.

Aber Priscilla war wirklich besorgt: sie tat ihr möglichstes,
Lewis in Schach zu halten. Erst sechs Monate waren vergan-
gen, seit sie mit Geschick einen Platz in Walters Leben erobert hatte, und noch immer sah sie ihre Position durch
Jugend, Unerfahrenheit und Mangel an Referenzen gefährdet. Die meisten von Walters Freunden kannten ihn schon
seit Jahren. Und alle bewiesen Durchsetzungsvermögen und
Originalität oder beides – sogar die Herumtreiber besaßen
einen schrägen Charme. Priscilla hatte nichts, womit sie sich
»interessant« machen konnte. Allein Walters Leidenschaft
für sie rechtfertigte ihre Anwesenheit an seiner Seite. Sie
mußte diese Zuneigung festigen. Sie mußte sich im Zentrum
von Walters Leben einnisten, der Rest der bedrohlichen Welt
mußte von ihrer beider Privatsphäre ferngehalten werden.

Lewis stellte keine Bedrohung dar. Seine Schmach kam ihr
jedoch zupaß, zumal Phoebe und Morris ihn jetzt nicht
mehr beschützen konnten. Priscilla hatte ihm für Walter bereits die Rolle als psychischer Krüppel zugewiesen. Jetzt
wollte sie ihn ein für allemal aus ihrer beider Leben verban-
nen, um damit gewisse Vorteile abzusichern, die Morris' Tod
ihr bringen würde.

Walter empfand wegen Morris tiefe Reue. Er hatte jemand
vernachlässigt, dem er alles zu verdanken hatte. Er sagte
Priscilla, er wolle sein Versäumnis wiedergutmachen und

dem Geliebten des Toten Beistand leisten. Bis dahin war dies lediglich ein Wunsch geblieben, da Walter sich scheute, Lewis zu sehen, den er gernhaben wollte, ohne es zu können, und dessen seltsames Verhalten nach Morris' Tod ihn abgeschreckt hatte. Priscilla wußte freilich, daß Walters Großmut den Sieg davontragen würde. Bloße Abneigung war dem nicht gewachsen.

Priscilla glaubte Walters Reue zu ihrem Vorteil nutzen zu können und verzögerte daher Lewis' Begegnung mit ihm. Am Freitagmorgen hatte Lewis zurückgerufen. Für den Nachmittag war sie zur Verlesung von Morris' Testament bestellt. Sie war bereits informiert, daß kein Posten des Testaments im Wert an die Lebensversicherung heranreichte, als deren Begünstigte sie eingesetzt worden war. Sie hatte vor, am Abend mit dem öffentlichen Beweis dafür zurückzukommen, daß sie, und nicht Lewis, von Morris zum Erben bestimmt worden war.

Da Walter nicht wußte, daß die Versicherungspolice auf einer geschäftlichen Vereinbarung beruhte, reagierte er wie von Priscilla vorausgesehen. Sie war zu Morris' Vertrauter geweiht worden. Lewis blieb in dem Testament unerwähnt und wurde wieder einmal als erbärmliche, suspekte Silhouette an den Rand des Geschehens gedrängt. Allein mit Priscilla, war Walter an diesem Abend zum erstenmal in der Lage, seinem Kummer, den er bis dahin unterdrückt hatte, freien Lauf zu lassen. Er weinte in ihren Armen. Morris wurde zu einem wertvollen Band zwischen ihnen.

Walter weckte Lewis am Samstagmorgen, um ihr Treffen an diesem Nachmittag umstandslos abzusagen. Er schlug vor, Lewis solle am Sonntagabend auf einen Drink bei ihnen vorbeikommen: »Wir haben ein paar Freunde eingeladen.« Im Gewirr abgerissener Träume sagte Lewis schläfrig zu. Wieder klingelte das Telefon: Phoebe. Sie verlasse das Krankenhaus und fahre mit dem Zug nach Hause. Er fragte, ob er sie zum Bahnhof bringen solle.

»Danke, nein. Ich habe so darauf bestanden, das ganz allein zu machen. Aber ich will dich sehen. Wie geht's dir? Sag

lieber nichts! *Mir* geht es auch schrecklich. Komm bald nach
Hause, dann können wir Händchen halten.«

Lewis hatte Walter eigentlich allein treffen wollen. Er ging
am Sonntag ins Atelier, weil er ihn lieber mit anderen als
überhaupt nicht sehen wollte. Er bereute den Besuch. Die
Gäste, die wußten, wer er war (die anderen erhielten bald
Bescheid), gaben sich ihm gegenüber geflissentlich unbekümmert, diskutierten ostentativ über Politik, Schlankheits-
kuren und Urlaub und begegneten ihm mit jener unverhohlenen Neugier, die Filmstars und unheilbar krebskranken
Jugendlichen vorbehalten ist, nur mit einem Unterschied: sie
faßten ihn nicht an, nicht einmal am Ellbogen, als ob er sie
mit einer schrecklich ansteckenden Krankheit bedrohte. Eine fröhliche Priscilla nahm ihn beiseite und befragte ihn
ernstlich über Phoebe, dann über seine Arbeit und schließlich über seine Trauer, welche sie mit ihm, wie sie allzu
nachdrücklich beteuerte, mehr als teilte. Schmerzlich erkannte Lewis, daß sie genau das Gespräch führten, das er mit
Walter hatte führen wollen.

Walter verhielt sich wie die anderen. In den Zügen des Mannes, den er sich als Vertrauensperson ausgesucht hatte, las
Lewis nur zu deutlich, als was dieser ihn betrachtete: als
Perversen und Paria. Als er Lewis' Blick bemerkte, grinste
Walter albern fast bis an beide Ohren. Später entdeckte Lewis noch etwas anderes. Walter wich seinem Blick ebenso
aus wie dem Gedanken an Morris, an Morris als Leiche.
Lewis war zu einem Träger von Krankheit *und* Tod geworden. (Dieser zurückgehaltene Blick erinnerte ihn an jemand
anderen, auf den er damals nicht kam.)

Lewis fragte sich, was Priscilla Walter von ihm erzählt haben
mochte. Wieso war sie so wild darauf, ihn und Walter auseinanderzuhalten? Er wollte sie gerade danach fragen (was
hatte er zu verlieren?), als eine große Müdigkeit ihn überkam. Diese rührte von Enttäuschung her und von den Sorgen, die ihm seit Tagen nachgelaufen waren wie ein Hund
aus der Kinderzeit; er hatte seinen ganzen Mut aufgebracht,
sich darum zu kümmern. Noch einmal sah er Walter an. Das

offene Gesicht zog sich zu gekünstelter Ausdruckslosigkeit
zusammen. Lewis ging.

Am nächsten Morgen traf er Walter und Priscilla zufällig an
der Ecke Carmine und Bleecker Street wieder – Priscilla war
noch immer fröhlich, Walter stand schweigend hinter ihr
und betrachtete Lewis mit einem entsetzten Blick, der ihn als
fleischgewordenes Verhängnis einstufte. Als er auf eine Äußerung Priscillas antwortete, erkannte Lewis diesen vertrauten Gesichtsausdruck wieder: genauso sah Owen ihn immer
an. Lewis' Einschätzung des Paars, dem er gegenüberstand,
begann sich zu ändern. Er verlor den Faden und wußte nicht
mehr, was er Priscilla sagen wollte. Seine Kopfhaut prickelte
vor Schweiß.

»Stimmt was nicht?« fragte Priscilla.

Lewis log: »Mir fiel gerade ein, daß ich einmal mit Morris an
dieser Ecke gesprochen habe.« Noch immer starrte er Walter
an. »Du weißt, jetzt wo er tot ist – man vergißt es für fünf
Sekunden, und dann wird man durch irgendwas wieder daran erinnert – nicht, Priss? *Du* weißt doch, was für ein unglaublicher Mann er war.«

Siebenunddreißig Jahre zuvor hatte Walter sich absichtlich
auf die beste Zelluloidpuppe seiner kleinen Schwester gesetzt. Seitdem hatte niemand ihn mehr so angesehen wie sie
damals, und jetzt sah Lewis ihn so an. Seine Abneigung
verlief sich; er wurde wieder der Alte, taktvoll und verletzlich. Lewis, dem Tränen der Wut in den Augen standen,
bekam davon nichts mit.

Er ging weg. Erst Anfang September sah er sie wieder.

Während der heißen Hochsommerdürre werden auf den
Bergen an der französischen Riviera jedes Jahr Hunderte
von Hektar Pinien- und Korkeichenwald von Bränden vernichtet. Am Ende eines trockenen Juli kam ein dreißigjähri-
ger Lehrer an einer Stelle vorbei, wo das Unterholz gerade
zu brennen begonnen hatte; er stieg aus seinem Wagen, um
die sich ausbreitenden Flammen zu beobachten. Andere Au-
tofahrer sahen ihn, vermuteten, daß er den Brand gelegt ha-

be, und benachrichtigten die Polizei. Er wurde verhaftet.
Über Nacht wurde er zum Ventil für den frustrierten Zorn
einer ganzen Nation. Er wurde zwar von der gegen ihn erhobenen Anklage freigesprochen, aber was konnte ihm das
bedeuten. Sechs Jahre später erklärte er, er könne tun, was er
wolle, aber für den Rest seines Lebens werde er als der
»Brandstifter der Provence« gelten.

Das Benehmen von Walters Gästen, die im Theater gehörte
Bemerkung, die übertriebene Diskretion des Verkäufers in
seinem Feinkostladen, Owens kühl pflichtschuldiger Brief,
Phoebes Mitleid, die Anrufe von Zeitungsschmierfinken, das
Schweigen seiner Bekannten – all das sagte Lewis, daß er auf
ähnliche Weise verurteilt war. Auf Jahre hinaus würde bei
der Erwähnung seines Namens, bei seinem Erscheinen in
einem Zimmer niemand etwas anderes denken können als
»Beton-Baby« oder etwas ähnlich Passendes. Wie viele Bücher würde er schreiben müssen, um diesen skandalösen Ruf
auszulöschen? Würde er sie unter einem anderen Namen
schreiben müssen? (Morris hatte gesagt, der Name Lewis
Lewison sei so gut, daß er wie erfunden klinge.) Es schmerzte ihn unerträglich, dieses entwürdigende Verdikt in Walters
Gesicht zu lesen. Warum hatte er Priscilla die Schuld gegeben? Sie hatte ihre alten Gründe, ihm zu mißtrauen. Walter
hätte es besser wissen können.

Lewis' Situation quälte ihn, weil er kein Ende absehen konnte. Zu Hause mochte Phoebe ihn trösten; woanders sah er
keine Aussicht auf Beistand oder auch nur Duldung, nicht,
wenn jemand wie Walter ihn ablehnte. Er wußte, der
Schmerz würde nicht nachlassen, seine Unfairneß würde
nichts an seiner Beharrlichkeit ändern, und dies verlangte
dringend nach Trost: er brauchte jemand, dem er die Schuld
geben konnte. Zeit seines Lebens hatte er immer sich selbst
die Schuld an Fehlern gegeben, die er, da er es liebte, gedemütigt zu werden, tatsächlich oft genug absichtlich begangen hatte. Jetzt beschloß er, die Schuld jemand anderem zu-
zuweisen. Er haßte seinen Schmerz, vor allem, wenn er an
seine glückliche Zeit mit Morris dachte. Er richtete seinen

Haß gegen Walter. Freundlich und offen, Morris' Freund und Phoebes, hätte Walter es besser wissen können. Seine Blindheit schloß Verzeihung aus, und Lewis verzieh ihm nicht. Drei Monate später, nachdem das Porträt von Elizabeth aus dem Krankenhaus nach Hause gebracht worden war, bemerkte Lewis sofort sein Verschwinden und kam dahinter, daß sein Vater es zerstört hatte. Er sprach mit niemand über seine Entdeckung. Walter mußte es als erster erfahren; Lewis mußte es ihm sagen. Um seine kleine Rache zu inszenieren, wartete er, bis sie sich wieder einmal auf einer Beerdigung trafen.

LOUISA UND LEWIS

1938-1963

Lewis in Schwierigkeiten zu sehen, war für Louisa nichts Neues. Schon als kleines Kind hatte er sie an Katastrophen gewöhnt.

Als die Lewisons sich zu einem Kind entschlossen, war Owen, obwohl er behauptete, einen Jungen haben zu wollen, von Lewis enttäuscht. Wenig später fing er damit an, wie traurig es sei, ein Einzelkind zu sein so wie er selbst. Als drei Jahre darauf Phoebe geboren wurde, sah Owen seinen wahren Wunsch erfüllt. Von nun an widmete er sich nur noch ihr. Lewis wurde Louisa überlassen.

Sie hatte seinetwegen bereits gelitten. Während ihrer zweiten Schwangerschaft bekam Lewis immer wieder Fieber, das scheinbar grundlos kam und ging. Er spielte etwa spät nachmittags in seinem Zimmer; plötzlich hörte Louisa ihn wimmern und fand ihn atemlos und mit rotem Kopf. Bis zum Abend stieg seine Temperatur dann auf achtunddreißig, im Lauf der Nacht manchmal auf vierzig. Ärzte stellten verwirrte Diagnosen und verschrieben Aspirin und Orangensaft. Solange das Fieber anhielt, hatte er Kopf- und Gliederschmerzen und einen unruhigen Schlaf und erbrach fast alles, was er aß. Louisa blieb Tag und Nacht in seinem Zimmer, kühlte ihn mit feuchten Schwämmen, las ihm Geschichten vor, sang und sprach, bis ihr die Worte ausgingen.

Nach drei Tagen klang das Fieber dann ab und ließ Lewis schwach und gereizt zurück. Louisa wußte, sie konnte von einem Zweijährigen keine Dankbarkeit für ihre Fürsorge erwarten; gleichwohl schmerzte es sie, als ihr die Schuld an seinen Qualen gegeben wurde: »Es tut mir weh, wenn *du* da bist.« Manchmal weinte er, wenn sie an seinem Bett erschien.

Louisa erwartete, sie würde für ihren erstgeborenen Sohn

überschwengliche Liebe empfinden. Was sie an Liebe empfand, wurde regelmäßig von ihrer Überzeugung gedämpft,
Lewis sei mit einem Naturell auf die Welt gekommen, das sie
niemals verstehen würde. Männliche Wesen waren Louisa
ein Rätsel – aus gewisser Entfernung mochte sie das sogar.
Owen hatte sich als Sonderfall erwiesen. Vor ihrer Hochzeit
hatte er sie eindeutig begehrt, und Louisa machte es nichts
aus, daß er sie auch wegen ihres guten Namens und ihrer
Verbindungen haben wollte: sie nahm seinen Antrag von
ganzem Herzen an, und nach der Hochzeit hielt ihr Engagement für seine Karriere ihr gegenseitiges Vertrauen aufrecht.
Andere Männer verwirrten sie. Sie fand sie voller abstrakter
Großzügigkeit und praktischer Unfreundlichkeit, unvorein-
genommen gegenüber der Welt (und ihren Hunden), unwil-
lig und argwöhnisch gegenüber Individuen, die sie in ihren
Ansichten störten. Vielleicht blendete Louisa die Erinnerung
an ihren Vater; als dieser wuchtige, schroffe Mann starb, war
sie fünf Jahre alt. Er hinterließ ihre Familie arm und sie selbst
verfolgt von einer starken, nicht greifbaren Gegenwart.
Bereits als Winzling erschien ihr Lewis wie einer ihrer rätselhaften Männer. Ihr Gefühl von Nichtbegreifen und die damit einhergehende Furcht, als Mutter zu versagen, brachten
sie zu dem Schwur, stets ihr Bestes für ihn zu geben. Versagen erneuerte nur ihre Hingabe. Als Folge davon wurde ihr
Leben mit ihm skandiert von »ich muß« und »wenn doch
nur«. Was auch geschah, sie mußte, sie mußte ihm beistehen;
und wenn doch nur, wenn sie doch nur nicht dies oder das
getan hätte, dann wäre, was geschehen war, womöglich un-
terblieben; und wenn es doch nur nicht geschehen wäre,
wäre Lewis vielleicht anders. Sie dachte nie: »Wäre *er* doch
nur nicht«, denn zweifellos argwöhnte sie, ein solcher Gedanke habe als logischen *terminus a quo:* wäre er doch nur
nicht geboren.
Ängstlichkeit machte Louisa verletzlich. Lewis fand heraus,
daß er sie durch Forderungen und Beschuldigungen unter-
kriegen konnte. Und daß sie ihm ferner, wenn er sie zu
irgendeinem gemeinsamen unanständigen Tun verlocken

könnte, schlichtweg alles verzeihen würde. Er spürte, daß
Louisa ihn vor Owen immer in Schutz nehmen würde.

Mit drei Jahren kam er dahinter, daß er seine Genitalien zu
unanständigem Tun benutzen konnte. Durch Androhung
oder Aufführung von Wutanfällen zwang er Louisa, wenn er
im Bett oder im Bad war, bei ihm zu bleiben und seinen
Penis auf eine ganz bestimmte beruhigende Weise zu drük-
ken. Ein Jahr später, inzwischen zu »vernünftig« für solche
Spiele, verfolgte er sie mit Fragen über sein Glied: »Bricht es
ab, wenn es steif ist? Momma, versprichst du es mir zu
sagen, wenn ich es abbrechen soll?« Fast bis zum zehnten
Lebensjahr kam er nachts weinend aus dem Bett, wenn sie
ihm nicht zuvor den Badehandschuh festgemacht hatte, in
dem er seinen Penis unterbrachte, wenn er schlief.

Louisa stand diesen Spielchen machtlos gegenüber. Sie fügte
sich seinen Wünschen, verhehlte sie Owen und war am Ende
selbst abhängig davon. Sie waren ihr der zuverlässigste Beweis dafür, daß Lewis ihr vertraute und daß sie ihm helfen
konnte.

Als Lewis elf war, mieteten die Lewisons ein Sommerhaus
im Norden des Bundesstaates, und zwar in der Gegend, wo
sie sich schließlich niederließen. Freunde mit Kindern in Lewis' Alter luden ihn zu Picknicks und Badepartys ein, und
schon nach wenigen Tagen radelte Lewis regelmäßig durch
den Sommerglast zu seinen neuen Bekannten. Eines Tages
blieb er zu Hause. Bis zum Abend saß er auf der Veranda-
treppe. Von sich aus ging er danach nicht mehr aus dem
Haus. An den Nachmittagen las er Comics oder durchstö-
berte die unbekannte Bibliothek nach »Erwachsenen«-Bü-
chern. An den Wochenenden blieb er in seinem Zimmer,
Owen bekam ihn nicht zu sehen. Seine Düsterkeit beunruhigte Louisa nicht so sehr wie das völlige Verschwinden seiner Aufsässigkeit. Er bot ihr seine Hilfe im Haushalt an. Er
war geradezu liebenswürdig zu ihr.

Eines Morgens, nachdem sie Lewis zur Reitschule geschickt
hatte, durchsuchte Louisa sein Zimmer. In der untersten
Schublade seiner Kommode lag unter einem Stapel von

zweiundzwanzig *Action Comics* ein blauliniertes Papier, auf das mit Bleistift ein holpriges Gedicht geschrieben war. Der Überschrift – AUF LEWIS, DER WIR SO GERNE HASSEN – folgten drei Vierzeiler, deren letzter lautete:

> Wir finden, am besten wärst du tot, kapiert?
> Du bist nämlich ein echter Idiot, kapiert?
> Du hältst dich für ganz schön schlau, kapiert?
> Aber du bist bekloppt wie eine *Fledermaus*, kapiert?

Louisa legte das Blatt in sein Versteck zurück. Als Lewis nach Hause kam, fragte sie ihn, ob er mit seinen neuen Freunden irgendwelche Probleme habe; er schwieg sich grimmig aus. Louisa sprach mit anderen Eltern, die die erforderlichen Nachforschungen anstellten. Und bald erfuhr sie, was geschehen war.

Einige Tage vor seinem Rückzug hatte Lewis alle Jungen, die er kannte, zu einem Treffen in einem ihrer Häuser bestellt. Am frühen Nachmittag hatte er sich dann mit einem Weidenkorb in die mörderische Hitze auf dem Dachboden eines dreigeschossigen Hauses begeben; ein Dutzend Zehn- bis Zwölfjähriger erwartete ihn.

Lewis hatte versucht, das Treffen mit einer Rede über »Freundschaft und Mut« zu eröffnen. Da niemand zuhörte, ging er rasch zum Hauptereignis über. Er öffnete den Korb, drehte ihn um und schüttelte ihn kräftig, bis nach zwanzig Sekunden eine kleine Fledermaus daraus hervorflog, der bald eine zweite folgte. Die beiden Fledermäuse flatterten eine Weile zwischen den kreischend herumstolpernden Jungen herum und verzogen sich dann in den Schatten eines Ecksparrens. Bis dahin hatte die Gruppe den Dachboden geräumt. Nur ein Zehnjähriger blieb zurück. Er war schluchzend hinter eine Stuhlsäule geflüchtet, wo er, seine Knie umklammernd, kauerte und ungläubig zusah, wie Lewis sich Elektrikerhandschuhe überstreifte, in aller Ruhe die Fledermäuse aus ihrem Versteck nahm und in den Korb zurücksteckte. (Zwei Tage zuvor hatte Lewis bei sich auf dem

Dachboden drei turbulente Stunden lang die Technik des
Fledermausfangs einstudiert.)
Als er mit stolzem Grinsen nach unten kam, fand Lewis
seine Gruppe in Auflösung begriffen. Zwei oder drei Jungen, die er ansprach, gaben nervöse kurze Antworten und
radelten dann hastig fort. Er hatte offenbar Eindruck gemacht; was für einen Eindruck, kümmerte ihn nicht, bis das
anonyme Gedicht im Lewisonschen Briefkasten landete.
Damit war, was Lewis betraf, der Sommer vorbei. Kein Junge würde es jetzt noch wagen, als sein Freund zu gelten.
Lewis fand, er sei grausam schlecht behandelt worden. Er
hatte die anderen doch nur beeindrucken wollen. Im Falle
des Gelingens hatte er (was er sich selbst kaum eingestand)
seinen bewundernden Freunden den Vorschlag machen wollen, ihre Kameradschaft durch gemeinsames Masturbieren
zu bekräftigen. Dieser halb-geheime, nicht ungesellige
Wunsch hatte ihn dazu getrieben. Und der hatte Achtung
nicht verdient.
Als Louisa von den Fledermäusen erfuhr, sagte sie sich, daß
der Verfasser des Gedichts gar nicht so falsch lag: wenn auch
nicht geisteskrank, schien Lewis doch reichlich sonderbar.
Was er getan hatte, erschreckte sie nicht minder als die perfekte Heimlichkeit, mit der er zu Werke gegangen war. Von
seiner Bitte um den Korb abgesehen, hatte er ihr keinerlei
Hinweis auf sein Vorhaben gegeben. Trösten konnte sie ihn
nicht – sie war nicht sicher, wozu er daraufhin fähig wäre.
Vor allem wollte sie unbedingt sein Vertrauen wiederge-
winnen.
Dazu gab Lewis ihr noch vor dem Ende des Sommers die
Gelegenheit. Er ging eines Morgens allein in die Stadt (was
ihm verboten war) und kam mit einem Foulardschal von
Hermès zurück, den er ihr schenkte. Mißtrauisch fragte
Louisa, wo er das Geld dafür hergenommen habe. Lewis
brachte etliche durchsichtige Lügen vor. Er war geradezu
erleichtert, als er zugeben mußte, den Schal gestohlen zu
haben.
Louisa verlor die Beherrschung. Für jemand mit ihrer Erzie-

hung war Ladendiebstahl der erste bedenkliche Schritt in Richtung bewaffneter Raubüberfälle und bestellter Morde. Sie verpaßte Lewis eine harte Ohrfeige – das letzte Mal in ihrem Leben. Er kreischte: »Ich hab's für *dich* getan!« und rannte heulend weg. Louisa erkannte, daß er ihr auf seine gewundene Art vertraut hatte. Sie durfte ihn nicht verlieren.

Sie folgte ihm nach draußen, wo er sich zwischen zwei üppigen Schneeballsträuchern verborgen hatte. Die Ohrfeige hatte gewirkt. Er fiel ihr in die Arme und schluchzte: »Es tut mir so leid, so leid.« Wäre sie von seinem Diebstahl nicht so schockiert gewesen, hätte auch Louisa geweint. Sie drückte ihn so lange an sich, wie er es zuließ. Dann gingen sie, ihre Hände auf seinen Schultern, zweimal ums Haus. Sie erklärte, daß sie den Schal zurückbringen müsse. Sie würde sich andere Schals ansehen, ihn daruntermogeln, so tun, als gefalle er ihr, und ihn dann bezahlen; so könne sie ihn als sein Geschenk behalten. Sie nahm Lewis das Versprechen ab, nie wieder zu stehlen und, falls er es doch tue, es ihr sofort zu sagen. Von seinem Vater sagte sie kein Wort.

Auf diese Weise verwickelte Lewis seine Mutter in den ersten von vielen Diebstählen und machte sie zu seiner Verbündeten gegen Owen, gegen eine zugleich ehrenhafte und feindselige Welt, gegen seine eigenen alltäglichen Sehnsüchte. Ihre Einbeziehung machte es ihm möglich, mit wahrer Begeisterung zu stehlen. Er wußte, daß, falls es zum Schlimmsten käme, *sie* die Konsequenzen zu tragen hätte. Manchmal *kam* es zum Schlimmsten; und wann immer er erwischt wurde, ging Louisa pflichtschuldig hin, um den Ladenbesitzer, den Abteilungsleiter oder den Polizisten zu beschwichtigen. Weder Mutter noch Sohn gestanden jemals ein, daß sie sich nach solchen Dingen am glücklichsten miteinander fühlten.

Das Stehlen brachte Lewis noch einen anderen Vorteil: Besitz. Er lernte, daß er, wenn er die Entwendung eines teuren Gegenstandes androhte und Louisa davon überzeugte, wie sehr er sich danach sehnte, sie dazu bringen konnte, ihm

ausreichend Geld zum Kauf zur Verfügung zu stellen.
(Manchmal stahl er ihn trotzdem.) Kulturelle Dinge wie Bücher und Klassikschallplatten eigneten sich am besten für
diese Erpressung, und Lewis trug eine für jemand seines
Alters bemerkenswerte Bibliothek und Plattensammlung
zusammen. Auf eigene Faust erwarb er unter anderem zwei-
hundertzehn Päckchen Kaugummi, hundertneunundsechzig
Tootsie Rolls, achtundneunzig Bananen, Orangen und Äpfel, sechsundsiebzig Kulis und Bleistifte, achtzehn Kra-
watten, sieben Flaschen französisches Parfüm (drei davon
allerdings offene Probierflaschen) und fünf Sechserpacks.
Zu seinen größten Fehlschlägen gehörten ein Zylinderhut
bei Tripler und ein Mehrzweckelektrowerkzeugkasten bei
Sears, und zu seinen stolzesten Triumphen ein kleiner Gala-
degen, stibitzt unter den boshaften Blicken eines Pfandlei-
hers auf der Third Avenue, und eine Erstausgabe von *Madame Bovary*, die er zwanzig quälende Minuten lang von einem Regal zum anderen aus den Tiefen der Buchhandlung
Brentano's zum Ausgang hin verlagerte, bis er den Bürger-
steig der Fifth Avenue erreichte und vier Blocks weit mit
seiner Beute ins Unerkannte spurtete.
Er erzählte Louisa von den meisten seiner Diebstähle und
ließ nur die aus, die ihm zu geringfügig schienen, sie aufzu-
regen. Letzten Endes suchte er eher ihre Empörung als ihre
Komplizenschaft, und nach zwei Jahren stellte er fest, daß
seine Leistungen ihn nicht befriedigten, da Louisa unverän-
dert freundlich blieb. Insgeheim hoffte und fürchtete Lewis,
Louisa möge sich schließlich gegen ihn wenden und ihn so
bestrafen, wie er es verdiente – ihn der Polizei überlassen,
ihn auf eine Militärakademie schicken, Owen unterrichten.
Louisa ließ sich jedoch von der Regel leiten, ihren verrückten Sohn in Sichtweite zu behalten. Was er tat, kümmerte sie
im Grunde nicht, solange sie ihn nur behielt – um ihn zu
überwachen, ihm zuzuhören, ihn zu besänftigen, ihn vor
seiner Verrücktheit zu schützen. Sie schimpfte, jammerte,
drohte und kaufte ihn jedesmal frei. Nach wochenlangem
Streit ließ sie ihn *Madame Bovary* behalten. (Er hatte eine

exquisite Wahl getroffen, und sie konnte Brentano's nicht ausstehen.) Von all dem, was Lewis anging, bekam der wachsame Owen nichts mit.

In Lewis' Augen wurde Louisa mit jeder Freundlichkeit jener Kusine aus Connecticut ähnlicher, die ihn wegen seiner Grobheit so gern gehabt hatte; jede ihrer Freundlichkeiten machte sie weniger zuverlässig. In diesem Punkt war sein Urteil ungerecht (Louisa war die Konsequenz in Person), und er nahm ihr das aufrichtig übel: sie hatte ihrer elterlichen Aufgabe, Schmerzen zu bereiten, entsagt.

Nach vier Jahren war es mit der Komplizenschaft aus.

Die Lewisons verbrachten ihre Ferien auch weiterhin, trotz dem für Lewis so unglücklichen Sommer, im Norden. Im Lauf der Zeit verblaßte sein Unglück. Die Fledermäuse wurden zur halb schauerlichen, halb glanzvollen Legende. Eines Tages im Juli, da war er fünfzehn, fiel der einsame Lewison-Junge den Mitgliedern einer ihm unbekannten Bande auf, und sie beschlossen ihn aufzunehmen. Aus Furcht vor irgendwelchen Tricks reagierte Lewis launisch und teilnahmslos. Die anderen lachten ihn aus und sagten, ein guter Sauertopf käme ihnen gerade recht. Selbst als Lewis sich mit diesen lustigen Gesellen angefreundet hatte, war er stets darauf gefaßt, daß sie ihm irgendeinen grausamen Streich spielen könnten.

Ein Mädchen aus dieser Clique, ein Jahr jünger als Lewis, lief ihm offen nach. Trotz seines unverhohlenen Mißtrauens ließ sie nicht locker. Sie radelte an seiner Seite, ließ sich beim Schwimmen von ihm untertauchen und nahm seine gehässigen Bemerkungen gutmütig hin (»Daß ich dich mag, Groucho, macht mich noch lange nicht zu einem schlechten Menschen«). Als sie eines Abends im Kino saßen, lehnte sie ihren Kopf an seine Schulter. Eine Stunde später küßte Lewis sie. Er drückte seinen Mund auf ihren, empfand nicht viel dabei, aber die Vorstellung des Küssens erregte ihn. Er wußte, er sollte dabei nicht stehenbleiben.

Hinter dem Haus seiner Eltern lag eine Farm, deren Scheune er schon oft erkundet hatte. Zwei Tage später brachte Lewis

das Mädchen dorthin. Das hohe Gebäude war bis zu den
Dachbalken mit frischem Heu vollgehäuft, und wie Lewis
wußte, hielt sich um vier Uhr an einem stickigen August-
nachmittag niemand darin auf. Sie ließen sich in einen nach
der Sommersonne nachtschwarzen Winkel zwischen einem
Heuberg und einer nach Teer duftenden Wand nieder und
nahmen einander in die Arme. Lewis' Küsse wurden immer
stürmischer. Nach einer Weile ließ sie ihn ihre kleinen Brüste
drücken und bat dann, sie sollten nach draußen gehen. Lewis
hielt sie fest. Sie jammerte. Er wußte nicht, was er tun sollte.
Sie ließ sich nirgendwo sonst von ihm anfassen, sie wollte
ihn nicht anfassen. Er rang sie zu Boden und legte sich auf
sie, rieb sich an ihr, versuchte ihre Shorts herunterzuziehen
und stocherte darin herum. Das Mädchen versuchte ihn zu
beißen. Beide keuchten und schwitzten in diesem engen
Winkel. Staub früherer Ernten wirbelte vom Scheunenboden
auf und geriet ihnen in Nase und Augen. Lewis fummelte
weiter an ihr herum, er kannte kein Halten mehr. Das Mädchen begann zu wimmern. Sie bekam es mit der Angst: kein
Licht, scheinbar immer weniger Luft, und Lewis tat ihr mit
seinen Ellbogen und Hüften weh. Sie holte tief Luft, um zu
schreien, verschluckte sich an trockenem Heustaub und hustete erbärmlich. Sie schiß sich in die Hose. Lewis konnte es
riechen. Als er wegrannte, hatte das Mädchen schwach und
krampfhaft zu schreien begonnen.
Louisa stand vor dem Scheunentor. Im Vorbeigehen waren
ihr die beiden Fahrräder aufgefallen. Lewis sagte kein Wort
zu ihr, als er auf sein Fahrrad sprang und durch die Kornfel-
der davonraste. Louisa fand das Mädchen in der Scheune
und brachte es zum Baden und Umziehen ins Haus. Sie
machte Tee und sprach mit ihr. Mit Frauen, gleich welchen
Alters, hatte Louisa keine Probleme. Sie tröstete das Mädchen. Nachdem sie erfahren hatte, was geschehen war, erzählte sie von ihren chronischen Schwierigkeiten mit Lewis.
Als Louisa sie schließlich nach Hause fuhr, war das Mädchen
wieder ruhig und mit ihren gegenseitigen Geheimnissen geradezu zufrieden.

Als Louisa zurückkam, wartete Lewis schon auf sie. Seine Augen waren feucht vor Ungeduld. Als er hörte, daß sie mit dem Mädchen gesprochen hatte, ließ er sie nicht mehr zu Wort kommen und sprudelte stoßweise seine ganze Verärgerung hervor: sein Leben gehe sie nichts an, sie solle sich für immer da heraushalten... Er rannte von der Veranda und knallte die Fliegentür zu, daß sie klappernd nachfederte.

Louisa war klar, daß sein heftiges Ungestüm nicht von Scham über seine Untat herrührte. Das Mädchen hatte ihr gesagt: »Eigentlich hat er gar nichts gemacht, er hat es nur versucht, und dabei ist er ganz wild geworden.« Sie hatte sich weniger vor einer Vergewaltigung gefürchtet als vor Lewis' Unfähigkeit, sie auszuführen. Er schämte sich, daß seine Mutter davon erfahren hatte. Er wollte sie nie mehr wiedersehen.

Er blieb bei seiner Animosität und hielt sich außer Louisas Reichweite. Er sprach nicht mehr mit ihr von seinen Diebstählen (tatsächlich hatte er das Stehlen eingestellt). In den nun folgenden Jahren beharrte er grimmig auf einer absurden Position: obwohl sie überhaupt nichts mit ihm zu schaffen hätten, könne er seine Eltern nicht daran hindern, über sein Leben zu bestimmen. Louisa nahm an, er würde, wenn er auf den Gedanken gekommen wäre, damit in ihre Schuld zu geraten, sogar das Essen verweigert haben. Lewis behauptete, er schulde seinen Eltern nichts, nur sie stünden in seiner Schuld wegen der Verhältnisse, zu denen sie ihn verurteilt hätten. Louisas Anteilnahme und Zuneigung waren für ihn lediglich das Minimum an Anstand, das man erwarten konnte, und weder sprach das für sie, noch half es ihm. Wie sollte sie ihm helfen können bei seinem Streben nach philosophischer Konsequenz, politischer Integrität oder all den anderen fernen Zielen, die er sich in jüngster Zeit gesetzt hatte?

Acht Jahre lang war Louisa, wenn es um Nachrichten von ihrem Sohn ging, auf Phoebe angewiesen. Sie respektierte das vertrauliche Verhältnis ihrer Kinder. Aus Furcht, es zu beeinträchtigen, drängte sie ihre Tochter nie, ihr mehr zu

erzählen als das, womit sie freiwillig herausrückte; und so
blieb ihr Wissen begrenzt, während ihre Sorgen immer größer wurden. Sie sorgte sich um Lewis' gesellschaftliches Leben (nie brachte er einen Freund mit nach Hause); um sein
Liebesleben (sie glaubte, er sei homosexuell – war er wenigstens homosexuell?); um seine Zukunft (trostlos); um seine
Beziehung zu seinem Vater. Sein Leben bot ihr wenig Anlaß,
sich keine Sorgen zu machen. Er schien in sich selbst verschlossen – ein Ort, an dem er sich nicht wohler fühlte als an
irgendeinem anderen.

So stellte Louisa Monat für Monat Spekulationen an, aber
darauf, daß ihr Sohn ein Leben als praktizierender Masochist
führte, wäre sie nie gekommen. Die Kreuzigungsrazzia zerstörte vollends, was sie an Vertrauen auf ihren Scharfblick
noch übrig hatte, und gab ihrer Sorge etwas Handfestes, an
dem sie nagen konnte. Nachdem sie Lewis zu Hilfe geeilt
und er vor ihr geflohen war, begann sie viel Zeit in der City
zu verbringen. Sie war entschlossen, in seiner Nähe zu bleiben, ihn eben gerade außer Sichtweite zu umschweben, in
der Hoffnung, eine weitere Katastrophe abwenden zu können. Sie fürchtete um sein Leben.

Seine Freundschaft mit Morris entsetzte sie, da Lewis, je
öfter er diesen sah, desto seltener Phoebe sah, und desto
weniger erfuhr Louisa über ihn. Sie wollte Phoebes Beteue-
rung glauben, daß Morris an Lewis wahre Wunder wirke.
Doch für Louisa hatte die Kreuzigung endgültig den Wahnsinn ihres Sohnes bewiesen, und sie vermochte nicht zu sehen, wie daran jemand etwas ändern konnte. Morris hätte sie
vielleicht beruhigen können, wäre sie an ihn herangetreten;
dieses Wagnis einzugehen, hinderte sie die Angst vor Lewis'
unvorhersehbaren Reaktionen. So machte sie sich weiter
Sorgen um Lewis, sah ihn nur selten, freute sich, wenn sie
wußte, was er trieb, war niedergeschlagen, wenn sie's nicht
wußte und ihre Phantasie sich mit nebulösen Schreckensbil-
dern blähte.

Als Louisa eines Abends Ende Mai vor einem Haus am Washington Square, wo sie zum Essen eingeladen war, aus dem

Taxi stieg, sah sie Phoebe vorbeigehen. Phoebe ging in Richtung Macdougal Street und sah Louisa nicht an, drehte sich auch nicht um, als ihr Name gerufen wurde. Jeder andere hätte sich nun Gedanken um Phoebe gemacht, nicht so Louisa; sie dachte: was ist mit Lewis passiert? Als sie eine Stunde später bei Phoebe anrief und diese sich nicht meldete, wußte sie, daß irgend etwas Schreckliches geschehen war. Tapfer rief Louisa bei Morris an. Zunächst nahm auch bei ihm niemand ab; dann war die Nummer volle zehn Minuten lang besetzt. Louisa ließ ihr Essen stehen und eilte über die Sixth Avenue zur Cornelia Street. An der Eingangstür des Hauses, in dem Morris wohnte, betätigte sie die Summer der Gegensprechanlage so lange, bis sie einen Mieter fand, der bereit war, sie einzulassen. Sie erstieg die zwei Treppen bis zur Wohnung und drückte auf die Klingel. Von weit drinnen drang eine Stimme – womöglich Schreie, dachte sie; die Worte konnte sie nicht verstehen. Sie klingelte und klopfte weiter. Der Mann, der ihr aufgemacht hatte, kam herunter, um nachzusehen; von unten erschien eine Frau im Turntrikot auf der Treppe. Die halten mich für übergeschnappt, dachte Louisa, aber ich tue das Richtige.

Die Stimme drinnen rief weiter. Niemand kam die Tür aufmachen. Draußen hörte sie eine Sirene nahen, eine zweite und eine dritte, und jede schwoll zu einem rasenden Sopran, ehe sie in langem trägem Jaulen ausklang. Unten krachte die Haustür unter Fußtritten auf. Polizisten und Feuerwehrleute ohne Hüte umdrängten sie. Überaus höflich hoben sie sie zur Seite, und attackierten dann Morris' Tür mit einer Axt, einem Vorschlaghammer und zwei Brechstangen. Als sie aus den Angeln sprang, zitterte Louisa vor Angst und Spannung.

Hastig stürmte sie hinein. Auf dem Boden des Wohnzimmers lagen in einem Haufen Zeitungen zwei Gegenstände: Morris' Körper und ein länglicher zertrümmerter Stein, den vier Feuerwehrleute sogleich umringten, um behutsam die schwarzen Fragmente zu beklopfen. Louisa beugte sich über Morris. Er sah verzweifelt aus, antwortete ihr nicht, schien

nicht zu atmen. Sie wußte, was zu tun war. Sie begann Luft
durch die geöffneten Lippen zu blasen.

Ein Polizist zog Louisa fort, führte sie an das große, weit
aufgerissene Fenster und hielt sie dort fest. Langsam verlor
sie die Beherrschung und fing laut zu fluchen an. Sie wandte
den Kopf, sah Lewis zwischen den schwarzen Steinbrocken
liegen und schrie auf. Zwei Männer in weißen Anzügen legten sie gewaltsam auf eine Bahre und schnallten sie darauf
fest; ein anderer gab ihr behende eine Spritze in den linken
Unterarm. Louisa erwachte in einem Krankenhauszimmer
an der East Side.

Sie war noch immer benommen, als ihr am folgenden Vormittag ein Besucher angekündigt wurde. Lewis zu sehen,
überraschte sie: »Dir ist nichts passiert? Es ist lieb von dir,
mich hier zu besuchen. Wo immer ›hier‹ auch sein mag.«

»Du brauchst jemand, der dich hier rausholt – das ist die
Irrenabteilung. Phoebe ist schon unterwegs, aber ich dachte,
ich könnte die Sache beschleunigen.«

»*Danke*. Wie geht's Morris?« fragte Louisa – eine verlorene
Frage. Sie wußte, daß sie den Mund eines Toten beatmet
hatte.

»Er hatte einen Herzanfall. Er ist vor meinen Augen gestorben.«

»Lewis, es tut mir so...« Tränen stürzten hervor.

»Was zum Teufel hattest du da zu suchen?«

»Ich wußte nicht... Phoebe wollte mir nichts sagen.« Sie
schnaubte in einen Strauß Kleenex. »Entschuldige. Es war
schlimm genug für dich ohne meine... Danke, daß du gekommen bist, ich hab's nicht verdient. Es tut mir *wirklich*
leid.«

»Du verdienst es nicht, und ich bin nicht deinetwegen
hier.«

»Sagtest du nicht, du willst mich hier rausholen?«

»Ich versuche, den Schaden zu begrenzen. Ich hoffe, du
kommst aus dem Krankenhaus, fährst nach Hause und hältst
den Mund. Sagen wir, du gehst eine Woche lang nicht ans
Telefon.«

Seine Aufführung war ihr erklärlich, nicht aber sein gegenwärtiges Motiv: »Lewis, ich versteh das einfach nicht.«

»Erinnerst du dich an die Polizisten vorige Nacht bei Morris? Polizisten fertigen Protokolle an. Irgend so ein oberschlauer junger Ankläger mit Hummeln im Arsch hat heute morgen eine Pressekonferenz veranstaltet und dabei, sagen wir einmal, selektiven Gebrauch von den Protokollen gemacht. Da war also Morris, und da war ich; jemand war einzementiert, aber er sagte nicht wer, sondern bloß ›eine der Parteien‹. Und, große Überraschung, eine gewisse Mrs. Lewison war ebenfalls da. Wissen Sie, was die getan hat? Sie begann die Leiche zu küssen. Sie war die Mutter einer der Parteien, und zwar *nicht* der Leiche. Kapiert?«

»Nein, das ›kapiere‹ ich nicht.«

»Du begreifst nicht, daß da ein ausgeflippter Schwuler, der sich hat kreuzigen lassen, auf gräßliche Weise den Liebhaber seiner Mutter ermordet haben könnte? Was hatte der Krokketschläger im Wohnzimmer zu suchen?«

»Aber niemand, der dich kennt, käme auf die Idee –«

»Aber niemand *kennt* mich. Nicht mehr. Geh einfach nach Hause.«

»Ich habe nie gedacht –«

»Natürlich nicht. Woher denn auch. Du kommst reingeplatzt und wunderst dich, warum alles so schrecklich ist.« Louisa starrte ihn an. »Ist dir je der Gedanke gekommen, daß du genau das bekommst, wonach du suchst?«

»Aber ich sorge mich doch um *dich*.«

»*Meinetwegen* warst du den ganzen Winter hier? Du wärst besser nach Tierra del Fuego gefahren.«

Lewis sprach leise. Er litt Höllenqualen. Noch immer glaubte er nicht, daß Morris tot war. Hätte man ihn gefragt, was er sich wünsche, hätte er vielleicht geantwortet, er wolle sterben, obwohl er von seinen Gefühlen zu sehr eingenommen war, um bewußt über Selbstmord nachzudenken.

Seine kalten Worte überströmten Louisa mit Wärme. Als er ging, dachte sie: Vielleicht hat er recht. Vielleicht hatte sie ihm wirklich nie geholfen. Vielleicht hatte sie sich, wie er

andeutete, immer nur egoistisch verhalten. Ob es besser wäre, ihn sich selbst zu überlassen? Und diese Möglichkeit, so
klar und so neu, erfüllte sie mit jäher Freude. »Endlich frei!«
Sie sagte dies laut.

Meinte es aber nicht sehr ernst. Dennoch versuchte sie sich
ganz kurz vorzustellen, welches Leben sie hätte haben können, wenn Lewis nie geboren worden wäre: nicht jeden Tag
und nahezu jede Nacht in der Überzeugung aufwachen zu
müssen, das Leben sei nichts als nackte Angst. Louisa erkannte, daß sie am vorigen Abend mehr als nur Morris'
Totsein verdrängt hatte: als sie die Wohnung betrat, hatte sie
gewußt, daß Lewis unter dem Zement lag, und hatte ge-
wünscht, daß auch er tot sein möge. Als sie sich diesen
Wunsch eingestand, drangen aufs neue Worte aus ihr hervor:
»Mein armer Junge!« Am Ende war sie die Verrückte gewesen. Sie begann zu lachen. Sie wollte nicht, daß er tot war,
nie, sie wollte nicht, daß er nie geboren wäre, sie wollte
überhaupt nichts von ihm. Mit jäher Zärtlichkeit und einem
stillen Segen, den sie nicht aussprechen konnte, ließ sie ihn
frei. Dann sang sie »Das kann nicht Liebe sein...« und lachte dabei. Sie würde sich aus seinem Leben heraushalten, so
lange wie er es wünschte; keine Sekunde länger.

Louisa verschränkte die Finger und streckte die Arme über
den Kopf. Unter ihrem Fenster erhob sich aus warmem
schmutzigem Dunst die City. Eine Müllschute trudelte mit
der Ebbe den East River hinunter. Was würde sie jetzt, nachdem sie ihre trübselige Last abgeworfen hatte, mit ihrem
Leben anfangen?

Ihr blieb keine Zeit, über diese Frage nachzudenken, denn
Phoebe traf ein. Da konnte sie nicht länger daran zweifeln,
bei welchem der wenigen Wesen in ihrem vernachlässigten
Leben sie sich nun endlich unbestreitbar und mit Nachdruck
nützlich machen konnte.

IRENE UND WALTER

Mai-August 1962

Da seine Ausstellungen in der Kramer-Galerie Walter Trale
berühmt machten, glaubten viele, daß Irene Kramer ihn entdeckt habe. Tatsächlich kam er erst spät zu ihr, knapp ein
Jahr vor Morris' Tod, als bereits fast dreißig Jahre Malerei
hinter ihm lagen.
Irene hatte schon viel früher von ihm gehört und seine Gemälde in Gruppenausstellungen und Privatsammlungen gesehen. Eine Möglichkeit, sein Werk als Ganzes zu beurteilen, hatte sie nie gefunden.
Als sie ihre Galerie im Norden der Stadt eröffnete, war Irene
erst vierunddreißig, doch mit Kunst handelte sie da bereits
seit zwölf Jahren, seit sie nämlich vier Semester Kunstgeschichte an der New School abgeschlossen hatte – das war
alles, was ihr an regulärer Ausbildung zuteil werden sollte.
Das nötige Geld hatte sie als Teilzeitsekretärin verdient. Ihr
Vater, der als Platzanweiser angefangen hatte und, als er sich
aus dem Berufsleben zurückzog, sechs Filmtheater besaß,
hätte ihr ein Jura-, Medizin- oder Wirtschaftsstudium finanziert; der Kunsthandel bedeutete für ihn hohe Risiken und
ungewisse Erlöse. Er unterschätzte seine Tochter: Irene wäre in nahezu jeder Karriere erfolgreich gewesen. Sie war intelligent und ehrgeizig, und gewöhnlich wußte sie genau,
was sie wollte. (Im übrigen besaß sie eine winzige, perfekt
eingeschnürte Sanduhrfigur und ein hübsches Gesicht, dem
große braune Augen zuweilen eine rührende Schönheit verleihen konnten.)
Während ihres Studiums an der New School lernte sie Mark
Kramer kennen, zehn Jahre älter als sie und wohlhabender
Wirtschaftsprüfer mit einer Schwäche für die hohe Kultur.
Er überredete sie, aus der Bronx fortzuziehen. In ihrer kurzen Ehe machte sie die Erfahrung, daß ein heimliches Ziel
der sexuellen Aufrichtigkeit des Mannes Gefangennahme

und Einkerkerung sein kann. Schon bald wollte Mark, daß
sie zu Hause bleiben und einfach sie selbst sein sollte, ohne
sich darum zu kümmern, ob dieses wunderbare Selbst nicht
nach mehr verlangte. Nach ihrem zweiten Studienjahr trat
Irene einen Job als Verkäuferin bei Martha Jackson's an.
Konnte Mark also nicht nach Europa, auf die Bahamas, nach
Sun Valley begleiten. Sie vermochte in diesem, er in jenem,
wenig Sinn zu sehen. Als sie 1952 geschieden wurden, sagte
sie zu ihm: »Zahl mir keinen Unterhalt, sondern gib mir
einen Pauschalbetrag. Davon profitieren wir beide.« Seine
Kalkulation gab ihr recht. Er lieh sich das Geld, das sie
haben wollte, und war so dankbar, daß er ihr fünf Jahre lang
die Miete bezahlte.

Irene begann Bilder zu kaufen, die sie von ihrer Wohnung
aus verkaufte. Sie handelte hauptsächlich mit Europäern –
Amerikaner waren damals noch zwangsläufig entweder zu
berühmt (und damit zu teuer) oder völlig unbekannt. Da sie
ihre Investitionen kurzfristig wieder hereinholen mußte,
verschob sie die Entdeckung der Unentdeckten auf später.
Sie machte einige einträgliche Geschäfte; so erwarb sie in
ihrem ersten Jahr zweiundzwanzig Gouachen von Klee für
sechstausend Dollar (ein Jahr später verkaufte sie zwei davon für den gleichen Betrag). Sie brauchte fünf Jahre, um
sich als vertrauenswürdige Händlerin zu etablieren, als welche sie Zugang zu Werken erhielt, die sie verkaufen wollte,
und zu Kunden, auf die sie sich verlassen konnte. Nun eröffnete sie eine kleine Galerie an der Sixth Avenue südlich der
Fifty-sixth Street, die sie mit ihrer Privatsammlung als Sicherheit finanzierte. Kommerziell trug die Galerie kaum sich
selbst, doch geriet Irene damit in die Öffentlichkeit und er-
rang sich durch die weitblickende Auswahl ihrer Maler einen
beneidenswerten Ruf. (Irene behauptete, ein guter Händler
müsse es verstehen, »Potential zu kaufen« – müsse in Bildern, die er vor Augen habe, künftige Werke erkennen können, bevor der Künstler selbst sie überhaupt konzipiert habe.) Als sie im Herbst 1961 zwanzig ihrer besten Kunden
zusammenrief und ihnen ihren Plan für eine neue und größe-

re Galerie vorstellte, sagten sie ihr ohne zu zögern Unterstützung zu.

Im Mai darauf erschien in *New Worlds* Morris' Essay über Walter. Er hatte Irene bereits gedrängt, diesen Maler, dessen Talent außer Frage stehe und der noch nicht in Mode gekommen sei, unter Vertrag zu nehmen. Irene hatte ihren jüngeren Bruder ernstgenommen, wenn auch mit einiger Skepsis – hatte sie doch seine früheren Begeisterungen kommen und gehen sehen. Als Morris' Artikel erschien und Beifall fand (er wurde in diesem Jahr für die Ausgabe von *Trends in der amerikanischen Malerei* ausgewählt), beschloß Irene, sich Walters Werk sorgfältig anzusehen.

Was sie bis dahin von ihm kannte, bewunderte sie, und daß sie ihm beruflich ausgewichen war, hatte nicht künstlerische, sondern kommerzielle Gründe. Walter hatte eine seltsame Originalität; er war ein Meister der Verkleidung, auch wenn er die Verkleidung eines Meisters trug. Man konnte ihn nicht als Abstrakten einstufen, obwohl er dem noch am nächsten kam. Seine Formgebung hatte etwas beunruhigend Lässiges, nichts von der Starrheit eines Hopper oder Sheeler und der Stilisierung eines Lichtenstein. Nachdem Irene ihre neue Galerie aufgemacht hatte, war Walters Exzentrik kein Hindernis mehr. Sie war ausgezogen, um als Händlerin die neue Kunst zu unterstützen. Jetzt konnte sie entsprechend handeln.

Da ihr Walters Werk gefiel, hatte Irene sich eingebildet, es bereits ganz zu kennen, und dabei außer acht gelassen, daß ein gelegentliches Bild nur einen dürftigen Einblick in das Universum eines Künstlers gewährt. Eine Woche lang stellte Irene im Geiste eine komplette Trale-Retrospektive zusammen, und je mehr sie sah, desto größer wurde ihre Faszination. Sie begann in Walters Galerie, suchte anschließend Sammler auf, auch solche, die Arbeiten aus seiner Tiermaler-Periode besaßen, und beendete ihre Runde in Walters Atelier. Walter hatte über hundert Gemälde und mindestens tausend Zeichnungen für sich behalten, darunter viele seiner besten. Irene verbrachte einen langen Nachmittag mittendrin. Am Ende wußte sie, daß sie eine Welt entdeckt hatte, die von mehr als Talent und Verstand und Phantasie kündete. Walters Originalität glich der der Erbsünde. Er hatte die Malerei neu erfunden.

Walter ließ sich während Irenes Besuchs nicht blicken und ließ Phoebe die Gastgeberin spielen. Die beiden Frauen sprachen nur wenig. Irene war in Betrachtungen versunken: Phoebe war nicht so dumm, sie abzulenken. Als sie ging, sagte Irene: »Er ist besser als alles, was ich über ihn sagen kann. Ich werde mich bald melden.«

Öffentlicher Erfolg, den er bereits als Knabe genossen hatte, war Walter stets ziemlich gleichgültig gewesen. An Vertrauen auf sein Können hatte es ihm nie gemangelt. Fünfundzwanzig Jahre lang hatte er sich damit zufriedengegeben, genug Geld zu verdienen, sein großes Atelier und die Partys, die er gerne gab, bezahlen zu können. Jetzt änderte sich seine Einstellung. Auch ihn hatte Morris' Artikel berührt. Der Kunstmarkt begann zu florieren. Maler, die nur halb soviel wert waren, verkauften zum doppelten Preis wie er. Falls denn seine Zeit kommen sollte, dann sollte sie jetzt kommen. Irene war im richtigen Augenblick aufgetaucht. Phoebes Schilderung ihres Besuchs versetzte ihn in Hochstimmung.

Er wartete auf Nachricht. Es kam nichts. Er rief in ihrer Galerie an. Sie hatte zu tun. Sie rief nicht zurück. Drei Tage später rief er wieder an. Irene war nicht da. »Walter *wie*?« fragte ihre Sekretärin. Irenes Rückruf am nächsten Morgen machte die Sache noch schlimmer. Ihr vorsichtiges Lob seiner Arbeit hörte sich an wie eine Checkliste von Routinekomplimenten. Sie schloß mit den rätselhaften Worten, dies sei nicht die Zeit, um über Geschäftliches zu reden: »Ich kann nicht erklären, warum. Sie können es sich ja wohl denken.«

Walter konnte es sich unmöglich denken. Irene hatte in ihrer Begeisterung den bekannten Fehler begangen, den Mann für ebenso klug zu halten wie den Künstler. Ihre Bemerkungen sollten Effektivität und Diskretion andeuten; für Walter bedeuteten sie nach zehn Tagen Funkstille Gleichgültigkeit. Er reagierte sauer. Seine erwartungsvolle Begeisterung wurde zu enttäuschter Verdrossenheit. Und er ärgerte sich: er hatte das Gefühl, sein guter Wille sei mißbraucht worden.

Als er tags darauf seiner Galerie einen Besuch abstattete, fand Walter eine Erklärung für diese Ungerechtigkeit. Sein Händler war nicht da – um zwei Uhr mittags nichts Überraschendes. Daß er mit Irene zum Essen gegangen war, *das* überraschte ihn. Von der bewundernden jungen Assistentin erfuhr Walter, daß sie sich bereits zum dritten Mal träfen. »Es geht doch um Sie, oder?« Mehr wollte sie ihm nicht sagen. Walter zog einen voreiligen Schluß, der ganz auf Argwohn gegründet war: die zwei Händler heckten eine Verschwörung gegen ihn aus. Irene wußte, daß sein Werk in ihrer Galerie höhere Preise erzielen würde. Sie hatte ihn nicht unter Vertrag genommen, weil sie vorhatte, seine Bilder von seinem gegenwärtigen Händler zu kaufen und dann weiterzuveräußern. Die beiden Händler würden Irenes Preisaufschlag unter sich aufteilen. Und da Walter hierbei nicht besser dastünde als vorher, ließen sie ihn im dunkeln.

Als er an diesem Nachmittag unruhig durch feuchtwarme Straßen zog, entflammten diese Gedanken ihn zu immer lebhafterer Feindseligkeit. Zu Hause rief er seinen Händler an, aber der sagte nur: »*Sie* fragen *mich*, was da los ist?« Walter kam gar nicht auf die Idee, daß der andere aus gutem Grund so kurz angebunden sein könnte. Für ihn war damit sein Verdacht bestätigt, und er konnte seine Rolle als geplantes Opfer nun ganz im Ernst auskosten.

Er beschloß, seine Feinde selbstgefällig an ihren Ränken schmieden zu lassen. Um so größer wäre das Vergnügen, wenn er ihnen am Ende in die Parade fahren würde. Seine Geduld erwies sich als kurzlebig. Ein paar Tage später lud ihn ein älterer Freund aus seiner *animalier*-Periode zum Lunch ein. Als Walter sich setzte, erblickte er an einem Tisch am anderen Ende des Restaurants Irene und Morris. Während des ganzen Essens sah er sie eifrig miteinander spre-

chen, so mit sich selbst beschäftigt, daß sie ihn erst bemerk-
ten, als sie das Lokal verließen. Morris winkte ihm ver-
schwörerisch zu; Irene lächelte errötend. Und das mit
Grund: Walter erkannte sofort, daß die Verschwörung zu
seiner Ausbeutung sich ausgedehnt hatte. Der Kritiker, der
sein Werk wiederentdeckt hatte, würde jetzt Reklame dafür
machen und sich damit ein Stück vom Kuchen abschneiden.
Und sie hatten ihm nicht einmal die Hand gegeben! Diese
Kaltschnäuzigkeit erbitterte Walter ganz besonders. Nur der
stillschweigende Entschluß einzuschreiten, hielt ihn davon
ab, seiner Entrüstung seinem Essenspartner gegenüber Luft
zu machen.
Während er die zweiundfünfzig Blocks zu seinem Atelier
zurückging, wurde ihm klar, daß ihn Morris' Mittäterschaft
am meisten kränkte. Irene kannte er ja kaum; vielleicht hatte
sie einen zäheren Charakter, als er sich eingebildet hatte.
Seinen Händler kannte er ziemlich gut. An ihm gefiel Walter
vor allem sein erfreulicher Mangel an Ehrgeiz; wenn Irene
ihm eine einfache Möglichkeit, an Geld zu kommen, vorgeschlagen hatte, mochte ihn das begreiflicherweise in Versuchung führen. Für Morris empfand Walter leidenschaftlichen Respekt. Er sah in ihm einen klugen und eloquenten
Mann, der sich begeistert für ein rares Kunstverständnis ein-
setzte, das von wenigen Künstlern und von noch weniger
Kritikern geteilt wurde. Eben dieses Engagement in Morris'
Essay über sein Werk hatte Walter davon überzeugt, daß sie,
wenn auch auf unpersönlicher Basis, sehr viel miteinander
gemeinsam hätten. Walter hatte Verständnis gefunden; ihm
war der ihm zustehende Platz zugewiesen worden, der
dunkle, strenge Ort der Erfindung. Daß Morris ausbeuten
konnte, was er so genau erkannt hatte, verletzte Walter zutiefst.
Er rief Morris an und schlug vor, er solle am nächsten Morgen um halb elf in sein Atelier kommen. Der Vorschlag
klang wie eine Vorladung. Morris hörte ehrerbietig über den
Tonfall hinweg und sagte zu.
Phoebe, die das Telefonat mitgehört hatte, fragte Walter, was

denn nicht in Ordnung sei. Zum erstenmal erzählte er nun jemand anderem von seinen Hirngespinsten. Während er sprach, erinnerte er sie an den achtjährigen Lewis kurz vor einem Anfall. Sie fragte sich, wie viele Cocktails dem Lunch vorangegangen waren, und wagte es nicht, ihm ihre Meinung zu sagen.

Am Morgen fand sie Walter noch immer in finstere Entschlossenheit gehüllt. Als sie Morris hereinließ, bedachte Phoebe ihn mit einem Weltuntergangsblick, der die glatte Haut zwischen seinen Brauen zerklüftete. Walter winkte ihn stumm auf einen Stuhl am Eßtisch, der bis auf das Telefon vollständig leergeräumt war. Walter stellte sich Morris gegenüber, nahm feierlich den Hörer ab und wählte.

»Gavin Breitbart, bitte, Walter Trale am Apparat«, erklärte er und fügte mit unheilvoll gedämpfter Stimme hinzu: »Mein Anwalt.« Er räusperte sich: »Gavin?« Übertrieben gerade stehend, gab er nun in den Hörer eine lange, offenbar aber unzureichend einstudierte Erklärung ab. Seine Stimme erinnerte Morris an jemand aus der Vergangenheit – Senator Claghorn?

»...ein sehr schwerwiegender Verstoß gegen die guten Sitten in meinem Beruf, ich möchte, daß Sie in dieser Sache ein Verfahren einleiten...«

Walter starrte Morris herausfordernd an, während er seine Klagepunkte aufzählte: Irenes Doppelzüngigkeit, ihre Verschwörung mit seinem Händler, ihr Plan, Morris als intellektuellen Werbeagenten einzubeziehen.

Phoebe wünschte unterdessen, sie wäre doch nach New Mexico gegangen. Morris geriet aus anfänglicher Verblüffung in halb ungläubige Heiterkeit. Niemand hätte Walter ernst nehmen können, hätte nicht Selbstgerechtigkeit seine gutmütige Visage so grob verzerrt. Als Morris hörte, wie er selbst mit hineingezogen wurde, beugte er sich vor und drückte auf die Gabel: »Schluß. Hören Sie auf, bevor man Sie hier abholen kommt. Was haben Sie gekokst – Drano?« Walter sah finster drein. Phoebe starrte ihre Fußspitzen an. Morris sprach weiter: »Hören Sie, Maestro, Irene will Sie in ihrem Laden ha-

ben. Da sie Ihren Händler nicht übervorteilen wollte, bot sie ihm für die nächsten Jahre eine prozentuale Beteiligung an.«
»Ganz recht.«
»Von wegen, ganz recht. Aus ihrer eigenen Tasche.«
»Wer sagt das?«
»Sie selbst.« (Das Telefon klingelte: »Ah, Gavin... Später, ok?«) »Ihr Händler ist ein kleiner Schuft. Erhöht ständig den Einsatz. Sie wollte ihn sogar zu ihrem Partner machen. Aber damit ist es aus.«
»Wie das?«
»Kein Vertrag, soweit ich weiß. Irene hatte die Nase voll. Von *ihm* kam der Vorschlag, Ihren Anteil zu kürzen. Sie sagt, zum Teufel mit ihm«
»Ja, und nicht nur mit ihm.«
»Walter, begreifen Sie denn nicht, daß sie verrückt nach Ihnen ist? Hören Sie, ich wußte, daß da was nicht stimmt, deswegen habe ich ihr gesagt, sie soll hier vorbeikommen. Sie werden sehen.«
»Das behaupten *Sie*. Warum geben Sie nicht zu, daß Sie mit denen unter einer Decke stecken? Ich habe Sie neulich mit ihr gesehen. Was sind Sie, ein Liebespaar?«
»Jetzt schlägt's aber dreizehn! Erstens bin ich schwul. Zweitens ist sie meine Schwester.«
»Kramer?« Walter lehnte einen Oberschenkel an den Tisch. »So hieß ihr Exmann.«
Es klingelte. Phoebe machte Irene die Tür auf. Morris sagte zu Walter: »Vergessen Sie Gavin nicht. Vielleicht hat er schon ein Überfallkommando losgeschickt.«
»Ok – hallo«, sagte Walter zu Irene, »ich muß noch was klarstellen.« Er wurde rot. Einen Augenblick darauf erklärte er seinem Anwalt: »Es war ein Irrtum. Vergessen Sie's. Nun ja... Kramer.« Er senkte die Stimme und drehte den anderen den Rücken zu. Die standen in höflichem Schweigen, bis auf Phoebe, die krampfhaft prustete. »Hören Sie, ich bin nicht allein...« Walters Stimme versickerte. Er sah sich nach den anderen um – Irene beobachtete ihn geduldig, Morris schüttelte den Kopf, Phoebe war rot vor Anstrengung. Er legte

auf. »Kaffee? Bier?« Er fuhr sich mit beiden Händen durchs Haar. Irene starrte ihn an, schon halb konsterniert. Walter brach der Schweiß aus. »Irene, ich muß Ihnen wohl etwas –« »Kein Wort!« unterbrach ihn Morris. »Wir werden nichts verraten, Phoebe, ja? Nie und nimmer!« Phoebe nickte und wischte sich die Augen.

Irene sagte: »Mr. Trale, Morris meinte, dies sei eine günstige Zeit, Sie zu besuchen. Phoebe hat ihnen erzählt, für wie außerordentlich ich Ihre Arbeiten halte? Ich bitte um Entschuldigung, daß ich so lange gebraucht habe, das herauszufinden. Ich würde Sie gerne ausstellen – und zwar möchte ich *zwei* Ausstellungen hintereinander machen. Zuerst eine Retrospektive, dann neue Arbeiten. Ich verspreche Ihnen eine großzügige Beteiligung. Allein schon, Sie unter meinem Dach zu haben, wäre ein Segen.«

Sie hatte schlicht und ernst gesprochen. Ihre leise Stimme beschwichtigte Walter. Er schluckte ihre Worte wie Limonade an einem heißen Tag. Er gab ein paar anerkennende Laute von sich, wurde dann aber wieder vom Bewußtsein seiner Torheit überwältigt und begann in rückblickender Bestürzung den Kopf zu schütteln. Als er Irene das nächstemal ansah, merkte er, daß sie noch immer zu ihm sprach:

»...Nein? *Ihnen* wäre es lieber?«

»Entschuldigung –«

Morris erinnerte ihn: »Walter, es ist *vorbei.*«

Irene faßte zusammen: »Was ich damit sagen will – ich hatte Ärger mit Ihrem Geizhals von Händler, aber wenn *Sie* einverstanden sind, kann ich mich bestimmt mit ihm einigen. Wenn Sie wollen, werde ich mich um all das kümmern.«

»Großartig!« erwiderte Walter. Er starrte sie an, als hätte er seinen geliebten Elefanten wiederentdeckt. Wieder klingelte es, und Phoebe ging zur Tür: Priscilla, mit der Examensarbeit in der Hand.

Walter nahm sie nicht wahr. Er starrte weiterhin Irene an, die ein Hauch von Röte überzog. Ihm fiel ein, daß sie sich vielleicht setzen wollte. »Kaffee? Bier? Bitte sagen Sie nicht Mr. Trale zu mir. Da komme ich mir noch älter vor.«

»Sie *sind* älter, Walter«, gab Irene mit höchst liebenswertem
Kichern zurück. Sie war froh, sich diesen hervorragenden
Maler gesichert zu haben, froh, daß er so sympathisch war –
ein nettes großes Baby. »Danke, ich kann nicht bleiben – ich
möchte nicht bleiben, weil ich jetzt gleich zu Ihrer Galerie
gehen und die Sache regeln will. Ich muß dafür sorgen, daß
Sie mir nicht mehr entwischen.«

»Wer käme denn auf die Idee?«

Morris und Phoebe hätten genausogut in Manitoba sein
können. Walter war in seine jähe Überzeugung versunken,
daß Irene sich komplett um ihn kümmern sollte. »Ich werde
Sie begleiten. Wir drei können das gemeinsam ausarbei-
ten.«

Morris sagte: »Überlassen Sie das den Profis. Sie stören dabei nur.«

Irene schwieg weiter. Ihr Lächeln – warm, ein wenig herablassend – erfüllte Walter mit wollüstiger Ehrfurcht. »Sie haben recht«, stimmte er zu, und fragte Irene unvermittelt:
»Also sehen wir uns danach?«

»Ich rufe Sie so bald wie möglich an.«

»Nein, ich meine, können wir uns *sehen*. Wie wär's mit
einem Abendessen?«

Phoebe schüttelte den Kopf. Selbst der vierjährige Lewis
hatte nie so fordernd geklungen. »Sag bitte!« flüsterte sie.
Irenes Lächeln wurde breiter; Morris zog eine Schnute.

Walter ließ sich nicht ablenken: »Wie *wär's* mit einem
Abendessen?«

»Walter«, zischelte Morris, »wir sind hier nicht in Schenectady.«

»Was? Also – morgen? Wie wär's –«

»Na schön«, sagte Irene. »*Übermorgen*. Kommen Sie um
sieben in die Galerie.« Morris fand, damit habe Irene einen
menschlichen Weg zu ihrer aller Erlösung gefunden.

Zwei Tage darauf kam Walter frühzeitig, mit einem Strauß
Bartnelken in der Hand, in die Kramer-Galerie. Irene sagte:
»Ich bin fix und fertig. Können wir hier einen Drink nehmen
und dann gleich essen gehen? Ich habe im Polo Lounge im

Westbury einen Tisch reserviert. Schon mal dort gegessen?
Sie werden begeistert sein, wenn auch nicht unbedingt vom
Essen; aber Sie brauchen eine Krawatte. Ich habe Ihnen eine
gekauft. Hier« – ein Streifen blauer Rohseide.

Walter bildete sich keine Meinung von dem Restaurant.
Wenn er nicht mechanisch das Essen schluckte, saß er, einen
Unterarm quer auf dem Tisch und den anderen auf der Leh-
ne der Sitzbank, und starrte Irene an. Sie selbst saß aufrecht
und ruhig, hielt zwischen den Gängen die Hände gefaltet
und warf Walter, liebevoll amüsiert lächelnd, hin und wieder
einen Blick von der Seite zu. Anfangs hatte sie ihm zuliebe
versucht, weniger zu lächeln – sie lächelte, als betrachte sie
ein schwankendes Fohlen. Ihm machte das nichts aus.

Walter mühte sich nach Kräften, liebenswürdig zu erscheinen. Er trank hastig, um seine Zurückhaltung zu überwinden.
Er lachte viel; bereitwillig traten ihm Tränen in die Augen,
wenn ein Gedanke ihn bewegte; er verunglimpfte und rühmte
sich ohne Verstellung; er lauschte Irene mit sichtlicher Aufmerksamkeit. Walter wollte Irene fast ebenso gierig kennenlernen, wie er wollte, daß sie ihn kennenlernte. Wobei ihm
entging, daß sie ihn bereits kannte, daß er gar nichts tun
konnte, um ihr Gefallen an ihm noch zu steigern.

Sie hatte nichts dagegen, daß er ihr den Hof machte, wenn er
auch erschreckend direkt vorzugehen schien, wie ein junger
Hund, der sich auf den Rücken wälzt, um sich den Bauch
kraulen zu lassen. Fohlen und junge Hunde erweckten Zärtlichkeit, nicht Verlangen. Sie kam zu dem Schluß, der beste
Beweis ihrer Freundschaft wäre es, wenn sie ihn ebenso direkt enttäuschen würde. Als er die Hand ausstreckte, um
ihren Arm zu streicheln, rief sie schroff: »Sie werden sich
nicht an mich heranmachen!«

Walters Augen glänzten erleichtert. *Sie* hatte das heikle, im
Raum schwebende Thema angeschnitten. »Baby, so sehr habe ich noch nie jemand haben wollen!«

Sie sah, daß er mit bloßen Andeutungen nicht zu entmutigen
wäre. »Sie werden darüber hinwegkommen. Mr. Trale! Ich
mag nicht viele Regeln haben, aber *eine* ist mir heilig: Gehe

nie mit einem Künstler ins Bett. *Erst recht nicht* mit einem
von meinen.«
»Und keine Regel ohne Ausnahme, stimmt's?«
»Nein, nicht nach sieben Jahren. Mein Gott, wenn Norman
Bluhm auf die Idee käme, daß ich mit Ihnen zusammenwä-
re –« Walter lachte. Irene erkannte, daß sie noch unverblüm-
ter reden mußte: »Sexuell interessieren Sie mich nicht. Kein
bißchen. Und Sie gefallen mir. Wenn Sie schlau genug sind,
das zu begreifen, können wir gut miteinander auskommen.«
»Vielleicht ändern Sie Ihre Meinung ja noch. Ich kann war-
ten.« Zum Warten schien er kaum bereit. Im restlichen Ver-
lauf des Dinners weigerte er sich, von irgend etwas anderem
zu reden. Am Ende stieß Irene einen lauten verzweifelten
Seufzer aus (Walter dachte: bald habe ich sie soweit) und
sagte: »Gehen wir weg von hier.«
»Ich lasse die Rechnung kommen.«
»Das ist bereits erledigt.«
»Ich habe *Sie* eingeladen –«
»In meiner Liga zahlt der Händler. Wo möchten Sie jetzt
hin?«
»Ist mir gleich.«
»Zu Ihnen?«
»Ja«, keuchte Walter.
»Das liegt auf meinem Weg. Ich werde Sie dort absetzen.«
Die Bartnelken ließ sie nicht liegen.
Eine weitere Verabredung mit Walter schlug Irene aus. Bald
mußte sie erfahren, daß dieser Entschluß ihre Freiheit und
womöglich auch ihre Karriere in Gefahr brachte. Walter be-
suchte sie täglich in der Galerie, gelegentlich sogar zweimal.
Er rief sie morgens, mittags, abends und dazwischen an.
Unermüdlich erklärte er immer wieder sein Verlangen und
teilte ihr sämtliche Gedanken und Gefühle mit, die seine
neue Liebe täglich zu Hunderten in ihm wachrief.
Irene gab ihr Einverständnis zu einem zweiten Dinner, wenn
Walter sie in Frieden lassen würde. Ihr gemeinsamer Abend
verlief besser, als sie zu hoffen gewagt hatte, obwohl er in
Walters Atelier stattfand, obwohl sie ihn allein verbrachten.

(Die anderen hypothetischen Gäste kamen nicht; Phoebe verzog sich zwischen den Drinks und dem Risotto der Putzfrau.) Als Walter den Backofen anmachen wollte, war die Zündflamme ausgegangen. Er hielt ein Streichholz an den Brenner und löste damit eine leichte Explosion aus, die ihm die Stirnhaare kräuselte und von seinen Augenbrauen nur Stoppeln übrigließ. Daraufhin zog er sich in ein gedemütigtes Schmollen zurück, das nicht minder stur war als seine Lüsternheit, aber weit weniger unangenehm.

An einem anderen Abend ließ Irene sich sogar von ihm nach Hause bringen. Zuvor unterwarf sie ihn einer strapaziösen Gesellschaftstour: eine Galerie-Eröffnung, zwei Cocktailpartys, ein langes gemeinsames Nachtmahl. Erst da, nachdem Walter mehr getrunken hatte, als einem Herzensbrecher guttun konnte, lud Irene ihn boshaft in ihre Wohnung ein. Walter strahlte wie ein preisgekrönter Student, wußte aber nicht, was er mit seinem Diplom anfangen sollte, und genehmigte sich zwei weitere doppelte Scotch, um es herauszufinden. Als er am nächsten Morgen auf dem Sofa erwachte, fand er an sein Hemd geheftet einen Zettel mit der Bedienungsanleitung für Irenes Kaffeemaschine.

Walter entlockte der Galerie-Sekretärin den Hinweis, Irene werde das kommende Wochenende in einem Kurort im Norden des Bundesstaates verbringen. Er folgte ihr dorthin, konnte sie aber nicht aufspüren und fand folglich kein Vergnügen an einem Ort voller alter Freunde und Erinnerungen – er wohnte bei Mr. Pruell, einem seiner ersten Gönner; hier hatte sechsundzwanzig Jahre zuvor Elizabeth sein Leben verändert. Zurückgekehrt in die City, weigerte sich Irene am Montag, ihr Geheimnis preiszugeben: »Wir alle brauchen einen Platz, wo wir uns verstecken können. Außer Ihnen, nehme ich an.«

Irene sagte ihm, sie werde die ganze folgende Woche zu tun haben. Walter nahm dies gelassen auf. Er hatte einen Plan. Irene liebte klassische Musik; am folgenden Samstag sollte in Tanglewood eine hochgepriesene Aufführung von Verdis *Requiem* stattfinden; Walter würde Irene bitten, dorthin zu

kommen. Zunächst mußte er für die Unterkunft sorgen.
Freundlich möblierte, nebeneinander liegende Zimmer waren in dieser Jahreszeit nicht leicht zu finden. Glücklicherweise mußte in einem Gasthaus in West Stockbridge eine
Familie absagen.

Irene akzeptierte seinen Vorschlag. »Großartige Idee! Wir
werden bei den Broffs in Lenox absteigen.« Walter erwähnte
das Gasthaus. »Sparen Sie Ihre Moneten. Nein, warten Sie:
ich werde nachsehen, ob da noch ein Bett frei ist. Für mich
finden die immer ein Plätzchen.« Bei den Broffs war kein
Platz mehr.

Sie kamen mittags in Lenox an. Bei den Broffs ermittelte
Walter drei Gäste. Das Essen wurde zu einem Weingelage,
an dem vier weitere Gäste teilnahmen; danach begab sich die
ganze Gesellschaft früh nach Tanglewood, wo man einen
Ackerstreifen unmittelbar vor dem Schuppen in Beschlag
nahm und sich auf Läufern und Decken niederließ, die dort
in einem Überfluß, der eines kaukasischen Stammes würdig
gewesen wäre, ausgebreitet waren. Walter nahm gleich neben
Irene Platz.

Ein benachbartes Paar streckte sich auf dem Rücken aus.
Walter folgte ihrem Beispiel. Es war ein kühler, sonniger
Tag. Träge lauschte er dem Gerede um sich her. Als es auf-
hörte, setzte er sich auf, fiel in den Beifall für die Musiker ein
und legte sich dann wieder hin. Die Sommersonne wärmte
ihn vom Scheitel bis zur Sohle. Bald begann der Klang von
Stimmen und Instrumenten sachte, wie warme Nebelbänke,
über ihn hinzuwehen. Die Musik beachtete er kaum: er war
hier wegen Irene. Dennoch achtete er darauf, sich von seinen
unsteten Gedanken nicht in Schlaf wiegenzulassen. Ihn lockte der Schlaf, wie ein Schlammbett ein Nilpferd lockt, und
auf so kindische Weise wollte er sie nicht enttäuschen.

Seine Gedanken folgten Bildern einer Landschaft, die ganz
und gar aus ihr bestand. Heute hatte sie ihn wieder einmal
verführt. Hinter untertassengroßen malvenfarbenen Gläsern
funkelten ihre Augen wie Vögel, die im Laubwerk verschwinden. Ihr kleiner, reifer Körper rüffelte seine Blicke

unter bauschigem Orangegelb und Beige. Er sehnte sich danach, sie auszuwickeln, und begann ein vergnügliches Spiel: er stellte sich ihren Körper vor und ließ ihn von leisen Passagen der Musik entschleiern, von lauteren aber noch fester einhüllen. Die Sonne erwärmte seine Ergötzungen.

Er schwamm in warmen verzauberten Seen wie ein glücklicher, einsamer Seehund; und er empfand allenfalls ein erstauntes Zittern, als er etwas wie eine antwortende Liebkosung spürte, als habe jemand verträumt das Zentrum seiner Lust berührt.

Er erinnerte sich, wo er war, und schlug die Augen auf. Ein Kaschmirschal, den Irene getragen hatte, lag in Form eines Vorgebirges über seinen Hüften. Irene selbst sah angelegentlich nach den Akteuren hin, die gerade stürmisch das *Dies Irae* intonierten. Ihre Finger waren fest ineinander verschränkt, die leicht zitternde Unterlippe hatte sie entschlossen zwischen ihre Zähne gesaugt.

Walter stöhnte laut auf. Er war doch nun wirklich alt genug, seinen Hosenstall zugeknöpft zu lassen? Kurz flackerte der Wunsch in ihm auf, sich einen Dolch oder Eispickel in die Brust zu stoßen. Da aber der Tod nicht verfügbar war, verlegte er sich auf die Flucht. Beim Aufstehen raffte er den Schal um seine verstockte Erektion, dann rannte er los; die sonnenbeschienene Fläche war dicht mit menschlichen Hindernissen belegt, denen er wie ein Slalommeister oder hakenschlagender Mittelstürmer mit spontanem Geschick auswich. Er wurde erst langsamer, als er die Stadt und sein Atelier erreicht hatte.

Etliche Morgen erwachte er von Scham zerquält, als wäre Scham eine Katze, die darauf lauerte, ihm, sobald der Schlaf ihn verließ, auf den Bauch zu springen. Bis Dienstag ging er nicht aus seinem Atelier. Als er am frühen Dienstag nachmittag in der Kramer-Galerie erschien, führte Irene ihn gleich in ihr Büro. Sie schloß die Tür hinter sich, setzte sich auf eine Ledercouch und bedeutete Walter, neben ihr Platz zu nehmen. Als sie seine Gewitterwolkenmiene bemerkte, zog wieder einmal ein Lächeln über ihr Gesicht.

»Ich dachte, ich sollte das lieber zurückbringen.«
Irene nahm den Schal in Empfang. »Was war denn los mit
dir?«
»Ach, nichts. Ich wollte bloß sterben. Will ich noch immer.«
»Warum bist du weggelaufen? Niemand hat sich dran gestört. *Au contraire,* wir fanden dich alle sehr eindrucks-
voll.«
Walter sah zu ihr auf. Zwar schmerzte es ihn, daß man sich
über seine Qual lustig machte, doch gewährte Irenes Vergebung köstlichen Trost. Ihm gelang ein kleines Lachen. »Das
war nur für dich, mußt du wissen.« Er sah ihr hilflos in die
braunen Augen. Sie sagte nichts. Er öffnete den Reißver-
schluß seiner Jeans und zog einen jetzt schrumpligen Penis
hervor. »Er gehört dir noch immer. Komplett.«
Irene errötete, lächelte aber weiter. »Ach, mein Lieber!« Sie
schüttelte den Kopf. Walter nahm ihre rechte Hand und
legte sein Glied auf die Handfläche, wo es reglos wie eine
Maus liegenblieb. »Mein Lieber!« sagte sie noch einmal. »So
klein, so süß!« Sie beugte sich vor, streifte mit den Lippen
darüber und gab ihm einen leise schmatzenden Kinderkuß.
Jemand klopfte an die Tür. Walter mußte Geschäften weichen.
Am Abend dieses Tages verschwand Irene. Vier Wochen
lang, fast bis Ende August war sie weder in der Galerie noch
zu Hause anzutreffen. Vergeblich löcherte Walter ihre
Freunde; nicht einmal seine eigenen Freunde wollten ihm
helfen, nicht einmal Phoebe.
Anfang August erfuhr er, daß Irene sich an einem geheimen
Zufluchtsort im Norden des Bundesstaates aufhielt. Mehr
bekam er nicht heraus. Irene blieb in Sicherheit bei ihrer
alten und noch immer lieben Freundin Louisa, die versprochen hatte, ihr so lange wie nötig vor ihrem verzweifelten
Freier Schutz zu gewähren.

PRISCILLA UND WALTER

Juni 1962 - April 1963

Priscilla war fünfzehn, als sie zum erstenmal von Walter hörte. Der alte Mr. Pruell zeigte ihr Porträts von Pferden, die er einmal besessen hatte. Von dem Mann, der sie gemalt hatte, sprach er mit einer Wärme, die Priscilla neugierig machte.

»Er war etwa in deinem Alter. Ein Naturtalent.«

»Malt er noch immer Pferde?«

»Er malt noch. Davon lebt er. Ein netter Mann.«

»Malt er noch immer Pferde?«

»Nein, nicht mehr. Er hätte es damit zum Millionär bringen können. Aber er wollte auch als, nunja, als richtiger Maler Erfolg haben. War nicht leicht für ihn. Komisch: Hengste und Kaninchen gelangen ihm wie nichts, aber wenn es um eine Schale mit Äpfeln oder einen Menschen ging, wußte er gar nicht, wo er anfangen sollte. Elizabeth hat all das geändert.«

Natürlich wollte Priscilla von Elizabeth hören.

»Sie war ein paar Jahre älter als Walter, und sehr klug. Dazu attraktiv – groß und hübsch und anmutig wie eine Katze. Sie liebte Pferde. Eines Tages lernte Walter sie auf der Rennbahn kennen, und ich denke mir, für ihn war sie ein halbes Pferd. Schon beim zweiten Rennen waren sie dicke Freunde. Wohlgemerkt, nur gute Freunde, sie haben nie miteinander – sie waren nicht ineinander verliebt. Sie besaß genau das, was er brauchte – sie war ein *Menschen*tier. In den nächsten ein oder zwei Wochen stand sie ihm täglich Modell. Er muß Dutzende von Skizzen angefertigt haben, und schließlich malte er ihr Porträt in Öl.«

Priscilla fand die Anekdote unwiderstehlich romantisch, selbst wenn Elizabeth und Walter nur Freunde geblieben waren. In den folgenden Jahren fragte sie oftmals Freunde der Familie über sie aus; und als sie am College von ihrem

Professor für Kunstgeschichte hörte, Walter werde einmal
berühmt werden, hatte sie bereits beträchtliches Wissen über
die beiden angesammelt. Priscillas Lehrerin, die bereits
Phoebes Interesse für Walter geweckt hatte, hatte radikal
andere Ansichten als die betuchten Familien, unter denen
Priscilla aufgewachsen war. Daß Walter sowohl von ihr als
auch, zum Beispiel, von Mr. Pruell bewundert wurde, verlieh Priscillas sentimentaler Faszination von ihm nur um so
mehr Gewicht. Walter wechselte aus einer Welt der Phantasie und ältlicher Erinnerungen in die der Helden aus Fleisch
und Blut, trat neben Basketballstars, Schauspieler und Präsi-
dentschaftskandidaten. Priscilla war bereit, ihn zum Thema
ihrer Abschlußarbeit zu machen.

Je mehr sie über Walter erfuhr und nachdachte, desto stärker
hatte Priscilla das Gefühl, ihn bereits zu kennen. (Später
behauptete sie gern, ihre Arbeit habe sie zusammenge-
bracht.) Ihre Kenntnis seines Werks nahm zu, doch über-
setzte sie es ständig in Begriffe, die sie ihre eigenen nennen
konnte. Priscilla behandelte Gemälde wie Türen: sie wollte
wissen, was dahinter war. Sie spürte die Kraft in Walters
Kunst, und sie konnte nicht akzeptieren, daß deren Quelle
sich in den Farben selbst manifestieren könnte. Diese müsse,
so glaubte sie, in irgendeiner außerordentlichen Erfahrung
zu finden sein, die durch das Gemälde ausgedrückt werde.
Und so entwickelte sie ihre Theorie von Walter und Der
Frau.

Priscilla ging davon aus, daß ihre Arbeit ihr Zugang zu Walter verschaffen würde. Ihre Erwartung wurde bestärkt, als
Phoebe Walters Assistentin wurde. Sie und Phoebe waren
zwar nicht eng befreundet, kannten sich aber seit ihrer Kindheit, hatten dasselbe College besucht und waren als junge
Frauen, die sich auf den Weg in die Welt machten, durchaus
geneigt, einander zu helfen. Mit Phoebe als Vermittlerin
konnte Priscilla hoffen, Walter ohne weitere Verzögerung
kennenzulernen.

Kurz nach ihrer Graduierung rief Priscilla bei Phoebe an.
Phoebe sagte, gerne werde sie Walter »Die weibliche Gestalt

in der neueren amerikanischen Kunst« aushändigen. Priscilla solle die Arbeit am nächsten Dienstag in ihrem Atelier vorbeibringen. Priscilla fragte, ob sie es nicht selbst Walter überreichen könne? Wann er gewöhnlich zu Hause sei? Was für ein Typ er sei? Ob Phoebe eine Affäre mit ihm habe? Phoebe beschied sie: »Ich kann dich da nicht so einfach reinlassen. Eine meiner Aufgaben besteht darin, Leute von ihm fernzuhalten. Warte, bis er es gelesen hat, dann mach ich dir einen Termin.«

Priscilla wollte nicht warten. Eines Morgens erschien sie mit ihrer Arbeit in Walters Atelier, wo Walter gerade damit beschäftigt war, sich in Irene zu verlieben.

Einige Stunden später entschuldigte Priscilla sich bei Phoebe und bedauerte ihre List so frei heraus, daß Phoebe lachen mußte. Priscilla war klug genug, es nicht noch einmal zu versuchen. Kurz darauf ergab sich eine andere Chance, an Walter heranzutreten.

Wieder im Haus ihrer Eltern, erfuhr Priscilla, daß Walter ganz in der Nähe auf Besuch sei. Er war nur übers Wochenende gekommen und hatte Mr. Pruells Haus schon verlassen, ehe sie ihn dort antreffen konnte. Sie war sich jedoch sicher, wenn er einmal wiederkäme, ein Treffen anbahnen zu können.

Im August kam Walter für zwei Wochen. Priscilla sagte Maud und Allan, sie wolle ihn kennenlernen, und sie versprachen, ihr Einladungen zu allen gesellschaftlichen Ereignissen zu verschaffen, an denen Walter teilnehmen könnte. Drei solche Ereignisse fanden statt. Beim ersten tauchte Walter nicht auf. Beim zweiten erspähte sie ihn auf der anderen Seite eines von Menschen wimmelnden Rasens; bevor sie ihn erreichen konnte, war er weg. Beim dritten trat sie unverzüglich an ihn heran, ein gemeinsamer Freund machte sie miteinander bekannt. Priscilla trug ein hautenges Seidenjerseykleid; der blasse Stoff war mit starken geometrischen Figuren bedruckt, die die sanfteren Linien ihres jungen Körpers hervorhoben. Walter sah flüchtig auf das Kleid. Als er den Blick hob, starrte er durch ihre Augen hindurch wie

nach irgend etwas in der Ferne – dem Geist von Irene. Mit
Priscilla sprach er nur zerstreut.

Sie war eher ernüchtert als enttäuscht. Priscilla wußte, daß
sie den Männern gefiel; daß sie auf Walter keinen Eindruck
machte, ließ sie nicht an sich selbst, sondern an ihm zweifeln. Sie hätte nie gedacht, daß der Meister ein solcher Muffel
sein könnte. Ihr Interesse an ihm gab sie als pubertäre Tag-
träumerei auf.

Der Sommer – Priscillas letzte lange Universitätsferien –
ging vorbei. Sie sah ohne Bedauern darauf zurück. Anfang
September besuchte sie die City, wo sie in der Wohnung
ihrer Eltern wohnte. Sie erklärte, sie wolle sich eine Arbeit
suchen, wußte aber selbst nicht so recht, was für eine Art
von Arbeit ihr eigentlich von Nutzen sein könnte.

Nach einem Tag lustloser Jobsuche ging sie eines Abends auf
einen Drink ins Westbury. Sie saß in der Polo Lounge in
einem erhöhten Abschnitt ein Stück weit von den Fenstern
entfernt und beobachtete durch die hohen Scheiben den Verkehr, der allegretto über die Madison Avenue rollte. Es war
kurz vor acht.

In der langsam einfallenden Dämmerung blinkten erste
Lichter auf. Die männlichen Passanten trugen noch helle
Gabardine- oder Seersucker-Jacketts, die Frauen steifleinene
Blusen in Erdbraun oder Olivgrün. Priscilla bebte vor Sehn-
sucht nach dieser Stadt, vor Sehnsucht, dazuzugehören.
Welche Rolle könnte sie in dieser lockenden, abstoßenden
Welt je zu spielen hoffen? Vom Tisch neben ihr sprach eine
männliche Stimme sie unerwartet an: »Zauberhaft da drau-
ßen, nicht wahr?«

Priscilla hatte ihren einsamen Gintonic genossen. Sie verzog
die Lippen und bedachte ihren Nachbarn mit einem entschieden verächtlichen Blick: es war Walter. Nichts rührte
sich in ihrer Miene, als sie ihn erkannte hatte. Er erkannte sie
nicht. Er zuckte unter ihrem Blick zusammen, sprach aber
lächelnd weiter. »Irgendwie sehen die Einwohner dann richtig gut aus.«

Sie sah ihn geringschätzig an, bevor sie ihren Blick wieder der Straße zuwandte. »Ich finde die ›Einwohner‹ großartig. Sie sind nicht einer von uns, nehme ich an?«

»Nun, ich lebe schon ewig hier. Ursprünglich stamme ich aus Schenectady.«

»Aus Schenectady? Wie interessant! Ich habe noch nie jemand aus Schenectady kennengelernt. Dachte immer, aus Schenectady käme man nicht weg – höchstens vielleicht bis Albany.«

»War gar nicht so übel. Ist aber schon lange her.«

»Das sehe ich. Aber aus manchem wächst man einfach nie heraus.«

Sechs Wochen Frustration hatten Walters Verlangen nach Irene schon etwas abgestumpft. Nach ihrer Rückkehr hatte sie ihn angerufen, um ausschließlich seine künftigen Ausstellungen mit ihm zu besprechen. Sie weigerte sich sogar zuzugeben, nur seinetwegen untergetaucht zu sein. Er konnte sich nicht einmal entschuldigen. Irene hatte die Tür zu ihrer beider privaten Vergangenheit zugeschlagen.

Heute abend war er an die Stätte zurückgekehrt, wo er ihr seine Leidenschaft für sie erklärt hatte, und gedachte einer Sache, die, wie er wußte, endgültig vorbei war; er schwelgte in einer melancholischen Stimmung, die nicht frei von Selbstverachtung war. Als er Priscilla sah, wurde ihm schmerzlich bewußt, daß er seit fast drei Monaten alleine schlief.

»Noch einen neuen?« fragte er.

»Tanqueray und Tonic. Schweppes, bitte.« Sie lutschte an Eisklümpchen. Gelächelt hatte sie noch immer nicht.

Er bestellte ihre Drinks – ihren zweiten, seinen vierten. Sie tranken. Er lud sie zum Essen ein. Sie akzeptierte unter der Voraussetzung, daß sie an ihren getrennten Tischen blieben: »Das ist cooler.« Als er sich vorstellen wollte, unterbrach sie ihn: »Keine Namen! Keine Nachnamen. Wozu das, für ein einziges Essen.« Von seiner Arbeit wollte sie nichts wissen: »Begreifen die Männer das nicht? Das ist doch gerade das Angenehme mit Fremden, daß man nicht von sowas redet.«

Namen und »sowas« hielt sie als ihre Trümpfe zurück. Sie
beobachtete, wie Walter sich in jenen coolen Raum zwischen
ihnen lehnte und langsam auf Touren kam.

Beim Kaffee erlaubte sie sich ein wenig Freundlichkeit.
»Danke für die Einladung. Ich bin keine Distel, müssen Sie
wissen. Nur daß die meisten Männer...« Dann fragte sie ihn
nach seinem Nachnamen. Die Frage erregte Walter; daraus
war zu schließen, daß sie ihn womöglich wiedersehen wollte. Er antwortete, und Priscilla zeigte wie schimmerndes Ge-
fieder endlich das breite Lächeln, das sie den ganzen Abend
zurückgehalten hatte. Sie streckte Walter beide Hände entgegen und umfaßte damit seine Linke. Selbst ihr erschien diese
Geste spontan; sie errötete entsprechend.

Als sie ihm nun ihren Namen sagte, übertraf seine Reaktion
alle ihre Hoffnungen. Er habe ihre Arbeit zweimal gelesen.
Priscillas Theorie vom Künstler und den Frauen mochte
schlimme Kritik geübt haben, doch habe sie Walter ermög-
licht, sich selbst zu erkennen – »sich selbst zu entdecken«,
wie er es ausdrückte.

Manche Männer behaupten, Frauen nicht zu mögen, andere
behaupten das Gegenteil, doch allen gemeinsam ist eine ursprüngliche, unauslöschliche Angst. Jeder Mann ist ebenso
irrational wie unerschütterlich davon überzeugt, daß die
Frau ihn, da sie ihn hervorgebracht hat, auch vernichten
kann. Männer sind sexuell bigott. Die Unterscheidung zwischen Abneigung und Zuneigung trennt bloß diejenigen, die
der Macht der Frauen durch Angriff Widerstand leisten, von
denen, die sie durch Anbetung und Unterwürfigkeit zu bannen versuchen. Walter gehörte in die anbetende Kategorie.
Ohne es zu wissen, hatte Priscilla seine Gefühle erfaßt, als
sie die Frau als eine Muse schilderte, die ihn verwandeln
könne. Bereits von Priscillas Scharfblick begeistert, hätte er
nur zu gern mit ihr darüber gesprochen, selbst wenn er nicht
an seiner Einsamkeit gelitten hätte, selbst ohne ihre aufrei-
zend zur Schau gestellte Kälte.

Drei Minuten nachdem Priscilla ihm ihren Namen genannt
hatte, lud Walter sie ein, sich seine neuen Arbeiten anzuse-

hen. Sie war gern einverstanden. Ein Taxi brachte sie zum Atelier, wo sie die Nacht verbrachte.

Wieder einmal beurteilte sie Walter richtig. Priscilla wußte, als praktisch noch Unerfahrene konnte sie ihn sexuell kaum überraschen, und erkannte intuitiv, daß die Befriedigung, die Walter vor allem erstrebte, ihre eigene war. Sie ließ sich verwöhnen, ließ sich mit offen geäußertem Vergnügen immer wieder von Bereitschaft über Leidenschaft zu zärtlicher Dankbarkeit treiben. Priscilla brauchte nicht zu simulieren. Für Jungen in ihrem Alter, die anscheinend immer etwas beweisen wollten, hatte sie nichts übrig. Und obwohl Walter älter war als alle ihre früheren Liebhaber, mußte sie sich zu nichts überwinden. Sie brauchte nur ihre tierischen und persönlichen Gelüste miteinander zu vermengen. Sie wollte Walter haben, und sie wollte, daß er sie haben wollte. Dieses Bedürfnis tat sich in einer Fülle von Vergnügen kund. Am nächsten Morgen lud Walter sie schüchtern ein, bei ihm zu bleiben.

Mit einiger Besorgnis erklärte Priscilla sich einverstanden. Sie hatte Walter glorifiziert, Ränke geschmiedet, um ihn kennenzulernen, ihn als Verlust abgeschrieben. Jetzt hatte sie ihn nach einer einzigen Begegnung besessen. Sie wußte kaum, was sie damit gewonnen hatte, und zog bei ihm ein, ohne so recht zu wissen, was sie als nächstes tun sollte. Als sie es ihren Eltern eröffnete, reagierte Maud erstaunt und besorgt, Allan erstaunt und gekränkt. Priscilla hörte ihnen geduldig zu (ihre Kleider, Bücher und Schallplatten hatte sie bereits in Walters Atelier gebracht). Gewisse Worte ihrer Mutter faßten ihre eigene Hauptsorge zusammen: eine so hastig geschlossene Verbindung konnte offenbar ebenso hastig wieder abgebrochen werden. Wie konnte sie, falls sie es wünschte, ihr neues Leben auf Dauer sichern?

Priscilla zweifelte nicht daran, daß fürs erste ihr größter Vorteil Walters vom Himmel gefallenes Verlangen war, sein Verlangen nach *ihrem* Verlangen. Im Laufe jener ersten Nacht mit ihm hatte sie eher zufällig eine sehr wirksame Art entdeckt, ihrer Erregung Ausdruck zu verleihen. Als er sie lieb-

koste, hatte sie laut zu sprechen begonnen und gespürt, wie
seine Finger und seine Zunge daraufhin schneller wurden.
Dieser Wirkung eingedenk, sprach sie dann später weitläufi-
ger und so rüde, wie sie nur konnte: »Noch nie war meine
Fotze so heiß, Darling. Ich bin schon ganz naß, steck noch
einen Finger rein, ja, Baby, auch in meinen Arsch, woher
wußtest du ...« Ihre Worte wurden zu einem zärtlichen Re-
deschwall, zu einem laufenden Kommentar, der einen blin-
den Voyeur mit unersättlicher Gier nach Einzelheiten befriedigt haben würde. Für Walter verliehen diese Reden ihren
Intimitäten eine unpersönliche erotische Pracht, und er war
jedesmal schockiert, sie aus diesem so kostspielig erzogenen
jungen Mund kommen zu hören. Sie machten den Mund
und den Körper, der durch ihn atmete, um so begehrenswer-
ter, und der schier drohende Klang dieser Stimme selbst
schien nach Beschwichtigung zu verlangen. Dies machte sich
Walter zur erfreulichen Aufgabe, bei der er nie versagte.
Walters erste Wochen mit Priscilla folgten einander in einem
Taumel der Befriedigung. Er machte sie zu seiner Lieblings-
droge. Priscillas Zuversicht wuchs. Jedoch war ihr schon vor
Jahren aufgefallen, wie Ehen, so ekstatisch sie begonnen haben mochten, nach zwei Jahren, einem Jahr oder drei Monaten so ganz anders wurden. Sie wußte, daß das Feierliche des
Ehevertrags (eine Realität, auch wenn er auf die leichte
Schulter genommen wurde) einerseits die Begeisterung
dämpfen konnte, andererseits aber einen Schutzwall gegen
die allzu sorglose Beendigung einer Beziehung darstellte.
Nichts derartiges schützte sie. Sie würde mehr als Leidenschaft brauchen, um ihn zu behalten. Priscilla beschloß, auch
weiterhin die selbstbewußte Frau zu spielen, die Walter in
der Polo Lounge kennengelernt hatte. Sie forderte, sie verweigerte, sie widersprach. Ihr war klar, daß sie schauspiele-
te. Auch wenn sie ihre Rolle, indem sie auf ihr beharrte,
überzeugend gestaltete, vergaß sie nie, wie verwundbar sie
dennoch blieb. Außerhalb des Betts hatte sie Walter nichts
Brauchbares anzubieten. Sie hatte Grips und Energie, nur
war die ganze Stadt voll von tüchtigen Frauen. Die Verbin-

dungen ihrer Familie verloren für Walter rapide an Reiz, da er jetzt an der Schwelle zum Ruhm stand. Fast war es ihr leid, über eigenes Geld zu verfügen, denn Walter hätte sie wohl gern unterstützt. Zweifellos war sie jung und sah gut aus; aber das reichte nicht. (Bedauerlicherweise, vielleicht aber zwangsläufig übersah Priscilla in ihrer Aufrechnung, was Walter und ihr am wichtigsten war: sie mochte ihn lieber als jeden anderen, den sie gekannt hatte.)

Der Erfolg von Walters erster Ausstellung in der Kramer-Galerie, einer großen, gut zusammengestellten Retrospektive, steigerte ihre Besorgnis. Sie bewertete diesen Erfolg nach der geradezu blasierten Zufriedenheit der Eröffnungsgäste. Denen war bewußt, daß sie Zeuge eines seltenen Zusammentreffens von Geschichte und Zeitgeschmack waren. Frauen in Hosenanzügen aus Schantungseide, Männer in Kaschmirjacketts und Mokassins mit Silberschnallen – nachdem sie ein oder zwei Minuten in denkwürdigem Gespräch mit Walter verbracht hatten, fielen sie gierig über Irene her, die einige von ihnen bereits kannten. Sie hätte die Ausstellung zum Dreifachen des festgesetzten Preises versteigern können. Wie sie vorausgesehen hatte, profitierten sie und Walter voneinander; und an diesem Tag verdiente sie es vielleicht, ihn zu überstrahlen. Sie hatte Bilder an ihre Wände gehängt, die seit langem zugänglich waren, und hatte deren privaten Wert damit öffentlich gemacht. Priscilla empfand für sie eine fast neidlose Bewunderung. Irene hatte alles erreicht, wonach sie selbst auch streben könnte. Sie war eine meisterhafte Vermittlerin. In diesem Augenblick fand Priscilla Irenes Macht sogar bestrickender als Walters Genie.

Die Macht flößte Priscilla Angst ein. Walter hatte Irene geliebt (könnte er sie nicht noch immer lieben?), und jetzt machte sie ihn berühmt. Sie behandelte Priscilla mit einer schlichten Höflichkeit, die nahelegte, daß die junge Frau eines nicht allzu fernen Tages weg vom Fenster sein könnte. Nach ihrer ersten Begegnung war Priscilla überzeugt, daß Irene alle ihre Ambitionen und Zweifel durchschaut hatte. Priscilla fragte sie, ob sie ihre Arbeit gelesen habe. Irene antwortete: »Ich habe sie gelesen, und sie hat mir gefallen – ich mag gute Klatschgeschichten. An Ihrer Stelle würde ich damit aber nicht hier in der Stadt hausieren gehen. Die stehen jetzt alle auf Schapiro und Greenberg.« Nicht unfreundlich fügte sie hinzu: »Vielleicht lesen Sie die mal.«

Ihre Angst zeigte Priscilla, was ihr fehlte. Sie malte sich aus, daß sie Irene eines Tages beleidigen könnte, worauf diese sie in Walters Augen vernichten würde. (In Wahrheit hatten die beiden Frauen ein falsches Bild voneinander. Priscilla überschätzte Irenes Einfluß, Irene unterschätzte Priscillas Mut.) Priscilla sah, daß sie jemanden finden mußte, dem Walter vertraute und der ihr im Falle einer Krise beistehen würde.

Sie hatte gehofft, in Phoebe eine solche Verbündete zu finden. Priscilla hatte sich sehr bemüht, jeglichem Groll, den ihr Eindringen hätte verursachen können, zuvorzukommen: sie hatte Phoebe systematisch in Haushaltsangelegenheiten um Rat gefragt, hatte sich nicht blicken lassen, wenn Phoebe mit Walter arbeitete, und hatte immer wieder ihrer Bewunderung für Phoebes Bilder Ausdruck verliehen. Es mag Phoebe überrascht haben, Priscilla an jenem Morgen Mitte September im Atelier anzutreffen, aber sie akzeptierte sie sofort; und eben diese bereitwillige Anerkennung nahm Priscilla den Mut, sie für sich zu gewinnen. Phoebe ließ Priscilla gegenüber weder Mißbilligung noch Billigung erkennen. Sie reagierte auf Priscillas Annäherungsversuche ebenso liebenswürdig wie gleichgültig. Phoebe dachte nur an ihr eigenes Leben und an ihre aufkeimende Krankheit. Es war ihr ganz gleich, ob Priscilla blieb oder ging.

Morris besuchte Walter kurz vor Eröffnung der Retrospektive. Priscilla hatte seinen Artikel im Sommerheft der *New Worlds* gelesen: er hatte sie eher verwirrt als erleuchtet. Walter beruhigte sie: niemand würde ihn je so verstehen, wie sie es getan habe, »aber hier geht es um etwas anderes – wohin das Werk sich entwickelt, nicht, woraus es entstanden ist«. Als sie Morris kennenlernte, blieb sie mißtrauisch auf Distanz.

Morris war Irenes Bruder – eine anfangs bedrohliche Tatsache, die ihr aber letztlich Morris' Freundschaft einbrachte. Bei der Vernissage sah sie ihn allein vor einem von Manet inspirierten »Paar im Kanu« stehen und geringschätzig das Gedränge um Irene betrachten. Sie trat auf ihn zu: »Scheint ein toller Erfolg zu sein.«

»Mmm.«

»Das wird Sie freuen.«

»Allerdings. Aber was für ein Vorgedrängel!«

»Finden Sie? Ich glaube, Walter ist froh, im Hintergrund zu bleiben.«

»Ich sprach nicht von *Walter*. Ach, warum bin ich nur so schrecklich eifersüchtig? Aber Sie, kleine Prinzessin, haben jedes Recht zu strahlen.«

Priscilla klammerte sich an diese Offenbarung. Der schlaue Morris hatte eine Schwäche. Er war nicht »schrecklich eifersüchtig«, außer auf Irene.

Eine Woche später erhielt sie die Chance, diese Entdeckung auszunutzen. Morris rief an: ob er mal kurz bei ihnen vorbeikommen könne? Ja, kommen Sie nur, sagte Priscilla. Morris fand sie allein und ungewohnt finster. Er fragte, ob etwas nicht in Ordnung sei? Ihre anfänglichen Ausflüchte reizten seine Neugier. Um sich zu rechtfertigen, gab sie an, sie mache sich Sorgen wegen seiner Schwester. Sie sei eine ausgezeichnete Händlerin, Walter sei mit ihr zufrieden, aber irgend etwas stimme da nicht. Was, wisse sie nicht genau. Womöglich habe Irene Walters Größe nur erraten, ohne ihn wirklich zu verstehen. Auf gewisse Weise, wenn auch nicht vorsätzlich, beute sie ihn aus. »Ist Ihnen bekannt, daß sie ›Schmucker Fuchs‹ an die Chase Manhattan verkauft? Sowas gehört doch eher ins Whitney.«

Tatsächlich hatten die Architekten des Gebäudes lediglich ein Angebot für das Gemälde abgegeben; verkauft war es noch nicht. Ihre halbe Lüge machte ihre Behauptung, die Morris berührte, jedoch nur um so eindringlicher. Selbst als er sich nicht einverstanden zeigte und ihr freundlich versicherte, daß Walter in guten Händen sei, mußte er sich sagen, daß sie recht hatte. Er gab Priscilla den Rat, ihre Zweifel für

sich zu behalten. Walter kam herein, und die drei sprachen
von anderen Dingen.

Priscilla erwähnte Irene bei Morris dann nicht mehr, bemüh-
te sich aber, seine Sympathie für sie selbst warmzuhalten. Es
hatte ihn gefreut, ins Vertrauen gezogen zu werden und einen Rat geben zu können. Sie verlangte nach mehr. Sie rief
ihn an, um sein Urteil über Walters Freunde zu hören. Begegneten sie einander auf gesellschaftlichen Veranstaltungen,
erbat sie sich ein paar Minuten von ihm, um zu erfahren, was
Stella oder Judd eigentlich im Sinne hätten. Sie befragte ihn,
wo unterhalb der Fourteenth Street der beste geräucherte
Lachs zu kaufen sei. Allem, was er sagte, zollte sie höchste
Aufmerksamkeit. Von Irene abgesehen, hatte seit seiner
Kindheit keine Frau mehr solche Umstände mit ihm gemacht; und Priscilla war klug und jung und sah gut aus. Wie
konnte er da widerstehen?

Bei einem gemeinsamen Lunch sagte Morris zu ihr: »Du
könntest recht haben mit Irene.« Priscilla biß sich auf die
Zunge, um nicht zu grinsen. Auf diese Worte hatte sie in
angestrengtem Schweigen gewartet.

»Glaubst du, ich bin gut für Walter?«

»Du bist besser als gut.« Morris scherzte, Priscilla sah ihr
Ziel in Reichweite. Sie hatte ihren Verbündeten.

Aber noch brauchte sie einen Bündnisvertrag. Wie Walters
Liebe konnte auch Morris' Gefallen an ihr durch irgendeinen Zufall beendet werden. Sie brauchte eine Partnerschaft,
die auf Taten und Tatsachen beruhte.

Wenig später fragte sie ihn, warum er seine Sachkenntnis nie
zu Geld gemacht habe. »Macht es dir denn wirklich Spaß,
die Vorarbeit zu leisten und andere Leute das Geld einstrei-
chen zu sehen?« Er gab zurück, er habe seine Freiheit gern.
Er könne arbeiten, wann er wolle, und bis Mittag schlafen.
Die Vorstellung, mit Rahmenmachern, Spediteuren und
Rechnungsprüfern verhandeln zu müssen, habe keinen son-
derlichen Reiz für ihn. »Das könnte *ich* alles machen«, sagte
Priscilla. Wozu sollte sie? »Um zu wissen, was *du* weißt.
Irgend etwas muß ich doch lernen.«

Sie köderte ihn mit jungen Malern, die von der Aussicht, von ihm gefördert zu werden, ganz begeistert seien und Bilder malten, die sich bestimmt gut verkaufen ließen. Nach einer Woche gab er zu, interessiert zu sein. Er erklärte sich mit einem Probelauf einverstanden.

Nun unternahm Priscilla einen riskanten Schritt. Sie schlug Morris vor, in Anbetracht seiner Kompetenz und seines starken Engagements solle er sich überlegen, ob er nicht mit einigen von Walters Bildern handeln wolle. »Dem würde Irene niemals zustimmen«, wandte er ein; »*Walter* auch nicht.« Darauf Priscilla: »Das überlaß mal mir.«

Walter war inzwischen eine kleine Berühmtheit. Drei Hochglanzmagazine planten Artikel über ihn. Museen zeigten sich interessiert. Halb im Ernst schlug Phoebe vor, er solle eine persönliche Sekretärin einstellen. Hochgestimmt von der öffentlichen Aufmerksamkeit, wußte Walter sein Privatleben zu schützen. Auf seine Zuneigung zu Priscilla wirkte der Erfolg sich nicht aus, und er brachte diesen sogar mit ihrem Auftauchen in Verbindung: das unverhoffte Glück, das sie ihm gegeben hatte, schien sich in den Rausch des Ruhms ausgeweitet zu haben. Was immer er tat, am Rande war er sich an einem jeden Tag der freigebigen Suada bewußt, mit der sie ihn verzückt beschließen würde.

Gelegentliche Mißverständnisse zwischen Künstlern und ihren Händlern sind unvermeidlich. Für Walter erschloß jede Meinungsverschiedenheit mit Irene ein Reservoir von Leidenschaft, das seine Affäre mit Priscilla noch nicht ganz geleert hatte. Im November verkaufte Irene »Das präparierte Piano«, eins seiner Lieblingsbilder, an einen Sammler in Des Moines. Walter war entsetzt: »Der steckt es in sein Silo, und kein Mensch wird es mehr zu Gesicht bekommen.«

Am Abend dieses Tages wies Priscilla Walter darauf hin, daß solcher Ärger sich vermeiden lasse. Müsse er denn alle seine Bilder einem einzigen Menschen anvertrauen? Walter erwiderte, er fühle sich, da er so viele für sich selbst behalte, verpflichtet, Irene den Rest zu überlassen. Dennoch stimmte er Priscilla »theoretisch« zu.

Damit hatte Priscilla ihr Stichwort. Daß Morris Händler
geworden war, hatte sie Walter noch nicht erzählt. Am nächsten Tag rückte sie mit dieser Neuigkeit heraus. Morris sei
genau das, was Walter brauche: ein Freund, der seine Arbeit
verstehe, und der sie nie auf so unverantwortliche Weise
veräußern würde.

Mag sein, sagte Walter; aber was wird mit Irene? Als Priscilla das Thema von neuem zur Sprache brachte, sagte er, das
mit Morris sei eine großartige Idee, nur werde Irene absolut
dagegen sein. Priscilla fragte: Und wenn sie zustimmt? Nun,
sagte Walter, die Idee ist großartig.

Priscilla verabredete ein Treffen mit Irene. Sie wußte, was sie
zu tun hatte. Irene hatte keinen Grund, ihren Erfolg mit
Walter mit irgend jemandem zu teilen, nicht einmal mit ihrem Bruder. Priscilla würde die Art des Einverständnisses
zwischen Walter und Morris bemänteln – sie würde lügen
müssen. Wenn später die Wahrheit herauskäme, würde Irene
klar sein, wer sie hinters Licht geführt hatte. Priscilla nahm
das Risiko auf sich; immerhin hatte sie bis jetzt nur gewonnen. Sie hatte Morris erfolgreich umworben, sie hatte Walter
behalten, beide Männer hatten ihrem Plan zugestimmt.
Wenn seine Ausführung Lügen mit sich brachte, dann würde
sie eben lügen und im Falle des Falles auch mit den Konsequenzen fertigwerden. Dann würde sie behaupten, sie sei
von Irene oder Walter oder beiden mißverstanden worden.
Womöglich käme es zum Kampf. Sie würde etwas haben,
wofür zu kämpfen sich lohnte.

Priscilla beruhigte sich damit, daß sie ihr Problem für ein im
Grunde semantisches erklärte. Wenn ich die richtigen Aus-
drücke finde, wird mein Vorschlag von Walter so und von
Irene so interpretiert. Wie werden sie reden, wenn sie darüber beraten? Welche Worte werden sie benutzen? Welche
Fragen werden sie stellen? Bestimmte Worte, wie *verkaufen*,
könnten ihre Pläne zunichte machen. »Irene, Morris hat soeben meine ›Letzte Herzogin‹ verkauft.« Die Denkbarkeit
eines solchen Satzes ließ sie schaudern. Sie durchlebte Mo-
mente heftigsten Zweifels. Sie stellte Listen aller Worte zu-

sammen, die in Beratungen über geschäftliche Transaktionen dienlich sein könnten. So viele andere Wörter ließen sich anstelle des rohen *Kaufens* und *Verkaufens* verwenden: *sich kümmern um, sich befassen mit, etwas in die Hand nehmen, etwas unternehmen*... Waren dies nicht genau die Worte, die Walter und Irene benutzen würden? Der Vorschlag war aus einer gespannten Situation hervorgegangen; er mußte ihnen beiden leicht peinlich bleiben und somit Euphemismen Vorschub leisten. Priscilla beschloß, sich auf ihr Glück und ihre Listen zu verlassen. Sie konnte Walters Verkehr mit Irene soweit überwachen, daß sie einer möglichen Gefahr zuvorkommen konnte.

Sie bereitete eine Version ihres Vorschlags vor, die alles, was Morris oder Walter sagen könnten, für Irene annehmbar machen würde. Als sie zu ihrer Verabredung in der Kramer-Galerie eintraf, spürte sie neues Selbstvertrauen: sie vertrat Walter beruflich.

Priscilla sagte Irene, daß Walter die Mißhelligkeit wegen des »Präparierten Pianos« zutiefst bedaure. Er sei der Meinung, weder ihm noch Irene sei für das Geschehene ein Vorwurf zu machen. Ob solche Mißverständnisse sich nicht durch Hinzuziehung einer Drittpartei vermeiden ließen, die im Fall bestimmter Gemälde als Unparteiischer agieren würde? Er schlage ihren Bruder für diese Rolle vor. Was Irene davon halte? Morris' Entscheidungsbefugnis käme ja nur selten zum Tragen...

»Morris wäre ideal«, unterbrach Irene. »Ich hatte gehofft, er würde das gleiche für mich tun.«

Priscilla verstand diese Bemerkung nicht. »Walter wird –«

»Er braucht meine Zustimmung nicht. Ich wünschte, der Gute würde begreifen, daß ich für *ihn* arbeite.« Irene hielt inne. »Warum hat er nicht selbst mit mir geredet?«

»Weil«, erwiderte Priscilla prompt, »euer Streit ihn verwirrt hat. Da bin ich für ihn eingesprungen.« Sie kam sich vor wie ein Profi und beschloß, umgehend ihren Einsatz zu machen. »Wenn Sie ihn jetzt anrufen, wird er sich freuen.« Sie sah zu, wie Irene seine Nummer wählte.

»...ich bin Ihnen also nicht gut genug, Mr. Trale?« sagte
Irene. »Sie brauchen einen *Mann,* der für Sie sorgt...«
Als sie auflegte, lächelte sie. Priscilla nicht minder, als sie aus
der Galerie auf die Straße trat.
»Ich habe es ein wenig vieldeutig gemacht«, erzählte sie
Morris vieldeutig. »Du wirst bei bestimmten Gemälden
›Entscheidungen treffen‹. Sie hat's geschluckt.«
»Miss Priss, du bist umwerfend. Darf ich fragen, warum?«
»Wie gesagt – um mich von deiner Eleganz inspirieren zu
lassen.«
»Du bist eingeladen. Gibt's nicht einen winzigen *bösen*
Grund, um mich zu trösten?«
»Ich will Walter, das weißt du. Das ist ein hartes Leben für
eine Göre wie mich.«
»Und ob. Mit sowas kann man aber auch Mama und Papa
imponieren, wie?«
»Ach, mag sein. Es sollte mir Maud vom Hals halten.«
Priscilla sollte noch greifbarere Belohnung erhalten. Morris
bestand darauf, sie für ihre Arbeit zu bezahlen; ihre Bereitschaft, ihm unentgeltlich zu helfen, reflektiere lediglich die
typisch herablassende Haltung ihrer Klasse. Er bot ihr eine
prozentuale Beteiligung an den Geschäften an, die sie an-
bahnte. Damit war sie einverstanden. Zu gegebener Zeit wies
sie darauf hin, wie abhängig sie dadurch nun sei. Sie habe
begonnen, nennenswerte Geldbeträge zu verdienen, und er
habe vor kurzem irgendwelche »Herzbeschwerden« gehabt:
»Stirb mir jetzt bloß nicht, ich habe ja noch so viel mehr zu
lernen! Und du weißt, ich bin zu nichts zu gebrauchen,
außer von dir. Ohne dich bin ich Niemand.«
Er sagte vorläufig nichts darauf. Ein paar Tage später erwähnte er etwas von einer Lebensversicherung, die er auf
ihren Namen abschließen wolle. Priscilla brach in Tränen
aus. Morris nahm sie, was er nur selten tat, in die Arme.
»Liebe Priss, überleg doch mal, wie toll das für mich wäre,
dich mit einem Haufen Geld dem Nichts zu entreißen!«
Mit Morris' Eroberung gelang Priscilla ihre vielleicht ein-
drucksvollste Tat. Intelligent, zynisch, Frauen gegenüber

mißtrauisch, ließ er sich von einer kleinen Schickse durch reinen Willen zum Vertrauten machen. Daß er sich ihrer annahm, hatte er mit ihrem Charme, ihrer Loyalität, ihrer Nützlichkeit gerechtfertigt, wobei er kaum bemerkte, wie fremd sie ihm war und wie seltsam er ihrer bizarren Entschlossenheit nachgegeben hatte.

Priscillas Verhandlungen mit Irene beeindruckten Walter und ergänzten seine Zuneigung zu ihr mit einem Gefühl von Achtung. Wenn sie ihn um Bilder bat, die sie Morris bringen wollte, fiel es ihm schwer, nein zu sagen. Sie fragte zwar nicht oft (und Morris hat letzten Endes kein einziges der Bilder verkauft), doch manche der Bilder bedeuteten ihm sehr viel, und sei es nur, weil sie noch neu waren. Bei solchen Gelegenheiten kämpfte Priscilla hartnäckig mit ihm und machte seine Zustimmung zum Werkzeug und Maß ihrer Überzeugungskraft. Habe er es ihr nicht versprochen? Habe er kein Vertrauen zu ihr? Liebe er sie nicht? Jeder Sieg festigte ihren Platz in Walters Leben ein wenig mehr; und als ob sie beweisen wollte, wie unangefochten dieser Platz sei, stellte sie sich die Aufgabe, ihn zu überreden, Morris das Porträt von Elizabeth zu überlassen. Sie brauchte ihr ganzes Können und etwas mehr als eine Woche, um seine Weigerung, sein Widerstreben, seinen Widerstand niederzuringen. Eines Morgens stand sie auf und sah das Porträt nicht mehr an der Wand des Ateliers hängen, sondern in Plastikfolie gehüllt neben der Tür stehen. Zum erstenmal seit ihrer Ankunft im September hatte Priscilla das Gefühl, sie könne die Stadt, in der sie lebte, als ihre eigene betrachten.

Walter liebte Priscilla zweifellos, und es mag ihm sogar Spaß gemacht haben, sich ihr zu beugen. Gewiß ärgerte es ihn, bestimmte Bilder weggeben zu müssen, doch war er zu aktiv, und solche Verluste kamen zu selten vor, als daß ihn derlei lange beschäftigen konnte; und schließlich half er damit ja Morris. Das Porträt von Elizabeth jedoch betrachtete er als uranfängliches selbstgeschaffenes Totem; wie Priscilla einmal geschrieben hatte, war dies nicht nur sein Werk, sondern er selbst. An diesem Morgen hatte er sich an Phoebes

überaus treue Kopie erinnert. Sie hatte dies als ein Werk der
Liebe gemalt, der Liebe zu ihm und zu seiner Arbeit. Sie
würde nichts dagegen haben, wenn er es für eine Weile zu
seinem Schutz benutzte. Während Priscilla noch schlief,
brachte Walter das Original außer Sicht und stellte die Kopie
dorthin, wo sie sie finden mußte. Noch am gleichen Tag
brachte sie das Bild im Triumph zu Morris' Wohnung.

IRENE UND MORRIS

1945-1963

Priscilla hatte Lewis auch schon vor dem Tod seines Geliebten Schmerzen bereitet. Als sie Morris überredete, mit Bildern zu handeln, war er krankhaft eifersüchtig auf sie geworden. Und wenn Morris den Peiniger spielte, erzählte er jedesmal von Priscillas langen und häufigen Besuchen in seiner Wohnung, die Lewis gerade einmal im Monat betreten durfte. So konnte Lewis sich die Geschichte ihrer unwahrscheinlichen Freundschaft Stück für Stück zusammensetzen. Nebenbei erfuhr er auch von Morris' lebenslanger Beziehung zu Irene.

Eine Woche bevor Morris und Lewis sich kennenlernten, bat Irene ihren Bruder, als künstlerischer Berater für die Kramer-Galerie zu arbeiten. Sie hatte ihr Angebot sorgfältig durchdacht. Die Idee dazu war ihr gekommen, als die Beschäftigung mit Walters Werk ihr erlaubte, die Tiefe und Tragweite der Einsichten ihres Bruders gebührend zu bewundern. Wenn Irene zögerte, ihn einzustellen, dann nur aus einem Grund: sie mißtraute ihrer Voreingenommenheit für ihn, und dies galt nicht nur ihm als ihrem Bruder, sondern dem Menschen, den sie immer am meisten geliebt hatte.

Irene trat taktvoll an Morris heran. Sie stellte klar, daß sie nicht aus schwesterlichem Entgegenkommen handelte. Sie betonte, daß er neben einem guten Gehalt eine Verkaufsprovision erhalten würde und nach einem eigenen Zeitplan arbeiten könne. Sie erklärte, wie überlegt sie ihre Wahl getroffen habe. Seit Monaten habe sie das Bedürfnis gehabt, sich einen Berater zu nehmen. Sie habe mehrere angesehene Kandidaten ausgeschieden – Rosenberg und Hess hätten als Mitarbeiter einer Galerie ihre Unabhängigkeit bedroht gesehen; Greenberg sei an den Rubin-Clan gebunden. Sie sei zu dem Schluß gekommen, daß Morris ideal zu ihr passe, mochte er

auch ihr Bruder sein. Und falls ihn deswegen manche Leute
schief ansehen sollten, so seien das eben Narren, befand sie.
Sie würde sich nur mit dem Besten zufriedengeben.

Irenes Takt drückte Wertschätzung und Zuneigung gleichermaßen aus. Vielleicht zum erstenmal trat sie Morris gegenüber ohne eine Spur von Unruhe auf. Sie erkannte ihn als
gleichrangig an, nicht was seine Intelligenz betraf (die kannte
sie seit Jahren), sondern als Erwachsenen, der für sein Leben
verantwortlich war. Manchmal hatte Irene bezweifelt, daß
sie dieses Glück je erleben würde. Seit seinem zwölften Lebensjahr hatte sie über Morris gewacht.

Ihre Eltern waren fast vierzig, als er, sechs Jahre nach Irene,
geboren wurde; als er in die Pubertät kam, waren sie Mitte
fünfzig. Sie hatten Schwierigkeiten, ihren launenhaften Sohn
zu verstehen, und er verstand sie nicht. Irene kam ihrem
Bruder näher, als sie die Familienstreitigkeiten zu schlichten
begann, die seine Teenagerjahre immer häufiger überschatte-
ten. Sie hatte Morris immer gern gehabt, und als sie in ihm
einen talentierten, exzentrischen Jungen entdeckte, wurde
aus dieser Zuneigung Liebe.

Irene half ihm, sich mit seinem Leben zu Hause abzufinden,
doch in der Schule, wo er trotz ihrer Nachhilfe mittelmäßig
blieb, konnte sie wenig für ihn tun. In Morris' erstem Jahr
auf der Highschool bekam sie in dem Geschichtslehrer Arnold Loewenberg einen einflußreichen Verbündeten. Dieser
gelehrte Österreicher, dessen Studium durch Anschluß und
Krieg lange unterbrochen worden war und der jetzt gerade
seine Doktorarbeit beendete, erkannte unter Morris' schuli-
scher Gleichgültigkeit einen leidenschaftlichen und begabten
Geist, und er machte es sich zur Aufgabe, ihn auf das ihm
angemessene Niveau zu heben. Er nahm sich des Jungen an,
machte ihn mit den Wonnen der Musik und Malerei bekannt, lieh ihm Bücher mit Reproduktionen und Schallplatten, erzählte ihm vom Leben in Europa, wo man von Geschichte ganz umgeben sei und Kunstwerke als Embleme
dieser Geschichte betrachtet würden. Eher beiläufig brachte
er Morris das Arbeiten bei – wie man analysiert, was man

liest; wie man ordnet, was man schreibt. Und Mr. Loewenberg verlangte von seinem Schüler dann auch außerordentliche Ergebnisse: zunächst sollte er der Beste seiner Klasse
werden, dann sollte er das Leistungsniveau eines Gymnasi-
ums oder *lycée* erreichen. Nach einer Weile begann Mr. Loewenberg ihm jedesmal schlechte Noten zu geben, wenn er
unter diesem Niveau blieb, und Morris' andere Lehrer
schlossen sich mit unterschiedlicher und hinreichender
Strenge seinem Beispiel an – eine wohlwollende Verschwörung, die Morris am Ende des Jahres einen Preis als bester
Schüler einbrachte.

Arnold Loewenberg und Irene schlossen Freundschaft. Er
versorgte sie während ihres Kunstgeschichtestudiums mit
wertvollen Ratschlägen und am Beginn ihrer Karriere mit
unschätzbaren Anregungen; auch dann noch fühlte sie sich
ihm aber zu größtem Dank verpflichtet, weil er sich so um
Morris kümmerte. »Sie dürfen nie vergessen«, sagte er einmal zu ihr, »daß er ein Intellektueller ist« – er sprach das
Wort mit genießerischem Nachdruck aus –, »vielleicht wird
er es eines Tages zu etwas Außerordentlichem bringen, aber
in einem Land der Habgier und Ballspiele wird er natürlich
manches Ungemach erfahren.« Er gab ihr die Zuversicht,
daß sie ihre Fürsorge nicht an einen talentierten Eigenbrötler
verschwendete.

Morris war seltsam, und er gefiel sich darin. Anders als Lewis litt er nie an Einsamkeit und ähnlich düsteren Zustän-
den. Er hatte ein gutes Auge für seine Kameraden und wußte, wie er sie dazu bringen konnte, Bewunderung, Angst
oder Freundschaft für ihn zu empfinden. Im Grunde seines
Herzens blieb er auf Distanz, genoß diese Distanz als ein
Privileg; und eben dies beunruhigte Irene mehr als alles andere. Sie sah ihn bereits zur Verbitterung derer, die nicht
lieben, verdammt.

Im Sommer nach Morris' erstem Jahr bei Mr. Loewenberg
mieteten seine Eltern ein Landhaus am Kiamesha Lake. Irene kam manchmal auf ein Wochenende vorbei. Eines Freitags
erhielt sie unerwartete Mitfahrgelegenheit und traf schon

mitten am Nachmittag ein, etliche Stunden zu früh. Ihre
Eltern waren ausgegangen. Sie stand in dem leeren Haus,
und plötzlich hörte sie Morris' Stimme. Sie suchte draußen
nach ihm, dann in der Garage, wo sie ihn anfangs nicht
bemerkte, da sie sich jemand anderem gegenüber sah: Morris' jüngerem Freund Irwin Hall, bekleidet mit einer Unterhose. Die Hände waren ihm mit Draht auf den Rücken gefesselt; er stand auf den Zehenspitzen, um nicht von der
Schlinge aus dünner weißer Schnur erwürgt zu werden, die
an einem Balken über seinem Kopf befestigt war. Irene
stützte Irwin mit einem Arm und begann gerade die Schnur
loszumachen, als sie Morris lachen hörte und ihn gleich darauf im Schatten an der Wand stehen sah.
»Keine Bange, Partner«, sagte er, »das ist nur meine große
Schwester.«
Die Schnur kam herunter. Irene schrie: »Ihr habt sie wohl
nicht alle. Morris, bind ihm die Hände los.«
Ein wenig keuchend sagte Irwin: »War nur ein Spiel.« Die
Schlinge hatte ihn unterm Kinn wundgescheuert. Sein kur-
zes blondes Haar betonte die klaren grünlich braunen Augen, die fröhlich auf seinen Freund gerichtet waren.
Irene schnauzte Morris wütend an: »Du bist einfach ekel-
haft.«
Während er sie normalerweise fürchtete, grinste er jetzt
bloß: »Du hast zwar keine Ahnung, Irene, aber dieser Mann
ist gefährlich.« Er schaukelte vor Aufregung hin und her.
Irene bog den Draht auf.
Hinterher erklärte ihr Morris, alle seine Freunde würden
»Bandit und Sheriff« spielen. Einige Monate später entdeckte
sie auf dem Dachboden ihres Hauses in der Bronx, versteckt
unter einem Haufen alter Kartons, ein Versandhauspaket. Es
enthielt nietengespickte Lederriemen, zwei Peitschen und einen Reißverschlußknebel. Die Utensilien sahen neu aus. Sie
waren noch nicht benutzt worden. Morris hatte die Ausrüstung und auch das Magazin, in dem sie annonciert worden
war, bestellt, um Phantasien auszuleben; er war nicht auf
Taten aus. Taten machten ihm angst. Irenes Reaktion in der

Garage bestätigte nur, was er schon immer vermutet hatte:
Ausrüstung und Magazin mochten allgemein zugänglich sein,
dennoch waren seine Begierden anormal. Sie schockierten
ihn, wie sie seinen Vater schockiert haben würden. Nach dem
Vorfall mit Irwin behielt er sie zwei Jahre lang für sich. Erst
dann nahm er sich gelegentlich einen Jungen aus der Stadt und
ließ seinen Phantasien freien Lauf.

Einmal verkannte er sein Opfer und wurde selbst zusam-
mengeschlagen. Die Verletzungen ließen sich nur schwer
verbergen, besonders vor einer liebevollen Schwester. Wieder war Irene verzweifelt, wenn auch weniger über seine
sexuelle Neigung (sie wußte, daß Sadomasochismus wohl
kaum »anormal« war); vielmehr fürchtete sie, daß diese seine
wesenseigene Unzugänglichkeit noch verstärken würde. Sie
beschloß, ihn mit allem Nachdruck zu der Aktivität zu ermuntern, zu der er sich, nachdem er seine Fähigkeit bewiesen hatte, wohl am ehesten würde verlocken lassen; und
gemeinsam mit Arnold Loewenberg, der sie noch immer
bereitwillig unterstützte, überredete sie Morris in seinem
letzten Highschooljahr, sich ernstlich auf eine wissenschaft-
liche Laufbahn vorzubereiten. Glücklicherweise erschien eine solche Laufbahn ihm besonders attraktiv: denn seine Eltern reagierten mit Bestürzung. Sie fürchteten, ihn damit
vollends zu verlieren. Freilich konnten sie ihm nicht die höhere Bildung versagen, die sie so oft als eines ihrer Ziele
verkündet hatten; und als Morris sich unter den Colleges,
die ihn aufnehmen wollten, nicht für Harvard oder Chicago
entschied, sondern für die New Yorker Universität, waren
sie halbwegs getröstet. Sie überschlugen die Entfernung zwischen der Bronx und Washington Square töricht genug in
Meilen und wähnten, ihr Sohn bliebe ihnen erhalten.

Zwei Jahre später begann Morris sein Studium mit Kunstgeschichte als Hauptfach. Irene hatte keinen Anteil an dieser
Entscheidung, die auf die Lektüre von Hegels *Ästhetik* zurückging: Kunst gefiel Morris als ein historisches Register
des metaphysischen Ringens der Gesellschaft. Gleichwohl
fuhr Irene fort, seine Entwicklung zu beeinflussen. Inzwi-

schen hatte sie ihr Studium beendet, ihre Ehe beendet, ihre
berufliche Laufbahn angetreten. Sie machte Morris, der voll
war von alter Theorie und Praxis, mit neuer und einheimi-
scher Kunst bekannt und führte ihn in einen Kreis von
Künstlern ein, die, noch arm und unbekannt, nichts anderes
wollten als experimentieren und debattieren und dabei ein
Drängen verspürten, das zukünftig einen Markt verdiente.
Morris sah sich gezwungen, seine Studien mit der Realität zu
konfrontieren. Er blühte auf.

Daß Morris die Graduate School besuchen sollte, schien jedermann einleuchtend; außer seinem Vater, der sagte, er solle nach Hause kommen und die Filmtheater übernehmen,
und seiner Mutter, die sagte, er solle einfach nur nach Hause
kommen. Irene half Morris, ein Stipendium zu bekommen
und einen Teilzeitjob zu finden. Sie beriet ihn bei seinen
Verhandlungen mit den Eltern. Schließlich erhielt er deren
Zustimmung und begann im Herbst 1954 sein Graduierten-
studium an der Columbia Universität. Wäre sein Fortschritt
nicht durch einen unerwarteten und schweren Herzanfall
aufgehalten worden, hätte er nach drei oder vier Jahren seinen Doktor gemacht.

Einen großen Teil der nächsten zwei Jahre verbrachte Morris
in Krankenhäusern. Die Zeiten zwischen den Klinikaufent-
halten kamen ihm bald wie Ferien vor: die Realität, die für
ihn zählte, bestand aus ärztlichen Untersuchungen und le-
bensrettenden Maßnahmen. Seine Eltern zahlten, was auch
immer die beste Behandlung kosten mochte. Irene sorgte
dafür, daß er die beste erhielt, und wandte sich in kritischen
Momenten an Spezialisten in anderen Krankenhäusern und
anderen Städten. Irene begleitete Morris durch Untersuchungen und Tage des Wartens auf die Ergebnisse und ganze
Wochen, in denen er »ausschließlich der Ruhe pflegen« sollte. Sie drängte ihn, sein Studium fortzusetzen. Sie traf Ab-
machungen, daß er mit monatelanger Verspätung Prüfungen
ablegen und Arbeiten schreiben konnte. Wenn er in Versuchung geriet, seine Krankheit als Vorwand zum Aufgeben zu
benutzen, rief sie ihm die Freude ins Gedächtnis zurück, die

er an der Ausübung seiner Talente gefunden hatte. Dank ihrer Unterstützung gelang ihm im Lauf von viereinhalb schwierigen Jahren wesentlich mehr als bloß zu überleben.

Während dieser Zeit lernte Morris, für sich selbst zu denken. Nun, da er immer wieder der Möglichkeit seines Todes ins Auge sehen mußte, bekam sein Studium ein neues Gewicht. Weil er irgendeine bestimmte Zeichnung vielleicht nie wiedersehen würde, betrachtete er sie mit rückhaltloser Aufmerksamkeit. Worte, die er hörte oder las oder schrieb, hallten nach, als wären es die allerletzten. Er gab seine philosophische Grundeinstellung nicht auf, doch begann er Kunstwerke nun weniger als Symptome der Kulturgeschichte und mehr als individuelle Handlungen zu betrachten. Dieser Wandel seiner Einstellung bezog sich aber nicht auf Inhalte oder symbolische Werte oder irgendwelche Formprobleme. Was *ihn* an »individuellen Handlungen« interessierte, ließ sich stets als Aspekte der Erscheinung ausdrükken – Strichführung, Oberflächenstruktur, Kolorit. Morris entwickelte ein unheimliches Einfühlungsvermögen für die zeitgenössische Kunst; als hätte die Todesdrohung seinen Blick von allem gereinigt, was ihn davon abhielt, sie als das zu sehen, als was sie selbst sich darstellte: als ein Unternehmen, das sich die Aufgabe gestellt hatte, das Zentrum der Kunst an die Oberfläche ihres Mediums zu bringen, also dorthin, wo es eigentlich hingehörte. Als er Walters Malerei entdeckte, wußte er, wie er ihr gerecht werden konnte.

Diese Wandlung blieb Irene durch die Unregelmäßigkeit seines Lebens verborgen. Sie bemerkte nur die Ereignisse einzelner Tage: wie er schlief, was er aß und was er nicht aß, wie kräftig seine Stimme war, was an den Verlautbarungen seiner Ärzte auf seine Zukunft schließen ließ. Wie eine Mutter verschob sie andere Fragen als solche nach seiner Gesundheit auf eine hypothetische Zukunft. Morris sollte so wenig Schmerzen wie möglich leiden, nachts ruhig schlafen und nur wieder gesund werden. Einige Rückfälle brachten sie an den Rand der Verzweiflung, doch schließlich war seine schier endlose Genesung abgeschlossen, er hatte sich gänz-

lich erholt. Ihre Hingabe war belohnt worden. Nur hatte sie
unterdessen den Anschluß verloren. Für sie war ihr brillan-
ter jüngerer Bruder zu jemand geworden, der gepflegt werden mußte. Nachdem sie die Entwicklung seiner Fähigkeiten
unterstützt hatte, begann sie nun, dankbar, daß er noch lebte, an deren Bedeutung zu zweifeln.

Sein Artikel über Walter erstaunte sie. Morris hatte sie richtig überraschen wollen und ihr nichts davon erzählt, nicht
einmal seine Beschäftigung mit Walter erwähnt, dessen Werk
er zum erstenmal während der Abschlußarbeiten zu seiner
Dissertation über Lewis Eilshemius kennengelernt hatte. Sobald der Artikel erschien, brachte Morris Irene sein erstes
Exemplar von *New Worlds* – eine Geste, die klarstellte, wem
er mit seinem Essay eine Freude hatte machen wollen. Nicht
einmal er hatte geahnt, wie sehr sie sich darüber freuen würde. Das Stück nahm sie so gefangen, daß sie sich immer
wieder daran erinnern mußte, wer es geschrieben hatte. Der
spätere Beifall von Morris' Kritikerkollegen bekräftigte ihre
Überzeugung, daß Morris, auch wenn ein einziger Artikel
noch kein Œuvre ausmachte, sein Versprechen erfüllt hatte.
Irene fuhr auch weiterhin aus dem Schlaf, doch jetzt waren
ihre Gedanken an ihn nicht mehr ängstlich, sondern froh-
lockend.

Irene wußte, daß sie mit dem Umzug ihrer Galerie ihre Karriere aufs Spiel setzte. Obwohl sie nicht an ihren Fähigkeiten
zweifelte, hatte sie sich in den ersten Monaten ihres Unter-
nehmens oft vorgestellt, einen Berater zu haben, der den
Streß von Krisensituationen mit ihr teilte und in ruhigeren
Zeiten ihre Initiativen unterstützte. Jetzt fragte sie sich, wer
für eine solche Rolle besser geeignet wäre als Morris? Er
hatte Krisen von entsetzlichen Ausmaßen durchgestanden.
Er hatte sie zu Walter und ihrem Erfolg mit ihm geführt. Sie
bat ihn, ihr Mitarbeiter zu werden.

Einen Monat früher hätte Morris ihr Angebot wahrscheinlich angenommen. Er hatte Irene seit seiner Kindheit geliebt;
vermutlich verdankte er ihr sein Leben. Ihre Reaktion auf
seinen Essay hatte ihn ungeheuer befriedigt, und daß sie sich

anschließend Walters annahm, betrachtete er als Anerkennung seines Scharfsinns. Dem allen entgegen aber standen dunklere und nicht minder hartnäckige Gefühle. Irene war jemand, den er zeit seines Lebens hatte bewundern müssen. Erst war sie größer gewesen, dann älter, und immer, zu Hause und in der Schule, ein Vorbild. Auch die Tatsache, daß er in ihrer Schuld stand, engte ihn ein. Sie hatte sich als seine starke und gute Beschützerin, Mentorin und schließlich Wächterin erwiesen, während Morris zu Seltsamkeit, Perversion und Krankheit verurteilt war. Die Starken haben das Vorrecht, zu geben. Die Schwachen bleiben abhängig und dankbar. Aber war Irene wirklich stärker? Wer hatte denn überlebt?

Priscillas Andeutungen, Walter werde von Irene ausgebeutet, breiteten sich in Morris aus wie ein Fleck. Auch ihn selbst beutete Irene aus. Er hatte Walter entdeckt, und sie strich den Profit ein. Als Irene ihm wenige Wochen später ihren Vorschlag unterbreitete, kam ihm der Gedanke, daß seine alte Abhängigkeit unter neuer Maske wiederhergestellt würde, wenn er für sie arbeitete. Priscilla hatte ihm dargelegt, wie er selbst Geld verdienen konnte, indem er genau das tat, was Irene von ihm wollte. Er vergaß seinen Erfolg und sein Versprechen, spielte statt dessen das grollende Waisenkind und schlug ihr Angebot aus.

Anfangs war Irene von seiner Ablehnung nicht überrascht: sie konnte die mit einer großen Schwester verbundenen Bedenken nachvollziehen. Sie tat ihr Bestes, sie ihm zu nehmen. Sie forderte Morris auf, seine eigenen Bedingungen zu nennen. Sie bot Außenstehende auf, die für ihre Sache eintreten sollten. Ihre Bemühungen verhärteten nur seine Position. (Robert Rosenblum erklärte, wer Morris umstimmen wolle, könne ebensogut bei einer Versammlung der Anonymen Alkoholiker für Gin Reklame machen.) Er ging Irene und ihren Abgesandten aus dem Weg. Als Priscilla anderthalb Wochen später verkündete, Walter wolle Morris als *seinen* Berater haben, gab Irene auf.

Aber auch dann blieb Morris auf Distanz zu ihr, obwohl sie

nie mehr auf ihr Angebot anspielte. Im Gegensatz zu ihm;
einmal zum Beispiel behauptete er wider bestes Wissen, daß
auch Lewis ihre Idee verurteile. So mußte Irene Lewis als
einen Feind betrachten.

Als Morris starb, beweinte Irene um so bitterlicher die Ent-
fremdung, die seinem Tod vorangegangen war. Sie machte
sich harte Vorwürfe deswegen.

Eines Morgens Anfang Juni traf Lewis in der Carmine Street
Priscilla und Walter, und seine Enttäuschung über den Maler
wurde zu Abscheu. Noch am gleichen Tag suchte er Irene
auf. In der Hoffnung, ihn rasch loszuwerden, empfing sie
ihn im Vorraum der Galerie. Lewis sagte ihr, er wisse die
Wahrheit über Walters geschäftliche Vereinbarung mit Mor-
ris. Die wisse sie auch, gab sie zurück. Nein, beharrte Lewis.
Irene sagte, sie sei zu beschäftigt, um sich zu streiten; wenn
er das anders sehe, sei das sein Problem. (Sie konnte seinen
Anblick kaum ertragen. Hatte er doch womöglich ihren
Bruder getötet.) Lewis verlor die Beherrschung: »Das ist *Ihr*
Scheißproblem.«

Irene ließ ihn stehen. Später begann sie sich zu fragen, was
hinter seinem Ausbruch stecken könnte. Als er anrief, um
sich zu entschuldigen, verabredete sie für den nächsten Tag
ein weiteres Treffen mit ihm.

Diesmal zeigte sich Lewis geduldig. Er erzählte ihr von seiner Affäre mit Morris und sagte abschließend: »Ich habe ihn
so geliebt, wie ich nie mehr jemand lieben werde, und ich
weiß, Ihnen geht es genauso.« Sie fragte ihn, wie Morris
gestorben sei. Lewis teilte ihr jede schmerzliche Einzelheit
mit. Dann kam er auf das Thema zurück, das er tags zuvor
angeschnitten hatte: »Priscilla hat dieses Geschäft arran-
giert –«

»Nein, wirklich nicht. Das war Walters Idee.«

»War es nicht. Ich dachte, *das* wüßten Sie. Jedenfalls entschied Morris, welche Bilder von Walter verkauft werden
sollten –«

»Welche *nicht* verkauft werden sollten.«

Lewis erklärte die Abmachung. Noch immer verwirrt, weigerte sich Irene zu begreifen. Lewis schlug vor, sie sollten Morris' Wohnung besuchen. Dann könne sie es ja mit eigenen Augen sehen.

»Die ist versiegelt. Wir müssen uns eine Genehmigung besorgen.«

»*Ich* nicht. Wie wär's mit Sonntag abend?«

Lewis hatte den Schlüssel zu Morris' Hintertür, die, von Bücherregalen verborgen, der Polizei entgangen war. Mit Taschenlampen bewaffnet, krochen Irene und Lewis hindurch.

Morris hatte Walters fünf Bilder in seinem Schlafzimmer aufgehängt. Das Porträt von Elizabeth hing dem Bett gegenüber. Lewis machte sich auf die Suche nach einer Verkaufsliste. Als er zurückkam, untersuchte Irene gerade mit ihrem beweglichen Strahl das Porträt. Dunkel verbarg ihr Gesicht; ihr war anzuhören, daß ihre Stimmung jetzt eine ganz andere war. Lewis dachte an seine Mutter, als er ihr den gestohlenen Schal geschenkt hatte. Ihm schauderte.

»Das hätte Morris nie verkauft –« begann er.

»Natürlich nicht.«

»Sogar Priscilla –«

»Ach, Priscilla!« Sie unterbrach sich. »Wie sagt man? Der Pfad der wahren Liebe ist mit guten Absichten gepflastert... Bringen wir diese Sachen hier raus.«

»Die Bilder? *Jetzt?*«

»Was denn sonst? Wann denn sonst?«

Später am Abend rechtfertigte Irene ihre groteske und zweifellos gesetzwidrige Tat: wenn Walter diese Bilder verkaufen wolle, sei sie vertraglich verpflichtet, ihm dabei zu helfen. Sie sprach mit der Entschlossenheit geballter Empörung.

Am Dienstag trat Irene diskret an zuverlässige Kunden von außerhalb heran, um ihnen Walters Bilder zum Kauf anzubieten. Am Freitag erwarb Maud das Porträt von Elizabeth. Bis Ende Juli wurden noch drei weitere Bilder verkauft, das letzte am 1. August. Nun rief Irene Walter an und sagte ihm, was sie getan hatte.

Weder machte sie ihm Vorwürfe, noch entschuldigte sie sich

selbst. Sie glaubte, wahrscheinlich werde er wütend verkünden, daß er aus ihrer Galerie aussteige. Aber er klang nur verblüfft. Ob Priscilla ihr denn nicht von der Abmachung mit Morris erzählt habe? Ob Irene ihm nicht telefonisch ihr Einverständnis übermittelt habe? »Paß auf«, sagte er, »das war dazu gedacht, daß Morris zu Geld kommen konnte. Ist das so schlimm? Verdient hat er es ganz bestimmt.«

»Das finde ich auch. Aber nun sag mir, *cher cœur*, hat Priscilla es auch verdient? Neinein, erspar mir die schmutzigen Einzelheiten . . .« Endlich erfaßte Irene die Wahrheit. »Priscilla?«

»Eins möchte ich wissen: was hat sie gesagt, womit ich einverstanden wäre?«

»Daß Morris ab und zu ein Bild von mir verkaufen könnte.«

»Zu mir hat sie *nie* ein Wort von Verkaufen gesagt – nur was von Beratertätigkeit. Natürlich weiß ich, daß er andere Bilder verkauft und den Erlös mit ihr geteilt hat.« Walters Schweigen füllte ihre Pause aus. »Weißt du, daß er und Priscilla halbe-halbe gemacht haben?« Wieder eine Pause. »Frag sie.«

»Sie ist heute nicht da.«

»Bestimmt hat sie für das alles eine Erklärung. Trotzdem, ich würde ihr sehr sorgfältig zuhören. Du hast nicht zufällig ein Tonbandgerät?«

Walter fragte, wer das Porträt von Elizabeth gekauft habe. Irene begann Reue zu empfinden. Sie hatte sich Walter gegenüber unfair benommen; er hatte nur töricht gehandelt und sie nicht hintergangen. Priscilla gegenüber war sie jedoch nicht unfair gewesen.

Walter dachte nicht an Priscilla, noch nicht. Nachdem Irene aufgelegt hatte, rief er sofort Maud an und sagte ihr, das echte »Porträt von Elizabeth« sei nach wie vor in seinem Besitz.

PAULINE UND MAUD

Sommer 1938

Maud Ludlam erzählte Elizabeth einmal, daß sie zwei Kinder habe: ihre Tochter Priscilla und ihre Schwester Pauline.

Ihre Mutter starb, als Maud elf war und Pauline fünf. Ihr Vater besorgte sich danach die besten Gouvernanten zu ihrer Versorgung. Als diese ihre Autorität zu verlieren begannen, wurde Maud nach und nach zu einer Pflegemutter. Inzwischen hatte sie die schlimmste Phase der Pubertät hinter sich. Sie mochte ihre Rolle.

Sie mochte auch Pauline, die sanftmütig war und voller Possen und Grillen, die ihr nicht auszutreiben waren. Vom dritten Lebensjahr bis zu ihrem ersten Zusammenstoß mit einem Polizisten ging sie unten ohne schwimmen, nur mit einem auffallend überflüssigen BH bekleidet. Mit sechs begann sie Reitunterricht zu nehmen; zu ihrer ersten Reitvorführung bekam sie ein englisches Reitdress geschenkt, das sie auch sehr gern anzog, von den Stiefeln abgesehen: wenn sie sich schon fein machen würde, sagte sie, dann entweder mit hohen Absätzen oder gar nicht. Jahrelang schockierte sie die Juroren mit ihrer Kluft: schwarze Kappe, schwarzer Rock, weißes Hemd und Halsbinde, Reithose, und dazu hochhakkige Galaschuhe (meist die von Maud, mit Watte ausgepolstert). Als Pauline elf war, zeigte ihr ein eleganter chinesischer Gast ihres Vaters, wie man mit Eßstäbchen umgeht: von da an weigerte sie sich, mit irgend etwas anderem zu essen, trug überall ihre zwei Stäbchen aus rostfreiem Stahl mit sich herum und zerlegte damit zu jedermanns Verblüffung Steaks und dicke Torten.

Anderen waren Paulines Schrullen zuweilen peinlich. Maud nie. Sie bewunderte Paulines Courage. Selbst weit weniger dreist, strebte sie nur danach, unbemerkt durchzukommen. Der Tod ihrer Mutter hatte bei ihr chronische Zweifel in bezug auf ihre eigene Realität hinterlassen.

Wie ein Betreuer, der einen geborenen Sportler trainiert, begleitete Maud Pauline durch die Pubertät und half ihr, eine junge Frau zu werden. Die Schwestern waren vergnügt, Pauline tollte herum, Maud fühlte sich nützlich als treue Aufseherin. So nahe sie einander waren, war ihr Verhältnis eher von Toleranz als von Verständnis geprägt. Oft sagten sie, sie sollten mehr gemeinsam unternehmen – zum Beispiel nach Europa gehen.

Ihr Vater, Paul Dunlap, hatte eine lange Karriere als gewiefter Investmentberater hinter sich. Das kleine Vermögen, das er von ihrem Großvater, einem Grundstücksmakler in Buffalo, geerbt hatte, hatte er verzehnfacht. Er hatte auf Amerikas Eintritt in den Großen Krieg spekuliert, den Nachkriegsaufschwung und den Börsenkrach vorhergesehen. Als er sich zur Ruhe setzte, war er Millionär.

Nach dem Tod seiner Frau gab Paul Dunlap das Familienleben für einige Jahre auf. Von Mauds Noten und ihrem Ernst beeindruckt, faßte er schließlich zu ihr Vertrauen. Mit allem ihrem Charme und der ganzen Unverschämtheit eines Familiencockers stand Pauline außerhalb der Welt der Erwachsenen.

Paul Dunlap bekräftigte seine Vorliebe für Maud durch Wort und Tat. Er lehrte sie, was er als Investor gelernt hatte, oder versuchte es jedenfalls – Maud hatte ihre guten Noten in Literatur und Sprachen bekommen, nicht in Wirtschaftswissenschaft. Als er ihr Geld gab, damit sie lernen konnte, mit großen Beträgen umzugehen, lernte Maud lediglich, daß große Beträge ihr das Bedürfnis nach professioneller Beratung einflößten. Sie erkannte nicht, daß ihr Vater, wenn er vage Lobsprüche auf das Recht der Erstgeburt vor sich hinmurmelte, im Sinn hatte, neun Zehntel seines Vermögens ihr zu vererben. Er machte sie zum Familienoberhaupt.

Pauline erhielt keinen Unterricht in Geldangelegenheiten. Von Maud erfuhr sie nach und nach, daß sie nur wenig, Maud hingegen sehr viel Kontrolle über das Familienvermögen haben würde. Nach dem Tod ihres Vaters übernahmen Maud und ein professioneller Treuhänder die Verantwortung für Paulines Finanzen. Pauline sagte sich: besser Maud, als irgendein Blödmann von der Bank. Das Mißverhältnis ihrer Erbschaften machte ihr keinen Kummer. Es berührte ihr Leben nicht: Maud gab ihr weiterhin das Geld, das sie so glücklich ausgab, und bereitwillig ging sie auf Mauds Vorschlag ein, daß sie, um Paulines »Chancen« zu erhöhen, nach außen so tun sollten, als hätte ihr Vater sie beide gleich reich gemacht.

Maud hatte Gewissensbisse. Sie fragte Allan, ob ihm nichts einfalle, wie sie ihre Vermögen gleichmachen könnten; Allan sagte ihr, das sei völlig ausgeschlossen. Maud war sich klar, daß die Probleme vorerst nur in ihrem Gewissen bestanden. Dennoch ging ihr nicht aus dem Sinn, daß zwischen ihnen eine Mauer aus fast einer Million Vorkriegsdollar aufgerichtet worden war und daß diese womöglich dauerhafter sein könnte als schwesterliches Pflichtbewußtsein und Vertrauen.

Im Schatten dieser Mauer hatte Pauline sich bereits verändert. Sie hatte aufgehört erwachsen zu werden. Mit zweiundzwanzig fing sie wieder an, sich wie mit fünfzehn Maud zu unterwerfen. Als es Sommer wurde, hatte Maud das bedrückende Gefühl, einer älteren Generation zugewiesen worden zu sein. Pauline bat sie in allen möglichen Fragen um Rat. Sie weigerte sich, ohne sie Kleider zu kaufen, sie ohne ihren Segen zu tragen: wann immer sie aus dem Haus ging, zeigte sie sich Maud mit einem fröhlichen »Wie seh ich aus?«, das bei aller scheinbaren Spontaneität bald zu einem unausweichlichen Ritus wurde. Wie jedes pflichtbewußte junge Mädchen erstattete sie Maud unverlangt und penibel Bericht von allem, was sie tat; und sie schmeichelte ihr (Maud konnte kein netteres Wort finden) mit ebenso unnützen Aufmerksamkeiten, mit Briefchen und kleinen Blumensträußen oder auch einem Buch zu jedem nur irgendwie denkwürdigen Ereignis in Mauds Leben – zum Todestag ihrer Mutter, zum Tag, an dem sie Allan kennengelernt hatte, zum Tag, an dem ihre nächste Periode fällig war. Maud stöhnte innerlich über jede dieser Artigkeiten, wagte es aber

nie, Pauline zu sagen, wie sehr dergleichen sie betrübte. Sie
hatte ihren Vater einmal auf ähnliche Weise umworben, bis
dieser sie eines Tages in entschiedenem Ton gestoppt hatte:
»Das ist Liebesversicherung. Erspar dir die Mühe. Meine
hast du.«

Pauline wurde von Maud geliebt und muß das auch gewußt
haben. Was sie wollte, was sie zu verlieren fürchtete, war die
Erlaubnis, so weiterspielen zu dürfen, wie sie es immer getan
hatte. Über Geld, das Maud hatte und sie nicht, wollte sie
weder reden noch nachdenken, genauso, wie sie ihren Blick
abwandte, wenn sie an der baumlosen, zurückgesetzten
Sparpackung von Supermarkt vorbeifuhr, der die Häuser-
flucht der Hauptstraße ihrer Stadt verschandelt hatte. Sie
war entschlossen so zu tun, als habe sich nichts verändert.

Ihre Haltung bestärkte Maud in ihrer Abneigung, eine Klä-
rung der Lage herbeizuführen, wozu Allan sie unablässig
drängte: Pauline werde nicht mehr lange bei ihnen wohnen,
sie müsse anfangen, für sich selbst zu sorgen. Maud prote-
stierte: »Ich bin ein Teil des Problems. Wie kann ich ihr
helfen, es zu lösen?« – ein guter Vorwand, um gar nichts zu
tun.

Anfang Juli, im Sommer ihres dreiundzwanzigsten Lebens-
jahrs, ein paar Wochen nach ihrer Graduierung am Welles-
ley, lernte Pauline Oliver Pruell kennen. Er begann mit ihr
auszugehen. Zehn Tage danach stand Pauline früh auf, um
ihre Schwester beim Frühstück zu erwischen:

»Er ist ganz schön hinter mir her. Ich glaube, er meint es
ernst. Er ist so anständig, daß man platzen könnte.«

»Das ist nicht unbedingt etwas Schlechtes.«

»Seit zwei Jahren aus dem College, und Händchenhalten als
gewagt bezeichnen?«

»Er ist doch nicht schwul?«

»Nein. Mag sein. Ich hab das Gefühl, er ›weiß‹, daß ich reich
bin.«

»Wie heißt er?«

»Läßt du mir dieses eine Geheimnis? Er ist aus einer guten
Familie. Außerdem arbeitet er in der Wall Street. Wenn er

aber nicht hinter meinen Reizen her ist, muß er wohl...
Maud, woran kann ich das erkennen?«
In Sachen Männer betrachtete Maud sich als schlechte Rat-
geberin; als Erwachsene war sie nur mit einem einzigen intim gewesen. Drei Jahre zuvor hatte sie Allan kennengelernt.
Sie hatten rasch eine komplizenhafte Freundschaft aufge-
baut: ihre Selbstzweifel fanden in seiner Selbstsicherheit eine
perfekte Ergänzung. Sie hatten »Spaß gehabt«, waren ins
Theater und spät noch zum Tanzen gegangen. Er hatte um
sie angehalten, als täte er ihr damit bereitwillig einen Gefallen. Ihre Freunde warnten sie, er habe es nur auf ihren künftigen Reichtum abgesehen. Ihr Vater war dagegen, und sie,
die Allan kannte, wußte es besser. Es überraschte sie ein
wenig, als sie, drei Wochen nach ihrem Umzug in die ge-
meinsame, gut eingerichtete Wohnung an der East Side, die
Rechnung für die Miete auf ihrem Schreibtisch fand. Allan
ging davon aus, daß sie das bezahlen würde, aber auch ihre
Reisen und ihre Loge in der Met, falls sie Wert darauf legte;
er selbst übernahm dafür die Kosten ihrer Autos und seiner
Clubs. Maud störte sich nicht sehr daran, denn im übrigen
erwies sich Allan als denkbar guter Ehemann. Was Maud
nach der ersten Zeit der Verliebtheit erwartet hatte, war, daß
er ihr Freund bleiben würde; und dies traf ein. Leidenschaft
hatte sie nicht erwartet. Monate vergingen, und Allan kam
jeden Abend zu ihr nach Hause wie ein Matrose auf Landur-
laub. Maud war in ihn verliebt.
(Später, als der Krieg Allan in den Pazifik entführte und sie
zu ihrem Entsetzen dreißig wurde, nahm Maud sich einen
Liebhaber. Oder genauer, er nahm sie; oder noch genauer, er
nahm sie *nicht*. Ein leicht verarmter Mann aus Baltimore,
von exquisiter Herkunft und nicht minder exquisiten Gefühlen, begann sie glühend zu verfolgen. Schließlich gab sie
nach. Maud suchte Bestätigung ihrer körperlichen Schönheit; was sie bekam, war eine Huldigung eher spekulativer
Art. Michael, der sie zu befriedigen vermochte, erklärte, diese Erfüllung sei ihm so viel wert, daß nur die Ehe der richtige
Rahmen dafür sein könne. Er kannte ihren wahren Wert – er

hatte einen Freund bei ihrer Bank, wie sie erfuhr, bevor sie ihm die Tür wies.)

Maud gab ihrer Schwester ausweichenden Rat.

Einen Monat später steckte Pauline in der Pechsträhne, in die Oliver sie mit seinem Martingale gelockt hatte. Sie schuldete ihrem Beau sechshundertundfünfunddreißig Dollar und ihre Unschuld obendrein. Sie beschloß, das Geld zu verdienen, und bat Maud, ihr bei der Suche nach einem Job behilflich zu sein. Sie sagte, sie wolle arbeiten: »Irgendwas. Mit Bürsten hausieren gehen. Ich bin sowieso schon unten durch.«

Maud war erfreut. Paulines Entschluß konnte wunderbaren Nutzen bringen. Sie könnte den Wert des Geldes erkennen (worunter Maud aus irgendeinem Grund seine Bedeutungslosigkeit verstand). Sie könnte, wenn schon nicht ihren Lebensunterhalt, so doch immerhin ihre Miete verdienen. Sie könnte Maud und *ihr* Geld hinter sich lassen.

Maud schickte Pauline zu einem ihrer ältesten Freunde, einem Mann von Reichtum und lokalem Einfluß, dem Präsidenten des »Verbandes« (Verband zur Verbesserung der Zucht Reinrassiger Pferde). Maud war entgangen, daß Pauline dessen Sohn zu ihrem ständigen Begleiter erwählt hatte. Sie konnte nicht ahnen, daß sie eben wegen dieses jungen Mannes Geld verdienen wollte.

Mr. Pruell hingegen hatte Oliver und Pauline oft zusammen gesehen, erst kürzlich noch, als sie unter den hohen Ulmen des Broadway schlenderten und gemeinsam aus einer Tüte Chips aßen. Er war einverstanden, Pauline zu empfangen (die sich sagte, Job ist Job), aber er hatte kein Interesse, ihr eine Arbeit zu besorgen. Er wollte sie als Aufpasserin für seinen Sohn. Er vertraute ihr seine Sorge um ihn an; er zeigte ihr Olivers erotische Hymnen an Elizabeth. Und da verliebte sie sich endgültig.

Sie wollte heiraten. Oliver sagte, das könnten sie sich nicht leisten. Pauline beschloß, ihre Schwester mit hineinzuziehen. Sie fing sie auf dem Weg zu einem Dinner ab.

»Hast du einen Job?« fragte Maud sie fröhlich.

»Mr. Pruell gefällt mir sehr – ich habe ihn nie so richtig gekannt.«

»Er ist traumhaft, nicht?«

»Ich habe ein Verhältnis mit Oliver Pruell – der, von dem ich dir vor einem Monat erzählt habe? Es ist ernst?« Die Fragezeichen in Paulines Stimme baten um Mauds Zustimmung.

»Na wunderbar!« antwortete Maud entsetzt. Wie hatte sie darauf nicht kommen können?

Am nächsten Morgen erfuhr sie, daß sie mit ihrem Nichtwissen ganz allein stand: ihre »diskreten Nachforschungen« über Oliver nahmen geradezu komische Formen an, da jeder ihrer Freunde bei der Erwähnung seines Namens sofort mit unverblümten Gutachten herausrückte. Der Mehrheit zufolge war er ein gutaussehender, eleganter Typ, ein echter Pruell, weniger bewundert als gemocht, kein Schurke – keiner, der ein Mädchen wegen ihres Geldes heiratete, dazu hatte er selbst zu viel zu erwarten. Nicht vollkommen zuverlässig: vor zwei Jahren hatte er Elizabeth nach der Affäre eines Sommers einfach sitzenlassen.

Wieder sprach Pauline mit Maud. Sie wollte, daß Oliver sie heiratete. (»Natürlich bin ich nicht schwanger!« »Aber du schläfst mit ihm?« »Es war sehr schwierig, aber: ja.«) Obwohl »verrückt nach ihr«, halte Oliver es für noch verrückter, daß sie von seinem gegenwärtigen Gehalt leben sollten.

»Er sagt, ich soll warten, bis ich fünfundzwanzig bin – bis ich bekomme, ›was mir zusteht‹, wie er sich ausdrückt.«

»Was für ein geduldiger Mann!«

Wie Maud befürchtet hatte, verschlimmerte sich das Problem rapide. Allan fuhr am nächsten Tag in die Stadt zurück. Ohne Angebot in der Tasche, sie zu retten, speiste Maud mit Pauline, die sie gleich fragte: »Kann ich über Oliver sprechen?«

»Ob das hilft?«

»Stimmt was nicht mit ihm?«

»Sei nicht albern.«

»Er sagt, es ist nicht zu machen.« Maud fragte sich, warum
die Angelegenheit damit nicht einfach beendet sein könnte;
allerdings würden sie dann jetzt nicht dieses Gespräch führen. Pauline fuhr fort: »Es dürfte nicht schwer sein, seine
Einstellung zu ändern, denke ich. Oder sollte es heißen,
›denke ich nicht‹?«

»Bist du sicher, daß er dich heiraten will?«

»Aber ja. Er schwört, daß er mich heiraten würde, wenn –«
Pauline unterbrach sich.

»Also gibt es spezielle Forderungen?«

»Ach, Maud, *er* hat mir etwas versprochen, und *ich* suche
nach den Antworten. Ich dachte, vielleicht könntest –«

»Was reizt dich eigentlich an einem, der unbedingt erstmal
mehr Geld haben will?«

»Ich hätte mich nie so ausgedrückt. Jedenfalls *haben* wir
aber doch das Geld, oder?«

»Darum geht es wohl kaum.«

»Wozu *hat* man denn Geld, wenn man dafür nicht bekommen kann, was man haben will? Du hast immer gesagt, ich
soll glücklich sein.«

»Genau darum geht es. Und überhaupt«, fuhr Maud in dem
Bewußtsein fort, daß sie Pauline nicht endlos hinhalten
konnte, »was können wir denn tun?«

»Wenn ich jetzt meinen Anteil bekäme, würde das helfen –
auch wenn es nicht so viel ist, wie er denkt.«

»Ausgeschlossen. Gesetzlich, meine ich. Das weißt du
doch.«

»Klar. Aber wie wär’s, wenn ich meinen Anteil aus dem
bekäme, was dir zur Verfügung steht, und wenn ich es dir an
meinem fünfundzwanzigsten Geburtstag um neun Uhr fünf
zurückzahle?«

»Unmöglich.«

»Du sagst doch immer, du wüßtest überhaupt nicht, was du
mit dem ganzen Geld anfangen sollst. Und bedenke: ich
würde dich von jetzt an keinen Pfennig mehr kosten.«

»Das liegt nicht bei mir. Es ist Daddys Geld –«

»Ach, hör doch auf!«

»Ihm war *wichtig*, was daraus wird. Was er bestimmt hat, gefällt mir nicht, aber ich habe *versprochen*, mich daran zu halten. Selbst wenn ich das nicht täte – du weißt, der größte Teil meines Geldes wird treuhänderisch verwaltet, und ich bin nicht die einzige, die dafür Verantwortung trägt. Das ginge gar nicht. Ich kann seinen Wünschen nicht zuwiderhandeln. Von seinem Testament ganz zu schweigen.«

»Liebe Schwester, wer weiß, wie er die Dinge *jetzt* sehen würde? Warum hörst du nicht auf, dich hinter einem Toten zu verstecken? Wenn du etwas gegen Oliver hast, dann sag es doch einfach.«

»Ich verstecke mich nicht. Ich trage die Verantwortung – so wurde das Geld uns hinterlassen. Ich wünschte, *du* hättest es. Daß ich etwas gegen Oliver habe, hat damit nichts zu tun.«

»Siehst du? Deswegen redest du so blödes Zeug. Du wünschst, ich hätte das Geld! Glaubst du etwa, mit deinen großen Füßen hättest du Allan ohne das Geld bekommen?«

Pauline verließ den Tisch. Gleich darauf knallte die Haustür. Im Wohnzimmer füllte Maud ihr Glas mit den Resten gemixter Martinis wieder auf. Sie setzte sich und dachte: Ich darf nicht zulassen, daß sie so von mir denkt. Das Glas schwappte in ihrer Hand. Paulines Attacke hatte sie auf dem falschen Fuß erwischt.

Am Morgen kam sie früh hinunter, um auf ihre Schwester zu warten. Maud sagte zu ihr, sie habe etwas vergessen, was sie tun könnten. Das Haus in der Stadt sei ihr, Maud, direkt vermacht worden. Jetzt sei es vermietet. Wenn Pauline es wollte, könnten die Mieter bis zum Frühjahr daraus entfernt sein.

Gestern abend, fügte sie hinzu, sei ihr klargeworden, daß sie versuchen könnte, das Taschengeld aus Paulines Treuhandvermögen aufstocken, ja verdoppeln zu lassen.

Pauline war einverstanden. Es freute sie, mehr eigenes Geld zu bekommen, und sie glaubte fest, daß das stattliche Eckhaus am Sutton Square Oliver zufriedenstellen werde.

Im Lauf der Nacht hatten ihre Gefühle für Maud sich erheblich verändert. Mit ihrem überstürzten Weggang hatte sie
sich von ihrer jahrelangen Unterwürfigkeit freigemacht; und
wie eine Schlange im Frühling hatte der Groll sogleich sein
mürrisches Haupt erhoben. Immer wieder brachte sie sich
wütend die Unfairneß ihrer Lage vor Augen. Sie war so klug
wie Maud, sie war schöner, und sie war so viel ärmer! *Sie*
hätte *ihre* Schwester nie unter der Grille eines alten Mannes
leiden lassen.

Am Morgen war ihre Entrüstung schon Routine. Als Maud
ihr Angebot machte, war dies für Pauline das mindeste.
Mauds Zugeständnisse befriedigten sie hauptsächlich deshalb, weil sie Maud auf Dauer ins Unrecht setzten.

Wenig später, noch vor Bekanntgabe der Verlobung, beschloß Maud auf Reisen zu gehen. Die Saison ging zu Ende,
und ihr blieb vor der Hochzeit noch Zeit genug, den lange
aufgeschobenen Ausflug nach Europa zu machen. Von ihrer
Abreise beleidigt, ließ Pauline ihren Groll eskalieren. Wäre
Maud dageblieben, hätte selbst eine wütende Schwester bemerken können, daß sie nur Frieden für sich selber suchte.
Statt dessen ließ Maud es zu, daß Pauline sie zu einer Hexe
machte. Paulines Glück über ihre Verlobung und das allgemeine Aufsehen wegen ihrer Eheschließung glänzten vor einem dunklen Hintergrund aus Gleichgültigkeit und Verrat.
Oder, wäre Maud dageblieben, hätte Pauline ihrem Groll
zumindest Luft machen können. Maud hätte gelitten und die
Sache ausgestanden, und Paulines Wut wäre in Duldung,
wenn nicht gar Verständnis übergegangen. Maud reiste ab.
Noch Jahre danach sah Pauline sie so selten wie möglich und
verzichtete völlig auf den vertrauten Umgang, der ihr so
lange eine Stütze gewesen war. Ihre Entrüstung fand kein
Ventil, verzog sich bloß in die Schlammgrube der Erinnerungen und Vorahnungen, wo sie Jahr um Jahr, kraftlos aber
lebendig, liegenblieb und darauf wartete, an irgendeinem
wunderbaren Tag des Zorns wieder hervorzukommen – ein
brütendes Wesen, das mit klebrigen Fühlern der Rache um
sich tastete.

Oder falls Paulines Glück mit Oliver von Bestand gewesen
wäre, hätte sie ihre Erbitterung vielleicht einfach vergessen.
Pauline war für Oliver lediglich als Wertobjekt interessant
gewesen. Schon bald vernachlässigte er sie. Er verwehrte ihr
zu arbeiten und Kinder zu haben – als er die Wahrheit über
ihre Erbschaft erfuhr, erklärte er, in so schwierigen Zeiten
würden Kinder mehr kosten, als sie sich vernünftigerweise
leisten könnten.

Und so lebte Paulines Groll weiter, ein fettes Untier, das in
seiner finsteren Mulde schlummerte. Fünfundzwanzig Jahre
nach ihrer Hochzeit erzählte ihr Freund Owen Lewison ihr
eines Abends, daß Allan und Maud sich aus ihm unbekannten Gründen ein wertvolles Gemälde von Walter Trale zu-
gelegt hätten und nun die unwahrscheinliche Behauptung
verbreiteten, es sei ihnen gestohlen worden. Er bat Pauline
herauszufinden, ob das Bild in Allans Wohnung versteckt
sei. »Stöckelschuh« nahm sich illusionslos, aber mit Leib
und Seele ihrer Aufgabe an: sie würde Mauds Ehemann
verführen und ihre Schwester in eine zweifelhafte Sache
hineinziehen. Ihre Nacht mit Allan befriedigte sie jedoch
keineswegs. Er gefiel ihr mehr, als sie wollte; und unerklär-
licherweise ließ dies ihre uralte Zuneigung zu Maud wieder-
aufleben. Sie war verwirrt. Sie sagte sich, mit Allan zu
schlafen könne wohl kaum als Rache gelten, wenn ihre
Schwester nichts davon erführe. Sie mußte ihr einen Besuch
abstatten und dafür sorgen, daß sie erfuhr, was passiert
war.

Das Untier war aus seiner Grube gekommen. Bei Licht bese-
hen, glich es eher einem verirrten Lämmchen als einem Dra-
chen.

MAUD UND PRISCILLA

1940 - 1963

Maud war keine Närrin und bedauerte mitnichten, daß ihr
Geld sie attraktiv machte. Weniger klug hoffte sie, daß es
andere Leute zu Toleranz gegenüber ihrer Gewöhnlichkeit
bringen könnte. Sie sprach nicht gern über Geld, da sie sich
bei diesem Thema töricht vorkam, und ihre Torheit ließ sie
wegen ihres Vaters erschauern. Sie hatte so wenig von ihm
gelernt und so viel vergessen. Maud hatte versucht, mit den
durchaus nicht unbeträchtlichen Summen umzugehen, die
ihr Vater ihr direkt hinterlassen hatte. Wobei ihr sogar bemerkenswerte Erfolge gelungen waren: 1938 stockte sie ihr
Portefeuille um Ölaktien auf; sie waren zuvor auf die Hälfte
ihres Wertes gefallen und zogen danach unvermittelt an. Ihre
prophetischen Ahnungen beruhten jedoch stets nur auf irre-
levanten Tatsachen. So war ihr zum Beispiel von dem bevorstehenden Aufschwung der Ölindustrie nichts bekannt, ihr
fiel nur auf, daß deren Aktien einen höheren Ertrag brachten
als ihre anderen Wertpapiere. Sie beging kostspielige Fehler
und verpaßte unter anderem die Chance, sich rechtzeitig ins
Erdgasgeschäft einzukaufen. Nach dem dritten derartigen
Fehler überließ sie die Investmentpolitik ihren Beratern.
Ihr Rückzug aus dem Finanzwesen rief Maud die langwierigen Bemühungen ihres Vaters, sie darin auszubilden, traurig
ins Gedächtnis zurück. Ein schwieriger Lehrmeister, hatte er
sie anhand von Beispielen belehrt, aus denen sich nur wenige Regeln ableiten ließen; und die oberste Regel lautete:
in Geldsachen gibt es keine Regeln. Zwar hatte sie alles
geglaubt, was er sagte, doch gründete ihr Glaube auf Vertrauen, nicht auf Verstehen. Als sie Paulines Forderungen Widerstand leistete, hatte sie ausnahmsweise einmal aus einer
vernünftigen Überzeugung heraus gehandelt: das Diktum
ihres Vaters, ein Vermögen müsse zusammengehalten werden,
vermochte sie als sinnvoll anzuerkennen. Dies der sentimen-

talen Pauline zu erklären, hätte nach gröbster Heuchelei geklungen; also hatte Maud sich, weniger heuchlerisch, auf den
Wortlaut der Bestimmungen ihres Vaters zurückgezogen.

Mit dem Versprechen, diese Bestimmungen auszuführen,
unterwarf Maud ihre künftige Nachkommenschaft eben der
Regel, derzufolge sie Pauline gegenüber bevorzugt worden
war: eins ihrer Kinder würde den Großteil ihres Vermögens
erben. Allerdings bekam Maud dann nur ein einziges Kind.
Als Priscilla volljährig wurde, sagte sich Maud: ich habe von
Geld zu viel und zu wenig Ahnung, aber etwas weiß ich
immerhin. Es hätte mir schlechter ergehen können. Priscilla
soll dahinterkommen, was Geld bewirken kann. Natürlich
konnte Maud es ihr nicht beibringen. Andererseits war es,
sollte die tüchtige Priscilla den Riecher ihres Großvaters geerbt haben, womöglich Ausbildung genug, wenn sie ihr einfach Geld zur Verfügung stellte.

Da Priscilla sich schon als kleines Kind sehr überlegen gezeigt hatte, hatte Maud sie die meisten ihrer Probleme selbst
lösen lassen. Dennoch hatte Maud sich gewissenhaft um sie
gekümmert. So sehr sie auch versucht sein mochte, ihre
Tochter ganz sich selbst zu überlassen, sah sie doch ein, daß
auch das klügste Kind nicht die Masern oder die Ungerechtigkeit der niederen Mathematik vorhersehen kann. Sie verschaffte Priscilla die Grundlagen eines gesunden Lebens, ließ
ihr Wachstum von guten Ärzten beobachten, überredete
verständnisvolle Lehrer in der Schule, über ihre Fortschritte
zu wachen. Im übrigen hielt Maud sich einfach zur Verfügung, obwohl sie selbst kaum wußte warum. Mit elf wurde
Priscilla am Blinddarm operiert. Maud saß bei ihr während
der gesamten Genesungszeit, mußte aber wehmütig bemerken, daß es Priscilla war, die *sie* bei guter Laune hielt.

Die scheue Maud genoß es, eine aufgeweckte, sportliche,
gesellige Tochter zu haben. Sie hatte, was viele Eltern erstreben: ein Kind, das sie übertrifft. Ihre eigenen Erfolge, wie
etwa den rechtzeitigen Erwerb von Ölaktien, betrachtete
Maud stets als Glückssache, oder sie geschahen allzu sehr im
Verborgenen, um als großartige Leistungen gelten zu kön-

nen. Zu dieser verborgenen Welt gehörten auch ihr Haus und sogar ihr Garten. Allan forderte sie auf, diese der Allgemeinheit zugänglich zu machen; Maud bestand darauf, sie seien nur für die Familie da.

Hinter dem Haus hatten sich früher anderthalb Morgen Rasen erstreckt, mit konventioneller Hecke und einigen wenig besonderen Bäumen. In diese Fläche arrangierte Maud ein paar geschickt variierte und umeinander angeordnete Räume im Freien. Einer dieser Räume war schattig für sonnige Tage, sein Nachbar dem Himmel weit offen; einige waren nach Farben bepflanzt (weiß, blau, rosa); andere blühten je nach den Jahreszeiten, von dem mit Schlüsselblumen gesprenkelten und mit hohen Rhododendren ummauerten Frühlingsoval bis hin zu dem herbstlichen Rechteck, vor dessen streng beschnittener Goldblattbuchenhecke sich Massen von Chrysanthemen abhoben. Sie bevorzugte altmodische Pflanzen – Lilien, Dahlien, Portlandrosen; Flieder, Deutzien, Süßblatt – vielleicht, weil ihrem ganzen Plan eine schlichte Erfahrung ihrer Mädchenzeit zugrunde lag. Als sie einst im Mai bei ihren Kusinen in Massachusetts Verstecken gespielt hatte, hatte sie sich zwischen zwei vollerblühten alten Fliederbüschen verborgen. Eine ganze Minute lang sah sie die Welt durch deren sonnengescheckte Blütentrauben, wobei der betäubende Duft sie schier erstickte. In der hintersten Ecke ihres Gartens errichtete sie einen kleinen Raum, der für sie alle anderen rechtfertigte: ein exaktes Quadrat aus Fliederhecken, die an den Seiten beschnitten waren und oben frei wuchern konnten und jeden Mai ringsum in allen erdenklichen Farbnuancen blühten, von Weinrot bis zum blassesten Lila und wieder zurück, die Übergänge gemildert von den Blüten des dazwischengesetzten weißen Flieders. Nur Allan und Priscilla durften Maud je dorthin begleiten; und John natürlich. John hatte als Faktotum ihres Vaters gearbeitet und war dageblieben. Nicht aus Loyalität der Familie gegenüber oder weil er gern Gartenarbeiten verrichtete: der Eifer, mit dem Maud sich ihren Aufgaben widmete, entfachte auch bei ihm einen dauerhaften Enthusiasmus. Von Allan abgesehen, kannte niemand sie so gut wie er.

Außerhalb ihrer privaten Welt hatte Maud selten die besondere Befriedigung erfahren, etwas zu sehen, was sie haben wollte, und es zu bekommen. Ganz anders dagegen Priscilla. Als sie in der vierten Klasse war, nannte ihr Lehrer sie einmal einen Dummkopf; zwei Wochen später war sie die Klassenbeste. Mit elf sah sie einen Film mit Sonja Henie, am Ende desselben Winters trat sie einem Eiskunstlaufwettbewerb an. Mit Erfolg strebte sie nach Beliebtheit, selbst im Internat, wo sie erkennen ließ, daß sie mit Vorliebe junge Männer sammelte. Ihre Klassenkameradinnen verziehen ihr, weil diese zu alt für sie waren.

Alle Eltern wären stolz auf sie gewesen. Dem stets beschäftigten Allan war solcher Stolz genug. Maud, die viel weniger zu tun hatte, wünschte, sie hätte eine echte Mutter, deren Beispiel sie folgen könnte. Priscillas Erfolg beruhigte sie zwar, doch hatte Maud den Verdacht, daß Priscilla, wo und wie auch immer sie aufgewachsen wäre, es zu solch großartigen Leistungen gebracht haben würde. Manchmal überkam sie beim Gedanken an ihre Tochter ein schmerzliches Gefühl der Reue: war sie ihr jemals wirklich nützlich gewesen?

Priscilla zeigte Selbstvertrauen, seit sie krabbeln konnte. Für sie war die Welt eine Kette wahrscheinlicher Genugtuungen. Hindernisse wie jener Lehrer in der vierten Klasse wiesen nur auf größere Gelegenheiten. Nur einmal, mit vierzehn, hatte sie völlige Hilflosigkeit erlebt, als sie sich in den Sommerferien mit Lewis Lewison angefreundet hatte. Es reizte sie, daß er so anders war als andere Jungen, daß er schüchtern war bis zur Mürrischkeit, und sie ließ ihre strammen Achtzehnjährigen sitzen, um ihm nachzustellen. Endlich küßte er sie, und eines heißen Nachmittags nahm er sie in die leere Scheune hinter dem Haus seiner Eltern mit, wo er sich mit ihrem kräftigen hageren Körper, und auch mit seinem eigenen, zu befassen begann. Ihr Widerstand gegen seine Attacke erzürnte ihn nicht so sehr wie seine Unfähigkeit, sie zu Ende zu führen, was ihn ganz wild machte, als er auf ihr lag und ihr Fleisch bearbeitete wie ein Kind, das sich in einen

Schrank gesperrt hat und an die Tür hämmert. In dieser
Ausweglosigkeit hatte sie schreckliche Angst gehabt und die
Kontrolle über sich selbst verloren.
Lewis rannte weg. Louisa fand, wusch und tröstete sie. Sie
versprach, sich um Lewis zu kümmern, und riet Priscilla
dringend, mit ihrer Mutter zu sprechen. Priscilla erklärte
sich einverstanden. Maud würde gewiß Mitgefühl zeigen,
und Priscillas »Unfall« war zwar kindisch, beruhte aber auf
einer Erwachsenen-Angelegenheit. Sie würde mit Maud von
Frau zu Frau reden können.
Als sie ihre Mutter sah, war Priscilla sich dessen nicht mehr
so sicher. Maud erschien in der Haustür und betrachtete
Priscilla mit einem nicht unvertrauten, nicht unzärtlichen,
nicht unbedachten Blick: Sag mir, daß alles in Ordnung ist,
sagte dieser Blick, dann gehe ich wieder.
Priscilla saß allein im Vorderzimmer. Das hatte sie noch nie
getan. Verblüfft stand Maud noch immer im Eingang: »Ich
glaube, ich möchte Tee trinken.«
»Soll ich ihn machen?«
»Das wäre sehr nett. Darjeeling, bitte.«
»Ich habe mich heute nachmittag mit Lewis getroffen.«
»Der Junge hat ein Glück! Was sagt denn Gene dazu, daß du
ihn wegen eines Fünfzehnjährigen sitzenläßt? *Ich* habe
Phoebe gesehen. Soweit ich erkennen konnte, brachte sie
ihren Betreuern Knoten bei.«
»Ich hätte lieber mit ihr mitfahren sollen.«
Maud stellte zwei Teetassen hin und schloß die Schranktü-
ren. Sie suchte nach Worten, die Priscilla zum Weiterreden
ermuntern würden, und es gelang ihr, keine zu finden. Vor
Ärger über das, was sie nicht sagen konnte, zitterte ihre
Stimme: »Du hättest zumindest einen neuen Schlafsack gebraucht.« Sie lachte albern, um das Zittern zu verdecken.
Auch Priscilla lachte, und drückte Mauds Arm. »Kein Problem. Die anderen Typen nehmen mich mit, wann immer ich
will. Zeigst du mir, was du heut abend anziehst?«
Sie tranken ihren Tee. Von der Sache mit Lewis in der Scheune erfuhr Maud nie etwas.

In der Regel hatte Priscilla Vertrauen zu Maud. Sie erzählte ihr alles, was eine Mutter interessieren konnte. In heiklen Angelegenheiten rückte sie meist erst hinterher damit heraus und stellte Maud vor vollendete Tatsachen. Als Priscilla ein paar Monate nach ihrem Collegeabschluß von ihrem Verhältnis mit Walter berichtete, war Maud keineswegs überrascht, daß sie bereits bei ihm eingezogen war. Wie gewöhnlich mußte sie sich einfach damit abfinden.

Während des folgenden Winters fehlte ihr Priscilla. Sie vermißte, was beide nie gehabt hatten. Es kam Maud vor, als wäre ihre Tochter in einem einzigen kurzen Gestöber vergangener Tage erwachsen geworden und sie hätte durchs Fenster einen Sonnenuntergang über den Adirondacks betrachtet. Maud hatte sie ausgetragen; aufgewachsen war Priscilla ohne sie. Jetzt konnte sie nicht mehr viel daran ändern.

Oder doch. Sie erinnerte sich an ihren Vater (ah, bei dem *hatte* sich was ereignet, mit ihm war sie verbunden gewesen, an seinen Worten und Armen hatte sie gehangen), sie erinnerte sich an die Entschlossenheit ihres Vaters, sie auszubilden. Wenn schon nichts anderes, konnte sie Priscilla zumindest beibringen, daß Geld eine Gelegenheit bot, deren Beherrschung man lernen mußte. Vielleicht heilte dies Priscilla von der Blindheit, mit der Maud und Pauline geschlagen waren. Maud wußte, daß Geld, wie der Mond am Himmel oder die Bäume im Wald, so natürlich zu ihrer aller Umwelt gehörte, daß man gar nicht mehr darüber nachdachte. Maud konnte Priscilla keinen Vorwurf machen, wenn Geld ihr »eigentlich egal« war – sie bat sie ja auch nie, nachts nach draußen zu gehen und festzustellen, ob der Mond schien oder die Bäume wuchsen. Derlei sorgte für sich selbst. Sogar Allan, der sich mit Geld auskannte und dem es nicht egal war, zeigte sich wegen Priscilla nicht besorgt: »Sie vermag es, sich um *nichts* zu kümmern. Genau das bedeutet ›Vermögen‹. Das wird sie noch rechtzeitig herausfinden.«

Maud konnte mit Allans Ansichten nichts anfangen. Viele melancholische Wintertage lang brütete sie über dem Problem. Schließlich entwickelte sie einen Plan. Direkt konnte

sie Priscilla kaum beeinflussen. Sie mußte selbst vollendete
Tatsachen schaffen: eine Situation, in der Priscilla verpflichtet wäre, mit Geld umzugehen und Entscheidungen darüber
zu treffen.
Die Idee zu ihrem Projekt kam Maud im Mai, als der Frühling reichlich spät das Gebiet am oberen Hudson erwärmte.
Einige Wochen darauf ging sie zu ihrer Bank in der Stadt,
um ihren Plan in die Tat umzusetzen. Sie gab Anweisung,
daß Priscilla in den nächsten zehn Jahren jährlich zwanzig-
tausend Dollar überwiesen werden sollten. Priscilla konnte
die Zinseinkünfte ausgeben; das Kapital konnte sie nur investieren. Sie würde es investieren *müssen*.
Während sie ihre Anordnungen traf, dachte Maud immer
weniger an Priscilla und immer intensiver an ihren verstor-
benen Vater. Als sie das ihre getan hatte, bat sie die Bankbeamten, Priscilla zu informieren. Das Ganze sollte ihr als
Abwicklung einer alten vertraglichen Bestimmung darge-
stellt werden. Maud sagte sich, sie sollte Priscilla die Beläsi-
gung, Dankbarkeit empfinden zu müssen, ersparen. Sie hatte
ihre Pflicht erfüllt nach Art eines unsichtbaren Vormunds,
als ein Werkzeug unpersönlicher Wohltätigkeit.
Diese leicht hirnrissigen Vorkehrungen erregten sogleich
Priscillas Argwohn. Sie erkannte darin Mauds Handschrift.
Priscilla erinnerte sich an einen Nachmittag, als sie neun
Jahre alt war; da war sie zwei Stunden zu spät aus der Schule
nach Hause gekommen und hatte auf der Terrasse ihre Mutter im Gespräch mit einem Polizisten angetroffen. Am nächsten Tag hatte Maud in Priscillas Schlafzimmer einen Fernseher (damals etwas Neues und Seltenes) aufstellen lassen: ein
Bestechungsgeschenk, damit sie nie mehr zu spät nach Hause käme. Priscilla überlegte: ich lebe jetzt in wilder Ehe, und
Mama will mich bestechen, die Sache aufzugeben. Soweit
sah Priscilla klar. Aber welchen Umfang diese Geste hatte!
Wer zweihunderttausend Dollar verschenkte, mußte weniger großmütige Motive haben – Steuerhinterziehung zum
Beispiel. Priscilla hatte nichts dagegen. Sie wollte es einfach
nur wissen.

Der Frühsommer war bedrückend für sie gewesen. Getreu ihrer Partnerschaft mit Morris, hatte sie seit seinem Tod nichts verkauft – die Bilder waren alle in der Wohnung des Toten versiegelt. Sie hoffte, zumindest die von Walter schließlich herausholen zu können; immerhin wußte ja sonst niemand davon. Mit einem solchen Grundstock und mit Morris' Lebensversicherung als Betriebskapital konnte sie der Zukunft ruhig ins Auge sehen. Unterdessen mußte sie sich in den langsamen Gang des Gesetzes fügen. Sonst blieb ihr kaum etwas zu tun. Walter füllte seine Tage mit Arbeit aus. Die meisten ihrer Freunde waren weggegangen. Als die Bank sie von Mauds Plan unterrichtete, beschloß sie, die Stadt zu verlassen und das Geheimnis ihrer Mutter auszukundschaften. Sie rief Maud an und sagte, am 1. August werde sie eintreffen, rechtzeitig zum Mittagessen.

Priscillas Anruf überraschte Maud nur vorübergehend. Sie hatte geahnt, daß ihre Vorkehrungen sich als Reinfall erweisen würden. Die Besuchsankündigung nahm sie noch hin, doch als Priscilla dann eintraf, ärgerte sich Maud bereits darüber. Elizabeth hatte ihr Kummer gemacht, weil sie für diesen Tag aus dem Haus gegangen war. Später hatte Allan angerufen und ein unangenehmes Geständnis abgelegt. Als sie ihre Tochter aus dem Taxi steigen und heiteren Schritts auf das Haus zukommen sah, schauderte sie. Mein Gott, sie ist wie Pauline.

Die Frauen ließen sich auf der schattigen Westveranda in gepolsterten weißen Korbsesseln nieder. Einen Drink lehnte Priscilla ab, als sie bemerkte, daß das Glas ihrer Mutter mit grüner Chartreuse gefüllt war; sie kippte ihren Sessel nach vorn, setzte sich schnippisch ganz aufrecht hin und stattete ihren Dank ab: was immer Maud damit bezweckte, Priscilla war von ihrer Freundlichkeit überwältigt. In langatmiger Rede unterstrich sie ihre Dankbarkeit.

Maud antwortete nicht. Sie schien kaum zuzuhören. Da stimmt doch etwas nicht, dachte Priscilla. Dennoch fuhr sie in ihrem fröhlichen Monolog fort. Begeistert erzählte sie von ihrem Leben mit Walter. »Verstehe, verstehe«, unterbrach

Maud sie endlich, um erst dann auf den Vorwand für den Besuch ihrer Tochter anzuspielen: »Man hat in dem Brief doch alles deutlich erklärt? Da steht doch alles drin?«

»Ja, der Brief war vollkommen deutlich. Da steht alles drin, Mama, nur nichts von dir.«

»Ach, ich –« seufzte Maud und winkte einem Gespenst jenseits des Rasens.

»Deinetwegen bin ich hier.«

»Das ist lieb, aber weißt du, ich hatte damit nur am Rande zu tun – dafür kann ich kaum Dank beanspruchen.«

»Aber du hast Dank verdient. Und apropos am Rande – Mama, fällst du eigentlich nicht bald vom Stuhl?«

»Wie meinst du das?« gab Maud ironisch zurück. »Das ist erst mein siebzehnter Drink.«

»Kannst du mir eins verraten? Steckt Allan dahinter?«

»Hat er mit *dir* davon gesprochen?«

Allan hatte Maud kurz vorher angerufen. Aus Furcht, sie könnte von dem zum Tode verurteilten Wallach erfahren, bei dessen Versicherung er geholfen hatte, hatte er sie von seiner Rolle bei dem Geschäft informiert. Obwohl Maud ihn nicht ganz verstand, hatte sie Allans Unbehagen schmerzlich deutlich wahrgenommen.

»Er hat nicht mit mir gesprochen. Jemand hat die beiden gesehen«, erklärte Priscilla. »Es tut mir so leid, Mama. Wer hätte das von Tante Paw gedacht?«

Selbst die wenig raffinierte Maud besaß die Geistesgegenwart, nicht mit der Wimper zu zucken. Sie nippte an ihrer Chartreuse und starrte durch die mit Insekten übersäte Fliegentür: »Erzähl mir, was du weißt.«

»Ach, ›wissen‹! Wann war das, vorgestern abend, eine Freundin von mir fuhr die Sixty-third Street runter, und als sie hinter einem Taxi halten mußte, sah sie Papa und Tante Pauline zusammen da aussteigen, vor der Wohnung. Sie benahmen sich –« Maud war aufgestanden und kam jetzt über die Veranda auf sie zu, wobei sie über eine Diele strauchelte, die alles andere als uneben war. »Oh, Mama!«

Maud stolperte vor Demütigung. Gedemütigt nicht von

dem, was sie hörte: sondern weil sie es von ihrer Tochter hörte. Priscillas Gegenwart erbitterte sie, und daß sie ihr Gleichgewicht verlor, war auch nicht gerade hilfreich. Sie sagte kein Wort. »Mama! Das ist zwar traurig, aber es hat nichts zu bedeuten. Papa betet dich an, und das wird immer so bleiben.« Und fast übergangslos: »Du brauchst keinen Schnaps vor dem Mittagessen zu trinken.«

»Das ist kein Schnaps. Ich bin um fünf aufgestanden, und Mittag habe ich um elf gegessen«, erklärte Maud. Ihre Wut verwirrte sie.

»Ok, Mama.«

Maud drückte ihren kristallenen Kognakschwenker so fest, daß er zerbrach. »Blödes Ding!« platzte sie heraus, womit sie das Glas meinte. Priscilla sah sie gespannt an. »Es ist schrecklich, dich so zu sehen –«

»Warum kommst du dann? Es geht mir soviel besser, seit – ha!« Maud schäumte lieber, als sich zu erklären.

»Mama«, fuhr Priscilla fort, und ihre Stimme senkte sich um eine kleine Terz, »ich finde das nicht schön, daß du zur Säuferin wirst.«

»Bist du gekommen, um mir das zu sagen?«

»Ich bin gekommen, und es ist eine weite Fahrt, um dir zu sagen – ich habe es bereits gesagt. Aber vielleicht hast du nicht zugehört.«

»Natürlich habe ich das. Es freut mich, daß du zufrieden bist.«

»Bist *du nicht* zufrieden? Ich dachte, es könnte dir etwas bedeuten, daß ich herkomme. Ich wußte ja nicht, daß du ›nur am Rande damit zu tun‹ hattest – wie üblich.«

»Was soll's, genieße das Geld.« Maud hatte sich den linken kleinen Finger geschnitten.

»Mama, was bist du für ein Schafskopf!«

»Ist was falsch daran, sein Geld zu genießen?«

»Scheiße! Was sitz ich hier und rede noch mit dieser Flasche? Hör zu, ich habe gerade hunderttausend Dollar geerbt. Ganz zu schweigen von dem, was ich mir selbst verdient habe, wie du mit Freuden vernehmen wirst.«

»Das freut mich wirklich. Du hast nie ein Wort gesagt –«

»Ich habe Bilder verkauft. Ich habe mit Morris Romsen zusammengearbeitet – der Kritiker, du weißt schon. Trale hat uns eine Option auf seine besten Bilder gegeben.«

»Bestimmt nicht auf alle. Das Porträt von Elizabeth zum Beispiel nicht.«

»Aber ja doch, das auch.«

»Sehr witzig. Ich habe es vorigen Monat gekauft, und nicht von dir, Miss Kahnweiler.«

»Wovon redest du eigentlich?«

»Davon, daß ich – daß Allan und ich vor fünf oder sechs Wochen Trales ›Porträt von Elizabeth‹ von Irene Kramer gekauft haben. Ich kann es dir jetzt nicht zeigen, weil dein Vater es woanders hingebracht hat. Ruf ihn mal an.«

Ohne Zeit mit Mutmaßungen zu vergeuden, wie Irene das Porträt an sich hatte bringen können (immerhin war sie Morris' Schwester und Erbin), stellte Priscilla schweigend Berechnungen an. Um sechs konnte sie wieder in der Stadt sein; für diesen Nachmittag war in der Kramer-Galerie eine Vernissage geplant. Ihr Vater konnte warten. Sie mußte mit Irene sprechen.

»Mama, kannst du mich zum Bahnhof fahren?«

»Frag John. Der ist hinten im Garten. Ich werde mich ein bißchen aufs Ohr legen.«

Um halb drei rief Maud ihre Bank in der Stadt an, um ihre Transaktion zu widerrufen. Sie hatte ihre neuen Anweisungen erteilt und wollte gerade auflegen, als unvermuteter Kummer sie überkam. Sie bat den Bankbeamten zu warten und hielt die Sprechmuschel zu, bis ihr Schluchzen nachgelassen hatte. Dann sagte sie: »Vergessen Sie, was ich Ihnen gesagt habe. Ändern Sie gar nichts, bis auf eins. Ändern Sie den Namen der Begünstigten. Bitte streichen Sie ›Priscilla Ludlam‹ und setzen dafür ›Pauline Pruell‹ ein. Geborene Dunlap. Schicken Sie mir die Papiere sobald wie möglich zum Unterschreiben.«

MAUD UND ELIZABETH

Juli-September 1963

»... Eine Woche«, rief Maud wohlerwogen, »was ist schon eine Woche in einem ganzen Leben?«

Nicht weniger laut, nicht weniger überlegt gab Elizabeth zurück: »Ein ganzes Leben? Und Sie wollen diesen Schlaffi noch behalten?«

»Das ist meine Sache!« schrie Maud (rasch flüsternd: »Er kommt die Treppe runter«).

»(Klappt ja prima.) Er oder das Porträt. Sie können nicht beides haben!«

»Sie sind abscheulich!«

»Es ist doch wohl mein Porträt, oder?«

»Ein Porträt *von* Ihnen – kaum Ihres!«

»Lassen Sie den Quatsch, Mrs. Miniver. Meine Woche muß sich gelohnt haben. (Wo *ist* er jetzt?)«

»(Ich seh mal nach.)«

Maud schlich auf Zehenspitzen hinaus und bemerkte sofort, daß das Porträt von Elizabeth nicht mehr in der Bibliothek war, wo es eine Woche lang unausgepackt und unaufgehängt gestanden hatte. Nachdem sie im Musikzimmer, im Kinder- und im Speisezimmer nachgesehen hatte – alle leer –, ging sie wieder zu Elizabeth. Gemeinsam beobachteten sie, wie Allan das Gemälde zu dem Kombiwagen schleppte, den er auf der Straße geparkt hatte.

»Ich war sicher, er käme wütend reingestürmt.«

»Was war das für ein Telefongespräch?« fragte Maud.

Seit dem Jahr vor ihrer Hochzeit hatte Maud Elizabeth nicht mehr gesehen, und bis heute hatte sie längst vergessen, sie je kennengelernt zu haben. Hätte sie nicht vor einem Jahr die Arbeit ihrer Tochter über Walter Trale gelesen, wäre ihr nicht einmal Elizabeths Name bekannt vorgekommen. Die Schilderung seiner Freundschaft mit Elizabeth hatte sie bewegt, weil sie sich in eben dem Ort kennengelernt hatten, in

dem Maud mit ihrer Familie die Sommer verbracht hatte. Sie
erinnerte sich lebhaft an die Abendpartys, auf denen die
Männer zweireihige weiße Smokingjacken und die Frauen
Organdy und Organza trugen. Sie war in jenem Sommer in
einem neuen elastischen Badeanzug mit weißem Gürtel
schwimmen gegangen und hatte sich mit Allan verlobt (als er
seinen Heiratsantrag machte, trug sie hochtaillierte plissierte
Slacks und um die Haare ein Batisttuch). Ihr Vater lebte
noch, Pauline war noch ihr glücklicher Schützling. Sie erinnerte sich an Walter, der damals noch ein Junge war, noch
jünger als Pauline; seine Jugend ließ sein Talent nur um so
glänzender erscheinen, und die Pferde-und-Hunde-Schicke-
ria riß sich förmlich um ihn. Bei Elizabeth war Maud sich
nicht ganz so sicher. Ein Bild tauchte auf, ein schönes und
etwas »wildes« Mädchen, das sie aber nicht mit Sicherheit
einordnen konnte; es gehörte zu einer älteren Clique und
war nach einigen Jahren verschwunden; es hatte die strah-
lende bedrohte Jugend der nicht mehr ganz jungen. Was war
aus dieser Frau geworden? (Wie Maud mußte Elizabeth
jetzt über fünfzig sein. Was war aus ihr selbst geworden?
Was hatte sie getan, um dieses einst so ferne Alter zu erreichen?)
In den Monaten, die ihrer Lektüre von Priscillas Schilderung
folgten, fiel es Maud manchmal ein, ihre Bekannten nach
Elizabeth zu fragen. Deren Antworten erregten ihre Neugier. Elizabeth habe einen brasilianischen – oder libanesi-
schen – Millionär geheiratet. Sie habe einen Teppichhändler
aus Topeka geheiratet. Sie sei unverheiratet geblieben. Kein
Mann könne sie erobern. Kein anständiger Mann wolle sie
haben. Sie sei Alkoholikerin, drogensüchtig, nymphoman.
Habe sie sich nicht selbst als Lesbe bezeichnet? Nichts als
Gerüchte – Gerüchte, die Elizabeth wahrscheinlich selbst in
die Welt gesetzt habe, nachdem sie ins Geschäft eingestiegen
sei. Karrierefrauen entschieden sich häufig gegen die Ehe.
Elizabeth habe eine glänzende Karriere gemacht. Nicht als
Geschäftsfrau: sondern als Schauspielerin. Oder vielleicht
als Künstlerin. Erinnerst du dich an diese zerbeulten Bron-

ze-Monster in Brasilien, oder stammten die von der ersten
Frau des Brasilianers? Elizabeth habe nichts dergleichen getan. Sie sei verschwunden. Nichts sei aus ihr geworden.
Im Juni besuchte Maud bei einem Aufenthalt in der Stadt die
Kramer-Galerie. Irene, die sie seit Jahren kannte, vertraute
ihr an, sie habe ihren besten Kunden seltene Gemälde von
Walter Trale anzubieten. Darunter auch das Porträt von
Elizabeth H.; Maud ließ sich das Bild zeigen und suchte es
nach Symptomen für Walters legendäre Leidenschaft ab. Sie
suchte auch nach Elizabeth, die sich jedoch nur in neue Rätsel hüllte. Maud wußte, daß sie es mit einem Glücksfall zu
tun hatte und kaufte das Bild auf der Stelle. Elizabeth hatte
sie längst zu faszinieren begonnen, und das ließ ihr, so glaubte sie, kaum eine andere Wahl. Die Faszination wuchs
weiter.
Ein paar Tage später kam Maud auf die Idee, Irene nach
Elizabeth auszufragen. Irene sagte: Frag Barrington Pruell.
Louisa Lewison habe ihr einmal erzählt, er und Elizabeth
stünden in Verbindung.
Maud hielt das für wahrscheinlich. Der alte Mr. Pruell hatte
sich Elizabeths in jenen frühen Jahren angenommen. Am
Morgen des 10. Juli stattete sie ihm einen Besuch ab.
Maud und Mr. Pruell waren seit Jahren befreundet. Nach
dem Tod ihrer Mutter hatte Maud sich an ihn um Unterstützung gewandt. Er kannte ihren Vater gut und verstand seinen Rückzug aus dem häuslichen Leben, auch wenn er ihn
nicht billigte. Er tat sein möglichstes, seiner jungen Freundin
Mr. Dunlaps Verhalten zu erklären, und ermunterte sie, so
trefflich weiterzumachen und sich um Pauline zu kümmern.
Maud hatte ihm vertraut. Nach ihrer Hochzeit sahen sie sich
nicht mehr so oft. Maud besuchte vornehmlich Allans
Freunde, Stadtleute, Geschäftsleute; zumindest gesellschaft-
lich gehörte Mr. Pruell der Pferde-und-Hunde-Welt an. Ihr
Umgang war jetzt ganz selbstverständlich. Begegneten sie
einander auf Partys, umarmten sie sich, tauschten »Neuigkeiten« aus, versprachen, sich einmal privat zu besuchen,
und taten es nie.

Als Maud den Grund für ihren Besuch nannte, meinte Mr.
Pruell: »Das ist dein Glückstag. Ich brauche dir gar nicht
von Elizabeth zu erzählen. Sie kommt nämlich heute zum
Mittagessen.«

»Sie ist hier?«

»Schon seit einer Woche. Bleib hier und sieh selbst.«

Maud rief Allan an und teilte ihm mit, sie werde den ganzen
Tag außer Haus sein. Sie bat Mr. Pruell, ihr von seiner
Freundin zu erzählen. »Ich möchte ein ganz klein bißchen
vorbereitet sein.«

Mr. Pruell lachte. »Frag *sie*. Das wird dir mehr Spaß machen.«

Elizabeth rief an und sagte, sie könne nun doch nicht kommen.

Obwohl Mr. Pruell versprach, eine Begegnung herbeizuführen, empfand Maud eine Enttäuschung, die an Wut grenzte.
Sie fühlte sich verraten. Jetzt ging ihr auf, daß sie eine niedrige Leidenschaft gehegt hatte, für die sie keinen Namen finden konnte. Sie wußte, daß eine Spur von Neid dazugehörte.
Was hatte Elizabeth so anders gemacht? Wie hatte sie Freunde wie Walter Trale und Barrington Pruell gewinnen und
sich mit einem so verführerischen Wirrwarr von Reputatio-
nen umgeben können? Daß Elizabeth nicht zum Lunch erschien, besiegelte Mauds Besessenheit. Sie beschloß, auf jeden Fall ein Treffen herbeizuführen.

Die nächsten Tage waren für Maud sehr frustrierend. Sie
erfuhr, wo Elizabeth wohnte, mit welchen Freunden sie sich
traf, welche Partys sie besuchen würde. Hätte Maud sie in
ihrem Hotel angerufen, hätte sie sich binnen eines Tages mit
ihr treffen können; aber es war ihr peinlich, ohne einen plau-
siblen Vorwand an sie heranzutreten. Sie zögerte jedoch
nicht, sich zu allen gesellschaftlichen Veranstaltungen im
Ort einladen zu lassen. Und wo immer Maud erschien, blieb
Elizabeth aus. Nach einer Weile begann Maud sich zu fragen, ob diese Frau ihr etwa aus dem Weg ginge. (Sie vermochte sich keinen Grund dafür vorzustellen. Elizabeth
konnte kaum ahnen, daß man sie hartnäckig verfolgte.) Oh-

ne auch nur einen Blick auf ihre Beute zu erhaschen, konsumierte Maud eine Unmenge von Oliven und Sülzschinken und so viele Drinks, daß sogar ihr kampferprobter Stoffwechsel ins Wanken geriet.

Nach vier Tagen sank ihr dermaßen der Mut, daß sie jede Hoffnung, Elizabeth kennenzulernen, fahren ließ. Dennoch hatte sie das Gefühl, sie beide seien vom Schicksal aneinandergekettet: ihr Schicksal aber sei es, sich nie zu begegnen – »eine Konjunktion ihrer Geister, eine Opposition ihrer Sterne«. Eines Morgens – am 15. Juli – griff sie zum Telefon und sagte alle Termine für diesen Tag ab. Um elf Uhr kam jemand in die Einfahrt getrabt, stieg ab und band eine braune Stute an eine geeignete Birke – eine unbekannte rothaarige Frau in Reitkappe und Reithose, die jetzt auf Mauds Haustür zukam und die Glocke läutete.

Als sie Allan eine Stunde später losfahren sahen, sagte Maud zu Elizabeth: »Wenn dem Bild irgend etwas passiert, kann er was erleben.«

»Bis dahin könnten Sie sich doch mit dem Original zufriedengeben?« Elizabeth hakte sich bei Maud ein.

Nach fünf Sekunden hatte Maud begriffen. »Soll das etwa heißen, daß Sie hier *bleiben* wollen?«

»Sehr gern. Und wenn Sie meinen freundschaftlichen Gefühlen nicht vertrauen, kann ich Ihnen offen gestehen, daß ich pleite bin. Bettelarm bis zum 6. September. Das würde mir also schon helfen.«

»Ich würde mich gern nützlich machen – wie sind Sie darauf gekommen?«

»Allan hat es mir erzählt, wer sonst?«

»Aber Sie verstehen doch –«

»Wir können das Drama jederzeit beenden. Obwohl ich so und so ziemlich tief drinstecke.« – »Wie das?«

»Allan war ein diskreter, aber ziemlich regelmäßiger Besucher. Das Personal im Adelphi wird langsam ein bißchen frostig. Ich weiß, das ist kaum Ihr Problem –«

»Das will ich meinen. Aber warum fühle ich mich verantwortlich? Ich wäre lieber auf Ihrer Seite als auf deren.«

»Wenn's kein Spaß mehr ist, werde ich verschwinden. Ich versprech's Ihnen. Auf der Stelle.«

Maud überraschte Elizabeth, die sie spontan, wenn auch nicht ohne Grund besucht hatte: sie hatte gehört, daß Maud sie kennenlernen wollte. Allan hatte ihr Maud ganz falsch beschrieben. Elizabeth fand kein Heimchen am Herd, sondern eine Frau, deren sauber eingefaßte Schönheit von den zarten Falten ihrer Jahre nur wenig beeinträchtigt war. Ihre freudlose Höflichkeit weckte in Elizabeth das heftige Verlangen, sie zum Kichern zu bringen.

Bis zu Allans Eintritt durch die Hintertür hatten die beiden Frauen wie Schulfreundinnen gesprochen, die eine jahrzehntelange Trennung aufzuholen haben. Schnell fand Maud heraus, was sie gemeinsam hatten. Als sie das Gespräch auf Allan lenkte, geriet Elizabeth ins Stocken; was Maud natürlich auffiel.

Sie hatte geahnt, daß Allan eine Affäre haben könnte. Seit einer Woche behandelte er sie mit zerstreuter Ungeduld; außerdem hatte er ihr zweimal üppige Sträuße ihrer Lieblingsdahlien – Jeanne Charmet – mitgebracht. Was dieses Verhalten bedeuten könnte, hatte sie aus den besorgten Anrufen nicht so lieber Freundinnen gefolgert. Als Elizabeth ihrem Zögern einige Sätze über gewisse Männer folgen ließ, die sie vor kurzem kennengelernt habe, Namen nannte und Eigenschaften aufzählte, wurde sie von Maud unterbrochen: »Aha! *Das* war es also, was meine Freundinnen mir verschwiegen haben. Es gibt eine andere Frau, und das sind *Sie*!«

Maud bemerkte so etwas wie Erleichterung in ihrer Stimme; so, als dächte sie: Wenn er mich schon betrügen muß, dann lieber mit ihr als mit einer anderen.

Elizabeth errötete heftig: »Ich werde nicht sagen: ›Wenn ich das gewußt hätte –‹ Es freut mich wirklich, daß wir miteinander reden.«

»Aber ich bin seit Tagen hinter Ihnen her!«

Elizabeth lächelte. »Wissen Sie, warum Sie mich nie getroffen haben?«

»Sie meinen, Sie sind vor mir weggelaufen?«

»Nein. Ich war mit Allan zusammen. Zum Beispiel hatte ich vor, von fünf bis sieben die McCollums zu besuchen; dann rief mich Allan an und sagte, er könne sich von fünf bis sieben freimachen –«

»Und das natürlich, weil *ich* von fünf bis sieben zu den McCollums ging, um *Sie* dort zu treffen.«

»Also rief ich Mrs. McCollum an und sagte ab.«

»Das erstemal war das Mittagessen bei Barrington Pruell?«

»Also waren *Sie* die liebe alte Freundin, die mich unbedingt wiedersehen wollte? O nein! Verstehen Sie jetzt?«

»Allerdings.« Maud kam sich dumm vor. Elizabeth machte sie sprachlos.

Elizabeth beugte sich über den Kaffeetisch und nahm Mauds Hände. »Ich habe es nicht gewußt. Erst vor zwei Tagen erfuhr ich, daß Sie mich suchten.« Maud sah wachsam auf. »Ich plane nie etwas. Und hierherzukommen, war die Idee meines Pferdes.«

Maud seufzte. »Ich verstehe, das muß sehr komisch sein, wie ich es möglich gemacht habe...«

»Noch komischer sind jetzt wir beide.« Elizabeth hielt inne. »Tut mir leid, daß Sie so viel Zeit vergeudet haben. Aber was soll's? Neues Spiel, neues Glück.« Maud lächelte, als wolle sie sagen: Sie sind zu freundlich. »Betrachten Sie es einmal so: dank Allan sind wir nun Freundinnen geworden.«

Maud sah Elizabeth in die Augen und dachte: Was habe ich zu verlieren? Sie hörten Allan behutsam durch die Küche tappen. Vertraut mit den Geräuschen des Hauses, meldete Maud, wo er sich bewegte. Elizabeth sagte, sie müsse im Reitstall anrufen – ihre Stute sei bereits überfällig. Als sie den Hörer abnahm, legte sie die Hand auf die Sprechmuschel und lauschte etliche Minuten lang. Als sie aufgelegt hatte, sagte sie zu Maud: »Dem machen wir die Hölle heiß.«

»Sie wollen ihn *umbringen*?«

»Nein, Herzchen. Nur fertigmachen.« Elizabeth schlug einen ominösen Dialog vor, den Allan mithören sollte; und der wurde dann auch mit opernhafter Bedeutungsschwere und Begeisterung aufgeführt.

Maud sagte Elizabeth, sie könne gerne in ihrem Haus wohnen. Elizabeth dankte ihr mit einer Umarmung. Nun müsse
sie aber ihre Stute zurückbringen. »Wahrscheinlich hat sie
schon die Birke erwürgt.«
»Die ›Damen des Waldes‹ wachsen hier wie Unkraut. Auf
eine kann man verzichten.«
»Hoffentlich reiten Sie gern.«
Maud hob in kummervoller Ekstase den Blick und erwider-
te: »Ach, Elizabeth, da ist nichts zu machen. Pferde mögen
mich nicht. Oder aber ich verstehe sie nicht.«
»Sie haben noch nicht die richtigen Pferde getroffen. Kom-
men Sie mit. Dieses hier ist ein Traum.«
Maud ging stöhnend hinter ihr her. Auf dem Rasen stellte
Elizabeth ihr die Stute Fatima vor. Die zwei begrüßten ein-
ander höflich, aber neutral. Elizabeth enttrabte in den heißen
Dunst des Sommers.
Tags darauf zog sie ein. Sie sagte Maud, es fehle ihr an nichts.
»Was für eine Woche reicht, reicht auch für einen Sommer.
Nicht, daß ich *so* lange bleiben werde.« Maud dachte, ihr
würde es nichts ausmachen. Sie hatte sie bereits vermißt.
An diesem Vormittag rief Allan Maud an und fragte, ob
Elizabeth irgend etwas »von einem Pferd« erwähnt habe.
Maud brach das Gespräch schnell ab. Allan war weggelau-
fen; und er sollte ruhig wegbleiben.
Am Abend schlug Elizabeth vor, sie sollten auf ein paar
Cocktails in den Ort gehen. Maud war dagegen: »Sollen wir
nicht lieber auf der Veranda trinken? Ich kann das sehr emp-
fehlen. Mach ich ständig.«
»Du bist seit zwei Tagen nicht aus dem Haus gegangen.«
»Aber es gefällt mir hier.« Maud wollte nicht mit der Gelieb-
ten ihres Mannes gesehen werden.
»Mir auch. Aber wie lange noch? Mir fehlen noch ein paar
vielversprechende Bars in meiner Sammlung.«
Dieser Abend war gerettet, und Maud beruhigte sich.
Gleich nachdem sie am Morgen davor begonnen hatte, am
Telefon zu lauschen, war Elizabeth sicher gewesen, daß Al-
lan wußte, daß sie mithörte. Er hatte ihr den harten Bur-

schen vorgespielt und ihre kurze Affäre zu einem jämmerlichen Ende gebracht. Sie sagte zu Maud: »Ich bin nicht ganz schlau daraus geworden. Aber er macht irgendwelche krumme Touren.«

»Du meinst«, sagte Maud streitlustig, »letzte Woche war nur die Spitze des *Venusbergs*?«

»Glaube ich nicht. Ich kenne Weiberhelden (und die haben durchaus ihre Reize), so einer ist Allan nicht. Bestimmt nicht. Er hat doch erfolgreich Karriere gemacht?«

»Und wie.« Verdutzt ließ Maud das Thema fallen.

Elizabeth fragte: »Wessen Zimmer ist das neben meinem?«

»Das meiner Tochter Priscilla. Jedenfalls früher.«

»Habe ich dir gesagt, daß ich sie bei Walter Trale getroffen habe? Die ist auf Draht. Sie wußte so viel von mir, daß ich mir fast so alt vorkam, wie ich wirklich bin. Was auch immer das heißen mag.«

Maud erzählte Elizabeth von dem großzügigen Geschenk, das sie Priscilla kürzlich gemacht hatte, und erklärte: »Auf diese Weise wird sie ein *wenig* mit Geld umgehen lernen.« Sie errötete, als ihr die »Bettelarmut« ihrer Freundin einfiel.

»Ich wette, die macht ein Vermögen daraus.«

Am nächsten Morgen fuhr Maud Elizabeth zum Reitstall. Sie hatte sich bereit erklärt, sie zu begleiten, wenn sie einfach dasitzen und zusehen könnte. Es machte ihr Spaß zu beobachten, wie Elizabeth ihr Pferd durch die verschiedenen Gangarten führte: Roß und Reiterin wirkten gleichermaßen zufrieden. Nach dem Absatteln machte Elizabeth Maud mit einigen weiteren Pferden bekannt. Maud räumte ein, daß sie es, mit Elizabeth an ihrer Seite, eines Tages vielleicht mit einem von ihnen versuchen würde. Als sie gingen, kam ein Mann von der Rennbahn mit einer deprimierenden Geschichte von der Einschläferung eines Wallachs.

Nach dem Abendessen beschlossen sie zu lesen. Obwohl das Licht bereits schwächer wurde, nahmen sie auf der Westveranda Platz; sie wollten, die Lesebrillen auf den Nasenspitzen, einfach nicht auf den Abendhimmel hinter dem

prächtigen Saum der schwarzen Berge verzichten. Nach
zehn Minuten stieß Maud einen wonnigen Seufzer aus. Er-
wartungsvoll klappte Elizabeth ihr Buch zu. »Nun –« sagte
Maud und las vor:

Eine ungeheure Mattigkeit hatte ihn überkommen, er fühlte
sich geschwächt, als sie ihren Griff löste... Er hörte sich
zitieren:
»›Seitdem wir Seit' an Seite stehen!‹«
»Ach ja!« fiel ihre tiefe Stimme ein: »Schöne Verse... Und
wie wahr. Wir müssen scheiden. In dieser Welt...« Entzük-
kend und trauervoll dünkten ihr diese Worte; himmlisch, sie
auszusprechen; sie schwangen nach und riefen so viele Bilder wach. Macmaster, ebenfalls voller Trauer, sagte:
»Wir müssen warten.« Grimmig fügte er hinzu: »Aber heute
abend, bei Einbruch der Dunkelheit!« Er malte sich die
Dämmerstunde unter der Eibenhecke aus. Unterm Fenster
fuhr im Sonnenschein ein glänzendes Automobil vor.
»Ja! Ja!« sagte sie. »Am Weg ist eine kleine weiße Pforte.« Sie
malte sich aus, wie leidenschaftlich und trauervoll sie zwischen düsteren, kaum sichtbaren Dingen miteinander reden
würden. Soviel Bezauberung durfte sie sich gönnen.
Hinterher müßte er zum Haus kommen und nach ihrem
Befinden fragen, und sie würden vor aller Augen im warmen
Licht Seit' an Seite wandeln und von gleichgültigen, aber
schönen Gedichten reden, ein wenig müde vielleicht, doch
wie elektrisierend würde es zwischen ihren Leibern kni-
stern!... Und dann: lange, wohlerwogene Jahre...

»Wurden die Edwardianer je trefflicher aufgespießt? Falls
nicht schon die Georgianer gemeint waren.«
»Blendend. Wie gefällt dir *das*?«

Ich rauchte meine Zigarette zu Ende und steckte mir eine
neue an. Auf dem Boulevard draußen tuteten und quäkten
Hupen. Ein großer roter Intercity-Bus rauschte vorüber. Ein
Verkehrssignal klingelte. Die Blonde stützte sich auf die Ell-

bogen und starrte hinter vorgehaltener Hand zu mir her. Die Tür in der Trennwand ging auf, und heraus schlüpfte der große Vogel mit dem Stöckchen. Er hatte ein anderes einge- wickeltes Päckchen in der Größe eines dicken Buches. Er ging damit zum Schreibtisch hin und zahlte Geld. Dann verschwand er, wie er gekommen war, über den großen On- kel gehend, mit offenem Mund atmend und einem scharfen Seitenblick zu mir hin.

Ich sprang auf, tippte zur Blonden hin an den Hut und ging ihm nach. Er spazierte in Richtung Westen und schwang dabei sein Stöckchen in kleinem, engem Bogen über seinem rechten Schuh. Es war leicht, ihm zu folgen. Seine Jacke war aus einer ziemlich grellen Pferdedecke geschneidert und hat- te so breite Schultern, daß sein Hals wie ein Selleriestrunk herausragte und sein Kopf beim Laufen darauf hin und her wackelte. Wir liefen anderthalb Blocks. Am Rotlicht an der Highland Avenue holte ich ihn ein und stellte mich so neben ihn, daß er mich sehen mußte...

Das Licht im Westen war zu einem dunkelgrünen Streifen geschrumpft. Maud fragte: »Was war in dem Päckchen?«

Einige Tage darauf war Maud bereit zu reiten. Als sie im Reitstall ihre Slacks in ein Paar geborgter Stiefel stopfte, be- schwor sie Elizabeth: »Die Verantwortung trägst du!«

»Sag das dem Pferd.«

Vor ein Vieh gestellt, das aussah wie ein gemästetes Pony, mußte Maud gestehen, daß sie früher einmal »endlose« Reit- stunden gehabt hatte. Elizabeth hielt ihr vor, sie verkohlt zu haben. »Wie es geht, weiß ich«, erklärte Maud, »aber was mir angst macht, ist die Ausführung. Besonders das Sprin- gen«, fügte sie unvorsichtig hinzu.

Nun bekam Maud ein anständiges Pferd. Anderthalb Stun- den ritt sie in Schritt, Trab und Kanter hinter Elizabeth im Kreis herum und wurde zum Schluß von ihr auf das grasbe- wachsene Innenfeld geführt, wo drei weißgetünchte Holz- hindernisse standen. Elizabeth stieg ab und legte den Balken des niedrigsten Hindernisses knapp einen Fuß über den Bo-

den. Sie führte Maud mit einem leichten großen Schritt darüber hinweg. Dann legte sie den Balken auf zwei Fuß Höhe
und wiederholte das Ganze. Als sie den Balken auf drei Fuß
Höhe legte, sah sie, wie Mauds Knie sich an den Sattel
krampften, und dachte, sie hat Angst, vom Pferd zu fallen.
Elizabeth nahm sich vor, Maud zu zeigen, daß ihre Angst
unbegründet sei. Sie sprang also selbst über das Hindernis,
schlüpfte dabei lässig aus den Steigbügeln und ließ sich auf
den Boden gleiten. Darauf bedacht, ihren Sturz natürlich
wirken zu lassen, klammerte sie sich ängstlich mit dem rechten Fuß an den Sattelknopf und landete auf ihrem unge-
schützten Kopf. Maud, die gleich hinter ihr kam, geriet über
dieses Unglück so aus der Fassung, daß sie ihre eigene Angst
vergaß und das Hindernis glatt übersprang. Elizabeth lag auf
einen Ellbogen gestützt und jubelte.
Auf dem Heimweg lud Elizabeth Maud in eine Bar am
Broadway ein. Maud ging niemals in Bars. Sie hätte sich
auch jetzt geweigert, wäre ihre Widerstandskraft nicht von
der überstandenen Stunde zu Pferde aufgebraucht gewesen.
Als sie das P's-&-Q's betraten, fragte sie nervös: »Kennst du
die Leute hier?« Sie fürchtete, Leute zu treffen, die sie kannte, und keine Leute zu treffen, die sie kannte, und Leute zu
treffen, die sie nicht kannte. Es erinnerte sie an ihre Kindheit, wenn sie ihren Vater im Büro besuchte, das voller fremder Männer in Hemdsärmeln war. Sie trank zu schnell und
mußte in einer halben Stunde zweimal pinkeln. Als sie gingen, fühlte sie sich verschwitzt und hundeelend.
Elizabeth ignorierte Mauds Unbehagen. Am nächsten
Abend erschien sie um halb sieben in einer blaßgelben Voile-
Bluse, die sich über einem weißen Futteralrock kräuselte,
und schlug einen weiteren Gang in die Stadt vor. Maud sah
sie bewundernd an und schüttelte den Kopf: »Geh nur, aber
ohne mich.«
»Das wäre nicht das gleiche.«
»Du hast gesehen, was gestern passiert ist. Da laß ich mich
lieber zu Hause vollaufen.«
»Warum denn nur?«

»Ich mag es nicht, wenn Fremde mich angaffen.«

»Aber das ist doch die Hälfte des Vergnügens. Besonders wenn man ihnen was zum Gaffen bietet. Wie wär's mit dem grünen Fummel von Norell?«

»Warum nicht gleich einen Badeanzug?«

»Du wirst dich wundern. Die meisten bemerken dich gar nicht – für die bist du ›eine‹, nicht Maud.«

»Und die andere Hälfte? Du sagtest ›die Hälfte des Vergnügens‹?«

»Gaffen, wie du gesagt hast. Oder jedenfalls zusehen. Es macht Spaß, andere Leute zu beobachten. Dafür sind Bars erfunden worden – zum Vergnügen.«

Auf der Fahrt zum Boots 'n' Saddles schwor sich Maud, an diese Worte zu denken. Es stimmte: als sie einmal saßen, erregten sie nur wenig Aufmerksamkeit.

Maud sprach von Allan: »Er schien unbedingt nach Hause kommen zu wollen. Ich finde, er soll weiter in seinem Saft schmoren. Ich habe kein Verlangen, das so bald zu vergessen. Noch lange nicht.«

»Du redest von mir?«

»Ich bin froh, daß *du* es warst. Aber es gefällt mir trotzdem nicht.«

»Wenn du ihn noch zappeln lassen willst, soll er das mal allein tun.«

»Erzähl mir von seinen krummen Touren.«

»Was soll ich davon wissen?«

»Wieso hast du nach seiner Karriere gefragt?«

»Eins bei Männern ist mir klargeworden: die meisten spinnen. Ich bin mir nicht sicher, aber diese Pferdesache hört sich nach schmutzigen Geschäften an. Frag mich nicht warum. Vielleicht will er beweisen, daß er deine Beziehungen nicht nötig hat. Sollen wir noch die Pinte nebenan ausprobieren, bevor wir nach Hause gehen? Wenn er es wirklich will, wird er zurückkommen.«

Es war kurz vor neun, als sie die zweite Bar verließen. In ihrer Küche stellte Maud, verzeihlich an offene Schubladen stoßend und die eine oder andere Gabel fallen lassend, eine

Mahlzeit zusammen. »Kann ich den Knoblauch aus dem
Salatdressing weglassen? Die Italiener machen das so, jedenfalls die in Italien.« In jeder Hand einen Pflücksalat, blieb sie
mitten in der Küche stehen und stieß einen furchtbaren Seufzer aus.

»Baby!« gluckste Elizabeth, »ich dachte, du hättest dich heut
abend amüsiert.« Sie lehnte mit einem Glas in der Hand an
dem eichefurnierten Tresen und schwang tänzelnd hin und
her.

»Ja. Aber wenn du weg bist – Allan, meine Freunde, die sind
ganz anders als du. Die Zukunft sieht, nun ja, wenig aufregend aus.«

»Dir fehlt nichts zum Glücklichsein. Weißt du das eigentlich?«

»Ohhh, Glück . . .«

Maud trat an die Spüle. Elizabeth folgte ihr und umarmte sie
von hinten. Als Maud sich umdrehte, küßte Elizabeth sie auf
den Mund. Die Salatköpfe sanken in die Spüle.

»Nett von dir, daß du dich nicht sträubst.«

Maud drehte das kalte Wasser auf. »Meinst du nicht, wir
sollten lieber etwas essen?«

»Ich liebe dich, Maud.«

»Es ist mir so gut gegangen!«

»Du bist eine *prächtige* Frau.«

»Nein. Bin ich nicht.«

»Ich weiß. Du hast neunundvierzig-ein-halb Jahre kleine
Katastrophen hinter dir. Was ist: machst du mit?« Elizabeth
hielt sie fest.

Maud schüttelte noch immer mit dem Kopf, während sie
einen Salat in Fetzen riß. »Du bist nett, du bist eine wunderbare Freundin, aber du mußt mich nehmen, wie ich bin.« Sie
sah über die Schulter, Elizabeth ins Gesicht. »Ich möchte
dich auch gern lieben. Aber das macht mir angst. Ich war
noch nie mit einer Frau zusammen.«

»Schau, der Kuß eben . . . ›Ich liebe dich‹ bedeutet, du in-
spirierst mich.« Mauds anschließendes Lachen erinnerte an
den Heiligen Sebastian beim Abschießen der Pfeile. »Merkst

du denn nicht, daß ich glücklich mit dir bin, ›so, wie du
bist‹?«

»Ich habe immer wieder den Eindruck, daß ich eine Niete
bin.«

»Ach wirklich? Ich gebe ja zu, in deiner Nähe komme ich
mir manchmal geradezu normal und leistungsfähig vor, aber
doch nicht sehr oft. Vielleicht könntest du eine richtige Niete werden, damit ich wirklich die Größte bin.«

»Ich werde von dieser Sekunde an keinen Tropfen mehr
trinken.«

»Tu das bloß nicht! Im übrigen ist es dazu heute schon zu
spät.«

Nach dem Essen sahen sie fern. Mandy Rice-Davies folgte
einem frisch gekrönten Papst. Elizabeth schaltete auf die
Mets um, die nur zweiunddreißig Spiele vom ersten Platz
entfernt waren und Fortschritte zeigten.

»Ah, der Duke.«

»Er bewegt sich sehr elegant. Wenn ich nur wüßte, was er da
getan hat.«

»Das ist doch unwichtig. Glaubst du, er könnte eine ältere
Frau gern haben?«

Maud sah Elizabeth schüchtern an und gab keine Antwort.

Maud begann an den Sauftouren Gefallen zu finden. Es
machte ihr Spaß, mit Elizabeth über das Leben der anderen
Gäste zu spekulieren. Um Meinungsverschiedenheiten bei-
zulegen, befragten die Frauen zuweilen die Gäste selbst und
freundeten sich für einen Abend mit ihnen an. Maud entdeckte den zwanglosen Umgang, wie er in Lokalen üblich
ist.

An einem solchen Abend saßen die beiden auf Barhockern
nebeneinander, und Elizabeth sagte zu Maud: »Ist dir klar,
daß ich dich ursprünglich nur besucht habe, weil du die Frau
meines Liebhabers warst?«

»Aber sicher.«

»Ich wette, du weißt aber nicht, warum du mir von Anfang
an gefallen hast.« Maud neigte keck den Kopf. Elizabeth

wies auf ihre Abbilder in dem Spiegel hinter der mit Flaschen vollgestellten Theke. »Wir haben die gleiche Nase.«
Später an diesem Abend, dem zehnten seit ihrem Kennenlernen, führte Maud Elizabeth ins Musikzimmer, plazierte sie
neben das Klavier und spielte Schumanns *Warum*.
»Seit Priscillas Graduierung habe ich nicht mehr gespielt,
weiß der Himmel weshalb. Ich habe nie gewagt, dich zu
fragen – ich habe mich immer nach jemand gesehnt, den ich
begleiten kann, oder der vierhändig mit mir spielt. Du
kannst nicht zufällig irgendwas spielen?«
»Nur die einlöchrige Flöte, Schätzchen.«
»Ist das ein Barockinstrument?«
»Wenn man es richtig behandelt, ja. Ich bin eine musikali-
sche Null.«
»Ist auch egal. Ich spiele gern allein. Du mußt mir nur versprechen, mir aus mindestens zwei Zimmern Entfernung zuzuhören.«
Die Mets stellten den Rekord für ununterbrochene Aus-
wärtsniederlagen ein. Ein Erdbeben zerstörte Skopje, die
Hauptstadt von Makedonien. Arlene Francis wurde nach
einem Autounfall verhaftet. Priscilla rief an, um ihren Besuch anzukündigen.
Etwas später fragte Maud Elizabeth: »Hör mal, mein Bett ist
so groß wie ein Putting-Green – willst du es nicht mit mir
teilen? Mir fällt es immer erst ein, wenn ich halb weggetreten
bin, worüber ich mit dir reden wollte.«
»Man hat mir gesagt, ich wälze mich hin und her wie eine
Robbe.«
»Und am Morgen ist es dann weg. Ich kann nachts sowieso
nicht schlafen. Sollen wir's versuchen?«
Maud wurde von ihrer Schlaflosigkeit sofort geheilt, aber
dafür litt nun Elizabeth darunter. Als Maud um vier Uhr in
ihrer ersten Nacht die Augen aufschlug, sah sie ihre Freundin im Schneidersitz neben sich. Seit ihrem Sturz auf dem
Parcours bekam Elizabeth, wenn sie lag, manchmal einen
schmerzhaft steifen Nacken.

Am Morgen wachte Elizabeth in Mauds Armen auf. Sie erklärte: »Ich möchte flachgelegt werden.«
»Ich wünschte, ich könnte mehr für dich tun.«
Nach dem Frühstück führte Elizabeth zwei Telefonate. Sie sagte Maud, sie werde den nächsten Tag und die Nacht in der Stadt verbringen.
Als Maud am Nachmittag ihren Kräutergarten hackte (eine Arbeit, an die sie niemanden heranließ), strömte Elizabeths Stimme durch geöffnete Fenster in die dunstige Luft:

> Doch dieser Wein ist allzu wirkungsvoll.
> Ich fühle mich wie toll
> Und mußt jetzt einfach singen.
> Verzeih mir, wenn ich stammle wie ein Tor,
> Aber wahrlich nie zuvor
> War ich verliebt.
> Ba ba doobie,
> Ba ba doobie,
> Ba ba doobie
> Ah bah.

Ihre klare Stimme hatte etwas verführerisch Rauchiges.
Beim Essen sagte Maud zu Elizabeth: »Du könntest in der Oper singen. Oder zumindest in der Operette.«
»Theater! Musik! Wie mir das gefallen würde! Liebes, ich bin bloß ein Badewannenstar.«
Der nächste Tag war für Maud gestopft voll mit Ereignissen. Mit der Sonne aufgestanden, war sie um sieben im Garten und fuhr dann Elizabeth zur Haltestelle für den 10-Uhr-Bus Richtung Süden und kam rechtzeitig für Allans Anruf wieder nach Hause. Er gestand sein Mitwirken bei der Versicherung des kürzlich eingeschläferten Wallachs. Maud bekam die Fakten seiner Geschichte nicht mit, auch nicht, nachdem er sie wiederholt hatte, und sie beendete das Ganze mit der Bemerkung: »Was für eine deprimierende Sache! Wieso erzählst du *mir* davon?«

(Zwei Kleinigkeiten trösteten Allan an diesem Gespräch. Sie erwähnte nichts von dem Porträt, das er zwei Abende zuvor schmachvoll an Owen Lewison ausgeliefert hatte. Und indem sie Elizabeths Anwesenheit bestätigte, linderte sie seinen Schmerz darüber, daß sie ihn nicht gebeten hatte, zurückzukommen.)

Kurz darauf traf Priscilla ein. Nun erfuhr Maud von Allans Nacht mit Pauline. Sie kämpfte mit ihrer Tochter. Hin und her gerissen zwischen Wut und Reue, beschloß sie, das Geld, das sie Priscilla zugedacht hatte, Pauline zu geben. Um drei Uhr nachmittags rief Walter Trale an und teilte ihr mit, daß das »Porträt von Elizabeth«, das sie gekauft habe, eine Kopie sei. Es habe da eine Kette verrückter Mißverständnisse gegeben...

Maud glaubte ihm. Die Verständigung zwischen den Menschen ging vor die Hunde. Warum hatte Elizabeth sie ausgerechnet heute allein gelassen? Sie dachte daran, Allan von dem Bild zu erzählen; dann fiel ihr seine Nacht mit Pauline ein. Sie fuhr zum Boots 'n' Saddles. Das Lokal war am Nachmittag leer, und sie trank zwei weitere einsame Chartreuses. Zu Hause gab man ihr eine Nachricht von Elizabeth, zusammen mit einer Telefonnummer in der Stadt, deren sie sich nicht bediente.

Am nächsten Tag kam Elizabeth früher zurück als erwartet. Rechtzeitig zum nächsten Gratismittagessen, dachte Maud. Es fiel ihr schwer, die Umarmung ihrer Kostgängerin zu erwidern. Elizabeth schien es nicht zu bemerken.

»Ganz gut«, antwortete sie auf Mauds höfliche Erkundigung. »Ich komme mir irgendwie dumm vor, hier einen Tag zu verpassen.«

»Nett von dir, das zu sagen«, meinte Maud und starrte in ihre Kaffeetasse.

»›Nett‹? Hey – *ich* bin's.«

Maud zog einen Schmollmund. »Ich habe gedacht, wir hätten wirklich etwas zu besprechen. Es war wunderbar, dich hier zu haben, und ich will, daß es auch so bleibt. Also glaub nicht – glaubst du nicht, es wäre besser, wir würden genau

festlegen, wie lange du noch hierbleiben willst? Zeitlich unbegrenzte Pläne sind was Schreckliches...«
Unfähig weiterzusprechen, schloß Maud die Augen. Elizabeth schlich an sie heran, ließ Finger unter ihre schmutzigblonden Locken gleiten und packte sie fest an den Ohren.
Maud konnte sich nicht mehr bewegen. Elizabeth sagte zu
ihr: »Kleines Mädchen, du bist eifersüchtig.«
»Ach, wirklich? Eifersüchtig auf was? Auf dich?«
»Es würde nicht wehtun, das zuzugeben.«
Maud begann zu weinen. »Du ziehst hier ein und machst
dich breit, als hättest du dein ganzes Leben hier verbracht.
Und alles, was ich von dir weiß, ist, daß du dich eine Woche
lang mit meinem Mann abgegeben hast –«
Elizabeth kniff Mauds Ohren, um sie zum Schweigen zu
bringen. »Ich flehe dich an: verzeih mir. Ich bin ein gefühlloses Luder –«
»Für dich ist alles einfach. Du hast keine Familie, die dir
Sorgen macht. Du hast keine Geldschwierigkeiten – du hast
nicht einmal Geld.«
»Liebste, hör mich bitte an, ich verspreche dir, daß ich ab
sofort nie mehr *irgend etwas* ohne dich tun werde –« Sie ließ
Mauds Ohren los.
»Wenn du wüßtest, was ich durchgemacht habe, seit du gestern weggefahren bist!«
»Ich werd gleich mal was arrangieren«, sagte Elizabeth und
ging über die Veranda zum vorderen Salon. An der Tür
drehte sie sich um: »Stell dir vor – unser erstes Doppelrendezvous!«
Noch immer schniefend, sah Maud bei diesen Worten verblüfft auf. »Was soll das heißen?«
»Ich werde dir ein Schnuckelchen besorgen.«
»Halt, Elizabeth, laß das! So hab ich das nicht gemeint. Ich
bin über fünfzig.«
Aus dem Dunkel hinter der Tür kam die Antwort: »Das
hätte ich nie gedacht. Aber du wirst sehen: in unserem Alter
ist das kinderleicht.«
Beim Mittagessen bat Maud Elizabeth dringend, von ihrer

guten Tat Abstand zu nehmen. Jetzt konnte Elizabeth die Beleidigte spielen: »Ich habe drei Verabredungen abgesagt, nur damit du die beste bekommst.« Sie beendete die Diskussion mit den Worten: »Wenn er dir nicht gefällt, sagst du nein.« Maud erklärte sich einverstanden und lieferte eine Zusammenfassung des vorangegangenen Tages.

Am Nachmittag fuhren sie zu einer Pferdefarm westlich des Hauses und machten einen Ausritt. Anstatt wie geplant in die Vorberge hinaufzureiten, blieben sie auf den unbefestigten Wegen zwischen ebenen Äckern mit blühenden Kartoffeln und frisch geerntetem Mais. Elizabeth befragte Maud nach Pauline, und Maud erzählte ihr von ihrer gemeinsamen Kindheit, ihrem Wirken als Pflegemutter, dem bitteren Zerwürfnis wegen Paulines Verlobung mit Oliver. Mit bebender Stimme sprach sie von »Prinzipien des Geldes und der Verantwortung«.

Elizabeth bemerkte: »Wie ihr zwei da eine Million Dollar zum Problem macht – das ist lustig!«

»Es war *gar* nicht lustig! Warum bleibst du stehen?«

Elizabeth sah über umgeknickte Maisstengel hin. »Hast du die Lerche gesehen? Falls es eine war. Könnte aber sein, so wie sie in den Stoppeln gelandet ist.«

»Neunzehnachtunddreißig war ich ziemlich in der Klemme.«

»Ich habe mal in Bayern gelebt. Eine Liebesgeschichte. Feldlerchen kamen singend aus dem Himmel und ließen sich im Weizen nieder, genau wie diese hier. Das war ein Sommer.

»Ich kenne diesen Vogel, aber ich weiß nicht, wie er heißt.«

»Lerche jedenfalls nicht.«

»Naja, hier werden sie auch nicht gegessen. Du mußt verstehen, das lag nicht an uns beiden, sondern nur an mir. In zwei Wochen habe ich alles kaputtgemacht, und sie hat es nie begriffen. Nie.« Sie ritten durch eine Gruppe mächtiger eschenblättriger Ahornbäume. »Als ich von ihrer Nacht mit Allan hörte ... sagte ich mir, das geschieht dir recht.«

»Deine Reithaltung ist sehr anmutig.«

»Und jetzt werde ich mich wieder mit ihr versöhnen.«

Elizabeth unterdrückte ein verächtliches Zischen und erwiderte in kaltem Tonfall: »Du hast Mist gebaut, und du zahlst dafür.«

»Und ich zahle mit Vergnügen dafür!« Maud erklärte, daß sie das Geld nicht Priscilla, sondern Pauline überschreiben werde.

»Großartig«, sagte Elizabeth, »aber warum vergißt du die dunklen Zeiten nicht einfach? Fang doch einen neuen Film an.«

»Du bist eine hoffnungslose Optimistin. Fünfundzwanzig Jahre können doch nicht einfach so verschwinden.«

Elizabeth ließ ihrem verächtlichen Zischen freien Lauf und erwiderte: »Im Handumdrehn!«

Maud zuckte die Schultern.

Beim Abendessen gab Maud einen konfusen Bericht von Allans Anruf. Elizabeth machte ihr klar (sie hatte es selbst eben erst begriffen), daß Allan eine Versicherung für ein altes Rennpferd eingefädelt hatte, obwohl er wußte, daß es wenig später getötet werden sollte. »Aber das sieht ihm gar nicht ähnlich«, sagte Maud. »Das ist ja schauderhaft.«

»Ich habe Schlimmeres erlebt. Aber das meinte ich, als ich –«

»Ich bin froh, daß er nicht hier ist. Besonders nach Pauline. *Sie* kann ich verstehen, aber wie konnte *er* das tun? Zweimal im Monat! Was hast du gemeint?«

»Daß faule Geschäfte wie das mit dem Wallach nicht aus heiterem Himmel kommen. Und was Pauline betrifft: Allan geht auf die sechzig zu, er hat jede Menge Ärger am Hals, und Pauline ist nicht nur attraktiv, sondern er kannte sie auch, und sie war leicht zu haben.«

»Mein Gott – ich vergaß, dir von dem Bild zu erzählen.«

Ein wenig später sangen die beiden Lieder aus Musicals. Elizabeths Fingerschnippen gab der etwas schuberthaften Begleitung von Maud den richtigen Schwung. Maud sang so gut mit, wie es das Spielen vom Blatt erlaubte. Stücke, die ihnen gefielen, wiederholten sie, und eins probten sie so lange, bis sie es im Duett singen konnten:

... Ich hoff', es wird ihm wohlergehen,
   Ich fühle keinen Haß.
Soll er doch zur Hölle gehen,
   Ich wünsch mir das.
      So nimm meinen Segen
         Und auch meinen Mann.
      Nimm ihn nur mit,
         Damit ich wieder lachen kann.

»Armer Allan!«
Elizabeth hatte ihre Verabredung für den folgenden Abend
getroffen. Maud war sich noch immer unschlüssig, aber am
Nachmittag brachen sie auf und fuhren, den Umweg über
die ländlichen Mäander des Taconic Parkway nehmend, in
die City. In der Nähe der Ausfahrt Poughkeepsie brachte
Maud das Gespräch wieder auf Allan: »Soll ich mich von
ihm scheiden lassen?«
»Nein.«
»In letzter Zeit war er ein schwacher Trost.«
»Dann laß dich scheiden.«
»Ach?«
»Du hast ein Problem.«
»Täglich eins und sonntags zwei.«
»Du magst ihn.«
Maud seufzte. »Ich weiß. Wir sind immer so gut miteinander
ausgekommen.«
»Wie ist er im Bett?«
»Das fragst *du*?«
»Bei mir hatte er ungewöhnliche Schwierigkeiten. Er ist
nicht der erste. Warum, ist egal. Er gefiel mir.«
»Hast du deswegen gesagt, er sei kein Gewohnheitsbe-
trüger?«
»Ganz recht. Am liebsten würde ich sagen, er war ein An-
fänger, nur daß man von niemand erwarten kann, er habe
fünfundzwanzig Jahre lang keine –«
»*Ich* habe. Elizabeth, warum tue ich das? Das ist *ein* Grund
dafür, warum es mir so schwerfällt, auf dich einzugehen.«

»Hör zu, einmal im Monat zählt doch nun wirklich kaum. Genausowenig, wie immer mit demselben –«

»Er behandelt mich großartig. Schon immer.«

»Morgen um diese Zeit wirst du vielleicht eine breitere Basis haben –«

»Ich höre dir nicht zu.«

Schweigend fuhren sie an einer halbleeren Talsperre entlang. Elizabeth sagte: »Ich weiß, daß du keine Verschwenderin bist – trotzdem, du hast deine Gärten und tust deine ›traditionellen guten Werke‹. Bist du sicher, daß du verschmerzen kannst, was du Pauline gibst?«

»Aber ja. In gewissen Schichten ist die abgestufte Einkommenssteuer ein großer Gleichmacher. Nur Priscilla verliert dabei. Hätte Priscilla gestern nicht so mit mir geredet...«

»War's denn so schlimm?«

»Sie hat mich behandelt wie eine alte Säuferin.«

»Kinder sind strenge Zuchtmeister.«

»Sie hat mir von Allan und Pauline erzählt. Das habe ich ihr sehr übelgenommen.«

Sie hatten vor einer Mautstation angehalten. Elizabeth fing an, Maud auf ihr Rendezvous vorzubereiten.

Um zehn Uhr am nächsten Morgen befanden sie sich auf der Schnellstraße nach Norden. Maud, anscheinend zufrieden, sprach wenig. Elizabeth stellte keine Fragen. Als sie über die Tappanzee-Brücke fuhren, sagte Maud: »Ich muß besser in Form kommen. Das Reiten gibt Kraft, aber es gibt bestimmte Gebiete...«

»Ich glaube, du warst große Klasse.«

»Wie meinst du das?«

»George rief an, um mir zu danken. Er sagte auch, du hättest einen –«

»Psch! Das hätte er *mir* überlassen sollen, dir das zu erzählen. Jedenfalls ist das doch wohl *sein* Verdienst, oder?«

»Ich weiß, es ist schwer zu glauben – aber er fand dich *sehr* attraktiv.«

»Aber stell dir vor, so viele Lichter ausmachen zu müssen. Ich hab's nicht gewagt, sie anzulassen. Ich hatte ziemliche

Mühe zu glauben, was da geschah. Wenn ich nicht sagen kann, wieso ich mich eigentlich so gut gefühlt habe – was will ich mehr?«

»Da sagst du was.«

»Wie hältst du dich so schlank?«

»Ballettübungen.«

»Du tanzt? Wann?«

»Nein, nur Gymnastik. Und Reiten. Wenn keine Pferde zu haben sind, gehe ich stundenlang spazieren.«

»Nun: in der Mansarde ist es im Sommer zu heiß, und im Keller ist es rund ums Jahr zu feucht – wo soll ich Stange und Spiegel aufstellen? Aber wenn ich so darüber nachdenke, laß ich den Spiegel lieber weg.«

»Nein. Das ist ein notwendiges Folterinstrument.«

Der Hudson blinkte auf, und sein Wasser war blauer als der Himmel, den es widerspiegelte.

»Ich habe Allan angerufen. Heute morgen fühlte ich mich ihm ganz besonders zugetan.«

»Du hast es dir anders mit ihm überlegt?«

»Er sehnt sich nicht gerade, nach Hause zu kommen. Er hat Angst, wir zwei würden ihn in Stücke reißen.«

»Aber du willst ihn nicht loswerden?«

»Das war gestern.«

»Wenn du ihn hart rannimmst, wird er dein treuer Hengst und Sklave sein.« Maud runzelte die Stirn. Elizabeth stupste sie an: »Bedenke, was du ihm voraushast!«

»Mach keine Witze darüber.«

»Er ist kein schlechter Mann – auch wenn er es versucht. Aber interessant. Nicht viele Frauen aus der besseren Gesellschaft können bona fide von sich behaupten, einen echten Kriminellen zum Mann zu haben.«

»Könnte ich doch nur sicher sein, daß das nicht dein Ernst war. Ich zähle darauf, daß er für Priscilla einen Ausweg findet, wenn er nach Hause kommt.«

»Sie braucht Hilfe?«

»Das verstehst du nicht, ich bereue es keineswegs, ihr das Geld wieder weggenommen zu haben – ich dachte nur, wenn

Allan irgendwas zur Wiedergutmachung, einen kleinen Betrag ...«

»Bist du hinterm Mond! Geld ist das letzte, was sie braucht. Sie hat gerade hunderttausend Dollar aus einer Lebensversicherung –«

»Sie sprach davon.«

»Für jemand in ihrem Alter ist das ein Vermögen. Ihr seid ... Manchmal denke ich, man sollte Erbschaften zu hundert Prozent besteuern.«

»Sie wird mich hassen.«

»Ach? Du hast bereits versucht sie zu kaufen. Achte bitte auf die Straße, Darling, nicht auf mich. Daß du wütend wirst, beweist, daß sie dir etwas bedeutet. Sag ihr das.«

»Sie wird mir nicht glauben.«

»Jetzt glaubt sie dir auch nicht.«

»Ich bring es nicht fertig, sie anzurufen.«

»Dann schreib ihr.«

»Na schön.«

»Versprochen?«

»Na schön.«

»Heute?«

»Heute.« Mauds Versprechen erinnerte sie daran, wie sie als Kind einmal geloben mußte, einen Dankesbrief zu schreiben – da hatte sie sich zum ersten Mal vorgestellt, daß jemand das, was sie schriebe, lesen würde. Als sie am Nachmittag den Brief an Priscilla anfing, schlief sie darüber ein. Sie brauchte einen zweiten Tag, um zwei handgeschriebene Seiten vollzubekommen.

Im Spa Music Theater und in der Hall of Springs wurden unter dem Motto »Das Pferd in der zeitgenössischen Kunst« Wohltätigkeitsausstellungen eröffnet. Oliver La Farge starb. Das brutale Vorgehen der Polizei bei Friedensdemonstrationen wurde »untersucht«. In Kamp Kelly taten Mr. Grimmis und Miss Crystal ihr Bestes, um Ira und Arthur vor der tückischen Marcia Mason zu behüten. Maud und Elizabeth lagen in der Sonne; Maud ließ sich bräunen, Elizabeth schützte ihre zu Sommersprossen neigende weiße Haut mit

einem Schlapphut und einer dünnen langärmeligen Bluse.
Maud berichtete: »Mr. Pruell plant eine Fahrt mit der Segel-
jacht von Cape Cod nach Mount Desert. Reizt dich das?«
Nichts reize sie weniger, sagte Elizabeth, als beengte Unterkunft inmitten unendlicher Weite. Vielleicht sollten sie beide
eine Reise machen...
Sie fuhren in die Stadt und besorgten sich irreführende Rei-
seführer und nichtssagende Landkarten. Sie erwogen Mexiko, Schweden, Afghanistan. Sie malten sich einen Ozean-
dampfer aus, gefolgt von einem Panoramazug und Rucksackwanderungen durch exotische Gebirge – die Karpaten,
die Berge Kasachstans. Sie riefen Mauds Reisebüro an, das
ihnen Charterflüge nach Venedig oder Mallorca vorschlug.
Am Abend lag ihr Haus im Reisefieber.
Maud schickte ihren Brief an Priscilla ab. Elizabeth fragte:
»Und was ist mit Pauline?«
»Soll ich denn niemals Frieden haben?«
»Wenn du schon den Weihnachtsmann spielst...«
»Ich bin doch nur ein Geizhals, der etwas wiedergutmachen
will! Habe ich dir gesagt, daß sie in zwei Tagen herkommt?
Sie will mit mir reden.«
»Über das Geld?«
»Sie deutete etwas weniger Erfreuliches an.«
»Dann – kannst du immer noch Frieden schließen.«
»Ich bin in der Stimmung, alles hinzuschmeißen. Aber ich
werde darüber nachdenken. Schlimmer kann's kaum wer-
den, nehme ich an.«
Maud rächte sich an Elizabeth, indem sie sie Blondchens
erste Arie in *Die Entführung aus dem Serail* singen ließ.
Elizabeth mühte sich sehr, die langen hohen Töne zu halten.
Danach beschrieb sie Maud eine andere Mozart-Arie – eine,
in der sich jemand in die Liebe verliebe und die unter einem
Wind reinen Verlangens dahinsegle. Maud fand Cherubinos
Non so più, und beim dritten Versuch hatte Elizabeth gelernt, wie man lange Töne aus reinem Verlangen halten
konnte. Zuweilen wünschte sich Maud, sie wäre als Mann
auf die Welt gekommen.

Priscilla hatte auf Mauds Brief nicht reagiert. Elizabeth wies darauf hin, daß er erst gestern abgeschickt worden sei. »Aber ich habe ihn durch Eilboten geschickt, und ich bin selbst zur Post gegangen.« Maud rief Walter an. Der Brief sei heute morgen gekommen.

»Da bin ich aber froh. Wie geht's Priscilla?«

»Gut, soweit ich weiß.«

»Was soll das heißen?«

»Ich habe sie in letzter Zeit nicht gesehen.«

»Ich verstehe noch immer nicht.«

Nach einer Pause sagte Walter: »Sie wohnt nicht mehr hier.«

»Ach du liebe Zeit – wo ist sie denn hin?«

»Sie ist in Phoebe Lewisons Atelier. Ich habe ihr den Brief unter die Tür geschoben.«

Maud notierte die Telefonnummer. »Entschuldigen Sie, Walter.«

»Schon gut. Und machen Sie sich keine Sorgen wegen ihr. Wenn jemand für sich selbst sorgen kann, dann Priscilla.«

Maud wußte, was er meinte. Sie rief in Phoebes Atelier an. Als sie ihre Stimme erkannte, legte Priscilla auf. »Oh, mein Gott, was habe ich getan?«

»Hör auf, das hast du doch erwartet. Im übrigen hast du mir selbst gesagt, bei Schwierigkeiten lebt sie erst so richtig auf.«

»Sie ist dreiundzwanzig.«

»Wenn sie Hilfe braucht, wird sie schon kommen. Besorgte Eltern machen schwierige Kinder wahnsinnig. Wenn du willst, werde ich sie bei unserer nächsten Verabredung besuchen.«

»Du bist ein Engel. Du hättest nicht Lust, dich auch um Pauline zu kümmern? Ich weiß, ich weiß . . .«

»Kennenlernen möchte ich sie aber.«

»Morgen, vorausgesetzt, ich lebe dann noch. Nein, ich bin froh, daß sie kommt. Ich werde ihr alles sagen. Und ihr auch zuhören.«

Nachdem Pauline am nächsten Tag gekommen war, hatten Maud und Elizabeth bis zum Abend keine Möglichkeit, mit-

einander zu reden. Die Schwestern, beide belastet mit ihrem
unausgesprochenen Geständnis, hatten sich nach dem Mittagessen im Fliedergarten niedergelassen. Pauline hatte von der
Bank noch nichts gehört. Als Maud sie von der Verfügung
unterrichtete, die sie zu ihren Gunsten getroffen habe, empfand Pauline zunächst Triumph, dann Scham. (»Sie war gekommen, um mir von Allan zu erzählen«, sagte Maud hinterher zu Elizabeth, »und sie begann sich Sorgen zu machen,
daß ich das Geld wieder zurücknehmen würde; und schließlich wünschte sie beinahe, ich *würde* es zurücknehmen, da
sie sich so mies verhalten habe.«) Pauline saß sehr gerade, als
sie Maud endlich davon in Kenntnis setzte, daß sie mit ihrem
Mann geschlafen hatte. Darauf Maud (»Es hat mich stolz
gemacht, als ob du mir zusehen würdest«): »Wie konntest
du mir nur so etwas antun?« Die kaltherzige Falschheit dieser Worte setzte in Pauline einen fünfundzwanzigjährigen
Wutstau frei. Maud ließ den Ausbruch ihrer Schwester über
sich ergehen, nickte lediglich aufmerksam, und sagte am Ende: »Ich habe nie gewagt, um Verzeihung zu bitten. Du
wärst kein Mensch, wenn du nicht so empfinden würdest.«
»Als sie sah, daß ich es ernst meinte«, erzählte Maud Elizabeth, »fing sie an zu weinen. Sie sagte zu mir: ›Maud, das ist
Unsinn! An dir ist kein einziges Härchen böse.‹ Und nun
war ich an der Reihe, mich erbärmlich zu fühlen und zu
weinen – seit Mammis Begräbnis habe ich nicht mehr so
geweint.« Wieder liefen ihr Tränen über die Wangen: »Warum hat es so lange gedauert?« Sie bedachte Elizabeth, die auf
dem Boden neben dem Bett saß, auf dem sie lag, mit einem
irgendwie vorwurfsvollen Blick: »Warum hat man uns so
erzogen?«
Elizabeth stand auf und umarmte ihre Freundin. »Ich hatte
Glück. Meine Mutter stand mit beiden Beinen im Leben,
und sie war aufrichtig.«
Sie hörten ein taktvolles Klopfen. Die Tür ging auf, und
Paulines Kopf erschien. »Entschuldigung!« rief sie beim Anblick der zwei umschlungenen Frauen. Sie sah Mauds ver-
weintes Gesicht. »Alles in Ordnung?«

»Sicher. Ich spreche die Sache nur durch. Du hast doch
nichts dagegen?«
»Aber nein.«
Für den nächsten Morgen hatten die drei einen Ausritt geplant. Stöckelschuh erschien in richtigen Reitstiefeln. Zu
Mauds Bestürzung machte Elizabeth einen Rückzieher. Ihr
Hals schmerze noch immer, sie habe ständig Kopfschmer-
zen... Maud machte ihr Vorwürfe wegen ihres unverant-
wortlichen Handelns. Der Sturz könne schlimmere Folgen
gehabt haben, als sie meine: »Wir haben in Albany eine ul-
tramoderne Klinik. Geh hin.«
Elizabeth willigte ein, Maud machte einen Termin, und am
nächsten Tag fuhren sie auf dem Weg in die City dort vorbei.
Ein Orthopäde verschrieb starke krampflösende Mittel, untersagte jede Art von Sport und gab Elizabeth für nächste
Woche einen Termin für eine Kontrolluntersuchung. Pauline
erzählte von einem famosen Akupunkturarzt hinter der Car-
negie Hall; sie kamen aber zu spät, um ihn noch anzutreffen,
und ebenfalls zu spät für Elizabeths versprochenen Besuch
bei Priscilla.
Maud genoß ihre zweite nächtliche Sause, obwohl ihr lieber
gewesen wäre, wenn Elizabeth sie wieder mit George hätte
ziehen lassen. Ihre Freundin hatte ihr gesagt: »Wie ich dich
kenne, würdest du dich nur in ihn verknallen. Im übrigen
hast du für lebenslange Monogamie zu büßen.« Als sie tags
darauf nach Hause fuhren, fragte Maud Elizabeth: »Wie bist
du nur so geworden? Liegt's an deiner aufrichtigen Mutter?
Hattest du eine Offenbarung, die dir die Schuppen von den
Augen wischte? Ich nehme doch an, du hattest mal Schuppen, wie wir gewöhnlichen Sterblichen.«
»Meine Mutter! Die ließ mich nie auf die Idee kommen, ich
sei keine ›gewöhnliche Sterbliche‹, besonders an Tagen,
wenn ich Tänzerin oder Filmstar werden wollte.« Elizabeth,
die am Steuer saß, beschleunigte durch spärlichen Vormit-
tagsverkehr. »Ich glaubte, sie wollte, daß ich so sein sollte
wie andere Leute.«
»Kaum denkbar.«

»Aber *eine Art* Offenbarung hatte ich. Schon mal Marienkäfer beobachtet?«

»Elizabeth, bitte – keine Märchen.«

»Du hast mich gefragt, ja? Ok. Sagen wir, ich stieß in meinem Hinterhof auf ein namenloses Geschöpf von unbestimmter Größe –«

»Ich bin dennoch skeptisch.«

»– und als ich ihm eine Weile zugesehen hatte, wie es namenlos irrsinnige Dinge tat, fing ich so laut an zu lachen, daß meine – daß ein anderes, größeres Geschöpf herauskam, um nachzusehen, was mir fehlte. Ich kann nicht genau sagen, was das erste Geschöpf mit dem zu tun hatte, das dann kam – ich beschreibe nur –«

»Kein *post hoc ergo propter hoc* bitte schön!«

»– sah ich das zweite Geschöpf da stehen, und auch dies war unbekümmert, ich meine darüber, wer sie war oder wie sie aussah. Sie musterte mich skeptisch (genau wie du) und dabei gleichzeitig überaus liebevoll. Ich dachte: Genauso liebe ich sie. Ich erkannte, das wichtigste, was ich vom Leben erwartete, war so zu sein wie sie. Und das war ich. *Das* war es, was sie damit meinte, daß wir alle ›gewöhnliche Sterbliche‹ seien.«

»Sie war wohl kaum gewöhnlich. Sondern etwas Besonderes.«

»Das ergibt keinen Sinn. Jedenfalls kümmerte es mich von da an nicht mehr, so zu sein wie alle anderen. ›Die Liebe kam zu Elizabeth‹ – ein Gefühl, als ginge man barfuß am ersten Tag des Sommers. Vielleicht hat *das* etwas mit dem Marienkäfer zu tun. Etwa vierzig Jahre ist es jetzt her, daß ich es aufgab, mir um die Zukunft Sorgen zu machen, und ich habe seither keine einzige langweilige Minute verbracht. Du weißt, daß ich dich liebe, Maud?«

»Ich hoffe, in alle Ewigkeit!«

»Du weißt, daß ich dich, wenn ich andere Leute liebe, deswegen kein bißchen weniger liebe? Ich liebe dich ganz und gar, ich wüßte nicht, wie man jemand mehr lieben könnte – und doch könnte ich einen Mann kennenlernen und ihn ein

Weilchen lieben, oder ewig, und selbst wenn ich monatelang
nicht mit dir reden sollte, mußt du wissen, daß ich dich
genauso liebe wie jetzt. Maud, Maud, wenn du sehen könntest, wie schön du bist!«

»Und eben das ergibt keinen Sinn. Ich weiß, warum ich dich
liebe, aber wer bin ich denn schon?«

Nach dem Abendessen holte Elizabeth eine dicke alte Bio-
graphie, die sie in Mauds eklektischen Regalen aufgestöbert
hatte, und las aus einem Brief einer gewissen Miss Savage
vor:

...Die Szene mit dem Kirschenessen gefiel mir auch, erinnerte sie mich doch daran, wie Sie Kirschen aßen, als wir uns
das erste Mal sahen. Als ich eines Tages, eines sehr heißen
Tages, wie ich mich erinnere, zur Galerie wollte, traf ich Sie
auf der schattigen Seite der Berners Street, und Sie aßen
Kirschen aus einem Korb. Wie Ihre italienischen Freunde
waren Sie vollkommen still vor Zufriedenheit und hielten
mir, indem ich vorüberging, wortlos den Korb hin. Ich
nahm eine Handvoll heraus und ging vergnügt meines Wegs,
ebenfalls ohne ein Wort zu sagen. Daß Sie anders waren als
alle anderen, hatte ich nicht wahrgenommen. Ich war wie
Peter Bell und die Primel mit dem gelben Rand. Ein paar
Tage darauf ging ich nach Frankreich und sah Sie monatelang nicht wieder, aber die Erinnerung an Sie, wie Sie auf der
Berners Street Kirschen aßen, ließ mich nicht los und machte
mir große Freude, und jetzt macht es mir große Freude, daß
dieser Vorfall mir wieder ins Gedächtnis gerufen wurde. Ich
werde doch bald von Ihnen hören, n'est-ce pas?

»Welch Beginn für eine Liebesgeschichte!«

»Keine Liebesgeschichte. Er lehnte ab, sie starb, er bedauerte.«

»Wie konnte er nur widerstehen? Eigentlich wollte ich dir
ein reizendes Stück von Hawthorne vorlesen, aber jetzt
nicht mehr. Nicht mal in einer Nacht wie dieser. Sollen wir
uns nicht nach draußen setzen?«

»Nur mal kurz ins Spiel reinschauen. Heute spielen die Cardinals. Stan the Man geht nämlich in Pension.«

Mitten im vierten Inning ging Maud nach draußen; als würde sie von der Nacht erwartet, und diese von ihr. Die ungelesenen Worte sangen auf ihrer Zunge – *So lieblich kühl war die Luft nach diesem ganzen fieberhaften Tag, daß man meinen konnte, der Sommerabend versprenge aus einer silbernen Vase Tau und flüssiges Mondlicht, versetzt mit einem Spritzer eisiger Kälte . . .* Vom Gras zu ihren Füßen bis hinauf zu den Plejaden entzifferte sie die ganze Nacht. Ein Dreiviertelmond schien durch eine niedrige dünne Nebelschicht auf einsame Rasen, auf Geysire von Laub, das sich, diese verbergend, um Stämme bauschte. Die warme Luft war kühl genug, um als wohltuend empfunden zu werden. In der Luft war kein Geräusch, zumindest keines, dem man zuhören mußte; kein nächtlicher Vogel, kein brummendes Auto. Langsam entzifferte Maud die Muster, die sie bei Tageslicht gelernt hatte, und die unerschütterliche Szene erweiterte sich. Jedes Erkennen löste seinen Gegenstand auf und regte ihr Bewußtsein an, sich mit dem zu beschäftigen, was dahinterlag, hinter dieser Heckenlinie oder jener Wegesbiegung. Maud ging wieder hinein, um Elizabeth zu holen; als sie sie vor dem grobfarbigen Bildschirm kauern sah, wollte sie nicht stören. Sie ging ums Haus und blieb auf der anderen Seite stehen. Sie blickte nach oben und sah den ragenden Giebel als Silhouette vor dem kaum verdeckten Mond: ihr Haus, ihr Eigentum. Zum Wald hin, wo ihre niedrigen Sträucher und Kriechpflanzen sich zu gemäßigter Wildnis verwirrt hatten, setzte sie sich auf eine alte Schaukel – dort hatte sie mit Priscilla auf dem Schoß gesessen, vielleicht hatte schon ihre Mutter sie hier geschaukelt. Solche Nächte mußte es auch in Rußland geben. Maud dachte an Tatjana, die in einer solchen Nacht ihren Brief an Onegin schrieb. Maud hatte keinen Brief zu schreiben, kein Verlangen nach Liebe. Ihr war das Haus ihres Vaters vermacht worden: nicht so sehr ein Besitz, eher ein Raum, in dem Traum und Erinnerung der Teilung entgingen. Drinnen saß Elizabeth, die sie liebte, die sie kannte, wie sie selbst sich wohl nie kennen würde, und ihre ganze Familie würde dorthin zurückkehren: Pauline und Allan und Priscilla. Sie würde sie wieder in ihrem Leben willkommen heißen. Mit weniger dürften sie sich nicht zufriedengeben.

Ihre Zukunft sollte ihnen allen gehören, und diese Nacht ihr allein. Sie sah zu den Sternen, Dornen der Sehnsucht, nur wenige heut nacht. Das Licht gehörte dem Mond, der die sommerliche Erde sichtbar machte, ungleichmäßig umschwebte es Hügel und Säulen dichten silbrigen Laubs. Maud stieß ihre Absätze in den Boden, schwang zurück, dann vor. Während sie ihre Beine streckte und beugte, überlegte sie, ob sie hoch genug schaukeln könnte, um den Mond sehen zu können. Über dem Dachfirst glomm der helle Dunst mit jedem höheren Aufschwung kräftiger, als sei hinter dem Haus eine riesige Stadt verborgen. Die Clogs waren ihr von den Füßen gerutscht. Zehn Minuten lang wehte gelinde Luft zwischen ihren Zehen.

»Ich wünschte«, sagte sie, als sie wieder drinnen war, »ich wünschte, der Sommer würde niemals enden. Zumindest nicht in den nächsten zwei Monaten.«

Sie sprachen über künftige Rendezvous. Elizabeth fragte, wie es denn hier in der Gegend damit bestellt sei.

»Die Stadt ist zu klein«, sagte Maud. »Dazu fehlt mir der Mut.«

»Und was ist mit der Wildnis drumherum? Ich habe gehört, die Kneipen in Hoosick Falls platzen vor Betrieb aus den Nähten.«

Sie ließen die Idee fallen. »Männer« schienen dieser Mühe kaum wert.

Am nächsten Morgen erwachte Elizabeth wohlgemut aus einem Traum. Sie war als Vogel tief über eine alte Landschaft hingeflogen: Dörfer aus ergrauendem Stein, unregelmäßig abwechselnde Felder, Gruppen herbstlicher Bäume. Sie war meilenweit geflogen; noch immer erfüllte sie das Hochgefühl ihres Flugs. An den Rändern der zugezogenen Fenster drang Sonnenlicht in ihr Zimmer und sammelte sich in den

hinteren Deckenwinkeln in orangenen Lachen, die eine eigene Helligkeit erzeugten. Einfallende Strahlen bildeten leuch-
tende Brücken zwischen diesen glühenden Lachen und dem
Licht außerhalb, und über diese Strahlenbrücken begannen
nun Scharen von Lerchen zu strömen. In ihrem Traum war
sie eine Feldlerche gewesen, und jetzt folgten ihre Gefährten
ihr nach Hause. Ihr Zimmer war zum Sammelplatz der Lerchen der Erde geworden. Sie stellte sich vor, wie sie in Bayern aus gelben Feldern, in England aus Buchen- und Eschen-
wäldchen, aus dem Gestrüpp an den Rändern der Wüsten
des Ostens und von schilfbewachsenen Ufern aufflogen:
Feldlerchen, Heidelerchen, Haubenlerchen und die namenlosen Geschöpfe, die sie mit Maud in dem Stoppelfeld gesehen hatte. Die Vögel sangen nicht, doch ihre Flügel erfüllten
das Zimmer mit einem angenehmen Schwirren.

Langsam sah sie genauer hin. Das Gewimmel der Lerchen
begann sich von ihrer Wahrnehmung loszulösen. Zwischen
den Vögeln und sich selbst hatte sie größere Wesen erkannt.
Vor den stillen Schatten ihres Zimmers bemerkte sie Schatten, die sich bewegten: Leute. Sie nahm sich vor, sie zu
identifizieren, was das schwache Licht schwierig machte.
Vorhänge wurden aufgezogen, Sonnenschein durchflutete
die Luft und offenbarte dicht neben ihr einen Körper unter
einem versteinerten Laken, auf dessen weiße Fläche mit einer, wie ihr dünkte, schier rauschhaften Besessenheit, als ob
einem sonst die Pointe entginge, ein Muster aus blauen Kringeln aufgedruckt war, die verschlungene wildwachsende
Blumen darstellten: Federnelken, nahm sie an, während sie
die Tupfer an ihren Beinen entlang bis über die hochge-
krümmten Zehen zählte. Das Muster lenkte sie freilich nicht
von ihrer eigenen grotesken Lage in seiner Mitte ab.

Einige Feldlerchen flatterten hektisch um sie her. Die Leute
oder die Person kamen näher.

Nach einer Weile, die sie auf nur wenige Minuten schätzte,
spürte Elizabeth, daß sie den Leuten oder der Person in ihrer
Nähe angst machte. Dann sah sie deutlich, daß nicht in ihrer
Nähe, sondern direkt neben ihr die geliebte Maud saß, sie

bei der Hand hielt und ihre Schulter umklammerte. Auf ihrem Gesicht malte sich pures Entsetzen. Elizabeth verlangte es danach, sie zu trösten. Sie konnte verstehen, wie entsetzlich es sein mußte, jemanden von einer solchen Menge Vögel bewohnt zu sehen.

Letztere waren nun wieder ruhig und hatten sich in die oberen Bereiche des Zimmers zurückgezogen, hockten auf Leisten und glitten friedlich um die Messingkronleuchter. Elizabeth wußte ihren Takt, aber auch ihre Anwesenheit zu schätzen, welche sie an die Wirklichkeit jenseits ihrer eigenen Gefühle erinnerten. Die leiseren Flügelschläge erlaubten ihr, andere Geräusche zu unterscheiden. Sie hatte gesehen, daß Maud zu ihr sprach. Jetzt vermochte sie ihre Worte zu verstehen, so liebevoll, so äußerst besorgt: »Elizabeth? Elizabeth, bitte sag mir, was los ist. Fehlt dir was? Sag mir, daß dir nichts fehlt?«

Sprechen schien Elizabeth unangemessen, lächeln nicht minder, so gern sie Maud auch mit einem Lächeln gedankt hätte. Sie fand eine andere Lösung. Wenn ihre Augen Maud sehen konnten, dann konnte auch Maud sie sehen (nicht nur durch sie hindurchstarren, wie sie es jetzt tat). Elizabeths Augen konnten etwas mitteilen. Sie machte sie weit auf, um anzudeuten, daß ihr natürlich nichts fehle.

Maud drückte ihre Wange an Elizabeths und verließ das Zimmer.

In einem Zustand rasender Apathie ging sie über den Flur. Sie setzte sich an ihren Schreibtisch, ließ ihre Knöchel knakken und weinte. Ihr war klar, was zu tun war, und sie wollte nichts tun. Sie spürte ein heftiges Bedürfnis, die Sache mit Elizabeth zu besprechen. Und es fiel ihr schwer zuzugeben, daß sie Elizabeths Kopf am liebsten in die Arme nehmen und ersticken würde.

Elizabeth hatte sie nicht wie ein todgeweihtes Tier angesehen. Maud fand ihre Liste mit Notrufnummern, bestellte einen Krankenwagen und rief die Klinik an.

Im Krankenwagen saß sie an Elizabeths Seite. Elizabeth, die bereits im Bett eingeschlafen war, schlief weiter, als sie auf eine Trage gelegt wurde und während der ganzen heißen halbstündigen Fahrt nach Albany. In der Klinik wurde sie von wartenden Pflegern in Empfang genommen. Gegen Mittag schlug sie in einem hellen klimatisierten Raum, mit einem Tropf in einer Vene ihres linken Unterarms, wieder die Augen auf.

Um Weinerlichkeit gar nicht erst aufkommen zu lassen, begann Maud sofort zu sprechen. Bald fiel ihr auf, daß Elizabeths Augenbewegungen einem bestimmten Muster folgten. Sie lehrte Maud ein kleines, ausreichendes Vokabular: ein Zwinkern bedeutete *ja*, Blick nach links und rechts *nein*, Blick nach unten *ich weiß es nicht* (dies zu begreifen brauchte Maud am längsten). Blick nach oben behielt seinen ursprünglichen Sinn: *Was denn jetzt schon wieder?* Maud vergaß ihr Verlangen, diesen reglosen schönen Kopf zu erstikken. Sie hielt ihn fest und bürstete das dichte rotgoldene Haar, bis es glänzte.

Ein Neurologe sagte Maud, der Schlag weise auf ein subdurales Hämatom hin, womöglich durch den Sturz vom Pferd verursacht, wahrscheinlicher aber durch ein früheres Trauma. Zur Wahl stünde unter anderem eine Explorationsoperation, um das Ausmaß des Schadens festzustellen. Auch eine Behandlung könne einen chirurgischen Eingriff erforderlich machen. In beiden Fällen könne für den Erfolg nicht garantiert werden. Sonst habe er wenig vorzuschlagen.

»Und wenn man gar nichts macht?«

»Offen gesagt, ist das keine schlechte Idee.« Der Spezialist hatte unbeabsichtigt seine Stimme gesenkt. »Fälle wie dieser laufen meist nur auf eine Hemiparese hinaus. Sie dürfte schon ziemlich bald in der Lage sein, sich linksseitig zu bewegen. Eine Operation *könnte* das beschleunigen...«

Als Maud die Möglichkeit einer Operation erwähnte, schnappten Elizabeths Augen nach oben. Maud sagte: »Ich stimme dir vollständig zu. Kommst du mit mir nach Hause?« Elizabeth zögerte, ehe sie mit einem entschiedenen Zwinkern antwortete.

Inzwischen sah Maud ein, daß Bedauern und Verzweiflung

ihre Probleme nur vergrößern würden. Daß etwas Schreckliches passiert war, ließ sich ebensowenig bestreiten wie die Tatsache, daß Elizabeth es überlebt hatte. Wenn Maud nun so täte, als hätte sie es nicht überlebt – sie also der hoffnungslosen und tröstlichen Isolation der Todgeweihten überließe –, würde dies nur bedeuten, daß Elizabeths Dasein ihr nicht mehr wichtig wäre. Damit wäre die Gegenwart entwertet, die so wenige und doch so viele Tage lang Mauds Leben erfüllt hatte. Maud gelobte sich, daß diese Katastrophe, die ihrer Zeit mit einer gesunden Elizabeth ein Ende gemacht hatte, jene Zeit nicht in Frage stellen sollte. Sie würde ihr Versprechen bekräftigen, indem sie auf die Fülle der noch kommenden Zeit keinen Verzicht leisten würde. Sie erklärte sich selbst, daß ihr Leben mit Elizabeth eben erst begonnen hätte.

Nachdem sie zwei Tage lang Gespräche geführt hatte, stellte Maud eine Tagesschwester ein. Sie überredete ihre Haushälterin, ihre Stunden so umzulegen, daß sie früh käme und spät ginge. Sie kaufte einen elektrischen Rollstuhl, den Elizabeth später mit ihrem gesunden Arm bedienen könnte.

Zwei Tage nach ihrer Rückkehr wurde Elizabeth aus dem Bett gehoben, in ihren Stuhl gesetzt und auf die Veranda geschoben, wo sie in den nächsten zwei Wochen den Tag zubringen sollte. Oft schlief sie. Wenn sie aufwachte, fand sie jedesmal Maud an ihrer Seite. Bald tat Elizabeth ihren Unwillen über Mauds unfehlbare Anwesenheit kund. *Sie* sei die Kranke. Der größte Trost, den Maud ihr bieten könne, sei, ein geschäftiges Leben zu führen, und zwar um ihrer beider willen.

Also ging Maud reiten; besuchte Mr. Pruell; bummelte durch »ihre« Kneipen. Wenn sie zu diesen Ausflügen aufbrach, dachte sie mit Schrecken an all das, was sie unterwegs an Elizabeth und an die Chancen erinnern könnte, die ihr entgingen, weil Elizabeth sie nicht begleitete. Die ständigen Gedanken an ihre Freundin vertieften nur ihre Erlebnisse und schärften ihre Beobachtungsgabe. Die gewöhnlichsten Dinge waren auf einmal wichtig, und Maud

registrierte sie unablässig: zufällige Ansammlungen von
Wolken, Verkehrsstockungen, alberne Bemerkungen, die geringsten ihrer Empfindungen. Wenn sie zurückkam, hatte sie
zu viel zu erzählen und erzählte es so, daß die Augen in dem
vom Schlag getroffenen Kopf glänzten und zuckten und
manchmal weinten. Maud lernte, daß Tränen ebenso für Lachen wie für Kummer stehen konnten.

Maud begann Elizabeth auszufahren. Mit Unterstützung der
Krankenschwester hob John, jetzt Gärtner *und* Chauffeur,
die Patientin auf den Vordersitz und fuhr dann durch die
Landschaft: nach Westen durch die Adirondacks, nach
Osten bis North Bennington, nach Norden zum Lake
George. Maud kaufte einen zweiten, zusammenlegbaren
Rollstuhl, der in den Kofferraum paßte. Elizabeth saß im
Schatten der Wälder, sah von Gipfeln auf die Welt hinab,
machte Schaufensterbummel. Maud schlug vor, sie auf ihre
eigenen Ausflüge mitzunehmen; Elizabeth lehnte ab. Sie
wollte nur dort gesehen werden, wo niemand sie kannte.
Einzige Ausnahme waren die Reitställe, denn die edlen Pferde sahen über ihre Gebrechlichkeit hinweg. Maud ließ sie bei
den Boxen oder am Rand des Feldes, auf dem die Pferde
weideten, während sie selbst ihre Runden trabte und hoffte,
daß Elizabeth ihren Sprüngen zusah.

Maud begriff allmählich, daß es Elizabeth an nichts fehlen
würde, wenn sie selbst ihr Leben vollständig lebte; aber
noch konnte sie sich nicht zu einem weiteren Rendezvous in
der City überwinden.

In der letzten Augustwoche kam Walter Trale mit Elizabeths
Porträt. Die Verwirrung, für die er mit Phoebes Kopie gesorgt hatte, hatte ihn von seiner besessenen Liebe zu dem
Original geheilt. Er war zu dem Schluß gekommen, daß
Maud es verdient hatte – sie hatte in gutem Glauben dafür
bezahlt, und sie wäre eine würdige Hüterin –, und jetzt gab
er das Bild in ihre Hände.

Walter hatte vor, gleich wieder wegzufahren, sobald er das
Porträt aufgehängt hätte. Er hatte Angst, Elizabeth zu sehen,
die in seiner Einbildung zum Krüppel geworden war. Er

brauchte nur wenige Minuten, um seinen Entschluß zu ändern. Nachdem Maud ihm die Augensprache erklärt hatte, führte er sein erstes Gespräch mit Elizabeth; und als Maud ihn wenig später dazu einlud, war er bereit zu bleiben.

Als Maud ihn am Abend seiner Ankunft über Priscilla ausfragte, lehnte er es ab, über ihre Trennung zu reden. »Es ist aus! Raten Sie mal, was sie jetzt macht.«

»Muß ich wirklich raten?«

»Sie arbeitet für Irene.«

»Ich dachte, Irene würde mit –«

»Wie recht Sie haben. Es war Irene, die sich auf sie gestürzt hat. Priscilla hat einen Emmy für Chuzpe verdient. Sie ging zu Irene und sagte ihr: Ich habe mich wie ein Grünschnabel benommen, ich bitte um Vergebung, bitte führ mich ins Kunstgeschäft ein.«

»Und sie hat sie eingestellt?«

»Priscilla weiß sich in Szene zu setzen. Sie erzählte Irene von ihrer Grundausbildung bei Morris, was nichts im Vergleich sei zu dem, was sie bei ihr lernen könne, denn sie, Irene, sei die Beste in dem Geschäft, und so weiter. Priscilla versprach, unentgeltlich zu arbeiten, sie werde Briefmarken lecken, Böden wischen, sie wolle nur eine Chance. Irene rief mich deswegen an, ich sagte ihr, mir sei das vollkommen gleichgültig, nur solle sie sie nie in der Galerie allein lassen. Tut mir leid, Maud. Irene hat akzeptiert. Sie sagte Priscilla, sie werde sie gerecht bezahlen, und versprach, sie schwer ranzunehmen.«

»Walter, ich mache mir schreckliche Sorgen. Sie glauben doch nicht, sie könnte kriminell veranlagt sein?« Maud hatte daran denken müssen, daß Allans Blut in ihren Adern floß.

Walter stellte auf Elizabeths Veranda einen Arbeitstisch auf. Die nächste Zeit verbrachte er mit Zeichnen, Schreiben und Lesen, zuweilen auch machte er Skizzen im Freien oder besuchte alte Freunde. Einmal fuhr er bis nach Peterborough, um an einer Reihe von Drucken zu arbeiten. Er fühlte sich in Elizabeths Gesellschaft wohl, wie ihr selbst bald klarwurde.

Sie gestattete ihm, mit ihr zu reden, ihr vorzulesen (*Erinnerungen eines Zwerges;* Bücher von Cornell Woolrich), oder einfach schweigend bei ihr zu sitzen. Abends sahen sie zusammen Baseball. Als er sie eines Tages im Schlaf betrachtete, überlegte er, daß trotz ihrer Blässe, der Leerheit ihrer Züge und des aus ihrem Mund rinnenden Speichels ihre Schönheit unvermutet erhalten geblieben war.

Walter hatte das Porträt an die Wand der Veranda umgehängt, nahe an die Stelle, wo Elizabeth gewöhnlich saß. Das helle Tageslicht verlieh den Farben eine längst vergessene Lebendigkeit.

Maud fuhr mit Elizabeth zu einer weiteren Untersuchung nach Albany. Drei Fachärzte äußerten sich optimistisch über ihren Zustand.

Pauline kam zurück. Maud ging nach draußen, um sie im Vorgarten zu begrüßen, und brachte sie dann sofort zu Elizabeth. Doch als Pauline zu ihr sprach, schloß Elizabeth fest die Augen und führte damit eine neue Redewendung ein: *Kein Smalltalk!* Elizabeth sah, daß Pauline vor Neuigkeiten platzte und die Chance haben sollte, sie loszuwerden. Sie gab durch Zwinkern ihre Begeisterung zu verstehen. Pauline begriff, lachte und verkündete ihre Botschaft: Oliver habe seit etlichen Monaten »eine *sehr* ernste Affäre. Mit einem nicht mehr ganz jungen Ding. Gestern beschloß er zu beichten. Man hätte meinen können, er tue mir einen Gefallen damit. Tatsächlich weiß er kaum noch, an wen er sich halten soll. Er hat aber einen großen Fehler gemacht. In seiner besten Wie-wirst-du-ohne-mich-zurechtkommen-Art sagte er, er hoffe, ich dächte jetzt nicht an Scheidung. Ich antwortete ihm prompt, genau das hätte ich vor, und warf den Mistkerl raus. Kann ich mich hier verkriechen, solange mein Anwalt ihn in die Zange nimmt?«

Wenn sie nicht ausging, gesellte Pauline sich oft zu Walter und Elizabeth auf die Veranda, wo sie dann Zeitschriften las oder Kreuzworträtsel löste. Elizabeth freute sich, den Mittelpunkt des Haushalts zu bilden.

Walter, den sie kaum kannte, beachtete Pauline nur wenig.

Elizabeth bemerkte, daß Walter Pauline immer wieder von der Seite ansah. Seit ihrem Schlaganfall war Elizabeth entschlossen gewesen, ihre Gelähmtheit zu ignorieren, aber jetzt war sie voller Ungeduld. Ein attraktives, frisch dem häuslichen Leben entsprungenes Paar, der Mann zu der Frau hingezogen, die Frau ahnungslos ... Früher hätte Elizabeth nur Minuten gebraucht, um sie zusammenzubringen. Und sie wollte sie auf der Stelle zu einer Familie zusammenbringen – ihrer Familie. Ihre Familie war ihre Leidenschaft geworden. Bloße Besucher, sogar alte Freunde, wurden fortgeschickt.

Sie ergab sich darein, daß es eben länger dauern würde. Endlich traf ihr schelmischer Blick in Paulines Augen und wies auf Walter, der ahnungslos über seiner Arbeit saß. Wenn sie nur hätte blinzeln können! Aber Pauline hatte verstanden und lief rot an. Elizabeth beobachtete, wie ihr aufging, daß sie zum erstenmal in fünfundzwanzig Jahren niemandem als sich selbst verantwortlich war. Sie konnte sich jeden Mann nehmen, den sie wollte, und für so lange, wie sie wollte. Und Walter, das umgängliche, ungefährliche Genie, hatte sich ihr unter dem schützenden Dach ihrer Schwester zur Verfügung gestellt.

Was dann geschah, brachte Walter aus der Fassung. Er wurde nicht nur von Pauline verführt, sondern zweifach verführt: unbewußt würzte sie die Tatsache, daß sie zu haben war, mit der Verachtung für Männer, die ihre Ehe sie gelehrt hatte. Für Walter eine unwiderstehliche Mischung.

Anfang September rief Louisa Lewison bei Maud an, um ihr mitzuteilen, daß Phoebe die letzten drei Wochen in der Klinik verbracht habe und daß ihr Zustand noch immer kritisch sei. Am nächsten Tag fuhr Maud nach Albany. Walter konnte die Nachricht nur schwer akzeptieren. Er wußte, wie krank Phoebe gewesen war – schließlich hatte er sie im Juni ins Krankenhaus gebracht. Doch hatte er angenommen, daß seither ausreichend für sie gesorgt sei.

Er sprach mit Elizabeth über Phoebe, wobei er vergaß, daß sie sich kannten. Er schilderte das Talent, mit dem sie das

Porträt neu hatte erstehen lassen. »Am Ende wußte sie mehr
darüber als ich selbst. Sie hätte dich sehr gern gehabt.«

Zwei Tage später fuhr er am frühen Nachmittag nach Albany. Allein auf der Veranda, dachte Elizabeth an Phoebe. Sie
hatte all die anderen die Krankheit eines so jungen Menschen
beklagen hören. Ist bei tödlicher Krankheit ein Alter besser
als ein anderes? Die Lebenden sterben in jedem Alter; bei
unserer Geburt wird das Todesurteil verkündet.

Als sie sich im Mai kennengelernt hatten, war Phoebe so
schwach, daß Elizabeth erwartete, sie werde verschrumpeln
wie eine Stoffpuppe. Dennoch hatte sie soviel Zeit, wie sie
brauchte, um »Phoebe« zu sein. Bei aller schrecklichen Magerkeit war sie noch immer schön, wie ein einsamer Wasser-
vogel – ein Regenpfeifer, vielleicht (warum nicht?) eine sprö-
de Ohrenlerche, auch wenn Elizabeth noch nie eine gesehen
hatte.

Sie wünschte, sie könnte jetzt bei Phoebe sein. Elizabeth
dachte daran, daß auch ihre Tage durchaus gezählt sein
mochten. Jedenfalls würde sie nicht für immer auf Mauds
Schoß sitzen; und was ein Heim betraf, eher würde sie in
Atemstreik treten. Warum Phoebe nicht herholen oder
selbst wieder nach Albany gehen? Zwei sterbende Frauen,
die einander sinnlos anstarrten... »Da habt ihr die Heilige
Kommunion!«

Lieber würde sie wieder gesund werden. So vieles, was sie
noch einmal tun will. Zum Beispiel reiten – ausgeschlossen,
das weiß sie. Und wie wär's mit noch einem einzigen Mann?
Elizabeth erinnert sich mit unerklärlicher Zärtlichkeit an ferne, schattenhafte Gestalten. Als sie an Maud und George
denkt, muß sie lachen. Sie kann nicht lachen. Ein Knurren
erstickt in ihrer Brust, Tränen springen ihr in die Augen und
strömen ihr in die Kehle, und sie würgt oder hustet oder
macht irgend etwas recht Unangenehmes durch. Sie denkt:
meine Luftröhre ist mit Seifeneinwickelpapier vollge-
stopft.

Eine Woge flutet über ihre Augen und bis unter die Schädel-
decke. Wieder strömen Lerchen in ihr Zimmer. Sie hört sie

zurückkommen. Vielleicht singen sie diesmal für sie. Die
Vögel beginnen ihre langen flüssigen Kadenzen und landen
auf dem oberen Stockwerk der Veranda, wo sie sie nicht
sehen kann, doch sie hört sie deutlich genug. Sie gratuliert
sich, die Lerchendiaspora noch einmal zusammengerufen zu
haben.

Aber was ist nun mit diesem letzten Mann? Sie wünscht die
Lerchen weit weg. Die singen weiter, während sie über ihr
niedergehen. Sie lacht von neuem. Aus ihrem Bauch dringt
ein unmißverständliches Knurren. Irgend etwas Neues geschieht in ihrem Innern. Sie spürt einen Anflug von Lust.
Himmel, was für Männer sie gehabt hatte! Und jetzt? Würde
sie sich, wenn Maud zustimmt, mit einem zweiten Flirt mit
Allan zufriedengeben. Allerdings unwahrscheinlich. Konnte
sie sich wenigstens nicht noch ein letztes Mal selbst berühren? Das Knurren steigt blubbernd in ihrer Kehle hoch, und
sie schwört ihrem Gelübde ab, sich gegen ihr Leiden nicht
aufzulehnen. Sie konzentriert ihre Energie auf einen Ruck,
der ihre rechte Hand auf ihren Schoß werfen soll. Sie schau-
dert. *Ruhe!* ermahnt sie die aufdringlichen Vögel. Sie gibt
auf. Die Lerchen sind zum Schweigen gebracht.

Sie hört es in ihren Eingeweiden brabbeln. Sie sieht durch
die Decke der Veranda, als sei sie zu Glas geworden. Das
Getüpfel der Vögel löst sich in einen wolkenlosen Himmel
auf, ob Frühmorgen oder Spätnachmittag, kann sie nicht
erkennen; zunächst ist der Himmel lavendelfarben überzogen, dann läuft die Farbe ruhig ab (was für ein blöder Ort,
sich zurückzuziehen!), so daß nur Helle bleibt, ein Weiß von
so zartem Blau, daß das Blau es noch weißer macht, und
genau aus der Mitte, in erkennbarer, meßbarer Entfernung,
spricht Maud, und ihre Stimme ist die gedämpfte Bekun-
dung von Elizabeths Freudentaumel.

Als Maud auf sie einrief, berührte ihr Gesicht fast Elizabeths. Die Krankenschwester sagte: »Sie hat sich schmutzig
gemacht.«

»Ich weiß«, gab Maud zurück. »Helfen Sie mir, sie sauberzumachen. Helfen Sie, meinen Liebling sauberzumachen.«

Pauline war Maud auf die Veranda gefolgt. »Ich ruf den Arzt
an.«

Die Krankenschwester schüttelte den Kopf. Maud sagte:
»Wir bringen sie besser auf ihr Zimmer. Geh John holen.«
Maud hielt Elizabeth in ihren Armen. Wange an Wange.
Elizabeths Augen sahen starr an ihr vorbei.

Pauline sagte: »Maud, meine arme Maud! Vielleicht ist es
besser –«

»Ist es nicht«, erklärte Maud. Jemand klopfte dezent an die
Fliegentür. »John? Würden Sir mir bitte helfen?«

Allan blieb hinter dem Fliegengitter und starrte die verschwommenen Gestalten auf der anderen Seite an.

In einem New Yorker Filmtheater sah Oliver mit seiner Freundin Jollie *Dr. No;* seit ihrem Weggang spielte Pauline in seinen Überlegungen keine große Rolle mehr. Irene hatte ihre Galerie Priscillas Obhut anvertraut und besuchte einen jungen Maler in seinem Atelier. Phoebe lag allein in ihrem Krankenhausbett, während ihre Eltern im Besucherzimmer warteten, Louisa auf einem Sessel, Owen stehend am Fenster.

Am Morgen waren Barrington Pruell und seine Clique von Harwichport mit Kurs auf Mount Desert abgesegelt und hatten Monomoy Point bei günstigen Bedingungen umfahren. Als sie sich nach Norden wandten, schwellte ein kräftiger Rückenwind ihre Segel, ein warmer Wind, der sie mit unangenehmer Geschwindigkeit ihrem Ziel entgegentrieb. In verdrießlicher Untätigkeit lungerte die Crew auf ihren Posten, kaum brauchte der Steuermann die Pinne zu berühren, und weder sie noch die Passagiere schwitzten oder fröstelten in der warmen frischen Luft.

Ich selbst war zu Fuß auf dem Weg zum Bahnhof. Obwohl er einige Meilen außerhalb des Zentrums von Saratoga Springs lag, trug ich kein Gepäck, denn ich war nur für diesen Tag aus Albany hergekommen und hatte reichlich Zeit. Ich ging an Häusern und Rasen vorbei, die immer kleiner wurden, bis ich, mit der Stadt im Rücken, zu beiden Seiten von einem ungepflegten Wald begleitet wurde, einem von struppigem Geweihfarn gesäumten Gewirr von Eichen, Ahorn und Birken. Im Tal und vor mir breiteten sich Heufelder in üppigem zweitem Wuchs bis zu einer Linie dunklerer Hügel, und in stetigem Flimmern stieg die Feuchtigkeit der Erde aus ihnen auf. Im Gehen dachte ich über eine Frage nach, praktisch die einzige von Interesse, die noch ohne Antwort war: wie hatte Allans Brief an Elizabeth in die

Hände von Fremden geraten können? Am Bahnhof kaufte ich meine Fahrkarte und ging dann zu den Bänken an den Geleisen. Ich wollte mich eben setzen, als ich auf dem gegenüberliegenden Bahnsteig einen großgewachsenen Herrn stehen sah. Sonst war an diesem zweiten Montag im September niemand zu sehen.

Der Mann war gekleidet wie für eine nachmittägliche Gartenparty, konventionell und perfekt. Ein nicht ganz marineblauer Blazer folgte in knitterfreier Glätte dem Gefälle seiner Schultern und dem locker herabhängenden rechten Arm. Über dem abgeflachten Kragen seines Jacketts zeigte sich ein hübscher Ring weißlichen Hemdenstoffs aus Chinakrepp, dessen Enden unterhalb einer pflaumen- und zinnfarben gestreiften Ripskrawatte von funkelndem Gold zusammengehalten wurden, und deren leichte Wölbung wiederum zwickte eine deutlicher sichtbare goldene Spange über dem offenen Mittelknopf des Blazers. Von der sacht eingeschnürten Taille fiel eine gebügelte Hose aus taubengrauem Flanell – meine geistigen Fingerspitzen spielten mit ihrer vermutlichen Weichheit, welche bestätigt wurde von dem sanften Bogen, mit dem sie einen Zoll überm Aufschlag sich am Spann der braunen und bernsteinfarbenen Halbschuhe umlegte. Zur Vervollständigung des Anzugs hielt der Mann in seiner Linken einen hochgewölbten blaßgelben Panamahut, mit dem er – so feierlich, daß ich mich fragte, ob damit überhaupt Luft bewegt wurde – seinem unverschwitzten Haupt Kühlung zufächelte.

Vorgebeugt und ein wenig zur Seite gedreht, machte der Kopf einen starken und geschmeidigen, in seinen Einzelheiten freilich nicht sehr vorteilhaften Eindruck: zu dick war die Adlernase an ihrer Spitze, zu klein der Abstand zwischen den Augen, zu dünn die Lippen. Doch diese Makel zählten kaum. Es heißt, perfekte Kleidung biete eine Zufriedenheit, die keine Religion zu geben vermöge; und von diesem Mann ging selbst in unserer unscheinbaren Umgebung eine Zufriedenheit aus, strahlend wie Licht von einem Glühfaden. Die Eleganz seiner Haltung zeugte von einer gebieterisch unbefangenen Einstellung zu der Welt, die ihn umgab. Er schien seine Gegenwart hier zu erfinden, sich in ein sublimes Possenspiel zu versetzen, das zur Unterhaltung wissender Freunde und auch zu seiner eigenen hier aufgeführt wurde. An diesem Eindruck war, wie sich herausstellte, etwas Wahres. Als ich wenige Tage darauf zurückkehrte, um an den Beerdigungen teilzunehmen, erfuhr ich, daß der Mann, den ich auf dem Bahnhof gesehen hatte, Berufsschauspieler war, übrigens nicht sonderlich berühmt oder erfolgreich, wenn man von seiner Nebenbetätigung absah: er erschien nämlich als bezahlter Komparse auf den Partys der Schickeria, denen er eine stilvolle Note verlieh; er sprach gut (aber nicht zu gut) und verlangte ein annehmbares Honorar. Ich hatte ihn bei der Arbeit gesehen, vielleicht erwartete er in dem nach Norden fahrenden Zug eine Dame, als deren Begleiter er für diesen Abend angeheuert worden war.

Es erleichterte mich, eine Erklärung für diese Erscheinung gefunden zu haben. Er hatte mich stärker beunruhigt, als ich zugeben wollte. Ich war zwanzig Jahre jünger als heute, und zweifellos wurde die Wirkung des Schauspielers durch meine Unsicherheit gesteigert. Damals hegte ich noch die Hoffnung, daß das Leben auf natürliche Weise Leben erzeuge, daß der Tod, so verheerend seine Verluste auch sein mochten, von den Lebenden überwunden und umgangen werden könnte, solange sie selbst nur am Leben blieben. Wenn ich auch wußte, daß Morris nie zu ersetzen war, so erwartete ich doch, daß sein Andenken früher oder später verblassen und nur als Erinnerung an eine Zeit überdauern würde, die man unbesorgt als Vergangenheit bezeichnen konnte.

Mit anderen Worten: ich glaubte, mich jederzeit wieder erholen zu können. Ich begann gerade erst zu lernen, daß die Toten für immer unter uns anwesend bleiben und die Form fühlbarer Lücken annehmen, die erst verschwinden, wenn wir sie, wie uns aufgetragen ist, in uns selbst aufnehmen. Wir nehmen die Toten in uns auf; wir füllen ihre Leere mit unserem eigenen Wesen; wir werden *sie*. Die lebenden Toten gehören nicht ins Reich der Phantasie, sie sind die Bewohner unserer Erde. Je länger wir leben, desto zahlreicher werden die einladenden Löcher, die der Tod in unser Leben reißt, und desto mehr fügen wir dem Tod in uns hinzu, bis wir schließlich nichts anderes mehr verkörpern. Und wenn wir dann sterben, nehmen uns die Überlebenden auf, und zwar uns als Ganzes, sowohl unsere Individualität als auch die Menge toter Männer und Frauen, die wir in uns getragen haben.

Dein Vater stirbt: du hörst sein Lachen in deinen Lungen widerhallen. Deine Mutter stirbt: in einem Schaufenster siehst du dich mit ihrem flüchtigen Gang einhergehen. Ein Freund stirbt: du nimmst vor einer erwartungsvollen Kamera seine Haltung ein. Jenseits dieser Äußerlichkeiten übernehmen wir auch die Eigenarten, die Talente, die unerkannten Schwächen und Fähigkeiten derer, die wir erlebt und sterben gesehen haben.

Natürlich streiten wir das nach Kräften ab. Solange ich sprechen kann, werde ich dies dir und mir selbst gegenüber abstreiten und stets so tun, als seiest du du und ich ich. Auf diese Weise kann ich mich in völliger Blindheit durch Sonnenschein und Finsternis tasten, und Dinge, über die ich stolpere, und andere blinde Körper, gegen die ich anrenne, kann ich nur mit meinen verständnislosen Klagen benennen. Unter solchen Umständen denke ich manchmal, daß die Kraft, die mich überhaupt noch am Leben hält, allein von der verbliebenen Energie der Toten in mir stammt. Darunter verstehe ich sowohl das angesammelte Gewicht der aufeinander folgenden Generationen als auch, seit Anbeginn der Zeiten – als Namen ihre Gegenstände festhielten und wunderbare Entdeckungen uns erleuchteten –, die unsterbliche Gegenwart jenes ursprünglichen und heldenhaften Akteurs, der sah, daß die Welt ihm gegeben war, damit er ohne Reue und Angst darin spielen könne.

New York, 27. Januar 1987

Amerikanische Literatur
in der edition suhrkamp und
den suhrkamp taschenbüchern

Amerikanische Literatur
in der edition suhrkamp und
den suhrkamp taschenbüchern

Amerikanische Literatur
in der edition suhrkamp und
den suhrkamp taschenbüchern

105/3/11.92

Amerikanische Literatur
in der edition suhrkamp und
den suhrkamp taschenbüchern

105/4/11.92